DANIEL SILVA

Daniel Silva foi jornalista e trabalhou para a UPI, primeiro em Washington e depois no Cairo, como correspondente para o Médio Oriente. Nesse período cobriu diversos conflitos políticos e a guerra Irão-Iraque. Conheceu a sua mulher, correspondente da NBC, e regressaram aos Estados Unidos, onde Daniel Silva foi produtor da CNN durante vários anos, tendo sido responsável por alguns programas muito populares, como *Crossfire*, *The International Hour* e *The World Today*, entre outros. Em 1997, logo após o êxito do seu primeiro livro, *O Espião Improvável*, Daniel Silva resolveu dedicar-se por completo à escrita, tendo entretanto publicado diversos *best-sellers* mundiais.

O *Washington Post* coloca-o «entre os melhores jovens autores norte-americanos de literatura de espionagem» e é com frequência comparado a Graham Greene e a John le Carré. Vive em Washington, D. C., com a mulher e os dois filhos.

O CASO REMBRANDT

DANIEL SILVA

O CASO REMBRANDT

Tradução de
VASCO TELLES DE MENEZES

Título original: *The Rembrandt Affair*
Autor: Daniel Silva
© 2010, Daniel Silva

Esta edição segue a grafia do Novo Acordo Ortográfico da Língua Portuguesa

Todos os direitos para a publicação desta obra reservados por
Bertrand Editora, Lda.
Rua Prof. Jorge da Silva Horta, 1
1500-499 Lisboa
Telefone: 21 762 60 00
Fax: 21 762 61 50
Correio eletrónico: editora@bertrand.pt
www.11x17.pt

Paginação: Fotocompográfica
Revisão: Rosa Amorim
Design da capa: Rui Rodrigues

Execução gráfica: Bloco Gráfico, Lda.
Unidade Industrial da Maia

1.ª edição: janeiro de 2015
Depósito legal n.º 383 866/14

ISBN: 978-972-25-2949-5

Para Jeff Zucker, pela amizade,
apoio e coragem pessoal.

E, como sempre, para a minha mulher, Jamie,
e para os meus filhos,
Lily e Nicholas.

Por trás de todas as grandes fortunas
está um grande crime.
— HONORÉ DE BALZAC

PRÓLOGO

Por coincidência, Timothy Peel foi o primeiro a saber que o estranho tinha regressado à Cornualha. Fez essa descoberta pouco antes da meia-noite, numa quarta-feira varrida pela chuva, em meados de setembro. E apenas porque tinha declinado educadamente as súplicas persistentes da rapaziada do emprego para participar na festança do meio da semana no Hotel Godolphin Arms, em Marazion.

O facto de continuarem a dar-se ao trabalho de o convidar era um mistério para Peel. Verdade seja dita, nunca tinha apreciado muito a companhia de gente que bebia. E, naqueles tempos, sempre que punha os pés num *pub,* havia pelo menos uma alminha embriagada que o importunava para tentar obrigá-lo a falar do «pequeno Adam Hathaway». Seis meses antes, num dos mais dramáticos salvamentos da história da Royal National Lifeboat Institution, Peel tinha arrancado o menino de seis anos da rebentação traiçoeira ao largo de Sennen Cove. Os jornais tinham coroado Peel como herói nacional, mas depois ficaram estupefactos quando o rapaz de vinte e dois anos, de ombros largos e com ar de ídolo de cinema, se recusou a conceder uma única entrevista. Secretamente, o silêncio de Peel incomodou os colegas, já que todos eles teriam agarrado com as duas mãos a oportunidade de terem alguns momentos de celebridade, mesmo que isso significasse recitar os velhos lugares-comuns sobre «a importância do trabalho de equipa e as tradições honradas de um serviço honrado». Tal como tinha incomodado os habitantes sitiados da Cornualha Ocidental, que estavam sempre à procura de uma boa razão para gabarem um rapaz da zona e a atirarem à cara dos snobes ingleses do *interior*. De Falmouth Bay a Land's End, a mera referência ao nome de Peel provocava invariavelmente um desconcertado abanar de cabeça. Um bocadinho estranho, diziam. Sempre foi. Deve ter sido do divórcio. Nunca conheceu o pai verdadeiro. E aquela mãe! Amigava-se sempre com os tipos errados. Lembram-se do Derek, o dramaturgo encharcado em uísque? Ouvi dizer que costumava bater no rapaz. Pelo menos, era esse o rumor em Port Navas.

O que se dizia do divórcio era verdade. E até das tareias. Na verdade, a maior parte dos rumores acerca de Peel tinha o seu quê de veracidade. Mas nada disso tivera alguma coisa que ver com a sua recusa em aceitar o papel de herói. O silêncio de Peel era um tributo a um homem que conhecera por pouco tempo, muitos anos antes. Um homem que vivia logo a seguir a Port Navas Quay, no chalé do velho contramestre, perto do viveiro de ostras. Um homem que o tinha ensinado a velejar e a reparar carripanas; que lhe tinha ensinado o poder da lealdade e a beleza da ópera. Um homem que lhe ensinara que não havia razão para uma pessoa se vangloriar simplesmente por fazer o seu trabalho.

O homem tinha um nome poético e de sonoridade estrangeira, mas Peel sempre pensara nele apenas como o estranho. Tinha sido o cúmplice de Peel, o anjo da guarda de

Peel. E embora já se tivesse ido embora da Cornualha há muitos anos, de vez em quando Peel ainda se punha à espreita, à espera dele, tal como fizera quando era um menino de onze anos. Peel ainda tinha o velho e gasto bloco de notas que usara para registar as erráticas idas e vindas do estranho, bem como as fotos das misteriosas luzes brancas que costumavam brilhar à noite no chalé. E mesmo passados todos aqueles anos, Peel conseguia visualizar o estranho ao leme do seu adorado veleiro de dois mastros, a atravessar Helford Passage após uma longa e solitária noite no mar. Peel ficava sempre à espera à janela do quarto, com o braço levantado, numa saudação silenciosa. E o estranho, quando o avistava, piscava sempre duas vezes os faróis do carro em resposta.

Já pouco em Port Navas o fazia lembrar-se desses tempos. A mãe tinha-se mudado para Portugal, para a costa algarvia, com o novo namorado. Dizia-se que Derek, o dramaturgo bêbado, estava a viver numa cabana junto à praia, em Gales. E o chalé do velho contramestre tinha sido completamente renovado e era atualmente propriedade de londrinos sofisticados que lá iam passar os fins de semana, organizavam festas barulhentas e estavam eternamente a gritar com os filhos mimados. Tudo o que restava do estranho era o veleiro, que ele deixara a Peel na noite em que abandonara a Cornualha e partira para parte desconhecida.

Naquela noite chuvosa em meados de setembro, o barco estava a balançar no sítio onde se encontrava ancorado, na enseada, com as ondas a baterem-lhe suavemente no casco, quando um ruído de motor desconhecido fez Peel levantar-se da cama e regressar ao seu habitual posto à janela. Ali, espreitando para a escuridão húmida, avistou um

Range Rover cinzento-metalizado a avançar lentamente pela estrada. Parou à porta do chalé do velho contramestre e ali se manteve com o motor a trabalhar durante um momento, faróis apagados e limpa-para-brisas a funcionarem a um ritmo constante. Foi então que a porta do lado do condutor se abriu repentinamente e uma figura emergiu, com uma gabardina *Barbour* verde-escura e uma boina impermeável bem enterrada na cabeça. Mesmo ao longe, Peel soube logo que era o desconhecido. Foi a maneira de andar que o denunciou: as passadas confiantes e determinadas, que pareciam impulsioná-lo sem qualquer esforço em direção à extremidade do cais. Parou ali por breves instantes, evitando com cuidado o foco de luz que saía do único candeeiro de rua, e olhou fixamente para o veleiro. A seguir, desceu rapidamente o lanço de escadas de pedra até ao rio e desapareceu de vista.

De início, Peel interrogou-se se o estranho teria regressado para reivindicar o barco. Mas esse medo dissipou-se quando ele reapareceu subitamente, segurando um pequeno pacote na mão esquerda. Tinha mais ou menos o tamanho de um livro de capa dura e parecia estar embrulhado em plástico. A julgar pela camada de limo que cobria a sua superfície, o pacote parecia estar escondido há muito. Em tempos, Peel imaginara que o desconhecido seria um contrabandista. Afinal de contas, talvez tivesse razão.

Foi então que Peel reparou que o estranho não estava sozinho. Havia alguém à espera dele no banco da frente do *Rover*. Peel não conseguiu distinguir verdadeiramente a cara, apenas uma silhueta e uma auréola de cabelo em desalinho. Sorriu pela primeira vez. Parecia que o estranho tinha por fim uma mulher na sua vida.

Peel ouviu o baque abafado de uma porta a fechar-se e viu o *Rover* avançar de imediato aos solavancos. Se fosse rápido, teria à justa tempo suficiente para o intercetar. Porém, dominado por uma sensação que não experimentava desde a infância, ficou parado à janela sem se mexer, com o braço levantado, numa saudação silenciosa. O *Rover* ganhou velocidade e, por um instante, Peel receou que o estranho não tivesse visto o sinal. Foi então que o carro abrandou de repente e os faróis piscaram duas vezes antes de o *Rover* passar por baixo da janela de Peel e desaparecer pela noite dentro.

Peel deixou-se ficar no seu posto durante mais um momento, a ouvir o barulho do motor morrer até restar apenas o silêncio. A seguir, voltou a enfiar-se na cama e puxou os lençóis até ao queixo. A mãe tinha-se ido embora, Derek estava em Gales e o chalé do velho contramestre encontrava-se sob ocupação estrangeira. Mas, por agora, Peel não estava sozinho. O estranho tinha regressado à Cornualha.

PRIMEIRA PARTE

PROVENIÊNCIA

1

GLASTONBURY, INGLATERRA

Embora o estranho não o soubesse, duas séries distintas de acontecimentos já se encontravam naquela noite a conspirar para o atrair de volta ao campo de batalha. Uma desenrolava-se atrás das portas trancadas dos serviços secretos mundiais, ao passo que a outra era objeto de um frenesim mediático global. Os jornais tinham-lhe chamado «o verão do furto», a pior epidemia de roubos de arte a varrer a Europa durante a última geração. Ao longo do continente, quadros de valor inestimável desapareciam como postais arrancados do expositor de um quiosque de rua. Os angustiados mestres do universo da arte tinham-se declarado chocados perante a sucessão de roubos, embora os verdadeiros profissionais no seio das forças da lei reconhecessem que era surpreendente que ainda sobrassem quadros para roubar. *Se pregarmos cem milhões de dólares numa parede mal guardada,* disse um atormentado agente da Interpol, *é apenas uma questão de tempo até que um ladrão determinado tente escapulir--se com eles.*

A audácia dos criminosos era apenas igualada pela sua competência. Não havia dúvida de que eram habilidosos. Mas o que a polícia mais admirava nos adversários era a disciplina férrea. Não havia fugas de informação, nem indícios de intrigas internas, nem uma única exigência de resgate — pelo menos, verdadeira. Os ladrões roubavam frequente mas seletivamente, nunca levando mais do que um quadro de cada vez. Não se tratava de amadores em busca de fazer dinheiro rápido ou de figuras do crime organizado à procura de uma fonte de dinheiro no submundo. Eram ladrões «artísticos» no mais puro sentido. Um detetive exausto previu que, ao que tudo indicava, os quadros roubados nesse longo e quente verão haveriam de ficar desaparecidos durante anos, se não mesmo décadas. Na verdade, acrescentou taciturnamente, havia grandes hipóteses de acabarem por ir parar ao Museu dos Desaparecidos e nunca mais voltarem a ser vistos pelo público.

Até a polícia se mostrava admirada com a variedade de recursos dos ladrões. Era um pouco como observar um grande jogador de ténis, capaz de vencer um dia em terra batida e no outro em relva. Em junho, os ladrões recrutaram um segurança descontente do Kunsthistorisches Museum, em Viena, e executaram um roubo noturno do *David com a Cabeça de Golias*. Em julho, optaram por um raide arrojado em Barcelona, ao estilo dos comandos, e libertaram o Museu Picasso do *Retrato da Señora Canals*. Passada apenas uma semana, o encantador *Maisons à Fenouillet* desapareceu tão discretamente das paredes do Museu Matisse, em Nice, que a desorientada polícia francesa se interrogou se teria adquirido um par de pernas e saído pelo próprio pé. E a seguir, no último dia de agosto, houve o assalto por arrombamento, conforme mandam as regras, à Courtauld Gallery, em Londres, que rendeu o *Autorretrato com Orelha Enfaixada*

de Vincent van Gogh. A duração total da operação cifrou-
-se nuns estonteantes noventa e sete segundos — mais impressionante ainda tendo em conta que um dos ladrões
tinha parado, antes de sair por uma janela do segundo andar, para fazer um gesto obsceno na direção do voluptuoso
Nu Feminino de Modigliani. À noite, o vídeo das câmaras de
vigilância já era de visionamento obrigatório na Internet.
Tinha sido, disse o perturbado diretor da Courtauld, um
final apropriado para um verão perfeitamente tenebroso.

Os roubos desencadearam uma previsível sucessão de
acusações sobre a negligência da segurança nos museus
mundiais. O *Times* divulgou que uma recente análise interna
à Courtauld recomendara fortemente que o Van Gogh fosse transferido para uma localização mais segura. No entanto, as conclusões tinham sido ignoradas porque o diretor da
galeria gostava do quadro exatamente onde se encontrava.
Para não ficar atrás, o *Telegraph* tinha contribuído com uma
abalizada série de artigos sobre os problemas financeiros
que afetavam os grandes museus do Reino Unido. O jornal
realçava que a National Gallery e a Tate não se davam sequer ao trabalho de pôr as suas coleções no seguro, con-
fiando antes em câmaras de segurança e guardas mal pagos
para as manter protegidas. *Não devíamos estar a perguntar-nos
como é que as grandes obras de arte andam a desaparecer das paredes
dos museus,* declarou ao jornal o famoso negociante de arte
londrino Julian Isherwood. *Em vez disso, devíamos estar a perguntar-nos porque é que isso não acontece mais vezes. A pouco e pouco, a nossa herança cultural está a ser saqueada.*

O punhado de museus com recursos para aumentar
a segurança fê-lo rapidamente, ao passo que os que praticamente não tinham dinheiro apenas puderam trancar as portas e rezar para não serem os próximos na lista dos ladrões.

Mas quando setembro terminou sem haver mais nenhum roubo, o mundo da arte soltou um suspiro de alívio coletivo e convenceu-se despreocupadamente de que o pior já tinha passado. Quanto ao mundo dos meros mortais, já voltara a atenção para assuntos mais importantes. Com guerras ainda em curso no Iraque e no Afeganistão e a economia mundial à beira do abismo, pouca gente se mostrava capaz de grande indignação moral perante a perda de quatro retângulos de tela cobertos de tinta. A líder de uma organização de ajuda internacional calculou que o valor combinado das obras desaparecidas poderia alimentar durante vários anos todas as pessoas que passavam fome em África. Não seria melhor, perguntou, se os ricos fizessem qualquer coisa mais útil com os milhões que tinham a mais do que revestir as paredes e encher as caixas-fortes secretas de arte?

Essas palavras eram uma heresia para Julian Isherwood e a sua irmandade, que dependiam da avareza dos ricos para ganharem a vida. Mas a verdade é que foram bem recebidas em Glastonbury, a antiga cidade de peregrinação, localizada a oeste de Londres, em Somerset Levels. Na Idade Média, os fiéis cristãos tinham afluído a Glastonbury para verem a famosa abadia e para se colocarem debaixo do Espinheiro Sagrado, que se diz ter florescido quando José de Arimateia, discípulo de Jesus, pousou o seu cajado no chão, no ano 63 de Nosso Senhor. Agora, dois milénios mais tarde, a abadia não passava de uma gloriosa ruína, com os despojos da sua nave, em tempos imponente, dispostos desoladamente num parque cor de esmeralda, como lápides a assinalarem uma fé morta. Os novos peregrinos que iam até Glastonbury raramente se davam ao trabalho de a visitar, preferindo subir as encostas da colina mística conhecida como Tor ou arrastar os pés pelas lojas de parafernália New Age que se alinhavam ao longo da rua principal. Alguns vinham em busca de si próprios; outros, de uma mão que os guiasse. E até havia alguns que ainda vinham à procura de Deus. Ou, pelo menos, de um fac-símile razoável de Deus.

Christopher Liddell não viera por nenhuma dessas razões. Viera por causa de uma mulher e ficou devido a uma filha. Não era um peregrino. Era um prisioneiro.

Tinha sido Hester quem o arrastara até ali — Hester, o seu maior amor, o seu pior erro. Cinco anos antes, tinha-lhe exigido que deixassem Notting Hill para que ela se pudesse encontrar em Glastonbury. Mas, ao encontrar-se, Hester descobriu que a chave para a sua felicidade residia em livrar-se de Liddell. Outro homem poderia ter-se sentido tentado a partir. Mas, embora Liddell pudesse viver sem Hester, não conseguia imaginar a vida sem Emily. Era melhor ficar em Glastonbury a aturar os pagãos e druidas do que regressar a Londres e tornar-se uma ténue memória na mente da sua única filha. E, por isso, Liddell enterrou a dor e o ódio e não se deixou abater. Era essa a abordagem de Liddell a todas as coisas. Era um homem de confiança. Na sua opinião, era a melhor coisa que um homem podia ser.

Glastonbury não era inteiramente desprovida de encantos. Um era o café Hundred Monkeys, promotor de cozinha vegana e de preocupações ambientais desde 2005 e o lugar preferido de Liddell. Ele encontrava-se sentado à sua mesa habitual, com um exemplar do *Evening Standard* aberto à sua frente, servindo-lhe de proteção. Numa mesa adjacente, uma mulher já no final da meia-idade estava a ler um livro intitulado *Crianças Adultas: A Disfunção Secreta*. No canto mais distante dos fundos, um profeta careca, com um pijama branco esvoaçante, falava com seis alunos extasiados sobre qualquer coisa que tinha que ver com espiritualismo zen. E numa mesa mais próxima da porta, com as mãos pensativamente juntas debaixo de um queixo por barbear, encontrava-se um homem na casa dos trinta. Passava os olhos pelo placar informativo. Este estava cheio do lixo habitual — um convite para fazer parte do Glastonbury Positive Living Group, um seminário gratuito sobre dissecação das pequenas bolas regurgitadas pelos mochos, um anúncio a sessões de meditação e cura tibetanas —, mas o homem parecia examiná-lo com uma devoção invulgar. Tinha uma chávena de café à frente, em que ainda não tocara, ao lado de um bloco de notas aberto, que também permanecia imaculado. Um poeta à procura de inspiração, pensou Liddell. Um polemista à espera da raiva.

Liddell observou-o com o seu olhar treinado. Estava vestido com roupa de ganga e flanela esfarrapada, o uniforme de Glastonbury. Tinha cabelo escuro puxado para trás, apanhado num rabo de cavalo hirsuto, e olhos quase pretos e ligeiramente vidrados. No pulso direito, usava um relógio com uma correia grossa de cabedal. No esquerdo, tinha várias pulseiras baratas prateadas. Liddell examinou-lhe as mãos e os antebraços, à procura de sinais de tatuagens, mas não encontrou nada. Estranho, pensou, já que em Glastonbury até as avós exibiam com orgulho a sua tinta. Pele imaculada, como o sol no inverno, raramente era vista.

A empregada apareceu e, de forma provocante, colocou a conta no meio do jornal de Liddell. Era uma criatura alta, bastante bonita, com cabelos claros com risco ao meio e uma chapa presa na camisola justa que dizia GRACE. Se era o nome dela ou o estado da sua alma, Liddell não sabia. Desde que Hester se fora embora, perdera a capacidade de conversar com mulheres desconhecidas. Além disso, agora havia outra pessoa na sua vida. Era uma rapariga sossegada, que lhe desculpava os defeitos e se mostrava agradecida pelo seu afeto. E, acima de tudo, precisava tanto dele como ele dela. Era a namorada perfeita. A amante perfeita. E era o segredo de Christopher Liddell.

Pagou a conta com dinheiro — andava em guerra com Hester por causa dos cartões de crédito, tal como com praticamente tudo o resto — e dirigiu-se para a porta. O poeta/polemista estava a escrevinhar furiosamente no bloco. Liddell passou por ele discretamente e saiu para a rua. Caía uma névoa agreste e, algures ao longe, conseguia ouvir tambores a rufar. A seguir, lembrou-se de que era quinta-feira, o que significava que era noite de terapia xamânica com tambores nas Assembly Rooms.

Atravessou a rua para o passeio contrário e avançou ao longo da St. John's Church, passando pela pré-primária da paróquia. No dia seguinte, à uma da tarde, Liddell iria estar ali parado, no meio das mães e amas, para saudar Emily quando ela aparecesse. Por ordem judicial, tinha sido transformado em pouco mais do que uma *babysitter*. Duas horas era o tempo que lhe era permitido por dia, que mal chegava para mais do que uma voltinha no carrossel e um pãozinho com passas na loja dos doces. A vingança de Hester.

Virou para Church Lane. Era uma ruela estreita, delimitada de ambos os lados por muros altos de pedra da cor do sílex. Como de costume, o único candeeiro estava apagado e a rua escura como breu. Liddell andava a pensar em comprar uma pequena lanterna, como as que os avós tinham utilizado durante a Segunda Guerra Mundial. Pareceu-lhe ouvir o som de passos atrás de si e espreitou por cima do ombro para a escuridão. Não era nada, decretou ele, só a cabeça a pregar-lhe partidas. *Que tontinho, Christopher*, conseguia ouvir Hester dizer. *Que grande, grande tontinho*.

No fim da ruela, havia uma zona residencial com chalés contíguos e casas geminadas. Henley Close ficava na ponta mais a norte, com vista para um campo desportivo. Os seus quatro chalés eram um pouco maiores do que a maioria naquele bairro e possuíam jardins cercados por muros na parte da frente. Na ausência de Hester, o jardim do número 8 tinha adquirido um melancólico ar de desleixo que começava a fazer com que Liddell fosse olhado reprovadoramente pelo casal que vivia na casa do lado. Enfiou a chave e girou o trinco. Ao avançar para o corredor de entrada, foi recebido pelo chilrear do alarme. Introduziu o código de desativação no teclado — uma versão numérica, com oito dígitos, da data de nascimento de Emily — e subiu as escadas para o andar de cima. A rapariga encontrava-se lá à espera, envolta na escuridão. Liddell acendeu um candeeiro.

Estava sentada numa cadeira de madeira, com um xaile de seda adornado com joias a cobrir-lhe os ombros. Tinha brincos de pérola a balançar-lhe junto ao pescoço e um fio de ouro colado à pele pálida dos seios. Liddell estendeu a mão e acariciou-lhe a face suavemente. Os anos tinham sulcado a sua cara com gretas e rugas e amarelado a pele de alabastro. Não importava; Liddell tinha o poder de a curar. Num recipiente de vidro, preparou uma poção incolor — duas partes de acetona, uma parte de acetato metílico e dez partes de essências minerais — e humedeceu a ponta de uma mecha de algodão. Ao passá-la num movimento circular sobre a curva do seio dela, fitou-a diretamente nos olhos. A rapariga devolveu-lhe o olhar, sedutoramente, com os lábios abertos num meio sorriso brincalhão.

Liddell largou a mecha no chão e preparou uma nova. Foi então que ouviu barulho no andar de baixo, que lhe pareceu ser o estalido de uma fechadura. Ficou sentado sem se mexer durante um momento e, a seguir, virou a cara para o teto e gritou:

— Hester? És tu?

Não tendo obtido resposta, molhou a nova mecha na poção incolor e, uma vez mais, passou-a cuidadosamente por cima da pele do seio da rapariga. Uns segundos depois, ouviu-se outro som, mais próximo do que o último e suficientemente nítido para Liddell se aperceber de que não se encontrava sozinho.

Rodando o corpo no banco rapidamente, vislumbrou no patamar uma figura coberta pelas sombras. A figura avançou dois passos e entrou no estúdio de Liddell calmamente. Roupa de ganga e flanela, cabelo escuro apanhado num rabo de cavalo hirsuto, olhos escuros — o homem do Hundred Monkeys. Era evidente que não era nem poeta nem polemista. Tinha uma arma na mão e apontava-a ao coração de Liddell. Liddell estendeu a mão para agarrar no frasco de solvente. Era um homem de confiança. E, por essa razão, estaria morto dentro de pouco tempo.

2

ST. JAMES'S, LONDRES

A primeira indicação de que havia algum problema ocorreu na tarde seguinte, quando Emily Liddell, de quatro anos e sete meses de idade, saiu da escola pré-primária da paróquia de St. John's e não encontrou ninguém à sua espera para a levar a casa. O corpo foi descoberto pouco tempo depois e, ao início da noite, a morte de Liddell foi declarada oficialmente um homicídio. A notícia inicial da BBC de Somerset incluía o nome da vítima, mas não referia a sua ocupação ou qualquer possível motivo para o assassínio. A Radio 4 optou por ignorar a história, assim como o fizeram os chamados jornais nacionais de qualidade. Apenas o *Daily Mail* publicou uma notícia sobre o homicídio, uma pequena peça enterrada no meio de uma litania de outras histórias sórdidas vindas de todo o país.

Em consequência, a morte de Christopher Liddell poderia ter passado despercebida ao mundo da arte londrino, visto que poucos dos seus pomposos habitantes se dignavam conspurcar os dedos com o *Mail*. Mas tal não se aplicava ao atarracado Oliver Dimbleby, um lascivo negociante de Bury Street que nunca tinha tido pejo em mostrar as suas raízes de classe operária por baixo dos seus fatos de bom corte. Dimbleby leu a notícia do homicídio em Glastonbury enquanto bebia o café do meio da manhã e, ao final da tarde, já se encontrava a proclamar o que tinha acontecido a quem quer que o quisesse ouvir no bar do Green's Restaurant, um antro da zona, na Duke Street, onde os negociantes se juntavam para celebrar os triunfos ou lamber as feridas.

Umas das pessoas que Dimbleby encurralou foi nada mais, nada menos do que Julian Isherwood, dono e único proprietário da, por vezes solvente mas nunca entediante, Isherwood Fine Arts, localizada nos números 7 e 8 de Mason's Yard, em St. James's, Londres. Era «Julie» para os amigos e «Julie Esponja» para os parceiros das suas ocasionais infrações etílicas. Era um homem de contradições. Perspicaz mas imprudente. Brilhante mas ingénuo. Tão cheio de secretismos como um espião, mas capaz de confiar cegamente nas pessoas. Contudo, a maior parte das vezes, era divertido. Com efeito, entre os cidadãos do mundo da arte londrino, a Isherwood Fine Arts sempre fora considerada pela sua qualidade. Tinha passado por picos estonteantes e quedas sem fim, e havia sempre um traço de conspiração à espreita algures sob a superfície reluzente. As raízes do tumulto constante de Isherwood residiam na máxima simples e tantas vezes expressa máxima à luz da qual agia: *Primeiro os quadros, depois o negócio,* ou PQDN, para abreviar. A fé despropositada de Isherwood na PQDN tinha-o por vezes levado à beira da ruína. Na verdade, alguns anos antes, as suas dificuldades financeiras tinham-se tornado tão lancinantes que o próprio Dimbleby encetara uma tentativa grosseira para comprar a posição de

Isherwood. Tratava-se de um de vários incidentes que os dois homens preferiam fazer de conta que nunca tinha acontecido.

Mas até Dimbleby ficou surpreendido com a expressão de choque que se estampou no rosto de Isherwood no instante em que soube da morte ocorrida em Glastonbury. Isherwood conseguiu recompor-se depressa. A seguir, depois de murmurar qualquer coisa disparatada sobre ter de ir visitar uma tia doente, emborcou o seu gim tónico e dirigiu-se para a porta a toda a velocidade.

Isherwood regressou de imediato à galeria e fez um telefonema frenético a um contacto de confiança na Brigada de Arte e Antiguidades da Scotland Yard. Noventa minutos mais tarde, ligou-lhe o contacto. A notícia foi ainda pior do que Isherwood esperava. Da Brigada de Arte comprometeram-se a fazer tudo o que lhes fosse possível, mas, enquanto fitava as divergências brutais presentes nos seus livros de contabilidade, Isherwood concluiu que não tinha outra escolha senão tomar o assunto nas suas próprias mãos. Sim, já tinha havido crises, pensou solenemente, mas aquilo era mesmo sério. Podia perder tudo, tudo aquilo por que tinha trabalhado, e gente inocente pagaria um preço elevado pela sua loucura. Não era maneira de terminar uma carreira — não depois de tudo o que tinha conseguido. E, sem dúvida, não depois de tudo aquilo que o seu pobre e velho pai tinha feito para assegurar a própria sobrevivência de Isherwood.

Foi essa recordação totalmente inesperada do pai que levou Isherwood a pegar uma vez mais no telefone. Começou a marcar um número, mas parou. O melhor é não o avisar já, pensou. O melhor é aparecer-lhe à porta de casa, com o rabinho entre as pernas.

Pousou o auscultador e verificou a agenda para o dia seguinte. Apenas três encontros que não prometiam nada de especial, nada que não pudesse ser adiado. Isherwood riscou cada entrada vigorosamente e, no cimo da página, escrevinhou um único nome bíblico. Olhou para ele fixamente durante um momento e depois, apercebendo-se do erro que cometera, apagou-o com algumas penadas firmes da caneta. *Controla-te*, pensou. *Em que é que estavas a pensar, Julie? Em que raio é que estavas a pensar?*

3

LIZARD PENINSULA, CORNUALHA

O estranho não se instalou no seu velho reduto na Helford Passage, mas num pequeno chalé no cimo dos penhascos, na ponta ocidental da Lizard Peninsula. Tinha-o visto pela primeira vez do convés do veleiro, a um quilómetro e meio de terra. Estava situado no ponto mais distante de Gunwalloe Cove, rodeado de relvas-do-olimpo púrpuras e festucas vermelhas. Atrás dele, elevava-se um campo entrecruzado por vedações; à direita, estendia-se uma praia em meia-lua, onde um velho navio naufragado se encontrava a dormir mesmo sob a rebentação traiçoeira. De longe demasiado perigosa para se tomar banho, a enseada atraía poucos visitantes fora algum montanhista fortuito ou os pescadores locais que apareciam quando as percas começavam a fugir. O estranho recordava-se disso. E também se lembrou de que a praia e o chalé eram extraordinariamente parecidos com um par de quadros executados por Monet, na cidade costeira francesa de Pourville, um dos quais tinha sido roubado de um museu na Polónia e continuava desaparecido até à data.

Os habitantes de Gunwalloe não tinham conhecimento de nada disso, claro. Sabiam apenas que o estranho tinha ficado com o chalé em circunstâncias altamente invulgares

— um arrendamento de doze meses, pago na totalidade, sem quaisquer problemas ou confusões, com todos os pormenores tratados por um advogado de Hamburgo de quem ninguém tinha ouvido falar. Ainda mais desconcertante se revelou o desfile de carros desconhecidos que surgiu na aldeia pouco depois da transação. Os grandes e vistosos carros com matrículas diplomáticas. Os *Cruisers* da polícia local. Os *Opels* de Londres, cheios de homens de cabelo grisalho e fatos cinzentos a condizer. Duncan Reynolds, reformado há trinta anos dos caminhos de ferro e considerado o mais sofisticado dos cidadãos de Gunwalloe, tinha observado os homens a realizarem uma apressada inspeção final na noite em que o estranho chegou. *Estes rapazes não eram daqueles seguranças da treta,* informou ele. *Eram dos verdadeiros. Profissionais, se é que me estão a perceber.*

O estranho era claramente um homem com uma missão, ainda que ninguém em Gunwalloe fizesse a mínima ideia de qual seria. As impressões com que ficavam formavam-se durante as breves incursões que ele fazia à aldeia para comprar mantimentos. Alguns dos mais velhos julgavam reconhecer nele qualquer coisa de soldado, ao passo que as mulheres mais novas admitiam que o achavam atraente — tão atraente, aliás, que alguns dos seus homens começaram a antipatizar fortemente com ele. Os mais patetas enchiam-se de bazófias e falavam em atirar-se a ele, mas os mais sensatos pregavam cautelas. Apesar da estatura algo pequena do estranho, era evidente que sabia tomar conta de si se as coisas ficassem feias. Se provocassem uma luta com ele, avisavam, o mais provável era acabar por haver ossos partidos. E não seriam os dele.

Já a companheira de aspeto exótico era outra história. Era o calor para o seu gelo, a luz do Sol para as suas nuvens cinzentas. A sua beleza excecional dava um toque de classe às ruas da aldeia, juntamente com um traço de intriga estrangeira. Quando a mulher se encontrava de bom humor, os seus olhos pareciam até emitir uma luz muito própria. Mas também havia alturas em que a sua tristeza era visível. Dottie Cox, da loja da aldeia, especulou que a mulher tinha perdido recentemente alguém que lhe era próximo. *Ela tenta escondê-lo,* disse Dottie, *mas é óbvio que a pobrezinha ainda está de luto.*

Não havia qualquer dúvida de que o casal não era britânico. Os cartões de crédito tinham sido emitidos no nome de Rossi, e eles eram muitas vezes ouvidos a murmurarem um para o outro em italiano. Quando Vera Hobbs, da padaria, arranjou por fim coragem para perguntar de onde eram, a mulher respondeu evasivamente: *Londres, maioritariamente.* O homem, no entanto, tinha mantido um silêncio de granito. *Ou é irremediavelmente tímido ou está a esconder alguma coisa,* concluiu Vera. *E eu cá apostava o meu dinheiro na opção número dois.*

Se havia uma opinião em relação ao estranho que fosse partilhada por toda a gente na aldeia, era que se mostrava extremamente protetor no que dizia respeito à mulher. Talvez, arriscavam, um bocadinho *demais.* Quando chegaram, durante as primeiras semanas, parecia nunca se afastar dela mais do que uns quantos centímetros. Mas, por altura do início de outubro, começaram a surgir pequenos indícios de que a mulher estava a ficar cansada da sua presença constante. E, a meio desse mês, já andava a fazer visitas à aldeia desacompanhada. Quanto ao estranho, parecia a um observador que tinha sido condenado por algum tribunal interior a calcorrear para sempre os penhascos do Lizard sozinho.

De início, as suas excursões eram curtas. Mas, gradualmente, começou a efetuar longas e forçadas caminhadas que o mantinham afastado por várias horas seguidas. Embrulhado na gabardina *Barbour* verde-escura e com a boina bem enterrada na cabeça, deslocava-se de forma decidida para sul, passando pelos penhascos até Kynance Cove e Lizard Point, ou então para norte, passando pelo Loe até Porthleven. Havia alturas em que parecia estar perdido em pensamentos e outras em que adotava a prudência de um batedor em missão de reconhecimento. Vera Hobbs achou que andava a tentar recordar-se de qualquer coisa, uma teoria que Dottie Cox tinha considerado risível. *É tão evidente como o nariz na tua cara, Vera, minha velha tonta. O pobre querido não anda a tentar recordar-se de nada. Anda é a fazer todos os possíveis por esquecer.*

Dois assuntos serviram para aumentar ainda mais os mexericos em Gunwalloe. O primeiro dizia respeito aos homens que pareciam estar sempre a pescar na enseada quando o estranho ia fazer uma das suas caminhadas. Toda a gente em Gunwalloe concordava que eram os piores pescadores alguma vez vistos — na verdade, a maioria partia do princípio de que nem sequer eram pescadores. E depois havia a única visita que o casal recebia, um rapaz da Cornualha, de ombros largos e com ar de ídolo de cinema. Após muita especulação, foi Malcolm Braithwaite, um pescador de lagostas reformado que cheirava perpetuamente a mar, quem identificou corretamente o rapaz como o miúdo Peel. *Aquele que salvou o pequeno Adam Hathaway em Sennen*

Cove, mas se recusou a dizer uma palavra sobre isso, recordou Malcolm na altura. *O de Port Navas. A mãe costumava enchê-lo de pancada. Ou será que era o namorado dela?*

O reaparecimento de Timothy Peel desencadeou uma série de acesas especulações acerca da verdadeira identidade do estranho, sendo a maior parte delas feitas sob o efeito do álcool, no *pub* Lamb and Flag. Malcolm Braithwaite decretou que ele era um informador que se encontrava escondido na Cornualha, sob proteção policial, enquanto Duncan Reynolds, por alguma razão, meteu na cabeça que o estranho era um desertor russo. *Como aquele tipo, o Bulganov,* insistiu. *O pobre desgraçado que encontraram morto nas Docklands há uns meses. É melhor o nosso novo amigo ter cuidado ou ainda é capaz de ter o mesmo destino.*

Mas foi Teddy Sinclair, dono de uma pizaria muito boa, em Helston, quem inventou a teoria mais controversa. Enquanto navegava um dia na Internet, à procura sabe-se lá de quê, deu de caras com um velho artigo do *Times* sobre Elizabeth Halton, a filha do antigo embaixador americano, que tinha sido raptada por terroristas quando se encontrava a fazer *jogging* no Hyde Park. Com grande pompa e circunstância, Sinclair apresentou o artigo, acompanhado por uma fotografia desfocada dos dois homens que levaram a cabo o seu dramático resgate na manhã do dia de Natal, na Abadia de Westminster. Na altura, a Scotland Yard tinha afirmado que os heróis eram agentes da divisão de operações especiais londrina SO19. O *Times,* no entanto, relatou que se tratava na realidade de agentes dos serviços secretos israelitas — e que o mais velho dos dois, o que tinha cabelo escuro e têmporas grisalhas, era nada mais, nada menos do que o famoso espião e assassino chamado Gabriel Allon. *Olhem bem para ele. É ele, digo-vos eu. O homem que agora vive em Gunwalloe Cove é nada mais, nada menos do que Gabriel Allon.*

Aquilo originou a mais sonora explosão de gargalhadas ouvida no Lamb and Flag desde que Malcolm Braithwaite, bêbado, tinha apoiado o joelho no chão e declarado o seu eterno amor por Valerie Hobbs. Quando foi finalmente restabelecida a ordem, um humilhado Teddy Sinclair amassou o artigo numa bola e atirou-o para a lareira. E embora nunca o viesse a saber, a sua teoria sobre o homem que vivia na extremidade mais distante da enseada estava absoluta e inteiramente correta.

Se o estranho tinha conhecimento deste escrutínio, não revelou qualquer sinal disso. Olhava pela bela mulher e caminhava pelos penhascos fustigados pelo vento, às vezes parecendo que estava a tentar recordar-se e outras como se estivesse a tentar esquecer. Na segunda terça-feira de novembro, quando se aproximava da ponta sul de Kynance Cove, avistou um homem alto e de cabelo grisalho, precariamente parado na esplanada do Polpeor Café, em Lizard Point. Mesmo a uma distância tão grande, conseguiu perceber que o homem o observava. Gabriel parou e enfiou a mão no bolso do casaco, apertando a forma reconfortante de uma *Beretta* de 9 milímetros. E foi nesse preciso momento que o homem começou a agitar os braços, como se estivesse a afogar-se. Gabriel largou a pistola e recomeçou a andar, com o vento vindo do mar a rugir-lhe nos ouvidos e o coração a ribombar como um timbale.

4

LIZARD POINT, CORNUALHA

— Como é que me encontraste, Julian?

— A Chiara disse-me que vinhas para estes lados.

Incrédulo, Gabriel ficou a olhar para Isherwood.

— Como é que achas que te encontrei, meu querido?

— Ou o conseguiste sacar ao diretor-geral do MI5 ou disse-te o Shamron. Vou apostar que foi o Shamron.

— Sempre foste um rapaz esperto.

Isherwood adicionou leite ao chá. Estava vestido para o campo, com roupa de *tweed* e lã, e as suas longas madeixas grisalhas pareciam ter sido aparadas recentemente, um indício seguro de que andava envolvido com uma nova mulher. Gabriel não conseguiu evitar sorrir. Sempre o espantara a capacidade que Isherwood tinha para o amor. Era apenas igualada pelo desejo de descobrir e adquirir quadros.

— Dizem que existe uma terra perdida algures por aqui — afirmou Isherwood, apontando com a cabeça para a janela. — Segundo parece, estende-se daqui até às ilhas da Sicília. Dizem que, quando o vento está de feição, se consegue ouvir os sinos das igrejas a tocar.

— Chamam-lhe Lyonesse, a Cidade dos Leões, e não passa de uma lenda local.

— Como aquela sobre um arcanjo que vive no cimo dos penhascos de Gunwalloe Cove?

— É melhor não nos entusiasmarmos com as alusões bíblicas, Julian.

— Sou negociante de arte dos Velhos Mestres italianos e holandeses. As alusões bíblicas são o pão nosso de cada dia para mim. Além disso, é difícil não nos entusiasmarmos num sítio destes. É um bocadinho isolado para o meu gosto, mas consigo compreender porque é que sempre te sentiste atraído por ele — respondeu Isherwood, desapertando os botões do sobretudo. — Lembro-me daquele chalé encantador que tiveste em Port Navas. E daquele sapinho horrível que costumava tomar conta dele quando não estavas. Recorda-me o nome do rapaz.

— Peel — disse Gabriel.

— Ah, sim, o menino Peel. Era igual a ti. Um espião nato, esse miúdo. Deu-me uma trabalheira dos diabos quando lá fui buscar aquele quadro que tinha deixado ao teu cuidado — retorquiu Isherwood, fazendo questão de mostrar que estava a pensar com afinco. — Vecellio, não era?

Gabriel assentiu com a cabeça e atirou:

— *A Adoração dos Pastores.*

— Uma pintura linda — acrescentou Isherwood, com os olhos a cintilarem. — O meu negócio estava preso pelos últimos arames. Esse Vecellio era a jogada que me ia permitir continuar a viver como um rei por mais alguns anos, e a ideia era que tu o estivesses a restaurar. Mas tinhas desaparecido da face da terra, não tinhas? Desaparecido sem deixar rasto — prosseguiu Isherwood, franzindo o sobrolho.

— Fui parvo em me ter deixado envolver contigo e com os

teus amigos de Telavive. Vocês servem-se das pessoas como eu. E quando terminam, lançam-nas aos lobos.

Isherwood aqueceu as mãos, encostando-as ao bule de alumínio baço. O apelido tipicamente inglês e a estatura também inglesa escondiam o facto de não ser, pelo menos tecnicamente, inglês. Britânico em termos de nacionalidade e passaporte, sim, mas alemão de nascimento, francês em matéria de educação e judeu no que se refere à religião. Apenas um punhado de amigos de confiança sabia que Isherwood tinha entrado em Londres a cambalear, em 1942, na qualidade de criança refugiada, depois de ter sido carregado ao longo dos Pirenéus cobertos de neve por dois pastores bascos. Ou que o pai, o ilustre Samuel Isakowitz, negociante de arte parisiense, tinha sido assassinado no campo de morte de Sobibor, juntamente com a mãe de Isherwood. E embora Isherwood tivesse guardado cuidadosamente os segredos do seu passado, a história da sua dramática fuga da Europa ocupada pelos nazis tinha chegado aos ouvidos de Ari Shamron, o lendário mestre espião israelita. E, em meados da década de 70, durante uma vaga de atentados terroristas palestinianos a alvos israelitas na Europa, Shamron recrutara Isherwood como *sayan,* um ajudante voluntário. Isherwood tinha apenas uma missão — contribuir para a elaboração e manutenção do disfarce operacional de um jovem restaurador de arte e assassino chamado Gabriel Allon.

— E quando é que falaste com ele? — perguntou Gabriel.

— Com o Shamron? — retorquiu Isherwood, encolhendo os ombros de maneira ambígua. — Cruzei-me com ele em Paris há umas semanas.

40

Pela sua expressão, Gabriel deixou claro que não considerava o relato de Isherwood muito credível. Ninguém se cruzava com Ari Shamron. E quem o fazia raramente vivia para recordar a experiência.

— Em Paris, onde?

— Jantámos na suíte dele no Ritz. Só nós dois.

— Que romântico.

— Na verdade, não estávamos completamente sozinhos. Também lá estava o guarda-costas dele. Pobre Shamron. É tão velho como as montanhas da Judeia, mas os inimigos continuam a persegui-lo implacavelmente.

— São ossos do ofício, Julian.

— Suponho que sejam — respondeu Isherwood, olhando para Gabriel e sorrindo de forma triste. — É teimoso como uma mula e praticamente tão encantador. Mas uma parte de mim fica contente por ele ainda andar por aí. E a outra parte teme o dia em que ele acabe por morrer. Israel nunca mais será verdadeiramente a mesma coisa. E a Avenida Rei Saul também não.

A Avenida Rei Saul era a sede dos serviços secretos externos de Israel. A agência com um nome comprido e deliberadamente enganador tinha muito pouco que ver com a verdadeira natureza do seu trabalho. Aqueles que lá trabalhavam referiam-se a ela apenas como o Departamento e nada mais.

— O Shamron nunca vai morrer, Julian. O Shamron é eterno.

— Eu não teria tanta certeza assim, meu querido. Não me pareceu com grande aspeto.

Gabriel deu um gole no chá. Já tinha passado quase uma década desde que Shamron fizera a sua última comissão como chefe e, no entanto, continuava a intrometer-se

41

nos assuntos do Departamento como se este fosse o seu feudo pessoal. As suas fileiras encontravam-se repletas de membros que agiam segundo uma máxima, e chegavam mesmo a falar uma língua, da autoria dele. E apesar de já não ocupar nenhum cargo ou ter um título oficial, Shamron continuava a ser a mão invisível que guiava a política de segurança israelita. Nos corredores das forças de segurança israelitas, era conhecido apenas como o *Memuneh,* aquele que manda. Durante muitos anos, dedicara o seu formidável poder a uma única missão — persuadir Gabriel, que considerava ser o seu filho rebelde, a assumir o lugar, que era dele por direito próprio, no gabinete do diretor, na Avenida Rei Saul. Gabriel resistira sempre; e depois da sua última operação, Shamron tinha-lhe concedido por fim permissão para abandonar a organização que servira desde a juventude.

— Porque estás aqui, Julian? Tínhamos um acordo. Quando eu estivesse preparado para trabalhar, entrava em contacto *contigo,* não o contrário.

Isherwood inclinou-se para a frente e pousou a mão no braço de Gabriel.

— O Shamron contou-me o que aconteceu na Rússia — revelou com suavidade. — Deus sabe que não sou um especialista na matéria, mas duvido que mesmo tu tenhas o poder de apagar uma recordação dessas.

Gabriel observou as gaivotas a pairarem como papagaios de papel sobre a ponta de Lizard Point. No entanto, os seus pensamentos iam para uma floresta de bétulas a leste de Moscovo. Estava parado ao lado de Chiara, à beira de uma sepultura acabada de cavar, com as mãos amarradas atrás das costas e os olhos postos no cano de uma pistola de grande calibre. Do outro lado dela estava Ivan Kharkov, oligarca russo, financeiro internacional, traficante de armas e assassino. *Divirta-se a ver a sua mulher morrer, Allon.* Gabriel piscou os olhos e a visão foi-se.

— O que é que o Shamron te contou?

— O suficiente para saber que tu e a Chiara têm todo o direito de se trancarem naquele chalé e nunca mais de lá saírem — respondeu Isherwood, ficando depois calado por um momento. — É verdade que ela estava grávida quando a raptaram naquela estrada da Úmbria?

Gabriel fechou os olhos e assentiu com a cabeça.

— Os raptores de Ivan deram-lhe várias doses de sedativos enquanto a deslocavam de Itália para a Rússia. Ela perdeu o bebé nessa altura.

— E como é que ela está agora?

— Como um quadro acabado de restaurar. À superfície, parece ótima. Mas por baixo... — respondeu Gabriel, com a voz a sumir-se. — Tem danos, Julian.

— Com que gravidade?

— Tem dias bons e dias maus.

— Li nos jornais que o Ivan tinha sido assassinado. A polícia francesa parece convencida de que foi morto por ordem do Kremlin ou por um rival de negócios zangado. Mas foste tu, não foste, Gabriel? Foste tu que mataste o Ivan à saída daquele restaurante fino em Saint-Tropez.

— Lá porque estou oficialmente reformado, não significa que as regras tenham mudado, Julian.

Isherwood reabasteceu a chávena de chá e limpou ponderadamente os cantos da boca com o guardanapo.

— Fizeste um favor ao mundo ao matá-lo — disse ele em voz baixa. — Agora, tens de fazer outro a ti mesmo e à tua linda mulher. Está na altura de tu e a Chiara voltarem a juntar-se aos vivos.

— Nós estamos vivos, Julian. E bastante bem, na realidade.

— Não, não estão. Estão de luto. Estão numa *shivah* prolongada pela criança que perderam na Rússia. Mas podes fazer os penhascos daqui até Land's End, Gabriel, que isso nunca te vai trazer o bebé de volta. A Chiara sabe isso. E está na altura de começares a pensar noutra coisa qualquer que não seja um oligarca russo chamado Ivan Kharkov.

— Noutra coisa qualquer, género um quadro?

— Exato.

Gabriel suspirou audivelmente.

— Quem é o artista?

— Rembrandt.

— E em que condições está?

— É difícil dizer.

— E porquê?

— Porque, de momento, se encontra desaparecido.

— E como é que eu posso restaurar um quadro desaparecido?

— Se calhar, não me estou a explicar bem. Não preciso que me *restaures* um quadro, Gabriel. Preciso que mo *encontres*.

LIZARD POINT, CORNUALHA

Foram caminhando pelos penhascos, em direção a Lizard Light, um estudo de contrastes, figuras pertencentes a quadros diferentes. Isherwood tinha as mãos bem enfiadas nos bolsos do seu casaco de campo de *tweed*, com as pontas do cachecol de lã a esvoaçarem como bandeiras sinalizadoras ao vento agreste. Paradoxalmente, estava a falar do verão — de uma sufocante tarde de julho em que tinha visitado um *château* no vale do Loire para fazer a seleção da coleção do seu falecido proprietário, um dos aspetos mais macabros da dúbia existência de um negociante de arte.

— Havia um ou dois quadros que eram moderadamente interessantes, mas o resto era uma treta completa. Quando estava a ir-me embora, o meu telemóvel tocou. Era nada mais, nada menos do que o David Cavendish, consultor de arte ao serviço de gente imensamente rica e um tipo bastante suspeito, para não dizer pior.

— E o que é que ele queria?

— Queria fazer-me uma proposta. Daquelas que não podiam ser discutidas ao telefone. Insistiu que fosse ter com ele imediatamente. Estava instalado numa *villa* que lhe tinham emprestado na Sardenha. O Cavendish é mesmo assim.

Um convidado profissional. Nunca paga nada. Mas prometeu-me que a viagem valeria bem o meu tempo. E também deu a entender que a casa ia estar cheia de raparigas bonitas e de uma bela quantidade de excelente vinho.

— E então apanhaste o avião seguinte?

— Que mais podia fazer?

— E a proposta?

— Ele tinha um cliente que queria desfazer-se de um quadro bastante importante. Um Rembrandt. Uma bela aquisição. Nunca tinha sido visto em público. Disse que o cliente não estava muito inclinado a utilizar uma das grandes leiloeiras. Queria que o assunto fosse tratado de maneira privada. E também disse que o cliente gostava de ver o quadro pendurado num museu. O Cavendish tentou apresentá-lo como uma espécie de filantropo. Mas o mais certo era que não conseguisse simplesmente suportar a ideia de o ver pendurado na parede de outro colecionador.

— E porquê tu?

— Porque, de acordo com os parâmetros bastante baixos do mundo da arte, sou considerado um modelo de virtude. E apesar dos meus vários tropeções ao longo dos anos, por alguma razão consegui manter uma excelente reputação ao nível dos museus.

— Se eles soubessem — atirou Gabriel, abanando a cabeça devagar. — E o Cavendish chegou alguma vez a dizer-te o nome do vendedor?

— Veio com uma história disparatada sobre nobreza falida de uma terra no Leste, mas eu não acreditei numa só palavra.

— E porquê uma venda privada?

— Não ouviste dizer? Nestes tempos de incertezas, são a última moda. Em primeiro lugar, e antes de mais nada, asseguram anonimato total ao vendedor. Lembra-te, meu querido, que uma pessoa não se desfaz de um Rembrandt por estar cansada de olhar para ele. Desfaz-se dele porque precisa de dinheiro. E a última coisa que uma pessoa rica quer é anunciar ao mundo que já não é assim tão rica. Além disso, levar um quadro a leilão é sempre arriscado. Duplamente arriscado, num clima destes.

— Portanto, concordaste em tratar da venda.

— Evidentemente.

— E qual era a tua parte?

— Dez por cento de comissão, divididos, metade para cada um, com o Cavendish.

— Isso não é lá muito ético, Julian.

— Faz-se o que tem de se fazer. O meu telefone parou de tocar no dia em que o Dow Jones desceu abaixo dos sete mil. E não estou sozinho. Todos os negociantes de St. James's estão a sentir o aperto. Toda a gente menos Giles Pittaway, claro. Por alguma razão, o Giles consegue sempre resistir a todas as dificuldades.

— E presumo que tenhas pedido uma segunda opinião sobre a tela antes de a levares para o mercado, não?

— Imediatamente — respondeu Isherwood. — Afinal de contas, tinha de me certificar de que o quadro em questão era mesmo um Rembrandt e não algo saído do Estúdio de Rembrandt, da Escola de Rembrandt, dos Seguidores de Rembrandt ou, Deus nos livre, à Maneira de Rembrandt.

— E quem fez a autenticação?

— Quem é que achas?

— Van Berkel?

— É óbvio que sim.

O doutor Gustaaf van Berkel era amplamente reconhecido como a mais importante autoridade no que dizia respeito a Rembrandt. E também ocupava o cargo de diretor
e investigador principal do Comité Rembrandt, um grupo
de historiadores de arte, cientistas e investigadores, cujo
trabalho de uma vida era assegurar que cada quadro atribuí-
do a Rembrandt era de facto um Rembrandt.

— Como seria de prever, o Van Berkel teve as suas dúvidas — disse Isherwood. — Mas depois de ver as minhas
fotografias, aceitou largar tudo e ir a Londres ver o quadro
com os seus próprios olhos. A expressão de arrebatamento
na cara dele disse-me tudo o que precisava de saber. Mas,
mesmo assim, ainda tive de esperar duas agonizantes semanas até que Van Berkel e a sua galeria de estrelas anuncias-
sem o seu veredito. Decretaram que o quadro era autêntico
e que podia ser vendido enquanto tal. Fiz o Van Berkel
jurar segredo. Até o obriguei a assinar um acordo de confidencialidade. A seguir, meti-me no avião seguinte para
Washington.

— E porquê Washington?

— Porque a National Gallery estava a ultimar os preparativos para uma importantíssima exposição de Rembrandt.
Uma série de proeminentes museus americanos e europeus
concordara em ceder temporariamente os seus próprios
Rembrandts, mas eu tinha ouvido rumores sobre um fundo
que tinha sido reservado para uma nova aquisição. E também tinha ouvido dizer que queriam qualquer coisa que pudesse gerar uns quantos cabeçalhos. Qualquer coisa excitante que pudesse atrair uma multidão.

— E o teu recém-descoberto Rembrandt correspondia a esses parâmetros.

— Assentava como um dos meus fatos feitos por encomenda, meu querido. Na verdade, conseguimos chegar a um entendimento muito depressa. Fiquei de entregar o quadro em Washington, completamente restaurado, no período de seis meses. E depois o diretor da National Gallery desvelaria a sua aquisição ao mundo.

— Não referiste o preço da venda.

— Não perguntaste.

— Estou a perguntar.

— Quarenta e cinco milhões. Rubriquei um acordo preliminar com os termos do negócio, em Washington, e ofereci a mim mesmo uns dias com uma amiga especial no Eden Rock Hotel, em Saint Barths. A seguir, voltei para Londres e pus-me à procura de um restaurador. Precisava de alguém que fosse bom. Alguém que fosse discreto por natureza. E foi por isso que fui a Paris ter com o Shamron.

Isherwood olhou para Gabriel, à procura de uma reação. Ao ter como resposta o silêncio, abrandou o passo até parar, ficando a observar as ondas baterem nas rochas em Lizard Point.

— Quando o Shamron me disse que tu ainda não estavas preparado para trabalhar, decidi-me com relutância por outro restaurador. Alguém que agarraria com as duas mãos a hipótese de limpar um Rembrandt há muito desaparecido. Um antigo conservador da Tate que tinha começado a trabalhar por conta própria. Não tão elegante como a minha primeira escolha, mas sólido e muito menos complicado. Sem problemas com terroristas nem com traficantes de

49

armas russos. Nunca me pediu para ficar um fim de semana com a gata de um desertor. E nada de cadáveres a aparecerem por aí. Exceto agora — afirmou Isherwood, voltando-se para Gabriel. — A não ser que tenhas desistido de ver as notícias, tenho a certeza de que és capaz de terminar o resto da história.

— Contrataste o Christopher Liddell.

Isherwood acenou com a cabeça lentamente e contemplou o mar que escurecia.

— É uma pena que não tenhas ficado com o trabalho, Gabriel. A única pessoa a morrer teria sido o ladrão. E eu ainda teria o meu Rembrandt.

CAPÍTULO

6

LIZARD PENINSULA, CORNUALHA

As sebes bordejavam o trilho estreito que seguia para norte desde Lizard Point, tapando toda a vista dos campos em redor. Isherwood ia a conduzir a uma velocidade de caracol, com o corpo comprido debruçado sobre o volante, enquanto Gabriel olhava fixa e silenciosamente pela janela.

— Tu conhecia-lo, não conhecias?

Gabriel acenou com a cabeça distraidamente.

— Fizemos a nossa aprendizagem em Veneza com o Umberto Conti. O Liddell nunca gostou de mim.

— Isso é compreensível. Devia sentir inveja. O Liddell tinha talento, mas não estava ao teu nível. Tu eras a estrela e toda a gente sabia.

Era verdade, pensou Gabriel. Quando Christopher Liddell chegara a Veneza, já era um artesão habilidoso — mais habilidoso, até, do que Gabriel —, mas nunca tinha sido capaz de conquistar a aprovação de Umberto. O trabalho de Liddell era metódico e meticuloso, mas faltava-lhe a paixão invisível que Umberto via sempre que o pincel de Gabriel tocava numa tela. Umberto tinha uma chave mágica capaz de abrir qualquer porta em Veneza. Quando a noite já ia alta, arrancava Gabriel do quarto para ir estudar as obras-primas da cidade. Liddell ficou irritado quando soube dessas aulas noturnas e pedira para ser convidado. Umberto recusou. A aprendizagem de Liddell limitar-se-ia às horas do dia. As noites pertenciam a Gabriel.

— Não é todos os dias que um restaurador de arte é brutalmente assassinado no Reino Unido — atirou Isherwood. — Tendo em conta a tua situação, isso deve ter sido a modos que um choque para ti.

— Digamos apenas que li as notícias desta manhã com mais do que mero interesse. E nenhuma mencionava um Rembrandt desaparecido, recém-descoberto ou não.

— Isso foi porque, segundo as orientações da Brigada de Arte e Antiguidades da Scotland Yard, a polícia local concordou em manter o roubo em segredo, pelo menos por enquanto. A publicidade indevida torna a recuperação mais difícil, já que tende a incitar contactos de pessoas que não possuem realmente o quadro. No que diz respeito ao comum dos mortais, o motivo do homicídio de Liddell continua a ser um mistério.

— Tal como devia ser — retorquiu Gabriel. — Além disso, a última coisa que precisamos de anunciar é que os restauradores privados mantêm quadros extremamente valiosos em condições que não são propriamente seguras.

Era um dos muitos segredos sujos do mundo da arte. Gabriel tinha trabalhado sempre isolado. Mas, em Nova Iorque e Londres, não era invulgar entrar-se no estúdio de um restaurador de elite e deparar-se com quadros no valor de dezenas de milhões de dólares. Se a temporada de leilões se estivesse a aproximar, o valor do inventário podia atingir quantias estratosféricas.

— Diz-me mais coisas sobre o quadro, Julian.

Isherwood lançou um olhar expectante a Gabriel.

52

— Isso quer dizer que o vais fazer?

— Não, Julian. Só quer dizer que quero saber mais coisas sobre o quadro.

— E por onde é que queres que comece?

— Pelas dimensões.

— Cento e quatro por oitenta e seis centímetros.

— Data?

— Mil seiscentos e cinquenta e quatro.

— Painel ou tela?

— Tela. A contagem de filamentos bate certo com as telas que Rembrandt utilizava nessa altura.

— E quando é que foi o último restauro?

— É difícil dizer. Há uns cem anos... talvez há mais tempo. A tinta estava bastante gasta nalguns sítios. Liddell achava que seria preciso muito trabalho de restauração para a pôr em condições. Estava preocupado com a hipótese de não conseguir acabar a tempo...

Gabriel perguntou pela composição.

— Estilisticamente, é semelhante aos seus outros retratos a três quartos desse período. O modelo é uma rapariga de vinte e muitos ou trinta e poucos anos. Atraente. Tem um xaile de seda adornado com joias e pouco mais. Há ali qualquer coisa de íntimo. É óbvio que ela conseguiu tocar Rembrandt. Ele trabalhou com um pincel muitíssimo carregado e a uma velocidade considerável. Em determinados sítios, parece que estava a pintar *alla prima,* com tinta sobre uma superfície húmida.

— E sabemos quem ela é?

— Não há nada que a identifique especificamente, mas o Comité Rembrandt e eu concordamos que é a amante de Rembrandt.

— Hendrickje Stoffels?

Isherwood assentiu com a cabeça.

— A data do quadro é significativa, pois foi no mesmo ano em que Hendrickje deu à luz a filha de Rembrandt. A Igreja holandesa não achou grande piada a isso, claro. Ela foi levada a tribunal e condenada por viver com Rembrandt como uma puta. Rembrandt, astuto como era, nunca casou com ela.

Isherwood parecia genuinamente perturbado com tudo aquilo. Gabriel sorriu.

— Se não soubesse o que sei, Julian, ia achar que estás com ciúmes.

— Espera só até a veres.

Os dois homens calaram-se de repente, ao mesmo tempo que Isherwood fazia o carro entrar na aldeia de Lizard. No verão, ficaria repleta de turistas. Agora, com as bancas de recordações fechadas e as geladarias às escuras, possuía a tristeza de uma festa à chuva.

— E qual é a proveniência?

— Delicada mas limpa.

— Ou seja?

— Há umas lacunas aqui e acolá. Como acontece contigo — acrescentou Isherwood, com um olhar confiante. — Mas não há reclamações contra ele. Pedi ao Registo de Arte Perdida para fazer uma pesquisa rápida, só para jogar pelo seguro.

— A repartição de Londres?

Isherwood assentiu com a cabeça.

— Então eles também sabem do quadro?

— O Registo de Arte Perdida tem como finalidade encontrar quadros, meu querido, e não roubá-los.

— Continua, Julian.

— Crê-se que o quadro se manteve na coleção pessoal de Rembrandt até ele morrer, tendo depois sido vendido pelo tribunal de falências para ajudar a pagar as dívidas. A seguir, andou a vaguear por Haia durante um século ou coisa parecida, fez uma breve incursão pela Itália e regressou à Holanda no início do século XIX. O atual proprietário comprou-o em 1964 à Hoffmann Gallery, em Lucerna. Aquela rapariga linda tem estado escondida a vida inteira.

Entraram num túnel de árvores repletas de hera e desceram por um vale profundo, saído de um conto de fadas, com uma velha igreja de pedra no seu sopé.

— E quem mais sabia que o quadro estava em Glastonbury?

Isherwood fez questão de mostrar que estava a ponderar bem a questão.

— O diretor da National Gallery of Art, em Washington, e a minha empresa transportadora. — Hesitou e, a seguir, acrescentou: — E suponho que seja possível que o tenha mencionado ao Van Berkel.

— E o Liddell tinha mais quadros no estúdio?

— Quatro — respondeu Isherwood. — Um Rubens que tinha acabado de terminar para a Christie's, uma coisa que podia ou não ser um Ticiano, uma paisagem de Cézanne, bastante boa, na verdade, e uns nenúfares horrorosamente caros de Monet.

— Presumo que esses também tenham sido roubados, não?

Isherwood abanou a cabeça.

— Só o meu Rembrandt.

— Mais nenhum quadro? Tens a certeza?

— Confia em mim, meu querido. Tenho a certeza.

Saíram do vale e voltaram aos espaços abertos. Ao longe, um par de gigantescos helicópteros *Sea King* sobrevoava a base aérea naval como se fossem zepelins. Os pensamentos de Gabriel, no entanto, estavam concentrados numa única pergunta. Por que razão iria um ladrão, a correr, pegar num grande Rembrandt em vez de um Cézanne ou Monet mais pequenos?

— E a polícia tem alguma teoria?

— Suspeita que o Liddell deva ter surpreendido os ladrões a meio do roubo. Quando as coisas deram para o torto, mataram-no e agarraram no quadro que estava mais perto, que por acaso era o meu. Depois deste verão, a Scotland Yard está bastante pessimista em relação às possibilidades de ele vir a ser recuperado. E a morte do Liddell faz com que seja ainda mais complicado. Isto agora é, em primeiro lugar e antes de mais nada, uma investigação de homicídio.

— E quanto tempo é que a tua seguradora vai demorar a pagar?

Isherwood franziu o sobrolho e tamborilou com o dedo no volante nervosamente.

— Custa-me dizê-lo, mas acabaste de te referir ao meu dilema.

— Qual dilema?

— Neste momento, o proprietário legítimo do Rembrandt continua a ser o cliente sem nome de David Cavendish. Mas quando o quadro me chegou às mãos, devia ter sido abrangido pela minha apólice de seguros.

A voz de Isherwood começou a sumir-se. Possuía um tom melancólico que Gabriel já tinha ouvido muitas vezes.

Às vezes, surgia quando o coração de Isherwood tinha sido partido ou quando fora forçado a vender um quadro que prezava. Mas, normalmente, queria dizer que se encontrava em dificuldades financeiras. Outra vez.

— E o que é que fizeste agora, Julian?

— Bom, tem sido um ano duro, não tem, meu querido? Descidas na bolsa de valores. Colapsos no mercado imobiliário. Vendas em queda para os artigos de luxo. O que é que se espera que um pequeno negociante independente como eu faça?

— Não falaste do quadro à tua seguradora, pois não?

— O raio dos prémios são tão caros. E aqueles mediadores são cá umas sanguessugas. Sabes quanto é que isso me teria custado? Achei que podia...

— Fazer um atalho?

— Qualquer coisa do género.

Isherwood calou-se de repente. Quando voltou a falar, havia um tom de desespero na voz que não estava lá antes:

— Preciso da tua ajuda, Gabriel. Corro o risco de ter de vir a pagar quarenta e cinco *milhões* de dólares.

— Não é isso que eu faço, Julian. Sou...

— Restaurador? — interrompeu Isherwood, lançando um olhar cético a Gabriel. — Como ambos sabemos, não és exatamente um restaurador de arte qualquer. Por acaso, também és muito bom a encontrar coisas. E, durante todos estes anos em que te conheço, nunca te pedi um favor. — Isherwood parou por uns instantes e, a seguir, rematou: — Não tenho mais ninguém a quem recorrer. A não ser que me ajudes, estou arruinado.

Gabriel bateu ao de leve com os nós dos dedos na janela para avisar Isherwood de que estavam a aproximar-se da saída mal sinalizada para Gunwalloe. Tinha de reconhecer que o pedido de Isherwood produzira efeito nele. O pouco que sabia sobre o caso indiciava que não se tratava de um vulgar roubo de arte. E também estava a braços com uma irritante sensação de culpa em relação à morte de Liddell. Tal como Shamron, Gabriel fora amaldiçoado com um sentido apurado do que estava certo e errado. Os seus maiores triunfos profissionais não tinham sido atingidos pela força das armas, mas através de uma vontade inflexível de dar a conhecer os males do passado e de os corrigir. Era um restaurador no verdadeiro sentido da palavra. Para Gabriel, o caso era como um quadro danificado. Deixá-lo no seu estado atual, escurecido pelo verniz amarelado e marcado pelo tempo, era impossível. Isherwood sabia isso, claro. E também sabia que possuía um aliado poderoso. O Rembrandt intercedia a seu favor.

Quando chegaram a Gunwalloe, uma escuridão medieval tinha-se abatido sobre a costa da Cornualha. Isherwood não voltou a falar, guiando o *Jaguar* pela única rua da aldeia, em direção ao pequeno chalé que ficava na ponta mais distante da enseada. Ao virarem para o caminho de entrada, uma dúzia de luzes de segurança acendeu-se de imediato, inundando a paisagem de uma luz branca ofuscante. Parada no terraço do chalé, com o cabelo escuro a esvoaçar ao vento, encontrava-se Chiara. Isherwood observou-a por um momento e depois fez questão de mostrar que estava a contemplar a paisagem.

— Já alguém te tinha dito que este sítio é exatamente igual à *Cabana do Funcionário da Alfândega em Pourville?*

— A rapariga dos correios é capaz de ter falado nisso — respondeu Gabriel, olhando fixamente para Chiara. — Eu gostava de te ajudar, Julian...

— Mas?

— Não estou preparado. — Gabriel parou por uns instantes. — E ela também não.

— Eu não teria tanta certeza assim em relação à última parte.

Chiara desapareceu dentro do chalé. Isherwood entregou a Gabriel um envelope grande de papel manilha.

— Pelo menos, dá uma vista de olhos nisto. Se mesmo assim não o quiseres fazer, eu arranjo-te um quadro simpático para limpares. Uma coisa que seja um desafio, como um painel italiano do século XIV, com graves deformações abauladas e danos mais do que suficientes para manter essas tuas mãos mágicas ocupadas durante vários meses.

— Restaurar um quadro desses seria mais fácil do que encontrar o teu Rembrandt.

— Sim — concordou Isherwood. — Mas nem por sombras tão interessante.

7

GUNWALLOE COVE, CORNUALHA

Ao todo, o envelope continha dez fotografias — uma que mostrava a tela inteira, bem como nove imagens pormenorizadas, em grande plano. Gabriel alinhou-as no balcão da cozinha e examinou-as com uma lupa.

— O que estás a ver? — perguntou Chiara.

— A justaposição da pincelada dele.

— E?

— O Julian tem razão. Ele pintou-o muito depressa e com grande paixão. Mas duvido que estivesse a trabalhar *alla prima*. Consigo ver partes em que colocou primeiro as sombras e depois as deixou secar.

— Então é de certeza um Rembrandt?

— Sem dúvida.

— Como podes estar tão certo só de olhar para uma fotografia?

— Há cem mil anos que estou rodeado de quadros. Reconheço-o quando o vejo. Isto não é só um Rembrandt, é um ótimo Rembrandt. E está dois séculos e meio à frente do seu tempo.

— Como assim?

— Olha para a sua pincelada. Rembrandt era um impressionista antes de alguém ter ouvido sequer essa palavra. É a prova do génio dele.

Chiara pegou numa das fotografias, uma imagem pormenorizada do rosto da mulher.

— Uma rapariga bonita. A amante de Rembrandt?

Gabriel ergueu a sobrancelha, surpreendido.

— Eu cresci em Veneza e tenho um mestrado em História do Império Romano. Sei qualquer coisa sobre arte, sabes? — disse Chiara, olhando outra vez para a fotografia e abanando a cabeça lentamente. — Ele tratou-a de forma horrível. Devia ter casado com ela.

— Pareces o Julian.

— O Julian tem razão.

— Rembrandt tinha uma vida complicada.

— Onde é que eu já ouvi essa?

Chiara dirigiu-lhe um sorriso travesso e voltou a colocar a fotografia no seu sítio, em cima do balcão. O inverno da Cornualha tinha-lhe suavizado o tom moreno da pele, ao passo que o ar húmido do mar lhe tinha acrescentado caracóis e canudos ao cabelo. Tinha-o apanhado com um gancho na nuca e o cabelo caía-lhe sobre as omoplatas numa grande nuvem de madeixas castanho-avermelhadas e cor de cobre. Era dois centímetros e meio mais alta do que Gabriel e tinha sido abençoada com os ombros largos, a cintura estreita e as pernas compridas de uma atleta nata. Se tivesse crescido noutro sítio que não Veneza, poderia muito bem ter-se tornado uma estrela da natação ou do ténis. Mas, como a maioria dos venezianos, Chiara considerava que as competições desportivas eram algo a que se devia assistir enquanto se tomava café ou comia uma boa refeição. Quando o exercício era necessário, fazia-se amor ou passeava-se até Zattere para saborear um gelado. Só os americanos é que faziam exercício por obrigação, argumentava ela, e veja-se no que isso tinha resultado — numa epidemia de doenças cardíacas e em crianças com propensão para a obesidade. Descendente de judeus espanhóis que tinham fugido para Veneza no século XV, Chiara acreditava que não havia maleita que não pudesse ser curada com um pouco de água mineral ou um copo de bom vinho tinto.

Abriu a porta de aço inoxidável do forno e tirou lá de dentro um grande tacho cor de laranja. Ao levantar a tampa, saiu um fluxo quente de vapor que encheu toda a cozinha com um cheiro a vitela assada, chalotas, funcho e vinho doce da Toscana. Respirou fundo, espetou a ponta do dedo na superfície da carne e fez um sorriso de contentamento. O desdém de Chiara pelo esforço físico só era igualado pela sua paixão pela cozinha. E agora que tinha abandonado oficialmente o Departamento, pouco mais tinha para fazer a não ser ler livros e preparar refeições extravagantes. Tudo o que se esperava de Gabriel era que demonstrasse um adequado apreço e lhe prestasse atenção absoluta. Chiara era da opinião que a comida consumida à pressa era comida desperdiçada. Comia da mesma maneira que fazia amor, lentamente e à luz tremeluzente das velas. Naquele instante, estava a lamber a ponta do dedo e a colocar novamente a tampa no tacho. Fechou a porta do forno, virou-se e reparou que Gabriel estava a olhar fixamente para ela.

— Porque estás a olhar assim para mim?

— Estou só a olhar.

— Há algum problema?

Ele sorriu.

— Nenhum.

Ela franziu o sobrolho.

— Precisas de ocupar os teus pensamentos com outra coisa que não seja o meu corpo.

— É mais fácil dizer do que fazer. Quanto tempo é que falta para o jantar?

— Não chega para isso, Gabriel.

— Eu não estava a sugerir *isso*.

— Não estavas? — retorquiu ela, fazendo beicinho, em jeito de brincadeira. — Estou desapontada.

Abriu uma garrafa de *Chianti*, serviu dois copos e empurrou um para junto de Gabriel.

— Quem é que rouba quadros?

— Os ladrões roubam quadros, Chiara.

— Calculo que não queiras comer a vitela.

— Deixa-me reformular. O que eu estava a tentar dizer é que na realidade não importa quem é que rouba quadros. A simples verdade é que são roubados todos os dias. Literalmente. E os prejuízos são enormes. De acordo com a Interpol, entre quatro a seis mil milhões de dólares por ano. A seguir ao tráfico de droga, à lavagem de dinheiro e aos negócios de armas, o roubo de arte é a atividade criminosa mais lucrativa. O Museu dos Desaparecidos é um dos maiores do mundo. Toda a gente lá está: Ticiano, Rubens, Leonardo, Caravaggio, Rafael, Van Gogh, Monet, Renoir, Degas. *Toda a gente*. Os ladrões saquearam algumas das criações mais belas do homem. E, em grande parte, não fizemos nada para o impedir.

— E os ladrões em si?

— Alguns são trapalhões e aventureiros à procura de emoções. Outros são criminosos vulgares que tentam ganhar uma reputação roubando qualquer coisa de extraordinário. Mas, infelizmente, há uns quantos que são verdadeiros profissionais. E, na perspetiva deles, a relação entre o risco e a recompensa pende claramente a seu favor.

— Recompensas altas, riscos baixos?

— Riscos extremamente baixos — respondeu Gabriel. — Um segurança é capaz de dar um tiro a um ladrão durante um assalto a um banco, mas, que eu saiba, nunca houve ninguém que levasse um tiro ao tentar roubar um quadro. Aliás, até lhes facilitamos bastante as coisas.

— Facilitar?

— Em 1998, um ladrão entrou na Sala Sessenta e Sete do Louvre, arrancou o *Caminho de Sèvres* de Corot da moldura e foi-se embora. Passou-se uma hora até que alguém se apercebesse sequer de que o quadro tinha desaparecido. E porque é que isso aconteceu? Porque a Sala Sessenta e Sete não tinha nenhuma câmara de vigilância. A análise oficial posterior veio a revelar-se mais embaraçosa. Os responsáveis do Louvre não conseguiram apresentar uma lista completa dos empregados nem sequer uma relação exata do inventário do museu. A investigação oficial concluiu que seria mais difícil para um ladrão roubar uma qualquer grande loja parisiense do que o museu mais famoso da Terra.

Chiara abanou a cabeça, espantada.

— E o que é que acontece às peças de arte depois de serem roubadas?

— Isso depende dos motivos. Alguns ladrões só querem dinheiro rápido. E a maneira mais rápida de converter um quadro em dinheiro é entregá-lo a troco de uma recompensa. Na verdade, estamos a falar do pagamento de um resgate. Mas, como se trata quase sempre de uma pequena fração do verdadeiro valor do quadro, os museus e as seguradoras entram no jogo com todo o prazer. E os ladrões sabem-no.

— E se não se tratar de um resgate?

— Há uma discussão no mundo da arte e das forças da lei em relação a isso. Alguns quadros acabam por ser utilizados como uma espécie de divisa no submundo. Um Vermeer roubado de um museu em Amesterdão, por exemplo, pode vir a cair nas mãos de um bando de traficantes de droga belga ou francês, que, por seu lado, o pode utilizar como garantia ou sinal para o pagamento de um carregamento de heroína vindo da Turquia. Um único quadro pode circular durante anos dessa maneira, passando de um criminoso para outro, até que alguém decida ganhar algum dinheiro. Enquanto isso, o quadro em si sofre terrivelmente. Vermeers com quatrocentos anos são objetos delicados. Não gostam de estar enfiados em malas ou enterrados em buracos.

— E tu aceitas essa teoria?

— Nalguns casos, não há margem para dúvidas. Noutros... — respondeu Gabriel, encolhendo os ombros. — Digamos apenas que nunca conheci um traficante de droga que preferisse um quadro a dinheiro vivo.

— Então qual é a outra teoria?

— Que os quadros roubados acabam pendurados nas paredes de homens muito ricos.

— E acabam?

Gabriel olhou para o interior do copo de vinho, pensativo.

— Há coisa de dez anos, o Julian estava a ultimar um negócio com um bilionário japonês na mansão do tipo em Tóquio. A dada altura, durante a reunião, o colecionador pediu desculpa e saiu para atender um telefonema. O Julian, sendo quem é, levantou-se da cadeira e foi dar uma vista de olhos. Ao fundo do corredor, viu um quadro que lhe pareceu espantosamente familiar. Até hoje, jura que era o *Chez Tortoni*.

— O Manet roubado no assalto ao Gardner Museum? Porque é que um bilionário ia correr um risco desses?

— Porque não se pode comprar o que não está à venda. Não te esqueças de que a grande maioria das obras-primas do mundo nunca irá parar ao mercado. E para alguns colecionadores, homens habituados a conseguirem sempre aquilo que querem, o que não pode ser obtido pode tornar-se uma obsessão.

— E se alguém desse género tiver o Rembrandt do Julian? Quais são as probabilidades de ele ser encontrado?

— Uma em dez, na melhor das hipóteses. E as probabilidades de ser recuperado descem vertiginosamente se isso não acontecer depressa. Há pessoas que andam à procura desse Manet há duas décadas.

— Se calhar, deviam tentar procurá-lo no Japão.

— Não é uma má ideia. Tens outras?

— Não é uma ideia — respondeu Chiara cuidadosamente. — É só uma sugestão.

— Repete lá?

— O teu amigo Julian precisa de ti, Gabriel — afirmou Chiara, apontando para as fotografias espalhadas pelo balcão. — E ela também.

Gabriel ficou calado. Chiara pegou na fotografia que mostrava a tela por inteiro.

— Quando é que ele pintou isto?

— Em mil seiscentos e cinquenta e quatro.

— No mesmo ano em que Hendrickje deu à luz Cornelia?

Gabriel acenou com a cabeça.

— Acho que ela parece grávida.

— É possível.

Durante um momento, Chiara examinou a imagem atenta e cuidadosamente.

— E sabes que mais é que eu acho? Ela tem um segredo. Sabe que está grávida, mas não conseguiu arranjar coragem para lhe contar — disse Chiara, olhando para Gabriel. — Isso parece-te familiar?

— Acho que terias dado uma boa historiadora de arte, Chiara.

— Eu cresci em Veneza. *Sou* historiadora de arte — retorquiu ela, olhando outra vez para a foto. — Não posso deixar uma mulher grávida enterrada num buraco, Gabriel. E tu também não.

Gabriel levantou a tampa do telemóvel. Ao marcar o número de Isherwood, ouviu Chiara a cantar baixinho para si própria. Chiara cantava sempre quando estava contente. Era a primeira vez que Gabriel a ouvia cantar em mais de um ano.

8

RUE DE MIROMESNIL, PARIS

O letreiro na montra da loja dizia ANTIQUITÉS SCIENTIFI-
QUES. Por baixo dele, estavam filas atrás de filas de antigos
microscópios, máquinas fotográficas, barómetros, telescó-
pios, agrimensores e óculos, tudo meticulosamente disposto. Normalmente, Maurice Durand perdia um ou dois minutos a verificar se havia a mínima falha na montra antes
de abrir a loja. Mas não naquela manhã. O pequeno mundo
bem ordenado de Durand fora perturbado por um problema, uma crise de profunda magnitude para um homem
para quem todos os momentos do dia eram dedicados jus-
tamente a evitar problemas.

Destrancou a porta, passou o letreiro na porta de FERMÉ
para OUVERT e retirou-se para o seu escritório nas traseiras
da loja. Tal como o próprio Durand, era pequeno, arruma-
do e inteiramente despojado de qualquer vestígio de estilo.
Depois de pendurar o sobretudo no cabide com cuidado,
esfregou uma zona isolada ao fundo da coluna, onde sentia
uma dor crónica, antes de se sentar para ver os *e-mails*. Fê-
-lo com pouco entusiasmo. O próprio Maurice Durand era
um pouco uma antiguidade. Preso, pelas circunstâncias,
numa época sem sofisticação, tinha-se rodeado de símbolos

de esclarecimento. Considerava a correspondência eletrónica um incómodo desagradável mas obrigatório. Preferia o papel e a caneta à neblina etérea da Internet e consumia as suas notícias lendo vários jornais enquanto tomava café no seu bistrô favorito. Na opinião de Durand, que ele guardava ciosamente para si, a Internet era uma praga que matava tudo aquilo em que tocava. Mais cedo ou mais tarde, temia, iria destruir a Antiquités Scientifiques.

Durand passou grande parte da hora seguinte a responder lentamente a uma longa série de encomendas e questões vindas do mundo inteiro. A maioria dos clientes já se encontrava estabelecida há muito; alguns eram relativamente recentes. Quando Durand lia as moradas, a sua mente vagueava invariavelmente para outros assuntos. Por exemplo, quando estava a responder a um *e-mail* de um cliente antigo que vivia na P Street de Washington, na área de Georgetown, não podia deixar de pensar no pequeno museu que ficava a poucos quarteirões de distância. Em tempos, tinha ponderado uma proposta lucrativa no sentido de libertar a galeria do seu quadro de referência: o *Pequeno- -Almoço no Barco* de Renoir. Mas, depois de um meticuloso exame — Durand era sempre meticuloso —, tinha recusado. O quadro era sem dúvida demasiado grande e as hipóteses de êxito sem dúvida demasiado pequenas. Só os aventureiros e os mafiosos roubavam quadros grandes, e Durand não era nem uma coisa nem outra. Era um profissional. E um verdadeiro profissional nunca aceitava um trabalho que não pudesse levar a cabo. Era assim que se desapontavam os clientes. E Maurice Durand fazia questão de nunca desapontar um cliente.

O que explicava o seu agitado estado de espírito naquela manhã e a preocupação que revelava perante o exemplar de *Le Figaro* que se encontrava em cima da secretária. Por mais vezes que lesse o artigo assinalado com um triângulo vermelho perfeito, os pormenores não se alteravam.

Conhecido restaurador de arte britânico... morto com dois tiros na sua residência em Glastonbury... motivo do homicídio por esclarecer... não foi levado nada...

Era a última parte — a parte sobre não ter sido levado nada — que mais perturbava Durand. Voltou a examinar o artigo e, a seguir, pegou no telefone e marcou um número. O mesmo resultado. Já tinha ligado dez vezes para aquele número. E por dez vezes tinha sido condenado ao purgatório do *voice mail.*

Durand pousou o auscultador e olhou fixamente para o jornal. *Não foi levado nada...* Não tinha a certeza se acreditava nisso ou não. Mas, dadas as circunstâncias, não tinha outro remédio a não ser investigar pessoalmente. Infelizmente, isso iria obrigá-lo a fechar a loja e viajar para uma cidade que era uma afronta a todas as coisas que considerava sagradas. Pegou novamente no telefone e, desta vez, marcou um número diferente. Atendeu-o um computador. Pois claro. Durand revirou os olhos e pediu à máquina um bilhete em primeira classe para o TGV daquela manhã com destino a Marselha.

9

GUNWALLOE COVE, CORNUALHA

No rescaldo do caso, todos os envolvidos concordaram que nenhuma busca de uma obra-prima roubada tinha alguma vez começado daquela maneira. Isto porque, minutos depois de aceitar a missão, Gabriel Allon, o assassino e espião israelita reformado, telefonou discretamente a nada mais, nada menos do que Graham Seymour, o diretor-adjunto do MI5, os Serviços de Segurança Britânicos. Após ouvir o pedido de Gabriel, Seymour contactou o ministro do Interior, que por sua vez contactou o chefe da polícia de Avon and Somerset, com quartel-general em Portishead. Foi lá que o pedido encontrou a primeira resistência, que se desmoronou quando o chefe da polícia recebeu mais uma chamada, desta feita de Downing Street. Ao final da tarde, Gabriel já tinha assegurado uma pequena mas importante vitória — um convite para ver a casa e o estúdio do seu antigo colega de Veneza, Christopher Liddell.

Na manhã seguinte, acordou e deu com o outro lado da cama vazio — invulgar, já que ele era quase sempre o primeiro a levantar-se. Ficou deitado durante um momento, a ouvir o ruído da água no duche, e a seguir dirigiu-se para a cozinha. Depois de preparar uma grande chávena de café com leite, ligou o computador portátil e passou em revista as notícias. Por força do hábito, leu primeiro os comunicados do Médio Oriente. Uma bombista suicida de dezasseis anos tinha-se feito explodir num mercado apinhado de gente no Afeganistão, uma misteriosa explosão num canto longínquo do Iémen tinha ceifado a vida a três importantes líderes da Al-Qaeda e o sempre divertido presidente do Irão tinha proferido mais um discurso incendiário sobre fazer Israel desaparecer da face da Terra. Liderado pela nova administração em funções em Washington, o mundo civilizado andava a murmurar ameaças veladas acerca de sanções, ao passo que, em Jerusalém, o primeiro-ministro israelita alertava para o facto de, de cada vez que as centrifugadoras giravam, os iranianos estarem a aproximar-se cada vez mais de uma arma nuclear.

Gabriel leu essas notícias com uma estranha sensação de alheamento. Tinha dedicado mais de trinta anos da sua vida a proteger o Estado de Israel e, por extensão, os seus aliados ocidentais. Mas agora, tendo convencido por fim o Departamento a libertá-lo, apenas se podia interrogar sobre a verdade por trás dos cabeçalhos. No entanto, quaisquer arrependimentos em relação à reforma se evaporaram rapidamente quando Chiara entrou na cozinha, com o cabelo ainda húmido e a pele luminosa. Gabriel olhou para ela, por cima do computador, e sorriu. Pelo menos de momento estava mais do que disposto a deixar os problemas do Irão e do terrorismo islâmico a outros.

Eram 9h15 quando Gabriel e Chiara entraram no *Range Rover* e partiram de Gunwalloe Cove. O trânsito estava moderado; o tempo, volátil: um sol brilhante num minuto e, no outro, uma chuva bíblica. Chegaram a Truro às dez, a Exeter às onze e, ao meio-dia, estavam a aproximar-se do lado sudoeste de Glastonbury. À primeira vista, não parecia ser mais do que uma cidade mercantil inglesa, próspera e ligeiramente entediante. Foi apenas quando chegaram a Magdalene Street que a verdadeira natureza da moderna Glastonbury se deu a conhecer.

— Onde raio é que estamos? — perguntou Chiara.

— Vénus — atirou Gabriel.

Abrandou ao entrar em Henley Close e desligou o motor. O inspetor Ronald Harkness, do Departamento de Investigação Criminal da Polícia de Avon e Somerset, estava à espera deles à porta do número 8. Tinha uma pele avermelhada, de quem apanhava muito sol, e trazia um casaco que já tinha visto melhores dias. A julgar pela sua expressão, não estava contente por se encontrar ali, o que era compreensível. As autoridades superiores tinham conspirado contra Harkness. Tinham-lhe ordenado que abrisse as portas da sua cena do crime, ainda ativa, a dois investigadores de arte chamados Rossi. As autoridades superiores também tinham ordenado a Harkness que colaborasse plenamente, que respondesse a todas as perguntas o melhor que soubesse e desse aos investigadores de arte amplo espaço de manobra. E, mais ainda, tinha sido sugerido a Harkness que talvez fosse capaz de reconhecer o senhor Rossi. Se tal acontecesse, Harkness devia manter a boca fechada e os olhos no chão.

Após uma série de sóbrios apertos de mão, Harkness deu a cada um deles um par de luvas e capas para os sapatos, conduzindo-os através do jardim mal arranjado. Preso à porta da casa, estava um aviso verde-claro a proibir a entrada de todo e qualquer visitante não autorizado. Gabriel examinou a jamba, à procura, em vão, de sinais de entrada forçada, e depois, já no *foyer,* sentiu um vago cheiro que identificou como sendo de acetona. Harkness fechou a porta. Gabriel olhou para o teclado de segurança.

— É um sistema de grande qualidade — disse Harkness, reparando no interesse demonstrado por Gabriel. — A última atividade ocorreu às seis e cinquenta e três da tarde, no dia do assassínio. Achamos ter sido a vítima a regressar a casa a seguir ao jantar. Quando fez disparar o sensor da porta da frente, introduziu de imediato o código de desativação correto. Infelizmente, não voltou a ativar o sistema depois de entrar em casa. Segundo a empresa de segurança, raramente o fazia. Achamos que o ladrão tinha conhecimento disso.

— Ladrão?

O inspetor assentiu com a cabeça.

— Temos um primeiro suspeito. Segundo parece, passou pelo menos três dias em Glastonbury a vigiar tanto a propriedade como a vítima antes de avançar. Aliás, ele e o senhor Liddell jantaram juntos na noite do homicídio — revelou Harkness, antes de se corrigir. — Bem, não propriamente juntos. Dê uma vista de olhos nisto.

Tirou do bolso do casaco duas fotografias de imagens captadas pelo circuito fechado de TV e entregou-as a Gabriel. A primeira mostrava Christopher Liddell a sair de um café chamado Hundred Monkeys, às 18h32, na noite da sua morte. A segunda mostrava um homem com um rabo de cavalo hirsuto e roupa de ganga e flanela a sair do mesmo café apenas três minutos depois.

— Temos mais umas quantas que foram tiradas junto à St. John's Church e perto da pré-primária. É aí que anda a filha do Liddell. Uma pena. É uma criança encantadora.

— Mas não há nenhuma do assassino perto da casa?

— Infelizmente, a zona abrangida pelo circuito fechado de TV termina a umas quantas ruas daqui — informou o inspetor, observando Gabriel com atenção. — Mas suspeito que tenha reparado nisso no caminho, senhor...

— Rossi — disse Gabriel, examinando o rosto do suspeito e passando depois as fotografias a Chiara.

— Ele é britânico? — perguntou ela ao inspetor.

— Achamos que não. Ficou instalado com um grupo de ocupas New Age num campo deserto, a poucos quilómetros da cidade. Dizem que falava inglês com um sotaque francês carregado e que andava de mota. Dava pelo nome de Lucien. As raparigas gostavam dele.

— E presumo que não tenha aparecido em mais imagens captadas pelo circuito fechado? — perguntou ela.

— Nem sequer um vislumbre — respondeu o inspetor, recebendo as fotografias devolvidas por Chiara e olhando para Gabriel. — Por onde é que gostariam de começar?

— Pelo estúdio.

— Fica no sótão.

O inspetor fê-los subir um lanço de escadas estreitas e depois parou no patamar, antes do início do lanço seguinte. Estava cheio de marcadores de provas amarelos e coberto por uma grande quantidade de sangue seco. Gabriel deitou um olhar a Chiara. A cara dela mantinha-se impassível.

— Foi aqui que o corpo do Liddell foi encontrado — explicou Harkness. — O estúdio é no andar de cima.

O inspetor passou por cima dos marcadores de provas com todo o cuidado e recomeçou a subir as escadas. Gabriel foi o último a entrar no estúdio e aguardou pacientemente até que o inspetor acendesse as lâmpadas de trabalho de halogéneo. O brilho branco e penetrante era-lhe estranha e evocativamente familiar, bem como tudo o resto naquele espaço. Com efeito, com algumas pequenas alterações, Gabriel até poderia ter confundido o estúdio com o seu. No centro, estava um tripé com uma máquina fotográfica *Nikon* a apontar para um cavalete vazio. À direita deste, encontrava-se um pequeno carrinho com rodas repleto de frascos de aglutinante, pigmentos e pincéis castanho-escuros Série 7 Winsor & Newton. O pincel Série 7 era o preferido de Umberto Conti. Umberto dizia sempre que um restaurador talentoso podia fazer qualquer coisa com um bom pincel Série 7.

Gabriel pegou num dos frascos de pigmentos — Alizarin Orange, em tempos fabricado pela britânica Imperial Chemical Industries e agora praticamente impossível de encontrar. Misturado com pretos transparentes, este pigmento produzia um verniz único em termos de riqueza. O *stock* do próprio Gabriel estava a diminuir perigosamente. O restaurador que havia nele queria enfiar o frasco no bolso. Porém, voltou a colocá-lo no lugar e examinou o chão. À volta do carrinho, estavam espalhados muito mais marcadores de provas.

— Encontrámos aí vidros partidos e também dois maços pequenos de mecha de algodão. E também encontrámos restos de uma substância química líquida qualquer. O laboratório ainda está a trabalhar na análise.

— Diga ao seu laboratório que é uma mistura de acetona, acetato metílico e essências minerais.

— Parece bastante seguro de si próprio.

— E estou.

— Mais alguma coisa que eu deva saber?

Foi Chiara quem respondeu:

— O mais provável é os técnicos do seu laboratório descobrirem que as proporções da solução correspondem a duas partes de acetona, uma parte de acetato metílico e dez partes de essências minerais.

O inspetor inclinou a cabeça, em sinal de respeito profissional. Era óbvio que estava a começar a interrogar-se sobre a verdadeira identidade dos dois «investigadores de arte» com amigos no MI5 e em Downing Street.

— E a mecha de algodão? — perguntou.

Gabriel tirou do carrinho um prego de madeira, do tamanho de um lápis, para exemplificar.

— Liddell tinha começado a retirar o verniz sujo do quadro. Teria passado o algodão à volta disto e tê-lo-ia girado suavemente sobre a superfície. Quando ficasse sujo, largá-lo-ia no chão e prepararia um novo. Devia estar a trabalhar quando o ladrão entrou em casa.

— Como é que pode ter a certeza disso?

— Porque um bom restaurador limpa sempre o estúdio no fim de uma sessão. E Christopher Liddell era um bom restaurador.

Gabriel olhou para a máquina fotográfica. Estava ligada através de um cabo a um computador *iMac* de ecrã grande, que se encontrava no canto de uma mesa de biblioteca antiga com embutidos de couro. Ao lado do computador, estava uma pilha de monografias dedicadas à vida e obra de

Rembrandt, incluindo o indispensável *Rembrandt: Os Quadros Completos,* de Gustaaf van Berkel.

— Gostava de ver as fotografias que ele tirou à tela.

Harkness pareceu estar à procura de uma razão para se opor, mas não conseguiu descobrir nenhuma. Com Chiara a espreitar por cima do seu ombro, Gabriel ligou o computador e abriu uma pasta com o nome REMBRANDT, RETRATO DE UMA JOVEM. Lá dentro estavam dezoito fotos, incluindo várias que tinham sido tiradas depois de Liddell ter iniciado o processo de remoção do verniz. Três das fotografias pareciam focar-se num par de linhas finas — uma perfeitamente vertical, a outra perfeitamente horizontal — que convergia a poucos centímetros do ombro esquerdo de Hendrickje. Gabriel tinha-se cruzado com vários tipos de vincos em superfícies durante a sua longa carreira, mas aqueles eram invulgares tanto na impercetibilidade como na regularidade que exibiam. Era evidente que as linhas também tinham intrigado Liddell. Era dever de todo o restaurador manter um registo dos procedimentos efetuados em relação a um quadro, especialmente um tão importante como o recém-descoberto Rembrandt. E embora Liddell ainda se encontrasse no início do processo de restauro quando morreu, era possível que tivesse registado as suas primeiras observações. Sem pedir autorização, Gabriel abriu o programa de processamento de texto e depois o documento mais recente. Tinha duas páginas e estava escrito no estilo preciso e erudito de Liddell. Gabriel leu-o rapidamente, com um rosto inescrutável. Resistindo ao impulso de carregar no botão de PRINT, fechou o documento, bem como a pasta das fotografias.

— Alguma coisa fora do normal? — perguntou o inspetor.

— Não — respondeu Gabriel —, absolutamente nada.

— E há mais alguma coisa que queira ver?

Gabriel desligou o computador e disse:

— Só mais uma coisa.

GLASTONBURY, INGLATERRA

Encontravam-se parados, lado a lado, na borda do patamar, a olharem fixamente e em silêncio para o sangue seco.

— Tenho fotografias — disse o inspetor —, mas receio que não sejam para quem se impressione com facilidade.

Sem dizer nada, Gabriel estendeu a mão e recolheu uma pilha de fotografias de tamanho 8x10 — Christopher Liddell, com os olhos arregalados e imobilizados pela morte, um grande buraco de bala no início da garganta e outro no meio da testa. Uma vez mais, Harkness observou Gabriel com toda a atenção, manifestamente intrigado com a total ausência de repulsa perante a visão de um corpo brutalmente assassinado. Gabriel passou as fotos a Chiara, que as examinou com a mesma indiferença antes de as devolver ao inspetor.

— Como podem ver — disse ele —, Liddell foi atingido com dois tiros. As duas balas saíram do corpo da vítima e foram recuperadas. Uma da parede, a outra do chão.

Gabriel examinou primeiro a parede. O buraco feito pela bala ficava aproximadamente a um metro do chão, em frente do lanço de escadas que dava para o andar de cima.

— Presumo que isto seja a bala que saiu do pescoço, certo?

— Correto.

— Nove milímetros.

— Está visto que percebe de armas, senhor Rossi.

Gabriel ergueu os olhos em direção ao estúdio no terceiro andar.

— Portanto, o assassino disparou do cimo das escadas?

— Ainda não temos um relatório final, mas o ângulo do ferimento, juntamente com o ângulo da bala na parede, indicaria isso. O médico-legista diz que o tiro atingiu a vítima na nuca, estilhaçando-lhe a quarta vértebra cervical e fraturando a coluna vertebral.

Gabriel olhou outra vez para as fotografias da cena do crime.

— Tendo em conta as queimaduras superficiais na testa de Liddell, o segundo tiro foi disparado à queima-roupa.

— A poucos centímetros — concordou Harkness.

A seguir, olhou para Gabriel e acrescentou provocadoramente:

— Suponho que um assassino profissional se referiria a esse disparo como o tiro de controlo.

Gabriel ignorou o comentário e perguntou se algum vizinho tinha relatado ter ouvido tiros. Harkness abanou a cabeça.

— Então o atirador utilizou um silenciador?

— Parece ter sido esse o caso.

Gabriel agachou-se e, inclinando a cabeça para o lado, inspecionou a superfície do patamar. Logo por baixo do buraco de bala na parede, havia várias lascas minúsculas de estuque. *E também mais uma coisa...* Deixou-se ficar de cócoras mais um momento, imaginando a morte de Liddell como se tivesse sido pintada pela mão de Rembrandt, e a seguir anunciou que já tinha visto o suficiente. O inspetor desligou a luz da cena do crime, na altura exata em que Gabriel esticou o braço e arrastou com cuidado a ponta do dedo pelo patamar. Cinco minutos mais tarde, quando entrou no *Range Rover* com Chiara, tinha a luva guardada dentro do bolso do casaco, em segurança e virada do avesso.

— Acabaste de cometer um crime grave — disse Chiara quando Gabriel ligou o motor do carro.

— Tenho a certeza de que não vai ser o último.

— Espero que tenha valido a pena.

— E valeu.

Harkness ficou parado à porta da casa, como um soldado que deixara de estar em sentido, com as mãos entrelaçadas atrás das costas e os olhos a seguirem o *Range Rover* à medida que este se afastava de Henley Close a uma velocidade totalmente inaceitável. *Rossi...* Harkness sabia que se tratava de uma mentira no instante em que o anjo saiu da sua carruagem. Tinham sido os olhos a revelá-lo, aquelas tochas verdes e inquietas que pareciam sempre atravessar uma pessoa por completo. *E aquele andar...* Andava como se estivesse a sair da cena de um crime, pensou Harkness, ou como se estivesse prestes a cometer um. Mas que raio estaria a fazer o anjo em Glastonbury? E por que razão quereria saber do paradeiro de um quadro desaparecido? As autoridades superiores tinham decretado que não haveria perguntas dessas. Mas Harkness podia pelo menos interrogar-se. E talvez um dia pudesse contar aos colegas que tinha mesmo apertado a mão da lenda. Até tinha uma lembrança dessa ocasião, as luvas utilizadas pelo anjo e a sua linda mulher.

Naquele instante, Harkness tirou-as do bolso do casaco. Estranho, havia apenas três. Onde estaria a quarta? Quando as luzes traseiras do *Rover* já tinham desaparecido ao virar da esquina, Harkness teve a sua resposta. Mas o que fazer? Ir a correr atrás dele? Exigi-la de volta? Não podia fazer isso de maneira nenhuma. As autoridades superiores tinham falado. As autoridades superiores tinham dado ordens a Harkness para que desse ao anjo amplo espaço de manobra. E, por isso, ficou ali parado, de boca fechada e olhos postos no chão, a interrogar-se sobre o que teria escondido o anjo naquela maldita luva.

11

SOMERSET, INGLATERRA

Gabriel espreitou para a ponta do indicador esquerdo.

— O que é isso? — perguntou Chiara.

— Branco de chumbo, cinábrio e talvez um toque de azurite.

— Lascas de tinta?

— E também consigo ver fibras de tecido.

— Que tipo de tecido?

— Riscado, o tipo de algodão ou linho pesado que era utilizado para os colchões e para as velas na Holanda, no século XVII. Rembrandt utilizava-o para fazer as telas dele.

— E o que significa a presença de lascas de tinta e fibras no patamar?

— Se estiver certo, significa que andamos à procura de um Rembrandt com um buraco de bala.

Gabriel soprou o material da ponta do dedo. Dirigiam-se para oeste, numa estrada de duas faixas que atravessava Polden Hills. Mesmo em frente, um Sol cor de laranja-brilhante pairava pouco acima do horizonte, suspenso entre duas camadas de nuvens.

— Estás a querer dizer que o Liddell deu luta?

Gabriel assentiu com a cabeça.

— As provas estavam todas lá no estúdio.

— Como por exemplo?

— Os vidros partidos e os restos da substância química, para começar.

— Achas que foi entornado durante uma luta corpo a corpo?

— É pouco provável. O Liddell era suficientemente esperto para saber que não devia andar à bulha com um ladrão bem armado. Acho que usou o solvente como arma.

— Como?

— Tendo em conta os restos no chão, calculo que Liddell o tenha atirado à cara do ladrão. Teria feito com que os seus olhos ardessem imenso e cegá-lo-ia durante vários segundos... o tempo suficiente para fugir. Mas cometeu um erro. Levou-*a* com ele.

— O Rembrandt?

Gabriel assentiu com a cabeça.

— É demasiado grande para segurar com uma só mão, o que significa que ele teria de o agarrar verticalmente, de ambos os lados do suporte — explicou Gabriel, exemplificando a situação agarrando o volante do carro nas posições correspondentes às três e nove horas de um relógio. — Deve ter sido complicado descer aquelas escadas estreitas a carregá-lo, mas quase conseguiu. Estava só a uns degraus do patamar quando o primeiro tiro lhe acertou. Esse tiro saiu pelo pescoço do Liddell e, se não estiver enganado, furou o quadro antes de penetrar na parede. Tendo em conta a composição e o tom das cores das lascas de tinta, diria que a bala atravessou o lado direito da cara dela.

— E um buraco de bala pode ser reparado?

— Sem problemas. Ficarias surpreendida com as coisas idiotas que as pessoas fazem aos quadros. Ou *pelos* quadros.

— E o que é que isso quer dizer?

— O Christopher era um romântico. Quando estávamos em Veneza, andava sempre a apaixonar-se. E, invariavelmente, acabava com o coração partido.

— E o que é que isso tem que ver com o Rembrandt?

— Está tudo nas anotações do restauro — respondeu Gabriel. — São uma carta de amor. O Christopher tinha-se apaixonado finalmente por uma mulher que não o podia magoar. Andava obcecado com a rapariga daquele quadro. E acredito que morreu por não querer abdicar dela.

— Só há uma coisa que não percebo — disse Chiara. — Porque é que o ladrão não levou nenhum dos outros quadros, como o Monet ou o Cézanne?

— Porque era um profissional. Foi lá buscar o Rembrandt. E saiu com ele.

— Então o que fazemos agora?

— Às vezes, a melhor maneira de encontrar um quadro é descobrir onde é que ele esteve.

— E por onde começamos?

— Pelo princípio — atirou Gabriel. — Em Amesterdão.

12

MARSELHA

Se Maurice Durand fosse dado à introspeção, coisa que não era, talvez tivesse concluído que o rumo da sua vida tinha sido determinado no dia em que ouviu pela primeira vez a história de Vincenzo Peruggia.

Carpinteiro do Norte de Itália, Peruggia entrou no Louvre na tarde de 20 de agosto de 1911, um domingo, e escondeu-se num armário da arrecadação. Saiu de lá ao início da manhã seguinte, com uma bata de artífice, e avançou a passos largos pelo Salão Quadrado. Conhecia bem aquele salão; vários meses antes, tinha ajudado a construir uma armação protetora especial para a sua mais famosa atração, a *Mona Lisa*. Por ser segunda-feira, o dia em que o Louvre se encontrava fechado ao público, tinha o salão só para si e demorou apenas alguns segundos a tirar da parede o pequeno painel de Leonardo e a levá-lo para uma escadaria logo ao lado. Passados alguns minutos, já com o quadro escondido debaixo da bata, Peruggia passou por um posto de segurança desguarnecido e atravessou o vasto pátio central do Louvre. E foi assim que a obra de arte mais famosa do mundo desapareceu pela manhã parisiense dentro.

Mais extraordinário ainda, passariam vinte e quatro horas até que alguém reparasse que o quadro tinha desaparecido.

Quando o alerta foi finalmente dado, a polícia francesa deu início a uma gigantesca, se bem que algo ridícula, busca. Entre os suspeitos iniciais, estava um pintor *avant-garde* chamado Pablo Picasso, que foi preso no seu apartamento em Montmartre, apesar de se encontrar a centenas de quilómetros de Paris no momento em que o roubo ocorreu de facto.

Os gendarmes acabaram por localizar Peruggia, mas ilibaram-no rapidamente de qualquer suspeita. Se se tivessem dado ao trabalho de verificar o que havia dentro do grande baú que se encontrava no quarto, a busca da *Mona Lisa* teria terminado. Em vez disso, o quadro permaneceu ali escondido durante dois anos, até que, num gesto pouco sensato, Peruggia tentou vendê-lo a um conhecido negociante de Florença. Peruggia foi preso, mas passou apenas sete meses na cadeia. Alguns anos mais tarde, até lhe foi permitido regressar a França. Por mais estranho que pareça, o homem que perpetrou o maior roubo de arte da história abriu depois uma loja de artigos para pintura na Alta Saboia e ali viveu tranquilamente até morrer.

Maurice Durand aprendeu várias lições importantes com o estranho caso de Peruggia. Aprendeu que roubar grandes quadros não era tão difícil como se poderia pensar, que as autoridades se mostravam em grande parte indiferentes aos crimes relacionados com obras de arte e que as penas eram geralmente leves. Mas a história de Peruggia também serviu para abrir o apetite a Durand. Os instrumentos científicos antigos faziam parte do seu património — a loja tinha pertencido ao pai e, antes disso, ao avô —, mas a arte sempre fora a sua grande paixão. E embora fosse verdade que havia sítios piores para passar o dia do que o primeiro *arrondissement* de Paris, a loja não era uma maneira particularmente entusiasmante de ganhar a vida. Havia alturas em que Durand se sentia um pouco como as bugigangas que enchiam a pequena montra — refinado e razoavelmente atraente, mas, em última análise, sem servir para muito mais do que ganhar pó.

Tinha sido essa combinação de fatores que, vinte e cinco anos antes, tinha compelido Durand a roubar o seu primeiro quadro do Musée des Beaux-Arts de Estrasburgo — uma pequena natureza-morta de Jean-Baptiste-Siméon Chardin que se encontrava pendurada num canto raramente visitado pelos seguranças ou público. Servindo-se de uma navalha à moda antiga, Durand arrancou o quadro da moldura e enfiou-o na sua mala de diplomata. Mais tarde, durante a viagem de comboio de regresso a Paris, tentou recordar as suas emoções no momento do crime e apercebeu-se de que sentira unicamente contentamento. Foi então que Maurice Durand percebeu que possuía as qualidades de um perfeito ladrão.

Tal como Peruggia antes de si, Durand manteve o troféu no seu apartamento em Paris, não durante dois anos, mas apenas dois dias. Ao contrário do italiano, Durand já tinha um comprador à espera, um colecionador de má reputação que por acaso andava no mercado à procura de um Chardin e não se mostrava preocupado com pormenores pouco claros como a sua proveniência. Durand foi bem pago, o cliente ficou satisfeito e uma carreira nasceu.

Era uma carreira caracterizada pela disciplina. Durand nunca roubava quadros para obter um resgate ou uma recompensa, apenas para fazer catálogo. De início, deixou as obras-primas aos sonhadores e aos loucos, concentrando-se nos quadros de nível médio de autores de qualidade ou em obras que poderiam razoavelmente ser confundidas com quadros sem problemas de proveniência. E embora Durand roubasse de vez em quando quadros a pequenos museus e galerias, fazia grande parte da caça em *villas* e *châteaux* privados, que estavam mal protegidos e repletos até ao teto de artigos valiosos.

A partir da sua base de operações em Paris, criou uma extensa rede de contactos, vendendo a negociantes estabelecidos em locais tão longínquos como Hong Kong, Nova Iorque, Dubai e Tóquio. A pouco e pouco, começou a apontar para presas de maior vulto — as obras-primas dignas dos museus, avaliadas em dezenas de milhões ou, em determinados casos, centenas de milhões de dólares. Mas atuava sempre segundo uma regra simples. Nenhum quadro era roubado se não houvesse um comprador à espera e só fazia negócio com pessoas que conhecia. O *Autorretrato com Orelha Enfaixada* de Van Gogh encontrava-se agora exposto no palácio de um xeque saudita com propensão para a violência com facas. O Caravaggio tinha ido parar às mãos do proprietário de uma fábrica em Xangai, ao passo que o Picasso pertencia agora a um bilionário mexicano com ligações desconfortavelmente próximas aos cartéis de droga do seu país. Esses três quadros tinham algo em comum. Nunca mais voltariam a ser vistos em público.

Escusado será dizer que há já vários anos que o próprio Maurice Durand não roubava um quadro. Era uma profissão para jovens e tinha-se reformado depois de um assalto a uma pequena galeria na Áustria, por via da claraboia, ter resultado numa lesão nas costas que o deixou com uma dor crónica. Desde então, tinha sido forçado a socorrer-se dos serviços de profissionais contratados. A situação estava bem longe de ser ideal, por razões óbvias, mas Durand tratava de forma justa os agentes que possuía no terreno e pagava-lhes extraordinariamente bem. Em consequência, nunca tivera qualquer complicação desagradável. Até agora.

Era no Sul que se produziam os melhores vinhos de França e, na opinião de Durand, também os melhores ladrões. Em nenhum lugar isso era mais verdadeiro do que no velho porto de Marselha. Ao sair da Gare de Marseille Saint-Charles, foi com satisfação que Durand registou que a temperatura estava vários graus mais alta do que em Paris. Atravessou rapidamente o Boulevard d'Athènes, debaixo do Sol brilhante, e depois virou à direita e desceu o Vieux-Port. Era quase meio-dia. Os barcos de pesca tinham regressado da sua faina matinal e, em cima das mesas de aço que enchiam o lado leste do porto, encontrava-se disposto todo o tipo de criaturas marinhas de aspeto hediondo, que seriam em breve transformadas em *bouillabaisse* pelos chefes de cozinha da cidade. Por norma, Durand teria parado para examinar o conteúdo de cada uma com um apreço de que apenas um francês seria capaz, mas naquele dia seguiu diretamente para a mesa de um homem de cabelo grisalho, com uma camisola esburacada de lã e um avental de borracha. Tudo nele aparentava tratar-se de um pescador que sacava um rendimento respeitável de um mar agora desprovido de peixe. Mas Pascal Rameau era tudo menos respeitável. E não pareceu surpreendido ao ver Maurice Durand.

— Que tal foi a pescaria, Pascal?

— *Merde* — resmungou Pascal. — Parece que a cada dia que passa conseguimos menos. Não tarda nada... —

Fez um esgar com os lábios repuxados para baixo, numa expressão gaulesa de repugnância. — A única coisa que vai restar é lixo.

— A culpa é dos italianos — afirmou Durand.

— É tudo culpa dos italianos — retorquiu Rameau. — Como é que andam as tuas costas?

Durand fez uma careta.

— Como sempre, Pascal.

Rameau esboçou uma expressão de solidariedade.

— Também as minhas. Não sei por quanto tempo mais é que vou conseguir andar com o barco.

— És o homem mais rico de Marselha. Porque é que continuas a ir para o mar todas as manhãs?

— Sou *um* dos mais ricos. E vou para o mar pela mesma razão que tu vais para a loja — respondeu Rameau, sorrindo e olhando para a pasta de diplomata de Durand. — Trouxeste o dinheiro?

Durand assentiu com a cabeça.

— Não é prudente andar com grandes somas de dinheiro em Marselha. Não ouviste dizer, Maurice? Esta cidade está cheia de ladrões.

— De ladrões muito bons — concordou Durand. — Pelo menos, costumavam ser.

— Um negócio como o nosso pode ser imprevisível.

— Não foste tu que me disseste sempre que derramar sangue era mau para o negócio?

— É verdade. Mas às vezes é inevitável.

— E onde é que ele está?

Rameau inclinou a cabeça para a direita. Durand seguiu pelo Quai de Rive Neuve, em direção à boca do porto. Mais ou menos a meio da marina, encontrava-se um iate a motor chamado *Mistral*. Sentado no convés da ré, com os pés apoiados na amurada e os olhos ocultos por óculos de sol, estava um homem com cabelo escuro comprido, ao nível dos ombros, apanhado num rabo de cavalo hirsuto. O seu nome era René Monjean, um dos ladrões mais talentosos ao serviço de Durand e normalmente o de maior confiança.

— O que é que aconteceu em Inglaterra, René?

— Houve complicações.

— Que tipo de complicações?

Monjean tirou os óculos de sol e fitou Durand com os olhos raiados de sangue.

— Onde é que está o meu quadro?

— Onde é que está o meu dinheiro?

Durand ergueu a pasta de diplomata. Monjean voltou a pôr os óculos e levantou-se.

13

MARSELHA

— Devias mesmo ser visto por um médico, René. A acetona pode provocar danos irreparáveis na córnea.

— E quando o médico me perguntar como é que a acetona me foi parar aos olhos?

— O teu médico não se atreveria a perguntar.

Monjean abriu a porta do pequeno frigorífico da cozinha do iate e tirou duas garrafas de cerveja *Kronenbourg.*

— É um bocadinho cedo para mim, René.

Monjean guardou uma garrafa e encolheu os ombros — *Nortenhos.* Durand sentou-se à pequena mesa da cozinha.

— Não havia mesmo mais nenhuma maneira de resolver a situação?

— Suponho que podia tê-lo deixado fugir para depois ele poder ligar à polícia. Mas isso não me pareceu uma ideia assim tão boa.

Parou por uns instantes e, a seguir, acrescentou:

— Tanto para mim como para ti.

— E não podias tê-lo só estropiado um bocadinho?

— Até me surpreende que tenha conseguido acertar nele. Não conseguia mesmo ver grande coisa quando premi o gatilho — respondeu Monjean, arrancando a tampa da garrafa da cerveja. — Tu nunca...

— Se já dei um tiro a alguém? — atalhou Durand, abanando a cabeça. — Nunca andei sequer com uma pistola.

— O mundo mudou, Maurice — disse Monjean, olhando para a pasta de diplomata. — Tens alguma coisa para mim aí dentro?

Durand abriu os cadeados da pasta e tirou de lá vários maços de notas de cem euros.

— É a tua vez, René.

Monjean abriu um cacifo que se encontrava por cima da sua cabeça e tirou de lá um tubo de cartão, com cerca de treze centímetros de diâmetro e um metro de comprimento. Arrancou a tampa de alumínio e sacudiu várias vezes o tubo, até ficarem à vista uns oito centímetros de tela.

— Tem cuidado, René. Ainda lhe fazes algum estrago.

— Receio que já seja um bocadinho tarde para nos preocuparmos com isso.

Monjean desenrolou o quadro sobre o tampo da mesa. Durand fitou-o, horrorizado. Logo acima do olho direito da mulher havia uma perfuração que parecia ter sido feita com um lápis. O xaile de seda dela estava manchado com qualquer coisa escura, tal como os seios.

— Diz-me que isso não é sangue.

— Podia — respondeu Monjean —, mas não seria verdade.

— E de quem é?

— De quem é que achas? — retorquiu Monjean, dando um grande gole na cerveja e explicando depois o que acontecera.

— É uma pena que não tenhas feito mais pontaria — desabafou Durand. — Talvez até lhe tivesses acertado no meio dos olhos.

Examinou o buraco e, a seguir, lambeu a ponta do dedo e esfregou a superfície do quadro até esborratar uma pequena porção do sangue.

— Parece que vai sair sem problemas — disse Monjean.

— Em princípio, sim.

— E em relação ao buraco da bala?

— Conheço um homem em Paris que talvez seja capaz de o reparar.

— Que tipo de homem?

— Do tipo que produz falsificações.

— Tu precisas de um restaurador, Maurice. E que seja muito bom.

— Há um falsificador no âmago de todo o bom restaurador.

Monjean não pareceu convencido.

— Posso dar-te um conselho, Maurice?

— Acabaste de dar um tiro a um Rembrandt que vale quarenta e cinco milhões de dólares. Mas por favor, René, não te acanhes.

— Este quadro só representa sarilhos. Queima-o e esquece-o. Além disso, podemos sempre roubar outro.

— Sinto-me tentado.

— Mas?

— Tenho um cliente à minha espera. E os meus clientes esperam que eu cumpra. Além disso, René, não entrei neste negócio para destruir quadros. Especialmente um tão belo como este.

14

AMESTERDÃO

No mundo impiedoso do comércio de arte, havia um princípio que se supunha ser sacrossanto. A proveniência, o registo escrito da cadeia de propriedade de um quadro, era tudo. Teoricamente, os negociantes não vendiam quadros sem uma proveniência adequada, os colecionadores não os compravam e nenhum restaurador decente poria alguma vez as mãos num quadro sem saber onde tinha estado e em que circunstâncias estivera exposto. Mas depois de vários anos a realizar investigações em matéria de proveniência, Gabriel aprendera a nunca ficar chocado com as vidas secretas de algumas das obras de arte mais procuradas do mundo. Sabia que por vezes os quadros, como as pessoas, mentiam sobre o seu passado. E sabia que, muitas vezes, essas mentiras revelavam mais do que as supostas verdades incluídas na linhagem que tinham registada. Tudo isso explicava o seu interesse na De Vries Fine Arts, promotora de pinturas de qualidade da autoria dos Velhos Mestres holandeses e flamengos desde 1882.

Ocupando um edifício imponente mas algo triste, com vista para o Herengracht, um dos canais de Amesterdão, a galeria tinha-se apresentado sempre como a imagem perfeita da estabilidade e das boas maneiras, ainda que bastasse um breve vislumbre às salas mais negras do seu passado e a história contada seria assinalavelmente diferente. Lamentavelmente, não havia nada mais negro do que a sua conduta durante a Segunda Guerra Mundial. Poucas semanas após a capitulação da Holanda, Amesterdão foi inundada por uma vaga de alemães à procura de quadros holandeses. Os preços subiram em flecha, tão rápido que os cidadãos comuns não tardaram muito a começar a vasculhar os armários em busca de qualquer coisa que pudesse ser considerada um Velho Mestre. A galeria De Vries recebeu os alemães de braços abertos. O seu melhor cliente era nada mais, nada menos do que Hermann Göring, que comprou mais de uma dúzia de quadros à galeria entre 1940 e 1942. Os funcionários consideravam que Göring era um negociador astuto e apreciavam secretamente o seu charme malicioso. Quanto a Göring, dizia aos colegas em Berlim que um périplo de compras por Amesterdão não poderia estar completo sem se parar na refinada galeria junto ao Herengracht.

A galeria também tinha desempenhado um papel proeminente na história do *Retrato de Uma Jovem* de Rembrandt. Das três vezes que se sabia que o retrato tinha mudado de mãos durante o século XX, duas das vendas tinham sido efetuadas sob a orientação da De Vries Fine Arts. A primeira venda tinha ocorrido em 1919, a segunda em 1936. Ambas tinham sido privadas, o que queria dizer que as identidades do comprador e do vendedor apenas eram do conhecimento da própria galeria. De acordo com as regras do comércio de arte, as transações desse género deviam permanecer confidenciais para toda a eternidade. Mas, em determinadas circunstâncias — com a passagem de tempo

suficiente ou pela quantia certa de dinheiro —, um negociante podia ser persuadido a abrir os livros.

Gabriel confiou essa tarefa delicada a Julian Isherwood,
que sempre mantivera uma relação profissional cordial com
a De Vries, não obstante o passado questionável desta.
Foram necessárias várias horas de negociações acaloradas
por telefone, mas Isherwood acabou por convencer Geert
de Vries, bisneto do fundador, a mostrar-lhe os registos.
Isherwood nunca diria a Gabriel o preço exato que tinha
pago pelos documentos, apenas que tinha sido elevado.
Não te esqueças de uma coisa em relação aos negociantes de arte, dissera. *São as mais baixas criaturas de Deus. E tempos económicos
como estes trazem à tona o que há de pior neles.*

Gabriel e Chiara acompanharam os últimos passos das
negociações numa suíte encantadora do Ambassade Hotel.
Depois de terem sido informados de que o negócio fora finalizado, saíram do hotel, com alguns minutos de intervalo,
e fizeram o curto percurso do Herengracht até à galeria.
Chiara, de um lado do canal, Gabriel, do outro. Geert de
Vries tinha deixado fotocópias dos registos na receção,
dentro de um envelope volumoso enderessado a ROSSI. Gabriel guardou-o no saco e deu as boas-tardes ao rececionista num inglês com sotaque italiano. Ao chegar à rua, viu
Chiara encostada a um candeeiro, do outro lado do canal.
Tinha dado um resoluto nó no cachecol, que significava
que não tinha dado conta de qualquer tipo de vigilância. Se-
guiu-o até um café no Bloemenmarkt e tomou um chocolate quente enquanto ele estudava os documentos com todo
o cuidado.

— Os holandeses falam tantas línguas por uma razão:
a deles é incompreensível.

— E consegues perceber alguma coisa do que aí está?

— A maior parte. A pessoa que comprou o quadro em 1919 foi um banqueiro chamado Andries van Gelder. Deve ter sofrido um belo rombo com a Grande Depressão. Quando o vendeu em 1936, fê-lo com um prejuízo considerável.

— E o proprietário seguinte?

— Um homem chamado Jacob Herzfeld.

— E há rapazes holandeses chamados Jacob?

— Normalmente, costumam chamar-se Jacobus.

— Então ele era judeu?

— Provavelmente.

— E quando é que foi a venda seguinte?

— Em mil novecentos e sessenta e quatro, na Hoffmann Gallery, em Lucerna.

— Na Suíça? Por que razão é que Jacob Herzfeld havia de vender o quadro lá?

— Sou capaz de apostar que não foi ele.

— Porquê?

— Porque, a não ser que fosse extremamente afortunado, Jacob Herzfeld provavelmente não estava vivo em 1964. O que quer dizer que é possível que tenhamos acabado de descobrir uma grande lacuna na proveniência do quadro.

— Então o que fazemos agora?

Gabriel voltou a guardar os documentos no envelope.

— Descobrir o que é que lhe aconteceu.

15

AMESTERDÃO

Retrato de Uma Jovem, óleo sobre tela, 104 por 86 centímetros, foi pintado numa grande casa a oeste do velho centro de Amesterdão. Rembrandt comprou a propriedade em 1639 pelo preço de treze mil florins, uma quantia descomunal, mesmo para um pintor do seu estatuto, que acabaria por levar à sua derrocada financeira. Na altura, a rua era conhecida como Sint Antonisbreestraat. Mais tarde, devido a uma alteração na demografia do bairro, seria rebatizada Jodenbreestraat, rua larga dos judeus. A razão por que Rembrandt decidira viver ali há muito que era assunto de discussão. Seria por nutrir uma afinidade secreta pelo judaísmo? Ou teria decidido morar naquela zona por ser aí que viviam muitos outros pintores e colecionadores? Fosse qual fosse o caso, de uma coisa não havia dúvida. O maior pintor da Idade de Ouro holandesa viveu e trabalhou entre os judeus de Amesterdão.

Pouco depois de Rembrandt morrer, foi construída uma série de grandes sinagogas na outra ponta de Jodenbreestraat, na zona de Visserplein e Meijerplein. Os edifícios de tijolo vermelho conseguiram, sem se saber bem como, sobreviver à ocupação da Holanda pelos nazis, embora o mesmo não tivesse sucedido à maior parte das pessoas que aí rezava. Aninhado num complexo de quatro sinagogas asquenazes antigas, encontra-se o principal depositário desse terrível passado, o Museu Histórico Judaico. Após passar pelo magnetómetro à entrada, Gabriel perguntou onde ficavam as instalações de pesquisa e indicaram-lhe o andar inferior. Era um espaço moderno, limpo e de grande luminosidade, com mesas de trabalho compridas e uma escada interna em caracol que levava às estantes dos livros. Dadas as horas tardias, estava vazio, tirando um único arquivista, um homem alto, de quarenta e poucos anos, com cabelo loiro-arruivado.

Sem entrar em grandes pormenores, Gabriel explicou que estava à procura de informações sobre um homem chamado Jacob Herzfeld. O arquivista pediu que lhe soletrasse o nome e, a seguir, dirigiu-se para um terminal de computador. Ao clicar no rato, surgiu uma página com um motor de busca da base de dados. Introduziu o nome próprio e o apelido de Herzfeld e clicou outra vez no rato.

— É capaz de ser este. Jacob Herzfeld, nascido em Amesterdão, em maio de 1896, morreu em Auschwitz, em março de 1943. A mulher e a filha foram assassinadas na mesma altura. A filha tinha apenas nove anos — relatou o arquivista, olhando para Gabriel por cima do ombro. — Deviam ser bastante abastados. Viviam numa boa morada, em Plantage Middenlaan. É bem perto daqui, fica já do outro lado de Wertheim Park.

— E há alguma maneira de saber se algum membro da família sobreviveu?

— Com esta base de dados, não, mas deixe-me verificar os nossos arquivos.

102

O arquivista desapareceu através de uma porta. Chiara foi deambulando entre as estantes enquanto Gabriel se sentava defronte do computador e passava em revista os nomes dos mortos. *Salomon Wass, nascido em Amesterdão, 31 de maio de 1932, assassinado em Sobibor, 14 de maio de 1945... Alida Spier, nascida em Roterdão, 20 de setembro de 1915, assassinada em Auschwitz, 30 de setembro de 1942... Sara da Silva Rosa, nascida em Amesterdão, 8 de abril de 1930, assassinada em Auschwitz, 15 de outubro de 1942...* Eram apenas três dos 110 000 judeus holandeses que tinham sido metidos em vagões de mercadorias e enviados para leste para serem assassinados e cremados. Apenas um quinto dos judeus holandeses sobreviveu à guerra, a percentagem mais baixa de qualquer um dos países ocidentais ocupados pelos alemães. Vários fatores contribuíram para o carácter letal do Holocausto na Holanda, desde logo o apoio entusiástico dado ao projeto por muitos elementos da sociedade holandesa. Com efeito, dos polícias holandeses que prendiam judeus aos trabalhadores ferroviários holandeses que os transportavam para a morte, os cidadãos holandeses mostraram-se ativos em quase todas as etapas do processo. Adolf Eichmann, o responsável máximo da Solução Final, diria mais tarde dos seus ajudantes locais: *Foi um prazer trabalhar com eles.*

O arquivista reapareceu, trazendo uma única folha de papel.

— Bem me parecia que tinha reconhecido o nome e a morada. Havia outra criança, que sobreviveu. Mas não me parece que vá dizer alguma coisa.

— Porque não? — perguntou Gabriel.

— Temos uma conferência anual, aqui em Amesterdão, que se foca nas crianças que foram escondidas durante o Holocausto. No ano passado, fui eu que tratei das inscrições — revelou, mostrando a folha de papel. — Lena Herzfeld compareceu à primeira sessão, mas saiu quase de imediato.

— O que é que aconteceu?

— Quando lhe pedimos para escrever as memórias que tinha da guerra, para os nossos arquivos, ficou muito agitada e zangada. Disse que tinha sido um erro vir. Depois disso, nunca mais a vimos.

— Uma reação desse género não é invulgar — afirmou Gabriel. — Foram precisos anos para que alguns sobreviventes falassem das suas experiências. E há outros que nunca o fizeram.

— É verdade — retorquiu o arquivista. — Mas as crianças que foram escondidas são das vítimas menos compreendidas do Holocausto. A experiência delas tem a sua tragédia própria e especial. Na maioria dos casos, foram entregues a autênticos desconhecidos. Os pais estavam apenas a tentar salvá-las, mas qual é a criança capaz de entender verdadeiramente o facto de ter sido abandonada?

— Compreendo — respondeu Gabriel. — Mas é importante que eu a veja.

O arquivista olhou para o rosto de Gabriel com atenção e pareceu reconhecer algo que já tinha visto. A seguir, sorriu com tristeza e entregou-lhe a folha de papel.

— Não lhe diga onde é que arranjou a morada. E não se esqueça de a tratar com delicadeza. Ela é frágil. Eles são todos um bocadinho frágeis.

16

AMESTERDÃO

O arquivista contou a Gabriel e a Chiara tudo o que sabia. Lena Herzfeld tinha trabalhado como professora no sistema de ensino público holandês, nunca tinha casado e, como acabaram por descobrir, vivia muito perto da sua antiga casa de família. Era uma rua pequena, com um parque verde e frondoso de um lado e uma série de casas com empenas do outro. A casa dela era estreita, com uma porta estreita, ao nível da rua. Gabriel estendeu a mão para tocar à campainha, mas hesitou. *Ficou muito agitada e zangada... Depois disso, nunca mais a vimos.* Talvez fosse melhor não a incomodar, pensou. Sabia, por experiência própria, que tentar arrancar recordações de um sobrevivente podia ser um pouco como atravessar um lago gelado. Bastava um passo em falso e toda a superfície podia rachar, com consequências desastrosas.

— O que é que se passa? — perguntou Chiara.

— Não quero fazê-la passar por isto. Aliás, o mais provável é ela não se lembrar.

— Ela tinha nove anos quando os alemães vieram. Lembra-se.

Gabriel não se mexeu. Chiara resolveu tocar à campainha.

— Porque é que fizeste isso?

— Ela foi àquela conferência por uma razão. Quer falar.

— Então porque é que ficou tão transtornada quando lhe fizeram perguntas sobre a guerra?

— Provavelmente, não lhe perguntaram da maneira certa.

— E achas que *eu* consigo?

— Eu sei que tu consegues.

Chiara estendeu a mão para tocar outra vez à campainha, mas deteve-se ao ouvir o som de passos na entrada. Uma luz exterior acendeu-se e a porta entreabriu-se uns centímetros, deixando ver uma mulher pequena e magra toda vestida de preto. Tinha o cabelo cinzento-azulado cuidadosamente penteado e os olhos azuis pareciam inteligentes e alerta. Olhou para as duas visitas com curiosidade e depois, pressentindo que não eram holandeses, dirigiu-se-lhes num inglês perfeito.

— O que desejam?

— Estamos à procura de Lena Herzfeld — respondeu Gabriel.

— Sou eu — respondeu ela calmamente.

— Gostaríamos de saber se podemos falar consigo.

— Sobre?

— Sobre o seu pai — respondeu Gabriel. Calou-se por uns segundos e, a seguir, acrescentou: — E sobre a guerra.

Ela ficou em silêncio durante um momento.

— O meu pai já morreu há mais de sessenta anos — disse com firmeza. — Quanto à guerra, não há nada para falar.

Gabriel lançou um olhar a Chiara, que o ignorou e perguntou delicadamente:

— Nesse caso, é capaz de nos falar do quadro?

Lena Herzfeld pareceu espantada, mas recompôs-se rapidamente.

— E a que quadro é que se está a referir?

— Ao Rembrandt que o seu pai possuía antes da guerra.

— Lamento, mas está a confundir-me com outra pessoa. O meu pai nunca teve nenhum Rembrandt.

— Mas isso não é verdade — interrompeu Gabriel. — O seu pai teve de facto um Rembrandt. Comprou-o à De Vries Fine Arts, junto ao Herengracht, em 1936. Tenho uma cópia da fatura, se a quiser ver.

— Não tenho qualquer interesse em vê-la. Por isso, queiram desculpar-me, eu...

— Nesse caso, é capaz de dar pelo menos uma olhadela a isto?

Sem esperar pela resposta, Gabriel pôs-lhe uma fotografia do quadro nas mãos. Durante vários segundos, o rosto de Lena Herzfeld não revelou qualquer emoção a não ser uma ligeira curiosidade. A seguir, a pouco e pouco, o gelo começou a quebrar e as lágrimas correram-lhe pela face.

— Agora já se lembra, Miss Herzfeld?

— Já passou muito tempo, mas, sim, lembro-me — respondeu ela, limpando uma lágrima da cara. — Onde é que arranjaram isto?

— Talvez fosse melhor falarmos lá dentro.

— E como é que me encontraram? — perguntou, receosa, ainda com os olhos postos na fotografia. — Quem é que me atraiçoou?

Gabriel sentiu-se como se lhe tivessem posto uma pedra em cima do coração.

— Ninguém a atraiçoou, Miss Herzfeld — respondeu com delicadeza. — Somos amigos. Pode confiar em nós.

— Aprendi em criança a não confiar em ninguém — retorquiu ela, tirando os olhos da fotografia. — O que é que querem de mim?

— Apenas a sua memória.

— Foi há muito tempo.

— Morreu uma pessoa por causa deste quadro, Miss Herzfeld.

— Sim — respondeu ela —, eu sei.

Devolveu a fotografia a Gabriel. Por um instante, ele temeu que tivesse ido demasiado longe. Foi então que a porta se abriu mais uns centímetros e Lena Herzfeld se afastou para os deixar entrar.

Trata-a com delicadeza, recordou Gabriel a si próprio. *Ela é frágil. Eles são todos um bocadinho frágeis.*

17

AMESTERDÃO

Mal entrou em casa de Lena Herzfeld, Gabriel percebeu que ela sofria de um tipo qualquer de loucura. Era organizada, arrumada e assética, mas continuava a ser uma loucura. O primeiro indício do seu distúrbio era o estado da sala de estar. Como a maior parte das salas de visitas holandesas, tinha a compacidade de um Vermeer. E no entanto, através da laboriosa disposição que dera à mobília e da cuidadosa escolha em termos de cor — um branco intenso e frio —, ela tinha conseguido evitar uma sensação de desordem ou claustrofobia. Não havia peças de vidro decorativas, taças com rebuçados, lembranças, uma só fotografia. Era como se Lena Herzfeld tivesse sido largada naquele sítio sozinha, sem família, sem ascendência, sem passado. O seu lar não era verdadeiramente um lar, pensou Gabriel, mas uma ala de hospital onde ela própria tinha dado entrada para lá ficar para sempre.

Insistiu em fazer chá. Que chegou, sem surpresa, num bule branco e foi servido em chávenas brancas. Insistiu, também, que Gabriel e Chiara a tratassem apenas por Lena. Explicou que tinha trabalhado como professora numa escola pública e que, ao longo de trinta e sete anos, tanto alunos como colegas a tinham tratado exclusivamente por

Miss Herzfeld. Ao reformar-se, descobrira que queria o seu nome próprio de volta. Gabriel acedeu ao seu pedido, embora de vez em quando, por cortesia ou deferência, procurasse refúgio atrás da formalidade do seu apelido. Quando chegou a altura de se identificar e à jovem que tinha ao seu lado, decidiu que não era possível retribuir a intimidade de Lena Herzfeld. E, por isso, arrancou do bolso um antigo pseudónimo e inventou à pressa um disfarce para o acompanhar. Naquela noite, chamava-se Gideon Argov, empregado de uma pequena organização de fundos privados que investigava questões financeiras e outras relacionadas com a propriedade, na sequência do Holocausto. Dada a natureza sensível destas investigações e os problemas de segurança que daí surgiam, não era possível entrar em mais pormenores.

— É de Israel, senhor Argov?

— Nasci lá. Mas agora vivo principalmente na Europa.

— Em que parte da Europa, senhor Argov?

— Dada a natureza do meu trabalho, a minha casa é uma mala.

— E a sua assistente?

— Passamos tanto tempo juntos que o marido dela está convencido de que somos amantes.

— E são?

— Amantes? Infelizmente, não, Miss Herzfeld.

— Lena, senhor Argov. Por favor, trate-me por Lena.

Os segredos dos sobreviventes não se revelam facilmente. Estão encerrados atrás de portas barricadas e é com grande risco que quem os possui acede a eles. Isso significava que o que se passaria naquela noite seria uma espécie de interrogatório. Gabriel sabia, por experiência própria,

110

que o caminho mais certo para o fracasso era pressioná-la. Começou por fazer aquilo que parecia ser um comentário casual em relação ao que a cidade tinha mudado desde a sua última visita. Lena Herzfeld respondeu falando-lhe de Amesterdão antes da guerra.

Os antepassados dela tinham chegado à Holanda a meio do século XVII para escapar aos *pogroms* letais que estavam a ser levados a cabo pelos cossacos no Leste da Polónia. Embora fosse verdade que a Holanda se mostrasse tolerante em relação a quem chegava, os judeus foram excluídos da maior parte dos segmentos da economia holandesa e obrigados a tornarem-se comerciantes e mercadores. A maioria dos judeus de Amesterdão pertencia à classe média baixa e era bastante pobre. Os Herzfeld trabalharam como bufarinheiros e lojistas até ao final do século XIX, altura em que Abraham Herzfeld entrou no negócio dos diamantes. Passou o negócio ao filho, Jacob, que deu início a uma expansão rápida e muito bem-sucedida. Jacob casou com uma mulher chamada Susannah Arons, em 1927, e passou de um apartamento exíguo, junto à Jodenbreestraat, para a casa imponente de Plantage Middenlaan. Quatro anos depois, Susannah deu à luz o primeiro bebé do casal, Lena. Passados mais dois anos, nasceu outra filha, Rachel.

— Apesar de nos considerarmos judeus, estávamos bastante assimilados e não éramos extremamente religiosos. Acendíamos velas no Sabat, mas de maneira geral só íamos à sinagoga nos feriados. O meu pai não tinha barba nem usava um quipá, e a nossa comida não era *kosher*. A minha irmã e eu tínhamos aulas numa escola holandesa normal. Muitos dos nossos colegas nem sequer se apercebiam de que éramos judias. E isso aplicava-se particularmente a mim. É que quando era nova, senhor Argov, o meu cabelo era loiro.

— E a sua irmã?

— Tinha olhos castanhos e um lindo cabelo escuro. Como o dela — afirmou, lançando um olhar a Chiara. — A minha irmã e eu podíamos ser tomadas por gémeas, tirando a cor do cabelo e dos olhos.

O rosto de Lena Herzfeld fixou-se numa expressão de desgosto. Gabriel sentiu-se tentado a insistir no assunto. No entanto, sabia que isso seria um erro. Por isso, pediu a Lena Herzfeld para descrever a casa de família de Plantage Middenlaan.

— Vivíamos com conforto — respondeu ela, aparentemente agradecida pela mudança de assunto. — Alguns poderiam dizer que éramos ricos. Mas o meu pai nunca gostou de falar de dinheiro. Dizia que não era importante. E, realmente, apenas se permitia um único luxo. O meu pai adorava quadros. A nossa casa estava cheia de objetos de arte.

— E lembra-se do Rembrandt?

Ela hesitou e depois assentiu com a cabeça.

— Foi a primeira aquisição importante do meu pai. Pendurou-o na sala de estar. Todas as noites, sentava-se na cadeira dele a admirá-lo. Os meus pais eram dedicadíssimos um ao outro, mas o meu pai adorava tanto aquele quadro que às vezes a minha mãe fingia ter ciúmes — revelou Lena Herzfeld, esboçando um sorriso fugaz. — O quadro dava-nos alegria. Mas, pouco tempo depois de ter entrado na nossa casa, as coisas começaram a correr mal no mundo à nossa volta. A Noite de Cristal, a Áustria, a Polónia. E por fim... *nós.*

112

Para muitos residentes de Amesterdão, continuou ela, a invasão alemã de 10 de maio de 1940 foi um choque, uma vez que Hitler prometera poupar a Holanda desde que esta se mantivesse neutra. Nos dias caóticos que se seguiram, os Herzfeld fizeram uma tentativa desesperada para fugir, primeiro de barco, depois por estrada, até à Bélgica. Fracassaram, claro, e na noite do dia quinze encontravam-se outra vez na casa de Plantage Middenlaan.

— Ficámos encurralados — afirmou Lena Herzfeld —, com outros cento e quarenta mil judeus holandeses.

Ao contrário da França e da Bélgica, que foram colocadas sob o controlo militar da Alemanha, Hitler decidiu que a Holanda seria comandada por uma administração civil. Entregou o cargo ao Reichskommissar Arthur Seyss-Inquart, um antissemita fanático que foi chanceler da Áustria em 1938, após a *Anschluss*. Passados alguns dias, começaram os decretos. Primeiro, uma ordem aparentemente benigna proibiu os judeus de se ocuparem da patrulha das ruas durante os ataques aéreos. A seguir, os judeus foram obrigados a abandonar Haia, a capital da Holanda, e a saírem das zonas costeiras mais delicadas. Em setembro, todos os jornais judeus foram banidos. Em novembro, todos os judeus empregados pelo funcionalismo público holandês, incluindo aqueles que trabalhavam nos sistemas educativo e telefónico, foram despedidos sumariamente. Por fim, em janeiro de 1941, surgiu o decreto nazi mais agoirento até então. Foram dadas quatro semanas a todos os judeus que residiam na Holanda para se registarem junto do gabinete de censos holandês. Aqueles que se recusaram foram ameaçados com prisão e os seus bens corriam o risco de serem confiscados.

113

— O censo forneceu um mapa aos alemães, indicando-lhes o nome, morada, idade e sexo de praticamente todos os judeus da Holanda. Estupidamente, demos-lhes as chaves para a nossa destruição.

— E o seu pai registou-se?

— Pôs a hipótese de ignorar a ordem, mas acabou por decidir que não tinha outra opção a não ser obedecer. Vivíamos numa morada que dava nas vistas, no bairro judeu mais visível da cidade.

Ao censo seguiu-se uma série de novos decretos que serviram para isolar, humilhar e empobrecer ainda mais os judeus da Holanda. Os judeus foram proibidos de dar sangue. Os judeus foram proibidos de entrar em hotéis ou de comer em restaurantes. Os judeus foram proibidos de ir ao teatro, de frequentar bibliotecas públicas ou de ver exposições de arte. Os judeus foram proibidos de trabalhar na bolsa. Os judeus já não podiam ter pombos. As crianças judias foram impedidas de entrarem nas escolas *arianas*. Os judeus foram obrigados a vender os seus negócios a não-judeus. Os judeus foram obrigados a entregar as suas coleções de arte e todas as suas joias, exceto as alianças de casamento e os relógios de bolso. E os judeus foram obrigados a depositar todas as suas poupanças no Lippman, Rosenthal & Company, ou LiRo, um banco detido anteriormente por judeus e de que os nazis se tinham apoderado.

A ordem mais draconiana foi o Decreto 13, publicado a 29 de abril de 1942, que obrigou os judeus com mais de seis anos de idade a usarem uma Estrela de David amarela sempre que se encontrassem em público. A insígnia tinha de ser cosida — não presa com alfinetes, mas *cosida* — na roupa por cima do lado esquerdo do peito. Num insulto adicional, os judeus foram obrigados a entregar quatro cêntimos holandeses por cada estrela, assim como alguma roupa de boa qualidade.

— A minha mãe tentou transformar a situação numa brincadeira para não nos alarmar. Quando usávamos as estrelas no bairro, fazíamos de conta que estávamos muito orgulhosos. Mas eu não me deixei enganar, claro. Tinha acabado de fazer onze anos e, mesmo não sabendo aquilo que estava para vir, sabia que corríamos perigo. Mas fazia de conta por causa da minha irmã. A Rachel era suficientemente pequena para ser enganada. Adorava a estrela amarela dela. Costumava dizer que conseguia sentir os olhos de Deus nela quando a usava.

— E o seu pai obedeceu à ordem para entregar os quadros?

— Entregou todos menos o Rembrandt. Tirou-o do suporte e escondeu-o num espaço exíguo no sótão, assim como um saco de diamantes com que tinha ficado depois de vender o negócio a um concorrente holandês. A minha mãe chorou quando as relíquias da família foram levadas da casa. Mas o meu pai disse para não nos preocuparmos. Nunca me vou esquecer das palavras dele. *São apenas objetos,* disse. *O que é importante é que nos temos uns aos outros. E ninguém nos pode tirar isso.*

E ainda assim os decretos continuaram a surgir. Os judeus foram proibidos de sair de casa à noite. Os judeus foram proibidos de entrar em casa dos não-judeus. Os judeus foram proibidos de utilizar os telefones públicos. Os judeus foram proibidos de andar nos comboios ou nos elétricos. Foi então que, a 5 de julho de 1942, o Gabinete Central para a Emigração Judia, de Adolf Eichmann, enviou notificações a quatro mil judeus, informando-os de que tinham sido escolhidos para trabalharem na Alemanha. Era uma mentira, claro. Tinham começado as deportações.

— E a sua família recebeu alguma ordem para se apresentar?

— Não de imediato. Os primeiros nomes escolhidos foram primordialmente de judeus alemães que se tinham refugiado na Holanda depois de 1933. O nome da nossa família só apareceu na segunda semana de setembro. Disseram para nos apresentarmos na Centraal Station e recebemos instruções muito específicas sobre o que devíamos levar connosco. Lembro-me da cara do meu pai. Ele sabia que era uma sentença de morte.

— E o que é que ele fez?

— Foi ao sótão buscar o Rembrandt e o saco de diamantes.

— E a seguir?

— Arrancámos as estrelas da roupa e escondemo-nos.

CAPÍTULO

18

AMESTERDÃO

Chiara tinha razão em relação a Lena Herzfeld. Depois
de anos de silêncio, estava finalmente preparada para falar
da guerra. Mas não avançou de cabeça para o terrível segredo que se encontrava enterrado no seu passado. Foi lá chegando devagar, metodicamente, uma professora com uma
lição difícil de ensinar. Gabriel e Chiara, observadores experimentados das emoções humanas, não fizeram qualquer
tentativa para forçar a situação. Em vez disso, ficaram sentados em silêncio no sofá branco cor de neve, com as mãos
cruzadas no colo, como um par de alunos absortos.

— Conhecem a palavra holandesa *verzuiling?* — perguntou Lena.

— Lamento, mas não — respondeu Gabriel.

Era um conceito singularmente holandês, explicou ela,
que ajudava a preservar a harmonia social num país profundamente dividido entre católicos e protestantes. A paz tinha
sido mantida não através da interação, mas sim da separação absoluta. Se uma pessoa fosse calvinista, por exemplo,
lia um jornal calvinista, fazia compras num talho calvinista,
apoiava clubes desportivos calvinistas e punha os filhos
numa escola calvinista. E o mesmo se aplicava aos católicos

romanos e aos judeus. Amizades entre católicos e calvinistas eram pouco comuns. Amizades entre judeus e cristãos de qualquer tipo eram praticamente inéditas. *Verzuiling* era a razão principal por que tão poucos judeus tinham conseguido esconder-se dos alemães, fosse por que tempo fosse, assim que as identificações e deportações começaram. A maioria não tinha ninguém a quem recorrer para os ajudar.

— Mas isso não se aplicava ao meu pai. Antes da guerra, fizera uma série de amigos fora da comunidade judaica por via dos seus negócios. Havia um homem em especial, um cavalheiro católico romano chamado Nikolaas de Graaf. Vivia com a mulher e os quatro filhos numa casa perto do Vondelpark. Presumo que o meu pai lhe tenha pago uma quantia substancial, mas nenhum deles falava dessas coisas. Entrámos na casa dos De Graaf pouco antes da meia-noite, no dia nove de setembro, um de cada vez, para que os vizinhos não reparassem em nós. Cada um trazia três mudas de roupa porque não nos atrevíamos a andar pela cidade com malas. Tinham-nos preparado um esconderijo no sótão. Subimos a escada e fecharam-nos a porta. Depois disso... foi uma noite permanente.

O sótão não possuía quaisquer mordomias, apenas uns quantos cobertores que tinham sido colocados no chão. Todas as manhãs, o senhor De Graaf trazia-lhes uma bacia de água limpa para se lavarem minimamente. A casa de banho ficava no andar de baixo; por motivos de segurança, os De Graaf pediam que a sua utilização se limitasse a duas visitas diárias por cada membro da família. Era proibido falar sem ser sussurrando e não podia haver nenhum tipo de comunicação verbal à noite. Era-lhes fornecida roupa lavada uma vez por semana e a comida limitava-se ao que os De Graaf podiam dispensar das suas próprias rações. O sótão não tinha janela. Não eram permitidas luzes nem velas, mesmo no Sabat. Passado pouco tempo, toda a família Herzfeld sofria de malnutrição e dos efeitos psicológicos de uma exposição prolongada à escuridão.

— Estávamos brancos como fantasmas e muito magros. Quando a senhora De Graaf cozinhava, o cheiro subia até ao sótão. Depois de a família comer, ela trazia-nos a nossa parte. Nunca chegava. Mas claro que nunca nos queixávamos. Tive sempre a impressão de que a senhora De Graaf se sentia muito assustada com a nossa presença. Mal olhava para nós e as nossas idas ao andar de baixo punham-na nervosa. Para nós, eram a única possibilidade que tínhamos de escapar à escuridão e ao silêncio. Não podíamos ler porque não havia luz. Não podíamos ouvir rádio nem conversar porque o ruído era proibido. À noite, ouvíamos as *razzias* alemãs e tremíamos de medo.

Os alemães não realizavam os raides sozinhos. Eram ajudados por unidades especiais da polícia holandesa conhecidas como Schalkhaarders e por uma brigada criada pelos alemães conhecida como Polícia Auxiliar Voluntária. Considerados caçadores de judeus fanáticos capazes de tudo para perfazerem as suas quotas noturnas, os agentes da Auxiliar eram maioritariamente membros das SS holandesas e do Partido Nazi Holandês. No início do processo de deportação, recebiam sete florins e meio por cada judeu que prendessem. Mas à medida que as deportações foram exaurindo progressivamente a Holanda dos seus judeus e as presas se tornaram mais difíceis de encontrar, a recompensa aumentou para quarenta florins. Num período de guerra e de privação económica, tratava-se de um montante substancial, o que levou muitos cidadãos holandeses a facultarem informações sobre judeus que se encontravam escondidos, a troco de umas quantas moedas de prata.

— Era o nosso maior medo. O medo de sermos traídos. Não pelos De Graaf, mas sim por um vizinho ou conhecido que tivesse conhecimento da nossa presença. O meu pai estava mais preocupado com os filhos dos De Graaf. Três eram adolescentes, mas o rapaz mais novo era da minha idade. O meu pai tinha medo de que, sem querer, o rapaz pudesse contar aos colegas da escola. Sabem como são as crianças. Dizem coisas para impressionarem os amigos sem compreenderem completamente as consequências.

— E foi isso que aconteceu?

— Não — respondeu ela, abanando a cabeça enfaticamente. — Como se veio a descobrir, os filhos dos De Graaf nunca disseram uma palavra sobre a nossa presença. Foi um dos vizinhos que nos denunciou. Uma mulher que vivia na casa do lado.

— Ouviu-vos através da parede do sótão?

Lena ergueu os olhos em direção ao teto, com uma expressão assustada.

— Não — respondeu por fim. — Viu-me a mim.

— Onde?

— No jardim.

— No jardim? E o que é que a Lena estava a fazer no jardim?

Ela começou a responder, mas depois enterrou a cara nas mãos e chorou. Gabriel abraçou-a com força, impressionado com o completo silêncio dela. Lena Herzfeld, a criança da escuridão, a criança do sótão, ainda era capaz de chorar sem fazer qualquer som.

19

AMESTERDÃO

O que se seguiu foi a confissão de Lena Herzfeld. A sua transgressão começou como um ato menor de desobediência cometido por uma criança desesperada que queria simplesmente tocar na neve. Não tinha planeado aquela aventura. Aliás, continuava sem saber o que a tinha acordado ao início da manhã, no dia 12 de fevereiro de 1943, ou o que a tinha feito levantar-se da cama sem fazer barulho e descer a escada até ao andar de baixo. Lembrava-se que o átrio estava totalmente às escuras. Ainda assim, não teve qualquer dificuldade em chegar à casa de banho. Tinha dado esses mesmos sete passos, duas vezes por dia, durante os cinco meses anteriores. Esses sete passos tinham constituído a sua única forma de exercício. A única possibilidade de escapar à monotonia do sótão. E a única hipótese de ver o mundo lá fora.

— Havia uma janela junto ao lavatório. Era pequena e redonda e dava para o jardim traseiro. A senhora De Graaf fazia questão de que a cortina estivesse corrida sempre que lá entrávamos.

— Mas a Lena abria-a mesmo contra a vontade dela?

— De vez em quando. — Uma pausa e depois: — Era apenas uma criança.

— Eu sei, Lena — retorquiu Gabriel, num tom tran-
quilizador. — Diga-me o que é que viu.

— Vi neve acabada de cair a brilhar ao luar. Vi as estrelas — respondeu ela, olhando para Gabriel. — Tenho
a certeza de que lhe parece uma coisa extremamente vulgar
neste momento, mas, para uma criança que tinha estado fechada num sótão durante cinco meses, era...

— Irresistível?

— Parecia o céu. Um pequeno pedaço do céu, mas
o céu à mesma. Queria tocar na neve. Queria ver as estrelas. E uma parte de mim queria fitar Deus olhos nos olhos
e perguntar-lhe porque é que Ele nos tinha feito aquilo.

Olhou para Gabriel atentamente, como se estivesse
a avaliar se aquele desconhecido que lhe tinha aparecido
à porta de casa era merecedor de uma tal recordação.

— Nasceu em Israel? — perguntou ela.

Ele respondeu não como Gideon Argov, mas sim na
sua própria pele.

— Nasci numa povoação agrícola no vale de Jezreel.

— E os seus pais?

— A família do meu pai veio de Munique. A minha
mãe nasceu em Berlim. Foi deportada para Auschwitz em
1942. Os pais dela foram gaseados mal chegaram, mas ela
conseguiu sobreviver até ao fim. Fizeram-na sair de lá a pé
em janeiro de 1945.

— A Marcha da Morte? Meu Deus, ela deve ter sido
uma mulher formidável para sobreviver a uma provação
dessas. — Olhou para ele um momento e, a seguir, perguntou: — O que é que ela lhe contou?

— A minha mãe nunca falou disso, nem sequer a mim.

Lena acenou com a cabeça, em sinal de compreensão.
A seguir, depois de mais uma longa pausa, descreveu como

se esgueirou silenciosamente pelas escadas dos De Graaf e se escapuliu para o jardim. Estava sem sapatos e sentia a neve nos pés, muito fria, apesar das meias. Não importava; a sensação era maravilhosa. Agarrou numa mão-cheia de neve e respirou fundo, absorvendo o ar gelado até a garganta lhe começar a arder. Abriu os braços completamente e começou a rodopiar, fazendo com que as estrelas e o céu se pusessem a mexer como um caleidoscópio. Rodopiou sem parar, até a cabeça lhe começar a andar à roda.

— Foi nessa altura que reparei na cara à janela, na casa do lado. Ela parecia assustada... verdadeiramente assustada. Só posso imaginar como lhe devo ter parecido. Um fantasma pálido e cinzento. Uma criatura de outro mundo. Obedeci ao meu primeiro instinto, que foi voltar para dentro de casa a correr. Mas receio que isso tenha provavelmente agravado o meu erro. Se tivesse sido capaz de reagir com calma, é possível que ela tivesse pensado que eu era um dos filhos dos De Graaf. Mas, ao correr, atraiçoei-me a mim e ao resto da minha família. Foi como se tivesse gritado a plenos pulmões que era uma judia que estava escondida. Era como se estivesse a usar a minha estrela amarela.

— E contou aos seus pais o que tinha acontecido?

— Queria fazê-lo, mas tinha demasiado medo. Limitei-me a ficar deitada no meu cobertor e a esperar. Passadas umas horas, a senhora De Graaf trouxe-nos a bacia de água limpa e eu soube que tínhamos sobrevivido àquela noite.

O resto do dia prosseguiu da mesma maneira que os cento e cinquenta e cinco que o tinham antecedido. Lavaram-se o melhor que puderam. Deram-lhes um pouco de comida. Cada um foi duas vezes à casa de banho. À segunda vez, Lena sentiu-se tentada a espreitar pela janela para ver se as suas pegadas ainda eram visíveis na neve do jardim. Em vez disso, repetiu os sete passos até à escada e regressou à escuridão.

O Sabat era nessa noite. Murmurando, a família Herzfeld recitou as três orações — embora não houvesse velas, pão, nem vinho — e pediu a Deus que os protegesse por mais uma semana. Passados uns minutos, as *razzias* iniciaram-se: botas alemãs a baterem nas ruas de pedras arredondadas, Schalkhaarders a vociferarem ordens em holandês.

— Normalmente, quem estava a fazer os raides passava por nós e o som ia-se tornando cada vez mais ténue. Mas não naquela noite. Naquela noite, o som foi-se tornando cada vez mais alto, até a casa inteira começar a abanar. Sabia que nos vinham buscar. Era a única que sabia.

20

AMESTERDÃO

Lena Herzfeld caiu num silêncio exausto e prolongado. Gabriel percebeu que se tinha fechado uma porta na mente dela. De um lado, estava uma velha que vivia sozinha em Amesterdão; do outro, uma criança que por um erro tinha atraiçoado a família. Gabriel sugeriu que a conversa ficasse por ali. E parte dele até se interrogou se valeria mesmo a pena continuar. Para quê? Por causa de um quadro que provavelmente se tinha perdido para sempre? Mas, para sua grande surpresa, foi a própria Lena quem fez questão de prosseguir, foi Lena quem exigiu contar o resto da história. Não por causa do Rembrandt, assegurou-lhe, mas por si mesma. Precisava de explicar como tinha sido severamente punida por aqueles poucos momentos roubados no jardim. E precisava de expiação. E, por isso, pela primeira vez na vida, descreveu como a família tinha sido arrastada do sótão sob o olhar envergonhado dos filhos dos De Graaf. E como tinham sido levados de camião para, de todos os lugares possíveis, o Hollandsche Schouwburg, em tempos o teatro mais esplendoroso de Amesterdão.

— Os alemães tinham-no transformado num centro de detenção para os judeus que capturavam. Já não se parecia nada com o que eu me lembrava, claro. Os lugares da orquestra tinham sido retirados, os candelabros foram arrancados do teto e havia cordas dispostas como forcas por cima do que restava do palco.

As recordações dela pareciam saídas de um pesadelo. Recordações dos Schalkhaarders a rirem e a trocarem histórias da caçada da véspera. Recordações de um rapazinho que tinha tentado escapar e que fora espancado até perder os sentidos. Recordações de uma dúzia de velhos, homens e mulheres, que tinham sido arrancados da cama, num lar de idosos, e se encontravam sentados calmamente, com os seus pijamas esfarrapados, como se estivessem à espera que o espetáculo começasse. E recordações, também, de um homem alto, todo vestido de preto, a avançar a passos largos pelo palco, como um deus, com um quadro de Rembrandt numa mão e um saco de diamantes na outra.

— O homem pertencia às SS?

— Sim.

— E chegaram a dizer-lhe o nome dele?

Ela hesitou.

— Soube-o mais tarde, mas não o vou dizer.

Gabriel assentiu com a cabeça, procurando serená-la. Lena fechou os olhos e continuou. Do que se lembrava melhor dele, revelou, era do cheiro a couro que saía das botas acabadas de engraxar. Tinha olhos castanho-escuros, cabelo escuro e cheio de brilhantina e pele pálida e exangue. Os seus modos eram aristocráticos e chocantemente corteses.

— Não se tratava de um labrego de uma aldeia qualquer trajado com um belo uniforme. Tratava-se de um homem de boas famílias. Um homem das castas mais elevadas da sociedade alemã. Primeiro, dirigiu-se ao meu pai num holandês excelente. A seguir, depois de constatar que o meu pai falava alemão, mudou de língua.

— E a Lena falava alemão?

— Um bocadinho.

— E conseguiu compreender o que é que se estava a passar?

— Pequenas partes. O homem das SS repreendeu o meu pai por ter violado os decretos que diziam respeito a ativos financeiros e bens valiosos, como joias e obras de arte, detidos por judeus. A seguir, informou o meu pai de que tanto os diamantes como o Rembrandt teriam de ser confiscados antes de sermos deportados para os campos de trabalhos forçados. Mas havia apenas uma coisa de que precisava primeiro. Queria que o meu pai assinasse um papel.

— Um documento de confisco?

Ela abanou a cabeça.

— Uma fatura, não pela venda dos diamantes, apenas pelo Rembrandt. Queria que o meu pai lhe *vendesse* o quadro. O preço ficaria em cem florins... pagáveis numa data futura, claro. Cem florins... menos do que os caçadores de judeus ganhavam numa boa noite de rusgas.

— E a Lena chegou mesmo a ver o contrato?

Ela hesitou, mas depois acenou com a cabeça lentamente.

— Os alemães eram rigorosos em tudo e a papelada era muito importante para eles. Registavam tudo. O número de pessoas assassinadas por dia nas câmaras de gás. O número de sapatos que ficava pelo caminho. O peso do ouro arrancado aos mortos antes de serem atirados para dentro dos crematórios.

Uma vez mais, a voz de Lena Herzfeld foi morrendo e, por um momento, Gabriel receou que a tivessem perdido. Mas recompôs-se rapidamente e prosseguiu. Naquela noite, Lena Herzfeld tinha escolhido Gabriel e Chiara para ouvirem o seu testemunho. Naquela noite, era impossível voltar atrás.

— Foi só mais tarde que percebi porque é que o homem das SS precisava da assinatura do meu pai. Uma coisa era roubar um saco de diamantes. Mas outra bem diferente era roubar um quadro, em especial um Rembrandt. Não é irónico? Mataram seis milhões de pessoas, mas ele queria uma fatura para o Rembrandt do meu pai, um papel para poder afirmar que o tinha adquirido legalmente.

— E o que é que o seu pai fez?

— Recusou-se. Ainda hoje, não consigo imaginar onde é que ele foi buscar a coragem. Disse ao homem das SS que não tinha ilusões sobre o destino que nos aguardava e que não ia assinar nada, fossem quais fossem as circunstâncias. O homem das SS pareceu ter ficado bastante espantado. Calculo que há muito tempo que um judeu não se atrevia a falar com ele daquela maneira.

— E ameaçou o seu pai?

— Na verdade, foi até o contrário. Durante um momento, pareceu desorientado. Depois olhou para Rachel e para mim e sorriu. Disse que os campos de trabalhos forçados não eram sítio para crianças. Disse que tinha uma solução. Uma troca. Duas vidas por um quadro. Se o meu pai assinasse a fatura, a Rachel e eu seríamos libertadas. Primeiro, o meu pai resistiu, mas a minha mãe convenceu-o de que não havia escolha. Pelo menos, vão ter-se uma à outra, disse ela. O meu pai acabou por capitular e assinou os papéis. Havia duas cópias, uma para ele, outra para o homem das SS.

De repente, os olhos de Lena brilharam com lágrimas e as mãos começaram a tremer-lhe, não de tristeza mas de raiva.

— Mas assim que o monstro teve o que queria, mudou de ideias. Disse que se tinha enganado. Disse que não podia levar *duas* crianças, apenas uma. E, a seguir, apontou para mim e disse: *Aquela. A do cabelo loiro e olhos azuis.* E a minha sentença foi essa.

O homem das SS ordenou à família Herzfeld que se despedisse pela última vez. *E sejam rápidos,* acrescentou, numa voz plena de falsa cordialidade. A mãe e a irmã de Lena choraram ao abraçarem-na uma última vez, mas o pai conseguiu manter a compostura. Abraçando Lena com força, sussurrou-lhe que a amaria para sempre e que dentro de pouco tempo voltariam a estar todos juntos. Foi nessa altura que Lena sentiu o pai meter-lhe uma coisa no bolso do casaco. Passados alguns segundos, o monstro estava a levá-la para fora do teatro. *Continue a andar, Miss Herzfeld,* estava ele a dizer. *E faça o que fizer, não olhe para trás. Se olhar para trás, nem que seja uma vez, também a enfio no comboio.*

— E o que é que acham que eu fiz? — perguntou.

— Continuou a andar.

— Exatamente. A Miss Herzfeld continuou a andar. E nunca olhou para trás. Nem uma vez. E nunca mais voltou a ver a família. Passadas três semanas, estavam mortos. Mas a Miss Herzfeld, não. Estava viva porque tinha cabelo loiro. E a irmã tinha sido reduzida a cinzas porque o dela era escuro.

CAPÍTULO

21

AMESTERDÃO

Lena Herzfeld escondeu-se pela segunda vez. A sua odisseia teve início do outro lado da rua, no prédio exatamente em frente ao teatro, o número 31 de Plantage Middenlaan. Um antigo infantário para as famílias da classe média tinha sido transformado pelos nazis num segundo centro de detenção, reservado para as crianças e bebés. Mas durante o período das deportações, várias centenas de crianças pequenas tinham saído de lá clandestinamente, em caixas e sacos de batatas, e sido entregues à Resistência holandesa.

— O homem das SS fez questão de me levar até à creche e de me deixar aos cuidados dos funcionários. Espanta-me que tenha sido sequer capaz de cumprir a palavra dada, mas tinha o seu quadro. A guerra estava repleta de contradições inexplicáveis. Num momento, um monstro impiedoso. No outro, um homem capaz de um nadinha de decência.

Lena foi enviada para Friesland, no Noroeste da Holanda, dentro da bagageira de um carro, e foi entregue a um casal sem filhos que era parte ativa da Resistência holandesa. Deram-lhe um novo nome e disseram aos vizinhos que tinha ficado órfã no decurso do bombardeamento alemão a Roterdão, em maio de 1940. Como eram calvinistas devotos, contavam que Lena fosse à missa aos domingos para justificar o disfarce dela. Mas dentro da segurança da sua casa, encorajavam-na a manter a sua identidade judaica.

— Se calhar, vão ter dificuldade em compreender isto, mas considero que tive bastante sorte. Muitas crianças que estavam escondidas com famílias cristãs passaram por experiências medonhas. Mas eu fui tratada com carinho e uma grande dose de calor e afeto.

— E quando a guerra acabou?

— Não tinha sítio para onde ir. Fiquei em Friesland até fazer dezoito anos. Depois fui para a universidade e acabei por me tornar professora. Pensei muitas vezes em emigrar para Israel ou para a América. Mas, no fim, decidi ficar. Senti que era meu dever permanecer em Amesterdão com os fantasmas dos mortos.

— E chegou a tentar recuperar a sua casa de família?

— Não era possível. A seguir à guerra, o governo holandês declarou que os direitos de quem fosse proprietário àquela data eram *iguais* aos dos anteriores proprietários judeus. Isso queria dizer que, a não ser que conseguisse provar que o homem que tinha comprado a nossa casa o fizera de má-fé, não o podia expulsar. Além disso, não tinha nada que provasse que o meu pai alguma vez tivesse sido proprietário da casa ou sequer que tivesse morrido, e tanto uma coisa como a outra eram exigidas por lei.

— E o Rembrandt?

— Com o tempo, passei a considerar a mulher que aparece nesse quadro uma cúmplice do assassínio da minha família. Nunca mais a quis voltar a ver.

— Mas guardou a fatura — retorquiu Gabriel.

A criança do sótão fitou-o com um olhar desconfiado.

— Não foi isso que o seu pai lhe pôs no bolso quando se estavam a despedir? — Ela continuou sem responder. — E a Lena ficou com ela enquanto esteve escondida, não foi? Ficou com ela porque era a única coisa que tinha do seu pai.

Gabriel calou-se durante um momento e, a seguir, perguntou:

— Onde é que está a fatura, Lena?

— Está na gaveta de cima da minha mesinha de cabeceira. Olho para ela todas as noites antes de ir dormir.

— E é capaz de me deixar ficar com ela?

— E por que razão ia o senhor querer uma coisa dessas?

— O seu Rembrandt anda algures por aí. E nós vamos encontrá-lo.

— Esse quadro está coberto de sangue.

— Eu sei, Lena. Eu sei.

AMESTERDÃO

Já eram quase onze horas quando saíram da casa de Lena Herzfeld e a chuva caía com força no passeio. Chiara queria ir à procura de um táxi, mas Gabriel insistiu que fossem a pé. Ficaram parados durante muito tempo à porta do teatro Hollandsche Schouwburg, atualmente um memorial àqueles que tinham lá estado presos, antes de seguirem para a antiga casa de Rembrandt, no cimo de Jodenbreestraat. Gabriel não conseguiu deixar de ficar espantado com a pequena distância. Um quilómetro, não mais do que isso. Tinha a certeza de que o próximo elo da corrente estaria mais longe.

Comeram com pouco apetite num restaurante sossegado perto do hotel, conversando apenas sobre o horror do que tinham acabado de ouvir, e foram para a cama pouco depois da uma. Chiara viu o seu sono perturbado por pesadelos, embora, para grande surpresa sua, tenha descoberto que Ivan Kharkov fora substituído no papel do protagonista por um homem vestido de preto que tentava arrancar-lhe uma criança dos braços. Obrigou-se a acordar e deu com Gabriel sentado à escrivaninha do quarto, com a luz do candeeiro a brilhar intensamente e uma caneta a rabiscar furiosamente numa folha de papel.

— O que é que estás a fazer?

— Dorme.

— Estava a sonhar com ele.

— Eu sei.

De manhã, enquanto Gabriel estava a dormir, Chiara descobriu o produto da atividade noturna do marido. Anexado à fatura, estava um documento com várias páginas, escrito no papel de carta do hotel, na letra muito própria do canhoto Gabriel. Na parte superior da primeira página, estavam indicadas a data e a cidade, seguidas das palavras *O Testemunho de Lena Herzfeld*. Chiara folheou o documento rapidamente, atónita com o que estava a ler. Abençoado com uma memória perfeita, Gabriel tinha produzido uma transcrição literal de toda a conversa. E, na página final, tinha escrito uma pequena nota para si mesmo.

Às vezes, a melhor maneira de encontrar um quadro é descobrir onde é que ele esteve.

Encontra Kurt Voss.

Encontra o quadro.

SEGUNDA PARTE

ATRIBUIÇÃO

CAPÍTULO

23

SOUTHWARK, LONDRES

Há poucas coisas mais torturantes no mundo dos jornais do que uma reunião de equipa convocada para as cinco da tarde de sexta-feira. Metade dos presentes já está a pensar nos planos para o fim de semana, enquanto o resto está em cima do prazo de entrega e portanto preocupado com o trabalho que ainda falta fazer. Naquele momento, Zoe Reed não se encaixava em nenhuma das categorias, apesar de a mente dela ter notoriamente começado a vaguear.

Tal como quase todas as outras pessoas reunidas na sala de conferências do quinto piso do *Financial Journal,* Zoe já tinha ouvido aquilo muitas vezes. A outrora poderosa bíblia dos negócios mundiais estava agora numa autêntica embrulhada financeira. A circulação e as receitas de publicidade encontravam-se numa espiral descendente sem fim à vista. O *Journal* não só não era lucrativo como estava também a perder dinheiro a um ritmo alarmante e insustentável. Se essa tendência continuasse, a empresa mãe, a Latham International Media, não teria outra escolha a não ser procurar imediatamente um comprador — ou, mais provavelmente, fechar o jornal. Entretanto, as despesas com a redação teriam mais uma vez de ser cortadas ao máximo.

Não haveria mais almoços caros com as fontes, viagens não aprovadas e assinaturas de outras publicações. Dali em diante, os repórteres do *Journal* consumiriam as suas notícias tal como todas as pessoas do mundo — gratuitamente, na Internet.

O portador dessas informações sombrias era Jason Turnbury, o editor-adjunto do *Journal*. Deambulava pela sala de conferências como um matador de touros, com a gravata artisticamente solta e o rosto ainda bronzeado de umas férias recentes nas Caraíbas. Jason era um foguete, um meteorito do mundo empresarial, que possuía uma habilidade incomparável para evitar problemas quando estes se aproximavam. Se ia haver sangue derramado por causa do destino pouco risonho do *Journal,* não seria o seu. Zoe sabia de fonte segura que Jason se estava a preparar para ocupar uma posição na sede da Latham. E sabia disso porque, contra todo o bom senso, tinham tido um breve caso. Embora já não fossem amantes, ele ainda lhe fazia confidências e pedia regularmente conselhos e a sua aprovação. Por isso, Zoe não se surpreendeu quando, cinco minutos depois do final da reunião, ele telefonou para a extensão dela.

— Que tal me saí?

— Um bocado sentimental para o meu gosto. De certeza que não é assim tão mau.

— É pior. Imagina o *Titanic.*

— Não estás com certeza à espera que eu faça o meu trabalho sem um orçamento adequado para viajar e para despesas de entretenimento.

— As novas regras aplicam-se a todo o pessoal da redação. Até a ti.

— Então, demito-me.

— Muito bem. É uma pessoa a menos que tenho de pôr na rua. Na verdade, *duas*. Pelo amor de Deus, nós pagamos-te uma quantia escandalosa de dinheiro!

— Isso é porque eu sou especial. Até diz isso no meu título, correspondente especial de investigação. Tu próprio mo atribuíste.

— O maior erro da minha carreira.

— Para que fique registado, foi o teu *segundo* maior erro, Jason.

A frase tinha sido dita com o cunho de humor ácido de Zoe. Baixa e abafada, a voz de Zoe era um dos sons mais temidos no mundo financeiro de Londres. Demolia regularmente diretores-executivos arrogantes e transformava até os advogados mais combativos em idiotas balbuciantes. Entre os jornalistas de investigação mais respeitados e temidos do Reino Unido, Zoe e a sua pequena equipa de repórteres e investigadores tinham deixado um rasto de empresas e carreiras arruinadas ao longo do seu percurso. Ela tinha posto a nu esquemas fraudulentos de contabilidade, práticas de manipulação ilegal de informação privilegiada, crimes contra o ambiente e incontáveis casos relacionados com subornos e comissões. E embora a maior parte do seu trabalho envolvesse empresas britânicas, dava regularmente conta de manigâncias empresariais noutros países europeus e na América. Na verdade, durante o caótico outono de 2008, Zoe tinha passado várias semanas a tentar provar que uma empresa de gestão de patrimónios americana, dirigida por um estratega altamente respeitado, era na verdade um

141

gigantesco esquema Ponzi. Estava a quarenta e oito horas de confirmar a história quando Bernard Madoff foi preso por agentes do FBI e acusado de peculato. As notícias reveladas previamente por Zoe deram ao *Journal* uma nítida vantagem sobre os seus concorrentes, à medida que o escândalo se foi desenrolando, ainda que em privado não se perdoasse por não ter apanhado Madoff antes das autoridades. Ferozmente competitiva e desprezando aqueles que quebravam qualquer tipo de regras, Zoe Reed tinha jurado nunca mais deixar que nenhum homem de negócios corrupto e ladrão lhe escapasse por entre os dedos.

Naquele momento, estava a dar os últimos retoques numa notícia explosiva, prestes a ser publicada, sobre um deputado do Partido Trabalhista que aceitara pelo menos cem mil libras em pagamentos ilícitos da Empire Aerospace Systems, um dos mais importantes adjudicatários do setor da defesa britânico. O departamento de publicidade do *Journal* tinha passado a informação às estações noticiosas de que Zoe tinha um artigo importante a caminho e já tinham sido discretamente programadas entrevistas na BBC, CNBC, Sky News e CNN International. Ao contrário da maioria dos repórteres de imprensa, Zoe tinha uma apetência natural para aparecer na televisão e possuía a rara capacidade de se esquecer de que estava sentada em frente de uma câmara. E, mais ainda, era invariavelmente a pessoa mais atraente no estúdio. Há anos que a BBC andava a tentar desviar Zoe do *Journal* e recentemente ela voara para Nova Iorque para se encontrar com executivos da CNBC. Neste momento, Zoe tinha o poder de quadruplicar o seu salário pegando simplesmente no telefone. O que significava que não estava com disposição para ouvir um sermão de Jason Turnbury sobre cortes orçamentais.

— Posso explicar porque é que as tuas medidas de redução de custos vão tornar o meu trabalho impossível?

— Se tem mesmo de ser.

— Como bem sabes, Jason, as minhas fontes são provenientes do meio em questão e têm de ser seduzidas para me darem informações. Estás mesmo à espera que eu convença um executivo de topo a trair a empresa por uma sandes de ovo e funcho no Pret A Manger?

— Olhaste para o teu relatório de despesas do mês passado antes de o assinares? Eu podia ter contratado dois editores estagiários pela soma de dinheiro que gastaste só no *grill* do Dorchester.

— Há conversas que não se podem ter por telefone.

— Concordo. Então porque é que não te encontras comigo no Café Rouge para um copo e assim continuamos isto pessoalmente?

— Sabes que isso não é boa ideia, Jason.

— Estou a sugerir um copo cordial entre dois profissionais.

— Isso é treta e sabes bem.

Jason minimizou a recusa dela e mudou rapidamente de assunto.

— Estás a ver televisão?

— Ainda estamos autorizados a ver televisão ou isso agora já é considerado um esbanjamento da eletricidade que sai tão cara à empresa?

— Muda para a Sky News.

Zoe mudou o canal e viu três homens de pé perante uma aglomeração de repórteres no complexo das Nações Unidas em Genebra. Um era o secretário-geral das Nações Unidas, o segundo era uma estrela *rock* irlandesa, que tinha trabalhado incansavelmente para erradicar a pobreza em África, e o terceiro era Martin Landesmann. Um financeiro fabulosamente rico e sediado em Genebra, Landesmann tinha acabado de anunciar que estava a doar cem milhões de dólares para melhorar a produção alimentar no Terceiro Mundo. Não era a primeira vez que Landesmann fazia tal gesto. Apelidado de *São Martin* tanto por detratores como por apoiantes, Landesmann tinha oferecido, segundo se dizia, pelo menos mil milhões de dólares do seu dinheiro a várias instituições de caridade. A sua enorme riqueza e generosidade só tinham equivalente na sua reclusão e desprezo pela imprensa. Landesmann apenas tinha concedido uma entrevista em toda a sua vida. E Zoe tinha sido a repórter.

— Quando é que foi isto?

— Hoje ao início da tarde. Ele recusou responder a perguntas.

— Estou surpreendida que eles tenham sido sequer capazes de convencer Martin a aparecer.

— Não fazia ideia de que vocês se tratavam pelo primeiro nome.

— Por acaso, já não falo com ele há meses.

— Talvez seja altura de reatar a vossa relação.

— Já tentei, Jason. Ele não está interessado em falar.

— Porque é que não lhe ligas agora?

— Porque vou para casa tomar um banho bem longo.

— E no resto do fim de semana?

— Um livro medíocre. Um par de DVD. Talvez um passeio por Hampstead Heath, se não estiver a chover.

— Parece bastante aborrecido.

— Eu gosto de me aborrecer, Jason. É por isso que sempre gostei tanto de ti.

— Estou no Café Rouge dentro de uma hora.

— E eu vejo-te segunda de manhã.

Desligou o telefone e viu Martin Landesmann a sair da conferência de imprensa em Genebra, com o cabelo grisalho a inflamar-se com o clarão de uma centena de máquinas fotográficas e a deslumbrante mulher francesa, Monique, a seu lado. Para um homem tão devotadamente privado, Landesmann sabia realmente fazer uma impressionante exibição nas raras ocasiões em que aparecia em público. Era um dos dons especiais de Martin, a habilidade ímpar para controlar o que o mundo conhecia e via dele. Zoe estava convencida de que sabia mais sobre Martin Landesmann do que qualquer outro repórter no mundo. No entanto, até mesmo ela reconhecia que havia muito acerca de São Martin e do seu império financeiro que estava fora do seu alcance.

A imagem de Landesmann foi substituída pela do novo presidente americano, que estava a lançar uma iniciativa para melhorar as relações entre os Estados Unidos e um dos seus mais implacáveis inimigos, a República Islâmica do Irão. Zoe desligou a televisão, lançou um olhar ao relógio e praguejou baixinho. Já passavam uns minutos das seis. Os seus planos para o fim de semana não eram assim tão medíocres como fizera Jason crer. De facto, eram bastante diversificados. E agora já estava atrasada.

Verificou o *e-mail* e depois levou a cabo uma limpeza implacável ao seu *voice mail*. Às 18h15, estava a vestir o sobretudo e a atravessar a redação. Ao mesmo tempo, no seu amplo escritório envidraçado, Jason admirava a magnífica vista para o Tamisa. Pressentindo Zoe nas suas costas, deu meia-volta e fez uma tentativa óbvia para captar o olhar dela. Zoe baixou os olhos para a alcatifa e esquivou-se para dentro do elevador.

Enquanto o elevador descia em direção ao vestíbulo, Zoe examinou o seu reflexo nas portas de aço inoxidável. *Tu foste deixada na soleira da porta por ciganos,* costumava dizer a sua mãe. Parecia a única explicação possível para o facto de uma criança de ascendência anglo-saxónica ter vindo ao mundo com o cabelo preto, os olhos castanho-escuros e a pele morena. Quando era criança, Zoe sentia-se pouco à vontade com a sua aparência. Mas, na altura em que entrou para Cambridge, sabia que era uma mais-valia. A beleza de Zoe fazia-a destacar-se da multidão, tal como a sua evidente inteligência e o mordaz sentido de humor. Jason tinha ficado perdido de amores mal ela entrou no seu escritório pela primeira vez. Tinha-a contratado imediatamente e acelerado a sua ascensão na caminhada para o sucesso. Em momentos de franqueza, Zoe admitia que a sua carreira tinha sido auxiliada pela sua beleza. Mas era também mais esperta do que a maioria dos colegas. E ninguém trabalhava mais arduamente do que ela na redação.

Quando as portas do elevador se abriram, reparou numa aglomeração de repórteres e editores reunidos no vestíbulo, a debater um local adequado para a sessão de copos dessa noite. Zoe passou rapidamente por eles, com um sorriso educado — tinha conhecidos na equipa, mas não verdadeiros amigos —, e saiu para a rua. Como era hábito, atravessou o Tamisa, na direção da estação de metro de Cannon Street. Se a sua casa fosse o seu verdadeiro destino, teria apanhado um metro da Circle Line para oeste, até ao Embankment, e mudado para outro da Northern Line, até Hampstead. Em vez disso, entrou num metro que ia para leste e só saiu em St. Pancras Station, o novo terminal londrino para os comboios Eurostar de alta velocidade.

Enfiado na aba exterior da pasta de Zoe, estava um bilhete para o comboio das 19h09 com destino a Paris. Comprou várias revistas antes de passar pelo controlo de passaportes e, a seguir, dirigiu-se para a plataforma das partidas, onde o processo de embarque estava já a decorrer. Encontrou o seu lugar na carruagem de primeira classe e, num curto período de tempo, foi presenteada com uma taça de champanhe bastante bom. *Um livro medíocre. Um par de DVD. Talvez um passeio por Hampstead Heath, se não estiver a chover...* Não exatamente. Espreitou pela janela enquanto o comboio abandonava a estação e viu uma mulher atraente, de cabelos escuros, a olhar para ela. *Esta é a última vez, minha ciganinha,* pensou ela. *Esta é mesmo a última vez.*

24

AMESTERDÃO

Poucas pessoas se aperceberam da chegada de Eli Lavon a Amesterdão, no dia seguinte, e aquelas que o fizeram confundiram-no com outra pessoa. Era o seu talento especial. Considerado o melhor artista de vigilância de rua que o Departamento tinha produzido até então, Lavon era um homem fantasma que possuía um talento camaleónico para transformar a sua aparência. A sua maior qualidade era um natural anonimato. À superfície, dava ares de ser um dos oprimidos da vida. Na realidade, era um predador nato, que conseguia seguir um agente dos serviços secretos altamente treinado ou um terrorista calejado através de uma qualquer rua no mundo sem atrair a mínima centelha de interesse. Ari Shamron gostava de dizer que Lavon era capaz de desaparecer enquanto apertava a mão a alguém. Não estava muito longe da verdade.

Tinha sido o próprio Shamron, em setembro de 1972, quem apresentara Lavon a um jovem e promissor artista chamado Gabriel Allon. Embora não se tivessem apercebido na altura, ambos tinham sido selecionados para participar naquela que se viria a tornar uma das mais célebres e controversas missões alguma vez empreendidas pelos serviços

secretos israelitas — a Ira de Deus, a operação secreta levada a cabo para perseguir e assassinar os perpetradores do
massacre dos Jogos Olímpicos de Munique. No léxico da
equipa, que tinha por base o hebraico, Lavon era um *ayin,*
um agente que seguia a pista de outros e um especialista em
vigilância. Gabriel era um *aleph.* Armado com uma pistola
Beretta de calibre .22, assassinou por sua conta seis dos terroristas do Setembro Negro responsáveis pelo massacre de
Munique. Sob a pressão implacável de Shamron, persegui-
ram as suas presas através da Europa Ocidental durante
três anos, matando tanto à noite como em plena luz do dia,
vivendo com o medo de a qualquer momento poderem ser
presos e acusados de homicídio. Quando finalmente regressaram a casa, as têmporas de Gabriel estavam da cor da
cinza e o seu rosto era o de um homem vinte anos mais
velho. Eli Lavon, que tinha estado exposto aos terroristas
durante longos períodos de tempo e sem nenhum apoio,
sofrera inúmeras perturbações de stresse, incluindo um es-
tômago reconhecidamente instável que ainda o afetava.

Quando a unidade da Ira de Deus foi formalmente dis-
solvida, nem Gabriel nem Lavon queriam ter mais nada
que ver com serviços secretos ou assassínios. Gabriel refugiou-se em Veneza para restaurar quadros, enquanto Lavon
voou para Viena, onde abriu um pequeno escritório de investigação chamado Reclamações e Investigações Relativas
ao Tempo de Guerra. Atuando com orçamentos exíguos,
conseguiu localizar milhões de dólares correspondentes
a bens saqueados durante o Holocausto e desempenhou
um papel importante na obtenção de uma indemnização de
biliões de dólares por parte dos bancos suíços. As atividades de Lavon granjearam-lhe poucos amigos e, em 2003,

uma bomba explodiu-lhe no escritório, deixando-o ferido com gravidade e matando dois dos seus empregados. Lavon nunca tentou reconstruir o negócio em Viena, optando antes por regressar a Israel e dedicar-se ao seu primeiro amor, a arqueologia. Atualmente, trabalhava como professor assistente na Universidade Hebraica e participava regularmente em escavações pelo país. E, duas vezes por ano, regressava à academia do Departamento para dar palestras aos novos recrutas sobre a nobre arte da vigilância física. Invariavelmente, alguém interrogava Lavon sobre o seu trabalho com o lendário assassino Gabriel Allon. A resposta de Lavon nunca variava: *Gabriel quê?*

Por treino e temperamento, Lavon era propenso a manusear objetos delicados com cuidado. E isso aplicava-se sobremaneira à folha de papel que recebeu na sala de estar de uma suíte do Ambassade Hotel. Examinou-a durante vários momentos à meia-luz e depois colocou-a em cima da mesa de café, olhando com curiosidade para Gabriel e Chiara sobre os seus óculos de leitura dourados e em meia-lua.

— Pensei que vocês os dois andassem escondidos do Shamron no canto mais remoto da Cornualha. Como é que conseguiram isto?

— É verdadeiro? — perguntou Gabriel.

— Absolutamente. Mas de onde é que isto veio?

Gabriel deu conta a Lavon da investigação feita até ali, começando com o aparecimento inesperado de Julian Isherwood nos penhascos de Lizard Point e terminando com a história de Lena Herzfeld. Lavon ouviu atentamente, com os olhos castanhos a passarem rapidamente de Gabriel para Chiara e vice-versa. No final, voltou a analisar o documento e abanou a cabeça lentamente.

— O que é que se passa, Eli?

— Passei anos à procura de uma coisa destas. E chegam vocês e tropeçam nela por acidente.

— O que queres dizer com uma coisa destas, Eli?

— Uma prova da culpa dele. Oh, encontrei fragmentos de provas que o confirmavam, espalhados pelos cemitérios de toda a Europa, mas nada tão incriminatório como isto.

— Reconheces o nome?

— Kurt Voss? — retorquiu Lavon, assentindo com a cabeça lentamente. — Pode dizer-se que o Kurt Voss, Hauptsturmführer das SS, e eu somos velhos amigos.

— E a assinatura?

— Para mim, é tão reconhecível quanto a de Rembrandt — respondeu Lavon, olhando para o documento. — Independentemente de conseguires ou não encontrar o quadro de Julian, já fizeste uma descoberta de grande valor. E tem de ser preservada.

— Ficaria mais do que contente em confiá-la às tuas mãos competentes, Eli.

— Presumo que isso tenha um preço.

— Um pequeno preço — confirmou Gabriel.

— E qual é?

— Fala-me do Voss.

— Será com todo o desagrado. Mas pede café para nós os dois, Gabriel. Sou um bocado como o Shamron. Não consigo contar uma história sem café.

25

AMESTERDÃO

Eli Lavon começou pelos factos mais elementares da biografia apavorante de Kurt Voss.

Nascido numa família de comerciantes da classe alta em Colónia, a 23 de outubro de 1906, Voss foi enviado para a capital para estudar, formando-se na Universidade de Berlim, em 1932, com licenciaturas em Direito e História. Em fevereiro de 1933, poucas semanas depois de Hitler subir ao poder, filiou-se no Partido Nazi e foi nomeado para o Sicherheitsdienst, ou SD, os serviços secretos e de segurança das SS. Durante os anos seguintes, trabalhou na sede em Berlim a compilar dossiês de inimigos do partido, tanto reais como imaginários. Ambicioso em todas as coisas, Voss cortejou Frieda Schuler, a filha de um proeminente oficial da Gestapo, e passado pouco tempo casaram numa propriedade rural à saída de Berlim. O Reichsführer das SS, Heinrich Himmler, estava presente, tal como o comandante do SD, Reinhard Heydrich, que, ao violino, dedicou uma serenata ao feliz casal. Dezoito meses mais tarde, Frieda deu à luz um filho. O próprio Hitler enviou um cartão de felicitações.

Voss não demorou muito a aborrecer-se com o trabalho na sede do SD e tornou claro aos seus poderosos apoiantes que estava interessado numa tarefa mais estimulante. A sua oportunidade chegou em março de 1938, quando as forças alemãs avançaram sem contestação pela Áustria dentro. Em agosto, Voss encontrava-se em Viena, nomeado para o Zentralstelle für jüdische Auswanderung, o Gabinete Central para a Emigração Judia. O Gabinete era dirigido por um jovem e implacável oficial das SS que viria a mudar o curso da vida de Voss.

— Adolf Eichmann — disse Gabriel.

Lavon assentiu com a cabeça lentamente. *Eichmann...*

O Zentralstelle estava sediado num palácio vienense confiscado à família Rothschild. As ordens de Eichmann eram no sentido de purgar a Áustria da sua vasta e influente população judaica através de um programa mecanizado de rápidas fugas forçadas. Fosse qual fosse o dia, as velhas e esplêndidas salas e os amplos salões estavam a transbordar de judeus clamando por escapar à virulenta onda de violência antissemita que varria o país. Eichmann e a sua equipa estavam mais do que dispostos a indicar-lhes a porta de saída, desde que pagassem primeiro um valor exorbitante.

— Foi uma gigantesca operação de extorsão. Os judeus entravam por um lado com dinheiro e posses e saíam pelo outro sem mais nada a não ser a vida. Os nazis iriam referir-se mais tarde ao processo como o «Modelo de Viena», e foi considerado uma das mais bem-sucedidas proezas de Eichmann. Na verdade, Voss era merecedor de grande parte dos louros, se é que podemos pôr as coisas nesses termos. Esteve sempre ao lado de Eichmann. Costumavam deambular pelos corredores do palácio, com os seus uniformes negros das SS, como um par de jovens deuses. Mas havia uma diferença. Eichmann era transparentemente cruel com as suas vítimas, mas aqueles que se deparavam com Voss ficavam frequentemente impressionados com o seu comportamento irrepreensível. Agia sempre como se considerasse todo o processo desagradável. Na realidade, era apenas um disfarce. Voss era um homem de negócios perspicaz. Procurava aqueles que viviam melhor e enfiava--os no gabinete para terem uma conversa privada. Invaria-velmente, o dinheiro deles acabava-lhe no bolso. Quando deixou Viena, Kurt Voss era um homem rico. E estava apenas a começar.

»No outono de 1941, com o continente engolido pela guerra, Hitler e os seus principais capangas decidiram que os judeus teriam de ser exterminados. A Europa iria ser limpa de Ocidente a Oriente, com Eichmann e os seus «peritos em deportações» a operarem as alavancas da morte. Aqueles que se mostravam mais robustos seriam utilizados como mão de obra escrava. Os restantes — as crianças, os velhos, os doentes, os deficientes — seriam imediatamente sujeitos a «tratamento especial». Para os nove milhões e meio de judeus a viver direta ou indiretamente sob domínio alemão, foi uma catástrofe, um crime sem nome.

— Mas não para Voss — afirmou Lavon. — Para Kurt Voss, foi a oportunidade de negócio de uma vida.

À medida que o verão letal de 1942 avançava, Voss e o resto da equipa de Eichmann estavam aquartelados em Berlim, no número 116 da Kurfürstenstrasse, um imponente edifício que, para grande deleite de Eichmann, tinha albergado em tempos uma associação judia de socorros mútuos. Conhecidos como Departamento IVB4, foram esses os homens que fizeram do extermínio em massa, um pouco por todo o continente, um empreendimento a funcionar sempre a pleno gás.

— O gabinete de Voss ficava bem perto do de Eichmann, logo ao fundo do corredor — explicou Lavon. — Mas raramente se encontrava lá. Voss tinha carta-branca para fazer o que quisesse. Aprovava as listas de deportação, supervisionava as rusgas e assegurava os comboios necessários. E, claro, expandia o seu próspero negócio paralelo, roubando as suas vítimas sem dó nem piedade antes de as enviar para a morte.

Mas a transação mais lucrativa de Voss ocorreria já mais perto do final da guerra e no último país a ser devastado pelos fogos do Holocausto: a Hungria. Quando Eichmann chegou a Budapeste, tinha um objetivo — encontrar cada um dos 825 000 judeus da Hungria e enviá-los para a morte em Auschwitz. O seu assessor de confiança, Kurt Voss, queria algo mais.

— A fábrica industrial da Bauer-Rubin — revelou Lavon. — Os proprietários eram um consórcio de judeus altamente assimilados, muitos dos quais ou se tinham convertido ao catolicismo ou estavam casados com mulheres católicas. Uns dias depois de chegar a Budapeste, Voss mandou chamá-los e explicou-lhes que tinham os dias contados. Mas, como era costume, tinha uma proposta. Se a fábrica industrial da Bauer-Rubin fosse transferida para o seu controlo, Voss certificava-se de que seria concedida passagem segura para Portugal aos proprietários e às respetivas famílias. Como era de esperar, os proprietários concordaram imediatamente com as exigências de Voss. No dia seguinte, o sócio-gerente, um homem chamado Samuel Rubin, acompanhou Voss numa viagem a Zurique.

— Porquê Zurique?

— Porque era onde a vasta maioria dos bens da empresa se encontrava, por precaução. Voss depenou a empresa por completo e transferiu os ativos dela para contas sob o seu controlo. Quando ficou com a cobiça finalmente saciada, permitiu a Rubin partir para Portugal e prometeu-lhe que todos os outros o seguiriam num curto período de tempo. Isso nunca aconteceu. Rubin foi o único a sobreviver. O resto acabou em Auschwitz, na companhia de mais quatrocentos mil judeus húngaros.

— E o Voss?

Regressou a Berlim, na véspera de Natal de 1944. Mas, com a guerra praticamente perdida, Voss e o resto dos assassinos de secretária de Eichmann foram tratados como proscritos e párias, mesmo por alguns dos seus colegas das SS. Enquanto a cidade era sacudida pelos ataques aéreos dos Aliados, Eichmann transformou o seu covil numa fortaleza fortemente vigiada e começou a destruir apressadamente os ficheiros mais incriminatórios. Voss, homem de leis, sabia que não era possível ocultar crimes tão vastos, não quando as provas se encontravam espalhadas por um continente inteiro e havia milhares de sobreviventes à espera de se apresentarem para contarem as suas histórias. Sendo assim, utilizou o tempo que lhe restava para fins mais produtivos — reunir todas as suas riquezas ilícitas e preparar-se para fugir.

— Lamentavelmente, Eichmann foi apanhado completamente desprevenido quando o fim chegou de facto. Não tinha documentos falsos, dinheiro, nem casa segura. Mas Voss, não. Voss tinha um novo nome, locais onde se esconder e, claro, uma grande quantidade de dinheiro. A 30 de abril de 1945, na noite em que Hitler se suicidou no seu búnquer, por baixo da Chancelaria do Reich, Kurt Voss desfez-se do uniforme das SS e escapuliu-se discretamente do gabinete no número 116 da Kurfürstenstrasse. De manhã, já tinha desaparecido.

— E o dinheiro?

— Também tinha desaparecido — respondeu Lavon. — Tal como as pessoas a quem um dia pertenceu.

AMESTERDÃO

Gabriel Allon tinha enfrentado o mal sob muitas formas: terroristas, traficantes de armas russos homicidas, assassinos profissionais que derramavam o sangue de estranhos por pastas cheias de dinheiro. Mas nada se podia comparar ao mal genocida de homens e mulheres que tinham levado a cabo o maior e mais singular ato de extermínio em massa da História. Tinham sido uma presença constante, ainda que não reconhecida, na casa onde Gabriel passara a infância, no vale de Jezreel, em Israel. E agora que a noite tinha caído sobre Amesterdão, tinham-se infiltrado sub-repticiamente na suíte do Ambassade Hotel. Incapaz de suportar a sua companhia por mais tempo, Gabriel levantou-se bruscamente e informou Eli Lavon e Chiara de que precisava de continuar a conversa lá fora. Foram andando ao longo das margens do Herengracht, banhados pela luz amarelada dos candeeiros, com Gabriel e Lavon lado a lado e Chiara seguindo alguns passos atrás.

— Ela está demasiado próxima.

— Ela não está a seguir-nos, Eli. Está apenas a olhar por nós.

— Não interessa. Está na mesma demasiado próxima.

— Então queres que paremos para poderes dar-lhe instruções?

— Ela nunca me ouve. É de uma teimosia inacreditável. E demasiado bonita para o trabalho de rua — respondeu Lavon, olhando de lado para Gabriel. — Nunca vou compreender o que é que ela viu num fóssil como tu. Deve ter sido o teu charme natural e a disposição alegre.

— Ias contar-me mais acerca do Kurt Voss.

Lavon fez uma pausa para permitir que uma bicicleta passasse. Era conduzida por uma mulher jovem que guiava com uma mão e enviava uma mensagem de texto com a outra. Lavon fez um sorriso fugidio e depois retomou a palestra.

— Mete uma coisa na cabeça, Gabriel. Agora sabemos muita coisa acerca do Voss, mas no rescaldo da guerra mal sabíamos o nome do canalha. E, na altura em que compreendemos totalmente a natureza dos seus crimes, já tinha desaparecido.

— E para onde é que ele foi?

— Para a Argentina.

— E como é que lá chegou?

— Como é que achas?

— A Igreja?

— Claro que sim.

Gabriel abanou a cabeça lentamente. Mesmo nos tempos que corriam, os historiadores ainda discutiam violentamente se o papa Pio XII, o controverso pontífice do tempo da Segunda Guerra Mundial, tinha ajudado os judeus ou tinha fechado os olhos ao seu sofrimento. Mas foram as ações de Pio *depois* da guerra que Gabriel considerou mais incriminatórias. O Santo Padre nunca pronunciou uma única palavra de pesar ou arrependimento sobre o assassíno de seis milhões de seres humanos e pareceu bem mais preocupado com os perpetradores do crime do que com as suas vítimas. O Papa foi não só um crítico sem rodeios dos julgamentos de Nuremberga, como permitiu também que fossem utilizados os bons ofícios do Vaticano numa das maiores fugas em massa à justiça da História. Conhecida como «linha dos ratos» do Vaticano, ajudou centenas, se não milhares, de criminosos de guerra nazis a escaparem para refúgios na América do Sul e no Médio Oriente.

— Voss chegou a Roma com a ajuda de velhos amigos das SS. No caminho, ficava de vez em quando em pequenas pousadas ou casas seguras, mas a maior parte das vezes encontrava abrigo em mosteiros e conventos franciscanos.

— E depois de lá chegar?

— Ficou numa adorável *villa* antiga, no número 23 da Via Piave. Um padre austríaco, Monsignor Karl Bayer, tratou muito bem dele enquanto, por seu turno, a Comissão Pontifícia para a Assistência providenciou os preparativos para a viagem. Em poucos dias, obteve um passaporte da Cruz Vermelha, em nome de Rudolf Seibel, e uma autorização de desembarque na Argentina. A 25 de maio de 1949, embarcou no *North King,* em Génova, e zarpou para Buenos Aires.

— O nome do navio diz-me qualquer coisa.

— E deve mesmo dizer. Havia outro passageiro a bordo que também recebeu ajuda do Vaticano. O passaporte da Cruz Vermelha identificava-o como Helmut Gregor. O nome verdadeiro era...

— Josef Mengele.

Lavon assentiu com a cabeça.

— Não sabemos se os dois alguma vez se encontraram durante a travessia. Mas sabemos *com toda a certeza* que a chegada do Voss foi mais tranquila do que a de Mengele. Aparentemente, o Anjo da Morte descreveu-se aos agentes da imigração como um técnico, mas a bagagem dele estava cheia de ficheiros médicos e amostras de sangue da passagem por Auschwitz.

— E o Voss tinha algo de interessante na bagagem?

— Queres dizer, qualquer coisa como um quadro de Rembrandt? — retorquiu Lavon, abanando a cabeça. — Tanto quanto sabemos, o Voss foi para o Novo Mundo de mãos vazias. Na profissão, declarou que era pregoeiro público e foi admitido no país sem demora. O mentor dele, Eichmann, chegou um ano depois.

— Deve ter sido um reencontro e peras.

— Na verdade, não se deram lá muito bem na Argentina. Encontraram-se para tomar café umas quantas vezes no ABC, na baixa de Buenos Aires, mas parece que o Voss não apreciava muito a companhia do Eichmann. Eichmann tinha passado vários anos escondido, a trabalhar como lenhador e agricultor. Já não era o jovem deus que tinha o destino de milhões na palma da mão. Era um trabalhador comum à procura de trabalho. E estava a ferver de amargura.

— E o Voss?

— Ao contrário do Eichmann, tinha tido uma educação formal. Ao fim de um ano, estava a trabalhar como advogado numa firma que atendia a comunidade alemã na Argentina. Em 1955, a mulher e o filho foram levados clandestinamente para fora da Alemanha e a família voltou a reunir-se. Segundo todos os relatos, Kurt Voss viveu uma vida de classe média bastante vulgar, mas confortável, no bairro de Palermo, em Buenos Aires, até à sua morte em 1982.

— E porque é que nunca foi preso?

— Porque tinha amigos poderosos. Amigos na polícia secreta. Amigos no exército. Depois de apanharmos o Eichmann, em 1960, passou à clandestinidade por alguns meses. Mas, durante a maior parte do tempo, o homem que pôs a família da Lena Herzfeld num comboio para Auschwitz viveu a sua vida sem medo de ser detido ou extraditado.

— E chegou alguma vez a falar publicamente da guerra?

Lavon esboçou um leve sorriso.

— Podes achar difícil de acreditar, mas a verdade é que o Voss deu uma entrevista ao *Der Spiegel* alguns anos antes de morrer. Como seria de esperar, afirmou a sua inocência até ao fim. Negou ter alguma vez deportado fosse quem fosse. Negou ter matado fosse quem fosse. E negou ter roubado alguma coisa.

— Então o que é que aconteceu a todo aquele dinheiro que o Voss *não* roubou?

— Há um consenso geral entre os peritos em restituições às vítimas do Holocausto, nos quais eu próprio me incluo, de que ele nunca foi capaz de o retirar da Europa. De facto, o destino exato da fortuna de Kurt Voss é considerado um dos grandes mistérios por resolver do Holocausto.

— Alguma ideia de onde possa estar?

— Vá lá, Gabriel. Não precisas que seja eu a dizer-te.

— Suíça?

Lavon acenou com a cabeça.

— No que dizia respeito às SS, todo o país era um cofre gigante. Sabemos por registos americanos, do Office of Strategic Services, o OSS, que o Voss visitava regularmente

Zurique durante a guerra. Infelizmente, não sabemos com quem é que ele se encontrava ou onde é que tratava das suas operações bancárias privadas. Enquanto estive em Viena, trabalhei com uma família cujos antepassados tinham sido espoliados por Voss, no Zentralstelle, em 1938. Passei anos a bater a portas em Zurique, à procura daquele dinheiro.

— E?

— Nem um vestígio, Gabriel. Nem um único vestígio. No que diz respeito à banca suíça, Kurt Voss nunca existiu. Nem a fortuna que saqueou.

27

AMESTERDÃO

Por coincidência, tinham chegado ao cimo da Joden-breestraat. Gabriel demorou-se alguns momentos à porta da casa onde Hendrickje Stoffels tinha posado para o amante, Rembrandt, e fez-lhe uma única pergunta. Como é que o retrato dela, roubado a Jacob Herzfeld em Amesterdão, em 1943, acabou na Hoffmann Gallery de Lucerna vinte e um anos mais tarde? Ela não podia responder, claro, e por isso fez a pergunta a Eli Lavon.

— Talvez o Voss se tivesse livrado dele antes de fugir da Europa. Ou talvez o tivesse levado para a Argentina e, mais tarde, voltado a enviar para a Suíça para ser vendido discretamente.

Lavon olhou de relance para Gabriel e perguntou:

— Quais são as probabilidades de a Hoffmann Gallery nos mostrar o registo dessa venda de 1964?

— Zero — respondeu Gabriel. — A única coisa mais reservada do que um banco suíço é uma galeria de arte suíça.

— Então acho que ficamos apenas com uma opção.

— Qual é?

— Peter Voss.

— O filho?

Lavon assentiu com a cabeça.

— A mulher do Voss morreu uns anos depois dele. Peter é o único que resta. É o único que pode saber mais acerca do que aconteceu ao quadro.

— E onde é que ele está?

— Continua na Argentina.

— E quais são as opiniões políticas dele?

— Estás a perguntar se é nazi como o pai?

— Só estou a perguntar.

— Poucos filhos de nazis partilham as crenças dos pais, Gabriel. A maioria sente-se profundamente envergonhada, incluindo Peter Voss.

— E ele usa mesmo esse nome?

— Abandonou o apelido quando o velho morreu. Estabeleceu uma enorme reputação no ramo dos vinhos, na Argentina. Possui uma vinha de grande sucesso em Mendoza. Ao que parece, produz algum do melhor *Malbec* do país.

— Fico contente por ele.

— Tenta não ser tão crítico, Gabriel. Peter Voss tentou expiar os pecados do pai. Quando o Hezbollah fez explodir o centro comunitário judaico AMIA, há uns anos, alguém enviou um grande donativo anónimo para ajudar à reconstrução. Acontece que eu sei que foi Peter Voss.

— E ele vai falar?

— É muito reservado, mas já concedeu entrevistas a um certo número de historiadores proeminentes. Se falará com um agente israelita chamado Gabriel Allon, é uma questão inteiramente diferente.

— Não ouviste dizer, Eli? Reformei-me.

— Se estás reformado, porque é que estamos a caminhar por uma rua de Amesterdão numa noite gelada?

Recebendo apenas silêncio, Lavon respondeu à sua própria pergunta:

— Porque nunca acaba, não é, Gabriel? Se Shamron te tivesse tentado convencer a sair da reforma para caçar um terrorista, tu tinha-lo posto na rua. Mas isto é diferente, não é? Ainda consegues ver aquela tatuagem no braço da tua mãe, aquela que ela sempre tentou esconder.

— Já terminou a minha sessão de psicanálise, professor Lavon?

— Conheço-te melhor do que ninguém neste mundo, Gabriel. Até melhor do que aquela miúda gira que vem atrás de nós. Sou a coisa mais próxima que tens de uma família... tirando o Shamron, claro.

Lavon fez uma pausa e depois acrescentou.

— Ele manda-te cumprimentos, já agora.

— E como é que ele está?

— Infeliz. Parece que o sol se está a pôr finalmente na era de Shamron. Anda às voltas pela *villa* dele em Tiberíades sem nada para fazer. Ao que parece, está a levar Gilah à loucura. Ela não tem bem a certeza de por quanto tempo mais vai conseguir aturá-lo.

— Pensei que a promoção de Uzi significaria que Shamron teria carta-branca na Avenida Rei Saul.

— Também o Shamron. Mas para grande surpresa de toda a gente, Uzi decidiu que queria ser independente. Almocei com ele há umas semanas. Bella fez cá uma remodelação dos diabos ao pobrezinho. Ele parece mais um diretor-executivo de uma empresa do que um chefe do Departamento.

— E o meu nome veio à baila?

— Só de passagem. Algo me diz que Uzi aprecia o facto de andares escondido na Cornualha, no fim do mundo

— respondeu Lavon, olhando-o de lado. — Sentes-te arrependido por não teres aceitado o cargo?

— Eu nunca quis o cargo, Eli. Estou genuinamente contente por Uzi.

— Mas ele pode não ficar assim tão contente se souber que tu estás a pensar dar um salto à Argentina para falar com o filho do braço-direito de Adolf Eichmann.

— O que Uzi não sabe não o há de magoar. Além disso, é uma coisa extremamente rápida, é entrar e sair.

— Onde é que já ouvi isso? — exclamou Lavon, sorrindo. — Se queres a minha opinião, Gabriel, acho que o Rembrandt já desapareceu há muito tempo. Mas, se estás convencido de que Peter Voss pode ser capaz de ajudar, deixa-me ir à Argentina.

— Tens razão numa coisa, Eli. Ainda vejo aquela tatuagem no braço da minha mãe.

Lavon suspirou profundamente.

— Pelo menos, deixa-me fazer um telefonema para ver se consigo arranjar o encontro. Não queria que fizesses toda essa viagem até Mendoza para ser mandado embora e ter de voltar de mãos a abanar.

— Discretamente, Eli.

— Nem sei fazer as coisas de outra forma. Só quero que me prometas que vais tomar precauções por lá. A Argentina está cheia do tipo de gente que ia gostar imenso de ver a tua cabeça espetada num pau.

Tinham chegado a Plantage Middenlaan. Gabriel conduziu Lavon por uma rua secundária e deteve-se perante a pequena casa de porta negra e estreita. Lena Herzfeld, a criança da escuridão, estava sentada, sozinha, num quarto de um branco brilhante, sem recordações.

— Lembras-te do que é que o Shamron nos disse sobre as coincidências quando éramos miúdos, Eli?

— Disse-nos que só os idiotas e os mortos acreditavam nelas.

— E o que é que achas que o Shamron teria a dizer sobre o desaparecimento de um Rembrandt que em tempos tinha estado nas mãos de Kurt Voss?

— Não iria gostar disso.

— Podes olhar por ela enquanto eu estiver na Argentina? Nunca me iria perdoar se acontecesse alguma coisa. Ela já sofreu o suficiente.

— Eu já planeava ficar por cá.

— Tem cuidado com ela, Eli. É frágil.

— São todos frágeis — respondeu Lavon. — E ela nem sequer vai perceber que eu aqui estou.

AMESTERDÃO

A Zentrum Security, sediada em Zurique, na Suíça, atuava segundo um credo simples. Pela quantia certa de dinheiro e em circunstâncias adequadas, aceitava praticamente qualquer tarefa. A sua secção de investigação realizava inquéritos e verificações de antecedentes a empresas e indivíduos. Uma unidade de contraterrorismo prestava assessoria em matérias de segurança de ativos e publicava uma *newsletter* diária oficial sobre os níveis de ameaça global atuais. Uma unidade de proteção pessoal garantia seguranças com uniforme para empresas e guarda-costas à paisana para indivíduos. A secção de proteção informática da Zentrum era considerada uma das melhores da Europa, ao passo que os seus consultores internacionais providenciavam a entrada a firmas que desejassem estabelecer negócios em recantos perigosos do planeta. Detinha um banco privado e mantinha uma caixa-forte por baixo da Talstrasse, utilizada para armazenamento de ativos confidenciais de clientes. Segundo a última estimativa, o valor dos bens contidos na caixa-forte excedia os dez mil milhões de dólares.

Preencher as diversas secções da Zentrum com pessoal qualificado constituía um desafio singular, visto que a empresa não aceitava candidaturas de emprego. O processo de recrutamento nunca variava. Os observadores de talentos da Zentrum identificavam alvos de interesse; de seguida, sem o conhecimento do alvo, os investigadores da Zentrum levavam a cabo uma discreta mas invasiva verificação de antecedentes. Se o alvo fosse considerado «próprio para a Zentrum», uma equipa de recrutadores avançaria decidida para a presa. A sua tarefa era facilitada pelo facto de os salários e regalias da Zentrum ultrapassarem de longe os do mundo manifestamente empresarial. Na verdade, os executivos da Zentrum conseguiam contar pelos dedos de uma mão o número de alvos que os tinham recusado. A força de trabalho da empresa era altamente qualificada, multinacional e multiétnica. A maioria dos empregados tinha passado pelo exército, forças da lei ou serviços secretos dos seus países. Os recrutadores da Zentrum exigiam fluência em, pelo menos, três línguas, embora o alemão fosse a língua do local de trabalho e, por esse motivo, um requisito para o emprego. Quase não se ouvia falar de demissões e os empregados que eram despedidos raramente voltavam a encontrar emprego.

Assim como os serviços secretos com que procurava rivalizar, a Zentrum tinha duas faces — uma era mostrada ao mundo de modo relutante e a outra mantida cuidadosamente escondida. Esse ramo secreto da Zentrum controlava aquilo que eufemisticamente se chamava serviços especiais: extorsão, suborno, intimidação, espionagem industrial e «*encerramento de contas*». O nome da unidade nunca aparecia nos ficheiros da Zentrum, nem se falava dele nos escritórios da empresa. As pouquíssimas pessoas que sabiam da existência da unidade referiam-se a ela como o Kellergruppe, o grupo da cave, e ao seu chefe como o Kellermeister. Durante os últimos quinze anos, essa posição era ocupada pelo mesmo homem, Ulrich Müller.

Os dois agentes que Müller tinha enviado para Amesterdão eram dos mais experientes às suas ordens. Um era um alemão especialista em tudo o que dizia respeito ao áudio; o outro era um suíço com gosto pela fotografia. Pouco depois das seis da tarde, o agente suíço tirou uma fotografia ao israelita elegante, de têmporas grisalhas, que deslizava pela entrada do Ambassade Hotel, acompanhado por uma mulher alta de cabelo escuro. Um momento depois, o alemão ergueu o microfone parabólico e apontou-o na direção da janela do terceiro andar, do lado esquerdo da fachada do hotel. Foi lá que o israelita surgiu por breves instantes e contemplou a rua. O suíço tirou uma última fotografia e depois viu as cortinas fecharem-se rapidamente.

29

MONTMARTRE, PARIS

Os degraus da Rue Chappe encontravam-se húmidos com os chuviscos matinais. Maurice Durand estava parado no ponto mais alto, massajando a área dorida ao fundo das costas, e depois avançou pelas ruas estreitas de Montmartre até um prédio de apartamentos na Rue Ravignan. Olhou para as janelas largas do apartamento do último andar durante um momento, antes de baixar o olhar para o intercomunicador. Cinco dos nomes encontravam-se nitidamente escritos. O sexto surgia numa letra singular: *Yves Morel...*

Por uma única noite, vinte e dois anos antes, o nome tinha andado na boca de todos os colecionadores importantes de Paris. Até mesmo Durand, que normalmente mantinha uma distância prudente do mundo legítimo da arte, se sentiu obrigado a assistir à auspiciosa estreia de Morel. Os colecionadores proclamaram Morel um génio — um digno sucessor de grandes mestres como Picasso, Matisse e Vuillard — e, ao final da noite, já todas as telas na galeria estavam reservadas. Mas tudo isso se alterou na manhã seguinte, quando os críticos de arte todo-poderosos de Paris emitiram o seu juízo. Sim, reconheciam que o jovem Morel dominava a técnica de modo notável. Mas faltava ousadia e imaginação à sua obra e, talvez o mais importante, originalidade. Em poucas horas, todos os colecionadores tinham retirado as suas ofertas e uma carreira que parecia destinada à estratosfera caiu por terra ignominiosamente.

De início, Yves Morel ficou com raiva. Com raiva dos críticos que o tinham atacado ferozmente. Com raiva dos proprietários de galerias que daí em diante recusaram mostrar o seu trabalho. Mas a maior parte da sua raiva estava reservada aos colecionadores cobardes e endinheirados que tinham sido tão facilmente influenciados. *São uma carneirada,* declarava Morel a quem o quisesse ouvir. *Impostores com dinheiro que, provavelmente, não conseguiriam distinguir uma falsificação de um original.* Com o tempo, o notável técnico, a cuja obra faltava presumivelmente originalidade, decidiu provar que tinha razão, tornando-se falsificador de arte. Os seus quadros encontravam-se agora pendurados nas paredes de mansões por todo o mundo e mesmo num par de pequenos museus. Tinham tornado Morel rico — mais rico do que alguns dos tolos que os compravam.

E embora Morel já não vendesse as falsificações no mercado aberto, às vezes fazia trabalhos para amigos que se encontravam no limiar mais censurável do comércio da arte. Um desses amigos era Maurice Durand. Na maioria dos casos, Durand utilizava os talentos de Morel para trabalhos de substituição — roubos nos quais uma cópia do quadro roubado era deixada no seu lugar, para levar o proprietário a acreditar que a sua adorada obra-prima se encontrava sã e salva. Com efeito, quando Durand entrou no ateliê de Morel, o falsificador estava a dar os últimos retoques a um Manet que em breve estaria exposto num pequeno museu belga. Durand examinou a tela com admiração,

173

antes de retirar o Rembrandt de um comprido tubo de papelão e de o colocar com cuidado na mesa de trabalho de Morel. Morel assobiou entre dentes e disse:

— *Merde.*

— Não podia estar mais de acordo.

— Presumo que seja um Rembrandt *verdadeiro,* certo?

Durand assentiu com a cabeça.

— E, infelizmente, o buraco da bala também é.

— E quanto à mancha?

— Usa a tua imaginação, Yves.

Morel aproximou-se, inclinou-se sobre a tela e esfregou suavemente a superfície.

— O sangue não é problema.

— E o buraco da bala?

— Tenho de colar um novo remendo de tela no original e depois retocar uma parte da testa. Quando terminar, cubro-a com uma camada de verniz matizado, de modo a condizer com o resto do quadro — explicou Morel, encolhendo os ombros. — Os Velhos Mestres holandeses não são propriamente o meu forte, mas acho que consigo resolver isso.

— E quanto tempo é que vai demorar?

— Um par de semanas. Talvez mais.

— Tenho um cliente à espera.

— Não ias querer que o teu cliente visse isto — atirou Morel, examinando o buraco da bala com a ponta do dedo. — Receio bem que também tenha de o revestir. Parece-me que o último restaurador utilizou uma técnica chamada tela dupla.

— Qual é a diferença?

— No revestimento tradicional, a cola é espalhada sobre a totalidade da superfície das costas do quadro. Numa tela dupla, é apenas colocada ao longo das margens.

— E porque teria ele feito isso?

— É difícil de dizer. É um bocadinho mais fácil e muito mais rápido — respondeu Morel, olhando para cima e encolhendo os ombros. — Talvez estivesse com pressa.

— E tu és capaz de fazer uma coisa dessas?

— Revestir uma pintura? — retorquiu Morel, parecendo moderadamente ofendido. — Eu revisto todas as minhas falsificações para as fazer parecer mais antigas do que na realidade são. Para que fique registado, não está isento de riscos. Uma vez, destruí um Cézanne falso.

— O que é que aconteceu?

— Demasiada cola. Escorreu pela tela.

— Tenta não pôr muita cola neste, Yves. Ela já tem problemas que cheguem.

— Bem podes dizê-lo — soltou Morel, franzindo o sobrolho. — Se te sentires melhor, posso retirar já a tela dupla. Não vai demorar muito. Põe-te à vontade.

— Não sei o que é estar à vontade há doze anos.

— As costas?

Durand assentiu com a cabeça e sentou-se com cuidado numa poltrona manchada de tinta, enquanto Morel pousava o quadro na mesa de trabalho, virado para baixo. Utilizando a ponta de uma faca, separou cuidadosamente o canto superior esquerdo da tela cega do original e, a seguir, continuou lentamente em redor de todo o perímetro. Dez minutos mais tarde, a separação estava completa.

— *Mon Dieu!*

— O que é que fizeste ao meu Rembrandt, Yves?

175

— Eu não fiz nada, mas alguém fez. Chega aqui, Maurice. É melhor dares uma vista de olhos.

Durand aproximou-se da mesa de trabalho. Os dois homens ficaram lado a lado a contemplar silenciosamente as costas do quadro.

— Faz-me um favor, Yves.

— O que foi?

— Põe isso outra vez no tubo e esquece que alguma vez aqui estive.

— Tens a certeza, Maurice?

Durand anuiu e respondeu:

— Tenho a certeza.

30

MENDOZA, ARGENTINA

O voo 4286 da LAN Airlines desceu lentamente dos céus límpidos da Argentina em direção à cidade de Mendoza e aos picos denteados dos Andes. Mesmo a seis mil metros de altitude, Gabriel conseguia distinguir as vinhas que se estendiam numa faixa verde sem fim, ao longo da margem mais remota do alto vale do deserto. Olhou para Chiara. Estava reclinada no seu lugar de primeira classe, com a bela face em repouso. Tinha estado nessa mesma posição, apenas com ligeiras variações, durante a maior parte das trinta horas de viagem desde Amesterdão. Gabriel sentia inveja. Tal como a maioria dos agentes do Departamento, a sua carreira tinha sido marcada por viagens quase constantes e, no entanto, nunca tinha conseguido dominar a capacidade de dormir em aviões. Tinha passado o longo voo transatlântico a ler um dossiê sobre Kurt Voss, preparado à pressa por Eli Lavon. Incluía a única fotografia conhecida de Voss com o seu uniforme das SS — um instantâneo tirado não muito tempo depois da sua chegada a Viena —, além de um retrato em pose que apareceu no *Der Spiegel* pouco antes da sua morte. Se Voss se sentira atormentado por uma consciência pesada no final da vida, tinha conseguido escondê-lo da objetiva da câmara. Parecia ser um homem em paz com o passado. Um homem que dormia bem à noite.

Uma assistente de bordo acordou Chiara e indicou-lhe que devia recolocar o assento na posição original. Em poucos segundos, estava outra vez a dormir profundamente e assim permaneceu, mesmo depois de o avião ter aterrado com um baque na pista do aeroporto de Mendoza. Dez minutos mais tarde, ao entrarem no terminal, estava a transbordar de energia. Gabriel caminhava junto dela, com as pernas cansadas e um zumbido nos ouvidos por não ter dormido.

Naquela manhã, já tinham passado pela zona de controlo de passaportes após chegarem a Buenos Aires, e não havia mais formalidades a observar a não ser alugarem um carro. Na Europa, tamanhas indignidades eram levadas a cabo por correios e outros operacionais no terreno do Departamento. Mas aqui, na longínqua Mendoza, Gabriel não teve alternativa a não ser juntar-se à longa fila junto ao balcão. Não obstante a confirmação que trazia impressa, o seu pedido de um carro pareceu surpreender a funcionária que, por mais que tentasse, não conseguia encontrar nenhum registo da reserva de Gabriel no computador. Localizar qualquer coisa que fosse adequada transformou-se numa provação de Sísifo que durou meia hora, requerendo múltiplos telefonemas e muitas expressões de mau humor diante do ecrã do computador. Finalmente, materializou-se um carro, um *Subaru Outback*, que tinha estado envolvido num incidente lamentável numa viagem recente às montanhas. Sem se desculpar, a funcionária entregou-lhe a documentação e de seguida proferiu uma palestra sisuda sobre o que estava ou não coberto pelo seguro. Gabriel assinou o contrato, perguntando-se durante todo o tempo que tipo de incidente lamentável poderia infligir no carro antes de o devolver.

Com as chaves e a bagagem na mão, Gabriel e Chiara mergulharam no ar seco como palha. Tinham saído da Europa em pleno inverno, mas ali, no hemisfério sul, era o pico do verão. Gabriel encontrou o carro na zona dos alugueres; de seguida, depois de terem verificado se estava armadilhado com explosivos, entraram nele e dirigiram-se para a cidade. O hotel ficava na Plaza Italia, assim chamada pelo grande número de imigrantes italianos que se tinha estabelecido na região entre o final do século XIX e o início do século XX. Ao entrar no quarto, Gabriel sentiu-se tentado a subir para a cama acabada de fazer. Em vez disso, tomou um duche, vestiu roupa limpa e, a seguir, regressou ao átrio. Chiara estava à espera na receção, à procura de um mapa dos produtores de vinho da região. O rececionista arranjou-lhe um. Bodega de la Mariposa, a propriedade vinícola de Peter Voss, não se encontrava nele.

— Receio que o proprietário seja muito reservado — explicou o rececionista. — Não são permitidas provas nem visitas guiadas.

— Temos um encontro marcado com o Señor Voss — disse Gabriel.

— Ah! Nesse caso...

O rececionista traçou um círculo em torno de uma zona no mapa, a aproximadamente oito quilómetros para sul, e delineou o percurso mais rápido. Lá fora, um trio de paquetes trocava comentários contundentes acerca do estado deplorável do carro alugado. Ao verem Chiara, precipitaram-se simultaneamente para lhe abrirem a porta, deixando Gabriel instalar-se sozinho ao volante. Gabriel virou em

179

direção à rua e, durante os trinta minutos seguintes, serpenteou pelas avenidas tranquilas do centro de Mendoza, à procura de indícios de vigilância. Não vendo nada fora do comum, acelerou em direção a sul, ao longo de um arquipélago de vinhas e adegas, até que chegaram a um elegante portão em pedra e aço, com a indicação PRIVADO. Do lado oposto, encostado à porta de um *Suburban* branco, estava um segurança de ombros quadrados, com um enorme chapéu de *cowboy* e óculos de sol espelhados.

— Señor Allon?

Gabriel acenou afirmativamente.

— Bem-vindo — disse ele, sorrindo calorosamente. — Siga-me, por favor.

Gabriel esperou que o portão se abrisse e depois seguiu o *Suburban* branco. Não demorou muito até perceber por que razão tinha a Bodega de la Mariposa, que numa tradução aproximada significava Adega das Borboletas, adquirido o seu nome. Uma grande nuvem ondulante de borboletas de cauda de andorinha pairava sobre as vinhas e o largo pátio de cascalho da extensa *villa* de Peter Voss, ao estilo italiano. Gabriel e Chiara estacionaram à sombra de um cipreste e seguiram o segurança através de uma entrada cavernosa, descendo depois por um largo corredor até um terraço que dava para os picos cobertos de neve dos Andes. Estava posta uma mesa com queijo, salsichas e figos, além de água mineral andina e uma garrafa de *Bodega de la Mariposa Reserva* de 2005. Encostado à balaustrada, resplandecente nas suas botas de montar de couro acabadas de engraxar, encontrava-se o Hauptsturmführer das SS, Kurt Voss.

— Bem-vindo à Argentina, senhor Allon — disse ele. — Estou muito feliz por ter podido vir.

31

MENDOZA, ARGENTINA

Não se tratava de Kurt Voss, claro, mas a semelhança entre pai e filho era impressionante. Na verdade, com apenas algumas alterações, a figura que estava a atravessar o terraço e se aproximava deles poderia muito bem ter sido o mesmo homem que Lena Herzfeld vira caminhar a passos largos pelo palco do teatro Hollandsche Schouwburg, com um retrato de Rembrandt numa mão e um saco de diamantes na outra.

Peter Voss parecia um tanto mais elegante do que o pai no final da vida, um pouco mais austero na aparência, e tinha conservado mais cabelo, que agora se apresentava completamente branco com a idade. Vistas mais de perto, as suas botas não resplandeciam como Gabriel primeiro imaginara. De um castanho-escuro, estavam cobertas por uma fina camada de poeira do passeio a cavalo que dera nessa tarde. Cumprimentou-os de modo afável, curvando-se ligeiramente, e de seguida conduziu-os até à mesa iluminada pelo sol. Quando se instalaram nos respetivos lugares, era visível que Peter Voss estava ciente do efeito que o seu aspeto produzira sobre os dois convidados.

— Não há necessidade de afastarem o vosso olhar — disse ele num tom conciliador. — Como devem imaginar, já estou habituado a que as pessoas fiquem a olhar fixamente para mim.

— Não era essa a minha intenção, Herr Voss. É que...

— Por favor, não peça desculpas, senhor Allon. Ele era meu pai, não seu. Não falo dele muitas vezes. Mas, quando o faço, considero sempre que é melhor ser direto e honesto. É o mínimo que posso fazer. O senhor veio de longe, certamente por uma boa razão. O que deseja saber?

A frontalidade da pergunta de Voss apanhou Gabriel de surpresa. Uma vez, tinha interrogado um criminoso de guerra nazi, mas nunca tinha falado com o filho de nenhum. O instinto dizia-lhe para prosseguir com cautela, tal como tinha feito com Lena Herzfeld. Assim, mordiscou um pedaço de figo e, num tom informal, perguntou a Voss quando tinha tomado conhecimento das atividades do pai no tempo da guerra.

— Atividades? — repetiu Voss numa voz incrédula. — Por favor, senhor Allon, se vamos ter uma conversa franca acerca do meu pai, não podemos medir as palavras. O meu pai não teve *atividades*. Cometeu atrocidades. Quanto ao momento em que tomei conhecimento delas, foi algo que me foi chegando aos poucos. Nesse aspeto, suponho, sou bastante parecido com qualquer outro filho que descobre que o pai não é o homem que diz ser.

Voss encheu um copo do vinho cor de rubi para cada um e relatou um par de incidentes que tinham ocorrido, com poucas semanas de intervalo, quando era adolescente.

— Estava a caminho de casa, vindo da escola, em Buenos Aires, e parei num café para me encontrar com o meu pai. Ele estava sentado numa mesa ao canto, a conversar discretamente com outro homem. Nunca me esquecerei do olhar no rosto desse homem quando me viu: choque, horror, orgulho, espanto, tudo ao mesmo tempo. Tremia levemente quando me apertou a mão. Disse-me que eu era tal e qual o meu pai quando tinham trabalhado juntos, nos velhos tempos. Apresentou-se como Ricardo Klement. Tenho a certeza de que sabe o verdadeiro nome dele.

— Adolf Eichmann.

— Em carne e osso — disse Voss. — Pouco depois disso, fui a uma padaria frequentada por refugiados judeus. Estava uma senhora de idade na fila. Quando me viu, o sangue fugiu-lhe da cara e ficou histérica. Pensou que eu era o meu pai. Acusou-me de matar toda a sua família.

Voss esticou-se para pegar no copo de vinho, mas deteve-se.

— Por fim, acabei por ficar a saber que o meu pai era mesmo um criminoso. E não apenas um criminoso vulgar. Era um homem com o sangue de milhões nas mãos. O facto de ser capaz de amar alguém culpado de tamanho horror dizia o quê de mim? Dizia o quê da minha mãe? Mas a pior parte, senhor Allon, é que o meu pai nunca se penitenciou pelos seus pecados. Nunca se sentiu envergonhado. De facto, estava bastante orgulhoso dos seus feitos mesmo até ao final da vida. Sou eu que suporto esse fardo. E sinto a culpa dele até aos dias de hoje. Neste momento, estou completamente só no mundo. A minha mulher morreu há vários anos. Nunca tivemos filhos. Porquê? Porque eu temia o mal do meu pai. Queria que a descendência dele acabasse em mim.

Voss pareceu temporariamente exausto pela confissão. Refugiou-se num silêncio meditativo, com o olhar fixo nas montanhas distantes. Finalmente, voltou-se para Gabriel e Chiara e disse:

— Mas, com certeza, não fizeram todo este caminho até Mendoza para me ouvir condenar o meu pai.

— Na verdade, vim por causa disto.

Gabriel colocou uma fotografia do *Retrato de Uma Jovem* à frente de Voss. Ali permaneceu por um momento, sem ser tocada, como um quarto convidado que ainda não tinha encontrado um motivo para se juntar à conversa. Foi então que Voss pegou nela com cuidado e a examinou ao sol cortante.

— Sempre me perguntei como é que seria o quadro — disse, distante. — Onde é que se encontra agora?

— Foi roubado há algumas noites, em Inglaterra. Um homem que eu conhecia há muito tempo morreu a tentar protegê-lo.

— Lamento sinceramente ouvir isso — disse Voss. — Mas temo que o seu amigo não tenha sido o primeiro a morrer por causa deste quadro. E, infelizmente, não será o último.

CAPÍTULO

32

MENDOZA, ARGENTINA

Em Amesterdão, Gabriel ouvira o testemunho de Lena Herzfeld. Naquele momento, sentado num esplêndido terraço à sombra dos Andes, fazia o mesmo com o filho único de Kurt Voss. Como ponto de partida, Peter Voss escolheu a noite de outubro de 1982, altura em que a mãe lhe telefonara para dizer que o pai tinha morrido. Pediu ao filho que viesse a casa dos pais, em Palermo. Havia coisas que tinha de lhe contar, disse. Coisas que tinha de saber sobre o pai e a guerra.

— Sentámo-nos aos pés do leito de morte do meu pai e falámos durante horas. Na verdade, foi a minha mãe que falou a maior parte do tempo — acrescentou Voss. — Eu ouvi, sobretudo. Foi a primeira vez que compreendi a fundo a extensão dos crimes do meu pai. Ela contou-me como ele tinha utilizado o seu poder para enriquecer. Que tinha roubado as suas vítimas sem escrúpulos antes de as enviar para a morte em Auschwitz, Treblinka e Sobibor. E que, numa noite de neve em Amesterdão, tinha aceitado um quadro de Rembrandt em troca da vida de uma única criança. E, para tornar as coisas piores, havia provas da culpa do meu pai.

— Provas de que tinha adquirido o Rembrandt através de coação?

— Não apenas isso, senhor Allon. Provas de que tinha lucrado escandalosamente com o maior ato de extermínio em massa da história.

— Que género de provas?

— Do pior tipo — respondeu Voss. — Provas escritas.

À semelhança da maioria dos homens das SS, prosseguiu Peter Voss, o pai tinha registos escrupulosos. Assim como os diretores dos centros de extermínio tinham guardado extensos ficheiros documentando os seus crimes, o Hauptsturmführer das SS, Kurt Voss, também tinha conservado uma espécie de folha de balanço, onde cada uma das suas transações ilícitas se encontrava cuidadosamente registada. Os lucros provenientes dessas transações eram escondidos em dezenas de contas numeradas na Suíça.

— Dezenas, senhor Allon, porque a fortuna do meu pai era tão vasta que ele considerava imprudente guardar tudo numa única conta visivelmente avultada.

Durante os últimos dias da guerra, à medida que os Aliados se aproximavam de Berlim tanto pelo ocidente como pelo oriente, Kurt Voss condensou os registos num único documento, pormenorizando as fontes do dinheiro e as contas correspondentes.

— E onde estava escondido o dinheiro?

— Num pequeno banco privado em Zurique.

— E a lista dos números das contas? — perguntou Gabriel. — Onde é que ele a guardou?

— A lista era demasiado perigosa para ser guardada. Tanto era a chave de uma fortuna como uma acusação escrita. E por isso o meu pai escondeu-a num lugar onde pensava que ninguém alguma vez a encontrasse.

E então, num lampejo de lucidez, Gabriel compreendeu. Tinha visto a prova nas fotografias que se encontravam no computador de Christopher Liddell, em Glastonbury — o par de linhas finas à superfície, uma perfeitamente vertical, a outra perfeitamente horizontal, que convergia a alguns centímetros do ombro esquerdo de Hendrickje. Kurt Voss tinha utilizado o *Retrato de Uma Jovem* como envelope, muito possivelmente o envelope mais caro da história.

— Escondeu-a dentro do Rembrandt?

— Correto, senhor Allon. Estava escondida entre a tela original do Rembrandt e uma segunda tela colada na parte de trás.

— E qual era o tamanho da lista?

— Três folhas de papel vegetal, escritas pelo punho do meu pai.

— E como é que estava protegida?

— Estava selada numa capa de papel de cera.

— E quem é que lhe fez esse trabalho?

— Durante a estadia em Paris e Amesterdão, o meu pai entrou em contacto com um grupo de pessoas envolvidas na Operação Especial Linz, os ladrões de arte de Hitler. Um deles era restaurador. Foi ele que engendrou o método utilizado para esconder a lista. E quando terminou o trabalho, o meu pai retribuiu o favor matando-o.

— E o quadro?

— Quando fugiu da Europa, o meu pai fez uma breve escala em Zurique para se encontrar com o banqueiro dele. Deixou-o num cofre. Apenas uma outra pessoa sabia o número da conta e a *password*.

— A sua mãe?

187

Peter Voss assentiu com a cabeça.

— E porque é que o seu pai não transferiu simplesmente o dinheiro para a Argentina, nessa altura?

— Porque não era possível. Os Aliados estavam a manter uma vigilância apertada às transações financeiras levadas a cabo pelos bancos suíços. Uma transferência considerável de dinheiro e outros bens de Zurique para Buenos Aires teria feito soar o alerta. No que diz respeito à lista, o meu pai não ousou levá-la com ele durante a fuga. Se tivesse sido preso a caminho de Itália, a lista ter-lhe-ia garantido a pena de morte. Não teve alternativa a não ser deixar o dinheiro e a lista para trás e esperar até a poeira assentar.

— E quanto tempo esperou?

— Seis anos.

— O ano em que Peter e a sua mãe deixaram a Europa?

— Correto — respondeu Voss. — Quando o meu pai conseguiu finalmente mandar-nos buscar, deu instruções à minha mãe para parar em Zurique. O plano era ela recolher o quadro, a lista e o dinheiro. Não percebi o que estava a acontecer na altura, mas recordo-me de esperar na rua enquanto a minha mãe ia ao banco. Dez minutos mais tarde, quando saiu, percebi que estivera a chorar. Quando lhe perguntei o que tinha acontecido, gritou-me para estar calado. Depois disso, entrámos num elétrico e viajámos sem destino, às voltas pelo centro da cidade. A minha mãe olhava fixamente pela janela. Pronunciava as mesmas palavras, uma e outra vez: *O que é que eu vou dizer ao teu pai? O que é que eu vou dizer ao teu pai?*

— O quadro tinha desaparecido?

188

Voss acenou com a cabeça.

— O quadro tinha desaparecido. A lista tinha desaparecido. O dinheiro tinha desaparecido. O banqueiro disse à minha mãe que as contas nunca tinham existido. *Deve estar enganada, Frau Voss,* disse-lhe ele. *Talvez fosse noutro banco.*

— E como é que o seu pai reagiu?

— Ficou furioso, claro.

Voss fez uma pausa.

— É irónico, não é? O meu pai estava furioso porque o dinheiro que tinha roubado lhe tinha sido *roubado* a ele. Pode dizer-se que o quadro se tornou o seu castigo. Evitou a justiça, mas ficou obcecado com o Rembrandt e com a busca da chave para a fortuna escondida dentro dele.

— E tentou outra vez?

— Mais uma — respondeu Voss. — Em 1967, um diplomata argentino concordou em viajar até à Suíça em nome do meu pai. Segundo o que combinaram, metade do dinheiro recuperado deveria reverter para o tesouro público da Argentina, e o diplomata retirava a sua fatia.

— E o que é que aconteceu?

— Pouco depois de chegar à Suíça, o diplomata informou que se tinha encontrado com o banqueiro do meu pai e que estava confiante num desfecho positivo. Passados dois dias, o corpo dele foi encontrado a flutuar no lago Zurique. A investigação aberta pelos suíços concluiu que tinha escorregado da extremidade de um pontão, durante um passeio turístico. O meu pai não acreditou. Estava convencido de que o homem tinha sido assassinado.

— E quem era o diplomata?

— O nome dele era Carlos Weber.

— E o senhor, Herr Voss? — perguntou Gabriel, após uma longa pausa. — Alguma vez procurou o dinheiro?

— Para ser honesto, pensei nisso. Julguei que poderia ser um modo de restituir algum dinheiro às vítimas do meu pai. De conseguir reparar o que ele tinha feito. Mas, bem vistas as coisas, sabia que se tratava de uma missão condenada ao fracasso. Os gnomos de Zurique guardam os seus tesouros secretos com muito cuidado, senhor Allon. Os bancos deles podem parecer muito limpos e imaculados, mas a verdade é que são sujos. Depois da guerra, os banqueiros da Suíça viraram as costas a pessoas dignas que tiveram a ousadia de ir à procura dos seus depósitos, não porque os bancos não tivessem o dinheiro, mas porque não o queriam entregar. Que possibilidades teria o filho de um criminoso?

— E sabe o nome do banqueiro do seu pai?

— Sei — respondeu Voss sem hesitação. — Chamava-se Walter Landesmann.

— Landesmann? Por que razão é que esse nome me parece familiar?

Peter Voss sorriu.

— Porque o filho dele é um dos financeiros mais poderosos da Europa. Na verdade, ainda no outro dia apareceu nas notícias. Qualquer coisa sobre um novo programa para combater a fome em África. O nome dele é...

— Martin Landesmann?

Peter Voss assentiu com a cabeça.

— E o que me diz desta coincidência?

— Eu não acredito em coincidências, Herr Voss.

Voss ergueu o copo de vinho na direção do Sol.

— Nem eu, senhor Allon. Nem eu.

33

MENDOZA, ARGENTINA

Gabriel e Chiara saíram da vinha, seguidos por uma nuvem de borboletas, e regressaram a Mendoza. Nessa noite, jantaram num pequeno restaurante ao ar livre, em frente ao hotel na Plaza Italia, do outro lado da rua.

— Gostaste dele, não gostaste? — perguntou Chiara.

— Do Voss? — retorquiu Gabriel, acenando com a cabeça lentamente. — Mais do que queria.

— A questão é saber se acreditas nele.

— É uma história extraordinária — respondeu Gabriel. — E acredito em cada palavra dela. Kurt Voss era um alvo fácil. Era um criminoso de guerra conhecido, um homem procurado. Por mais de vinte anos, a fortuna esteve parada no banco de Landesmann, a crescer a cada dia que passava. A certa altura, Landesmann decidiu que o Voss nunca mais regressaria e convenceu-se de que podia ficar com o dinheiro para si. Por isso, encerrou as contas e destruiu os registos.

— E uma fortuna em bens saqueados durante o Holocausto evaporou-se simplesmente — exclamou Chiara amargamente.

— Tal como as pessoas a quem pertenceu em tempos.

— E o quadro?

— Se Landesmann tivesse algum bom senso, tê-lo-ia queimado. Mas não o fez. É um sacana ganancioso. E mesmo em 1964, antes de os preços da arte começarem a disparar em flecha, o quadro valia uma bela maquia. Suspeito que o tenha confiado à Hoffmann Gallery, em Lucerna, tendo em vista uma venda discreta.

— E ele sabia da lista?

— Para a descobrir, teria de ter separado as duas telas e espreitado lá para dentro. Mas não tinha razões para o fazer.

— Então a lista ainda estava dentro do quadro por altura da venda em 1964?

— Sem dúvida.

— Há uma coisa que não percebo — disse Chiara, depois de um silêncio. — Porquê matar Carlos Weber? Afinal, Landesmann tinha mandado a mulher do Voss embora, de forma discreta, quando ela foi à procura do dinheiro. Por que razão não fez o mesmo quando Weber apareceu em Zurique?

— Talvez porque a visita de Weber era semioficial. Não te esqueças de que ele representava não só Voss como também o governo da Argentina. Isso tornava-o perigoso.

Gabriel parou por uns instantes.

— Mas desconfio de que havia algo mais que tornava Weber mais perigoso ainda. Sabia do Rembrandt e da lista com os números das contas que estava lá escondida. E deixou isso bem claro a Landesmann durante o encontro que tiveram.

— E Landesmann apercebeu-se de que tinha um grave problema em mãos — completou Chiara. — Porque quem estivesse na posse do Rembrandt teria também a prova de que a fortuna de Kurt Voss tinha estado escondida no banco de Landesmann.

Gabriel assentiu com a cabeça.

— Como é óbvio, Landesmann disse qualquer coisa animadora a Weber, a fim de o manter em Zurique o tempo suficiente para preparar a morte dele. A seguir, após a infeliz queda de Weber no lago Zurique, deu sem dúvida início a uma busca frenética do quadro.

— Mas porque é que não regressou simplesmente à Hoffmann Gallery e perguntou pelo nome da pessoa que o tinha comprado em 1964?

— Porque, na Suíça, uma venda privada significa uma venda *privada,* mesmo para pessoas como Walter Landesmann. Além disso, dada a sua situação precária, Landesmann estaria bastante relutante em virar as atenções para si dessa forma.

— E o Martin?

— Desconfio que, a certa altura, o pai tenha confessado os pecados ao filho e Martin tenha prosseguido a busca. Esse Rembrandt tem andado a circular por aí como uma bomba-relógio há mais de quarenta anos. Se algum dia aparecesse...

— Então o mundo do Martin ruiria em segundos.

Gabriel acenou com a cabeça.

— No mínimo, ficaria à deriva no meio de um maremoto de processos em tribunal. Na pior das hipóteses, poderia ver-se obrigado a restituir centenas de milhões ou até mesmo milhares de milhões de dólares a título de compensações e indemnizações.

— Parece-me um motivo bastante forte para roubar um quadro — atirou Chiara. — Mas o que fazemos agora?

193

Walter Landesmann já morreu há imenso tempo. E não podemos propriamente ir bater à porta do filho.

— Talvez o Carlos Weber nos possa ajudar.

— O Carlos Weber foi assassinado em Zurique, em 1967.

— Uma ocorrência afortunada, do nosso ponto de vista. Sabes, quando os diplomatas morrem, os governos deles costumam ficar aborrecidos. Efetuam investigações. E, invariavelmente, escrevem relatórios.

— De certeza absoluta que o governo argentino não nos vai fornecer uma cópia do inquérito à morte de Weber.

— Isso é verdade — respondeu Gabriel. — Mas conheço alguém que talvez seja capaz de nos conseguir isso.

— E esse alguém tem nome?

Gabriel sorriu e disse:

— Alfonso Ramirez.

No final da refeição, enquanto os alvos da vigilância davam uma pequena volta a pé, de mãos dadas, pela praça às escuras, em direção ao hotel, um ficheiro áudio digitalizado foi expedido para a sede da Zentrum Security, em Zurique, acompanhado por várias fotografias de vigilância. Uma hora mais tarde, a sede enviou uma resposta. Continha uma série de instruções concisas, o endereço de um prédio de apartamentos no bairro de San Telmo, em Buenos Aires, e o nome de um certo coronel na reforma que tinha trabalhado para a polícia secreta argentina durante os dias mais negros da Guerra Suja. O aspeto mais intrigante do comunicado, no entanto, era a data do regresso a casa dos agentes. Estava previsto abandonarem Buenos Aires na noite seguinte. Um apanharia o voo da Air France para Paris; o outro o da British Airways para Londres. Não foi indicada qualquer razão para o facto de voarem em separado. Não era necessária nenhuma. Os dois agentes eram veteranos e sabiam ler nas entrelinhas dos comunicados crípticos que saíam da sede da empresa. Tinha sido dada uma ordem de encerramento de conta. Estavam a ser fabricadas histórias de disfarce e postas em ação estratégias de saída. Era uma pena a mulher, pensaram quando a viram de relance na varanda do quarto de hotel. Estava de facto bastante bonita ao luar argentino.

34

BUENOS AIRES

Na noite de 13 de agosto de 1979, Maria Espinosa Ramirez, conhecida poetisa, violoncelista e dissidente argentina, foi arremessada do porão de carga de um avião militar, vários milhares de metros acima do Atlântico Sul. Segundos antes de ter sido empurrada, o capitão responsável pela operação tinha-lhe esventrado o abdómen com uma catana, um último ato de barbarismo que assegurava que o cadáver se enchesse rapidamente de água e assim ficasse eternamente sepultado no fundo do mar. O marido, o proeminente jornalista antigovernamental Alfonso Ramirez, só teria conhecimento do desaparecimento de Maria passados muitos meses, já que na altura também ele estava nas mãos dos torcionários da junta militar. E não fosse a Amnistia Internacional, que promoveu uma campanha incansável para chamar a atenção do mundo para o caso, Ramirez teria tido, pela certa, o mesmo destino da mulher. Em vez disso, depois de mais de um ano encarcerado, foi libertado sob a condição de se abster de algum dia voltar a escrever sobre política. *O silêncio é uma orgulhosa tradição argentina,* assim o disseram os generais aquando da sua libertação. *Achamos que seria sensato da parte do Señor Ramirez descobrir os seus óbvios benefícios.*

Outro homem teria prestado atenção ao conselho dos generais. Mas Alfonso Ramirez, incitado pela raiva e pela mágoa, empreendeu uma destemida campanha contra a junta militar. A sua luta não terminou com o colapso do regime, em 1983. Um dos muitos torcionários e assassinos que, nos anos que se seguiram, Ramirez ajudou a desmascarar foi o capitão que tinha lançado a sua mulher ao mar. Ramirez chorou quando o coletivo de juízes considerou o capitão culpado. E chorou novamente quando, momentos mais tarde, sentenciaram o assassino a uns meros cinco anos na prisão. Nos degraus do tribunal, Ramirez declarou que a justiça argentina jazia agora no fundo do mar, juntamente com o resto dos desaparecidos. Ao chegar a casa nessa noite, encontrou o apartamento em ruínas e a banheira cheia de água. No fundo, estavam diversas fotos da mulher, todas elas cortadas ao meio.

Tendo-se estabelecido como um dos mais proeminentes ativistas dos direitos humanos da América Latina e do mundo, Alfonso Ramirez voltou as suas atenções para a exposição pública de um outro episódio trágico da história da Argentina, os laços estreitos com a Alemanha nazi. *Santuário do Mal,* a sua obra-prima histórica de 2006, pormenorizava a forma como um acordo secreto entre o governo de Perón, o Vaticano, as SS e os serviços secretos americanos permitira que, após a Segunda Guerra Mundial, milhares de criminosos de guerra encontrassem um porto seguro na Argentina. Continha também um relato de como Ramirez tinha auxiliado os serviços secretos israelitas a desmascarar e a capturar um criminoso de guerra nazi chamado Erich Radek. Entre os numerosos pormenores que Ramirez tinha deixado de fora, encontrava-se o nome do lendário agente israelita com quem tinha trabalhado.

Embora o livro tivesse feito dele um milionário, Ramirez resistira à atração dos modernos subúrbios da zona norte e vivia ainda no sul, no bairro de San Telmo. O seu prédio era uma grande estrutura de estilo parisiense, com um pátio central e uma escada em espiral coberta por uma carpete desbotada. O apartamento propriamente dito servia tanto de residência como de escritório e as divisões estavam a abarrotar com dezenas de milhares de ficheiros e dossiês com os cantos das páginas já dobrados. Dizia-se que os arquivos pessoais de Ramirez rivalizavam com os do governo. Mas, ao longo de todos os anos passados a vasculhar o passado negro da Argentina, nunca tinha digitalizado ou organizado minimamente os seus vastos pertences. Ramirez acreditava que a segurança residia precisamente na desordem, uma teoria assente em provas empíricas. Por diversas ocasiões, tinha regressado a casa e encontrado os ficheiros em desalinho, mas nenhum dos documentos importantes tinha sido alguma vez roubado pelos adversários.

Uma secção da sala de estar encontrava-se, em grande parte, livre de detritos históricos e foi aí que Ramirez recebeu Gabriel e Chiara. Encostado num canto, exatamente onde o deixara na noite em que fora raptada, estava o empoeirado violoncelo de Maria. Na parede por cima dele, estavam duas páginas de poesia manuscritas, emolduradas e protegidas por vidro, assim como uma fotografia de Ramirez aquando da sua libertação da prisão. Atualmente, poucas semelhanças tinha com aquela figura emaciada. Alto e de ombros largos, parecia mais um homem que trabalhava duramente com maquinaria e cimento do que com palavras e ideias. A sua única fonte de vaidade era a exuberante barba grisalha que, segundo a opinião dos críticos de direita, o fazia parecer uma mistura de Fidel Castro com Karl Marx. Ramirez não levava a mal tal descrição. Comunista convicto, venerava os dois.

Apesar da abundância de papéis insubstituíveis que havia no apartamento, Ramirez era um fumador descuidado e distraído, que estava permanentemente a deixar cigarros a arder em cinzeiros ou baloiçando-se nas extremidades das mesas. Sem se perceber bem como, lembrou-se da aversão de Gabriel ao tabaco e conseguiu coibir-se de fumar enquanto falava de temas que iam do estado da economia argentina ao novo presidente americano, passando pelo tratamento dado por Israel aos palestinianos, que, como é óbvio, considerava deplorável. Finalmente, à medida que as primeiras gotas de chuva vespertina começavam a formar poças no parapeito poeirento da janela, lembrou-se da tarde em que, vários anos antes, levara Gabriel aos arquivos dos serviços de imigração argentinos. Fora aí, numa caixa de ficheiros meio desfeitos, roídos pelos ratos, que descobriram um documento que sugeria que Erich Radek, que se presumia estar morto há muito, se encontrava na verdade a viver no primeiro distrito de Viena, com um nome falso.

— Lembro-me de uma coisa em particular acerca desse dia — disse Ramirez naquele instante. — Havia uma bela rapariga que nos seguia de lambreta, onde quer que fôssemos. Usava um capacete posto o tempo todo, por isso nunca consegui realmente ver a cara dela. Mas lembro-me distintamente das pernas — afirmou, dando uma olhadela em direção a Chiara e, de seguida, a Gabriel. — Obviamente, a vossa relação era mais do que profissional.

Gabriel assentiu com a cabeça, ainda que pela sua expressão tivesse deixado claro não querer falar desse assunto.

— Então, o que é que vos traz à Argentina desta feita? — perguntou Ramirez.

— Viemos a uma prova de vinhos em Mendoza.

— E encontraste algum a teu gosto?

— O *Bodega Quinta de la Mariposa Reserva*.

— Colheita de 2005 ou de 2006?

— De 2005.

— Já o bebi. Na verdade, tive oportunidade de falar com o dono dessa vinha por diversas ocasiões.

— Gostas dele?

— Gosto — respondeu Ramirez.

— E confias nele?

— Tanto quanto confio em qualquer pessoa. E antes que avancemos mais, talvez devamos estabelecer as regras básicas para esta conversa.

— As mesmas que da última vez. Tu ajudas-me agora e eu ajudo-te mais tarde.

— Do que andas à procura ao certo?

— De informações sobre um diplomata argentino que morreu em Zurique, em 1967.

— Presumo que te estejas a referir ao Carlos Weber, não? — lançou Ramirez, sorrindo. — E, tendo em conta a tua recente viagem até Mendoza, presumo também que estejas à procura da fortuna desaparecida de um tal Kurt Voss, Hauptsurmführer das SS.

— E ela existe, Alfonso?

— Claro que existe. Esteve depositada no Bank Landesmann, em Zurique, entre 1938 e 1945. Carlos Weber morreu a tentar trazê-la para a Argentina, em 1967. E eu tenho os documentos que o provam.

35

BUENOS AIRES

Havia apenas um problema. Alfonso Ramirez não fazia ideia do local onde tinha escondido os documentos. Assim, durante a meia hora seguinte, andou de quarto em quarto, levantando cobertores empoeirados e pondo um ar carrancudo diante de pilhas de papéis desbotados, ao mesmo tempo que enumerava os pormenores do infame *curriculum vitae* de Carlos Weber. Educado em Espanha e na Alemanha, Weber era um ultranacionalista que servira, como conselheiro de política externa, a legião de oficiais do exército e de políticos fracos que governara a Argentina na década anterior à Segunda Guerra Mundial. Profundamente antissemita e antidemocrata, virou-se, com toda a naturalidade, na direção do Terceiro Reich e forjou estreitos laços com muitos oficiais superiores das SS — laços que deixaram Weber numa posição ímpar para ajudar criminosos de guerra nazis a encontrarem asilo.

— Ele foi um dos pilares de toda essa negociata merdosa. Era próximo de Perón, próximo do Vaticano e próximo das SS. Weber não ajudou os assassinos nazis a virem para cá unicamente pelo seu bom coração. Acreditava realmente que eles poderiam ajudar a construir a Argentina dos seus sonhos.

Ramirez abriu, com esforço, a gaveta de cima de um armário de arquivo de metal maltratado e passou em revista, rapidamente, as dezenas de pastas de arquivo.

— Há alguma hipótese de a sua morte ter sido um acidente? — perguntou Gabriel.

— Não — respondeu Ramirez enfaticamente. — Sabia-se que Carlos Weber era um excelente atleta e um exímio nadador. De certeza que não escorregou e se afogou no lago.

Ramirez fechou a gaveta com estrondo e abriu a seguinte. Momentos depois, sorriu e, triunfante, retirou uma pasta.

— Ah, cá está aquela que eu procurava.

— Qual é?

— Há cerca de cinco anos, o governo anunciou que ia divulgar mais uma fornada dos chamados arquivos nazis. A maior parte era lixo. Mas os arquivistas deixaram escapar uma ou outra pérola — explicou Ramirez, mostrando a pasta. — Incluindo estas.

— O que são?

— Cópias dos telegramas que Weber enviou da Suíça durante a viagem que fez em 1967. Dá uma olhadela.

Gabriel pegou nos documentos e leu a primeira missiva:

POR FAVOR, COMUNIQUEM AO MINISTRO QUE A MINHA REUNIÃO FOI PRODUTIVA E QUE ESPERO UM RESULTADO FAVORÁVEL A CURTO PRAZO. POR FAVOR, PASSEM TAMBÉM UMA MENSAGEM DO MESMO TEOR À PARTE INTERESSADA, JÁ QUE ESTA SE ENCONTRA MUITO ANSIOSA POR RECEBER QUALQUER TIPO DE NOTÍCIAS.

—Weber estava claramente a referir-se às reuniões com Walter Landesmann — disse Ramirez. — E a *parte interessada* era obviamente uma referência a Kurt Voss.

Gabriel olhou para o segundo telegrama:

POR FAVOR, COMUNIQUEM AO MINISTRO QUE O BANK LANDESMANN LOCALIZOU AS CONTAS EM QUESTÃO. ALERTEM A TESOURARIA PARA ESPERAR UMA TRANSFERÊNCIA DE FUNDOS EM BREVE.

No dia seguinte, Carlos Weber foi encontrado morto. Ramirez pegou numa grossa pilha de ficheiros, presos por agrafos e fortes elásticos. Segurou-os na mão por um momento, em silêncio, e depois disse:

— Devo prevenir-te, Gabriel. Toda a gente que vai à procura desse dinheiro acaba morta. Esses ficheiros foram reunidos por um amigo meu, um jornalista de investigação chamado Rafael Bloch.

— Judeu?

Ramirez acenou com a cabeça, de modo solene.

— Durante o tempo da universidade, era comunista, como eu. Foi preso, por pouco tempo, durante a Guerra Suja, mas o pai pagou um suborno bastante chorudo e conseguiu que o libertassem. Rafi teve uma sorte dos diabos. A maior parte dos judeus que foram presos não tiveram hipótese nenhuma.

— Continua, Alfonso.

— Rafi Bloch especializou-se em reportagens financeiras. Ao contrário da maior parte de nós, estudou algo útil, nomeadamente, economia e gestão. Rafi sabia ler um livro-razão. Rafi sabia localizar transferências bancárias. E Rafi nunca, mas mesmo nunca, aceitava um não como resposta.

— É hereditário.

— Sim, eu sei — retorquiu Ramirez. — Rafi passou anos a tentar provar o que tinha acontecido àquele dinheiro. Mas, pelo caminho, chegou a outra coisa. Descobriu que todo o império Landesmann é sujo.

— Sujo? Como assim?

— Rafi nunca entrou em pormenores comigo. Mas, em 2008, sentiu-se finalmente confiante de que tinha a sua história.

— E o que é que ele fez?

— Foi a Genebra ter uma conversa com um homem chamado Landesmann. *Martin* Landesmann. E nunca mais voltou.

Retrospetivamente, disse Ramirez, um jornalista com a experiência de Rafael Bloch deveria ter procedido com um pouco mais de cuidado. Mas, dada a reputação pública irrepreensível do sujeito em questão, Bloch permitiu-se acreditar tolamente que não corria perigo.

O primeiro contacto foi feito na manhã de quinze de outubro — um telefonema, do quarto de hotel de Bloch para a sede da Global Vision Investments, solicitando uma entrevista com o presidente. O pedido foi-lhe negado e foi também tornado claro que futuras solicitações não seriam bem-vindas. Bloch, imprudentemente, respondeu com um ultimato. A menos que lhe concedessem uma entrevista, levaria o material de que dispunha a Washington e apresentá-lo-ia às comissões do Congresso e agências governamentais competentes.

Isso pareceu captar a atenção da pessoa que estava do outro lado da linha e ficou marcado um encontro para dali a dois dias. Rafi Bloch nunca chegaria a comparecer a esse compromisso — nem qualquer outro, já agora. Na primavera seguinte, um alpinista encontrou o cadáver dele nos Alpes franceses, congelado, sem cabeça e sem mãos. O nome de Martin Landesmann nunca chegou sequer a surgir no curso da investigação.

36

BUENOS AIRES

A eletricidade falhara ao primeiro clarão do relâmpago. Juntaram-se na penumbra da sala de estar e folhearam os ficheiros de Rafael Bloch enquanto todo o edifício tremia com os trovões.

— Por trás de todas as grandes fortunas, está um grande crime — afirmou Ramirez.

— Honoré de Balzac — disse Chiara.

Ramirez acenou com a cabeça, em sinal de admiração.

— O velho Honoré podia muito bem estar a referir-se a Walter e Martin Landesmann quando escreveu essas palavras. Ao morrer, Walter Landesmann legou ao filho um pequeno banco privado em Zurique, um banco com uma grande quantidade de dinheiro sujo nos seus balanços... e Martin transformou-o num império — afirmou Ramirez, olhando para Gabriel. — O que sabes em concreto acerca dele?

— Do Landesmann? — retorquiu Gabriel, encolhendo os ombros. — É um dos homens mais ricos do mundo, mas gosta de se fazer passar por um bilionário relutante — referiu, franzindo o sobrolho e fingindo estar a concentrar-se. — Recorda-me lá o nome da fundação dele.

— One World — disse Ramirez.

— Ah, sim, como me pude esquecer? — perguntou Gabriel, sarcástico. — Os devotos seguidores de Landesmann consideram-no uma espécie de profeta. Ele prega acerca do perdão da dívida, da responsabilidade empresarial e das energias renováveis. Também está envolvido numa série de projetos de desenvolvimento em Gaza, que fizeram com que estabelecesse laços bastante próximos com o Hamas. Mas duvido que isso preocupe os amigos que tem em Hollywood, os *media* ou os círculos políticos de esquerda. No que lhes diz respeito, Martin Landesmann nunca dá um passo em falso. Tem um coração puro e intenções nobres. É um santo.

Gabriel parou por uns instantes e, a seguir, perguntou:

— Esqueci-me de alguma coisa?

— Só de uma coisinha. É tudo mentira. Bem, não tudo. São Martin tem muitos amigos e admiradores entre a alta sociedade. Mas duvido que mesmo a carneirada de Hollywood ficasse do lado dele se algum dia se descobrisse a verdadeira origem da sua enorme fortuna e poder. Quanto às obras de caridade, são financiadas pelo capitalismo na sua forma mais vil e implacável. São Martin polui, extrai petróleo, abre minas e especula o mais que pode.

— O dinheiro move o mundo, Alfonso.

— Não, meu amigo. Como diz a Bíblia, *O amor ao dinheiro é a raiz de todo o mal*. E a origem da riqueza de São Martin é um mal inenarrável. Foi por isso que Martin se desfez do banco do pai menos de um ano depois da morte do velho. E foi por isso que se mudou de Zurique para as margens do lago Genebra. Queria fugir do local do crime e libertar-se das raízes germânicas. Sabias que se recusa inclusive a voltar a falar alemão em público? Só inglês e francês.

— E porque é que nunca foste atrás dessa história?

— Pensei nisso.

— Mas?

— Havia coisas que Rafi sabia, mas que não pôs nos ficheiros, coisas a que nunca consegui chegar sozinho. Resumindo, não tinha o material. São Martin tem bolsos muito fundos e é um filho da puta litigioso. Para o investigar em condições, seriam necessários os recursos de uma polícia poderosa — afirmou Ramirez, esboçando um sorriso cúmplice. — Ou talvez de uns serviços secretos.

— Há alguma hipótese de me deixares ficar com esses telegramas?

— Não há problema nenhum — respondeu Ramirez. — Até te posso deixar levar emprestados os ficheiros do Rafi. Mas vão custar-te caro.

— Diz o teu preço.

— Quero saber o resto da história.

— Arranja uma caneta.

— Importas-te que grave isto, por uma questão de rigor?

— Só podes estar a brincar, Alfonso.

— Desculpa — soltou Ramirez. — Quase me esquecia com quem é que estava a falar.

Eram quase três da tarde quando terminaram, o que só dava tempo para que Gabriel e Chiara apanhassem à justa o voo da KLM do final de tarde de regresso a Amesterdão. Ramirez ofereceu-se para os levar ao aeroporto, mas Gabriel insistiu em apanhar um táxi. Despediram-se de Ramirez à porta do apartamento e apressaram-se a descer a escadaria em espiral, com os telegramas e os ficheiros de Rafi Bloch guardados em segurança dentro do saco a tiracolo de Gabriel.

Os acontecimentos dos segundos que se seguiram repetir-se-iam incessantemente na mente de Gabriel ao longo de vários meses. Infelizmente, eram imagens que já tinha visto demasiadas vezes — imagens de um mundo que pensava ter finalmente deixado para trás. A outro homem, poderiam ter escapado os sinais de aviso — a enorme mala no canto do átrio que não estava lá anteriormente, a figura musculada, de cabelo loiro e óculos de sol, a encaminhar-se demasiado depressa para a rua, o carro com a porta traseira entreaberta, à espera, encostado ao passeio — mas Gabriel apercebeu-se de todos eles. E, sem pronunciar uma só palavra, colocou o braço à volta da cintura de Chiara e puxou-a porta fora.

Nem ele nem Chiara conseguiriam alguma vez recordar o som exato da explosão, só a massa de ar quente e a sensação de serem arremessados para o meio da rua, desamparados, como bonecos atirados por uma criança petulante. Caíram por terra, inertes, lado a lado. Gabriel, de bruços, com os braços por cima da cabeça, Chiara, de costas, com os olhos fortemente fechados de dor. Gabriel conseguiu protegê-la do dilúvio de pedras e vidros partidos que caiu sobre eles, mas não da visão de Alfonso Ramirez. Este jazia no meio da rua, com as roupas enegrecidas pelo fogo. Por todo o lado, flutuavam milhares de pedaços de papel, os ficheiros, de valor incalculável, dos arquivos de Ramirez. Gabriel rastejou até Ramirez e apalpou-lhe o pescoço, procurando sentir-lhe o coração. A seguir, levantou-se e regressou para junto de Chiara.

— Estás bem?

— Acho que sim.

— Consegues levantar-te?

— Não tenho a certeza.

— Tens de tentar.

— Ajuda-me.

Gabriel levantou Chiara com gentileza e de seguida pegou no saco e pô-lo ao ombro. Os primeiros passos de Chiara foram hesitantes, mas, quando as sirenes começaram a soar à distância, já avançava pela rua devastada num passo vivo. Gabriel conduziu-a até ao virar da esquina, depois pegou no telemóvel e marcou um número que sabia de cor. Uma voz feminina respondeu calmamente, em hebraico. Na mesma língua, Gabriel debitou uma frase em código, seguida de uma série de números. Passados alguns segundos, a voz feminina perguntou:

— Qual é a natureza da sua emergência?

— Preciso de uma extração.

— Para quando?

— Imediatamente.

— Está sozinho?

— Não.

— Quantas pessoas é que tem o grupo?

— Duas.

— Qual é a sua atual localização?

— Avenida Caseros, San Telmo, Buenos Aires...

AEROPORTO BEN-GURION, ISRAEL

Existe uma sala no Aeroporto Ben-Gurion que é apenas conhecida por uma mão-cheia de pessoas. Fica à esquerda da zona de controlo de passaportes, atrás de uma porta não assinalada que está sempre fechada à chave. As suas paredes são de falsa pedra calcária de Jerusalém; a mobília corresponde à que se encontra tipicamente em aeroportos: sofás e cadeiras de vinil preto, mesas modulares, candeeiros modernos baratos que lançam uma luz implacável. Há duas janelas, uma com vista para a pista, a outra para o átrio das chegadas. Ambas são feitas de vidro fumado de alta qualidade. Reservada aos membros do Departamento, é a primeira paragem para os agentes que regressam de campos de batalha secretos no estrangeiro, daí o odor permanente a cigarros velhos, café queimado e tensão masculina. O pessoal dos serviços de limpeza já experimentou todos os produtos imagináveis para o expulsar, mas o cheiro continua. Tal como os inimigos de Israel, não pode ser derrotado através de meios convencionais.

Gabriel já tinha entrado nesta sala, ou em versões dela, várias vezes. Já tinha entrado nela em triunfo e já tinha vindo a cambalear com o peso do falhanço. Já tinha sido honrado com festas nesta sala, consolado nela e, uma vez, já tinha dado entrada numa maca, com uma bala ainda alojada no peito. Por norma, era Ari Shamron quem estava à espera para o receber. Naquele momento, ao deslizar pela porta dentro, com Chiara ao seu lado, Gabriel deparou-se com a visão de Uzi Navot. Tinha perdido pelo menos uns quinze quilos desde que Gabriel o vira pela última vez e trazia um novo par de óculos cheio de estilo que lhe dava ares de editor de uma revista muito na berra. O cronómetro de aço inoxidável que sempre usara para imitar Shamron desaparecera para dar lugar a um relógio elegante que combinava bem com o fato azul-marinho feito à medida e a camisa branca de colarinho aberto. A metamorfose era completa, pensou Gabriel. Tinha sido cuidadosamente apagado todo e qualquer vestígio que restasse do agente no terreno duro de roer. Uzi Navot era agora um homem de gabinete, um espião no apogeu da vida.

Em silêncio, Navot olhou fixamente para eles por momentos, com um ar de genuíno alívio na face. Foi então que, satisfeito por Gabriel e Chiara não terem sofrido lesões de maior, a sua expressão se toldou.

— Isto é uma ocasião especial — disse por fim. — A minha primeira crise com pessoal enquanto chefe. Suponho que seja mais do que apropriado que tu estejas envolvido. Mas, vendo bem, foi coisa pouca tendo em conta os teus elevados padrões... só um prédio de apartamentos em ruínas e oito pessoas mortas, incluindo um dos mais proeminentes jornalistas e cronistas sociais da Argentina.

— Eu e a Chiara estamos bem, Uzi, obrigado por perguntares.

Navot fez um gesto conciliador, como que para dizer que queria que o tom da conversa se mantivesse civilizado.

— Percebo que o teu estatuto seja um pouco ambíguo neste momento, Gabriel, mas não há ambiguidade nenhuma no que diz respeito às regras que regem as tuas deslocações. Devias avisar-me quando viajas, já que os teus passaportes e identidades ainda são geridos pelo Departamento.

Navot parou por uns instantes e, a seguir, perguntou:

— *Lembras-te* de ter prometido isto, não lembras, Gabriel?

Assentindo com a cabeça, Gabriel deu-lhe razão.

— E quando é que planeavas contar-me a tua aventurazinha?

— Era um assunto privado.

— Privado? Não existe tal coisa quando estás envolvido — retorquiu Navot, franzindo o sobrolho. — E que diabo é que estavas a fazer no apartamento de Alfonso Ramirez?

— Estávamos à procura de um quadro de Rembrandt — respondeu Gabriel. — E de uma grande soma de dinheiro.

— E eu a pensar que ia ser uma coisa aborrecida — atirou Navot, suspirando profundamente. — Presumo que eras tu o alvo da bomba e não Alfonso Ramirez, certo?

— Receio bem que sim.

— Algum suspeito?

— Só um.

Entraram para o banco de trás da limusina blindada de Navot, com Chiara sentada entre ambos, como uma barreira de separação, e seguiram pela A1, rumo a Jerusalém. De início, Navot pareceu intrigado pelo relato de Gabriel, mas, quando ele terminou, tinha os braços cruzados, na defensiva, e a face imóvel numa expressão de evidente censura. Navot era assim. Um agente veterano no terreno, treinado para esconder as suas emoções, mas que nunca fora bom a ocultar o facto de se encontrar zangado.

— É uma história fascinante. Mas se o objetivo da tua pequena excursão era encontrar o quadro do teu amigo Julian Isherwood, não pareces estar muito mais perto. E ao que tudo indica pisaste os calos de gente importante. Tu e a Chiara têm sorte em estar vivos neste momento. Ouve o que te digo: larga o caso e esquece-o de vez. O Julian vai sobreviver. Regressa ao chalé à beira-mar, na Cornualha. Vive a tua vida.

Navot parou por uns instantes e depois perguntou:

— Era isso que querias, não era?

Gabriel deixou a pergunta sem resposta.

— Isto pode ter começado como uma busca por um quadro perdido, Uzi, mas transformou-se em muito mais do que isso. Se tudo o que ficámos a saber estiver correto, Martin Landesmann está sentado em cima de uma montanha de dinheiro roubado. Ele e o pai mataram várias pessoas para proteger esse segredo e alguém acabou de tentar matar-nos em Buenos Aires. Mas não o consigo provar sozinho. Preciso...

— Dos recursos do Departamento? — completou Navot, arregalando os olhos de incredulidade. — Talvez te tenha escapado, mas neste momento o Estado de Israel está a ser confrontado com ameaças bem mais sérias. Os nossos amigos iranianos estão à beira de se tornarem uma potência nuclear. No Líbano, o Hezbollah está a armar-se para uma guerra total. E, no caso de a notícia não ter chegado à Cornualha, nós não somos propriamente muito populares no mundo neste momento. Não é que não leve a sério o que descobriste, Gabriel. É só que tenho outras coisas com que me preocupar.

Chiara intrometeu-se na conversa pela primeira vez.

— Talvez pensasses de outra forma se conhecesses a Lena Herzfeld.

Navot ergueu a mão, em sua própria defesa.

— Ouve, Chiara, num mundo perfeito íamos atrás de todos os Martin Landesmann que por aí andam. Mas isto não é um mundo perfeito. Se fosse, o Departamento podia fechar portas e podíamos todos passar o resto dos nossos dias com pensamentos puros.

— Então o que é que devemos fazer? — perguntou Gabriel. — Lavar as mãos de tudo isso?

— Deixa que o Eli trate disso. Ou entrega o assunto aos cães de caça das agências de restituição às vítimas do Holocausto.

— O Landesmann e os advogados dele vão esmagá-los como se fossem moscas.

— Antes eles do que tu. Tendo em conta o teu passado, não és propriamente o melhor candidato para enfrentar um homem como o Landesmann. Ele tem amigos influentes.

— Também eu.

— E que te vão renegar se tentares derrubar um homem que doou tanto dinheiro como ele.

Navot ficou calado por momentos e depois afirmou:

— Vou dizer uma coisa de que, provavelmente, me vou arrepender mais tarde.

— Então talvez não o devas dizer.

Navot não deu ouvidos ao conselho de Gabriel.

— Se tivesses assumido o lugar de diretor, tal como Shamron queria, então serias tu a tomar decisões destas. Mas tu...

— É disso que se trata, Uzi? Pores-me no meu lugar?

— Não te lisonjeies, Gabriel. A minha decisão funda-se na necessidade de estabelecer prioridades. E uma dessas prioridades é manter boas relações com os serviços secretos e de segurança da Europa Ocidental. A última coisa de que precisamos é de nos metermos numa operação mal--amanhada contra o Martin Landesmann. Esta discussão está oficialmente terminada.

Em silêncio, Gabriel espreitou pela janela do carro na altura em que este virava para a Narkiss Street. Sensivelmente no fim da rua, encontrava-se um prédio em calcário, em boa parte oculto por um eucalipto que estava a crescer no jardim da frente. Quando o carro parou à entrada, Navot, manifestamente desconfortável, ia mudando de posição no assento. A confrontação pessoal nunca tinha sido o seu forte.

— Peço-te desculpa pelas circunstâncias, mas bem-vindo a casa. Sobe e procura manter-te discreto por uns dias até conseguirmos pôr em ordem a confusão de Buenos Aires. E procura descansar um pouco. Não leves a mal, Gabriel, mas estás com péssimo aspeto.

— Não consigo dormir nos aviões, Uzi.

Navot sorriu.

— É bom saber que há coisas que nunca mudam.

38

RUE DE MIROMESNIL, PARIS

Na mesma tarde do inesperado regresso de Gabriel
Allon a Jerusalém, Maurice Durand lamentava profundamente o facto de alguma vez ter ouvido o nome de Rembrandt van Rijn ou de ter posto olhos no quadro da sua de-
liciosa jovem amante. A situação difícil de Durand era
agora duplamente difícil. Estava na posse de um quadro
manchado de sangue e demasiado danificado para o entregar ao cliente, assim como de uma lista muito antiga de
nomes e números que lhe atormentava a consciência desde
o momento em que a vira. Decidiu enfrentar os problemas,
um de cada vez. Metódico em tudo o que fazia, não conhecia outro modo de agir.

Lidou com o primeiro problema enviando um curto *e-mail*
para um endereço em yahoo.com. Afirmava que, com grande pena da Antiquités Scientifiques, o artigo encomendado
pelo cliente não chegara na data prevista. Lamentavelmente, acrescentava Durand, nunca chegaria, pois tinha estado
envolvido num trágico incêndio, num armazém, e naquele
momento pouco mais era do que um monte de cinzas sem
qualquer valor. Dada a circunstância de o artigo ser único e,
como tal, insubstituível, a Antiquités Scientifiques não tinha
alternativa senão reembolsar imediatamente o depósito do

cliente — dois milhões de euros, um valor não incluído no comunicado — e apresentar as mais profundas desculpas por todos os incómodos causados pela reviravolta imprevista nos acontecimentos.

Tendo lidado com o primeiro dilema, Durand voltou as atenções para as perturbantes três páginas de papel vegetal envelhecido que encontrara dentro do quadro. Desta feita, escolheu uma solução mais arcaica, uma caixa de fósforos do restaurante Fouquet's. Acendeu um e levou-o ao canto inferior direito da primeira página. Durante os vários segundos que se seguiram, tentou reduzir o intervalo de cerca de oito centímetros entre o combustível e a chama. Porém, os nomes não o permitiam.

Katz, Stern, Hirsch, Greenberg, Kaplan, Cohen, Klein, Abramowitz, Stein, Rosenbaum, Herzfeld...

O fósforo extinguiu-se numa lufada de fumo. Durand tentou uma segunda vez, mas com o mesmo resultado. Não se deu ao trabalho de fazer uma terceira tentativa. Em vez disso, devolveu cuidadosamente o documento à sua capa de papel de cera e de seguida colocou-o no cofre. Foi então que pegou no telefone e marcou um número. Uma mulher respondeu após o primeiro toque.

— O teu marido está?

— Não.

— Preciso de te ver.

— Despacha-te, Maurice.

Angélique Brossard era bastante parecida com as estatuetas de vidro alinhadas nas vitrinas da sua loja — pequena, delicada e agradável à vista, desde que esse olhar não se detivesse por muito tempo nem de forma demasiado crítica. Durand conhecia-a há praticamente dez anos. A relação entre ambos cabia na definição daquilo a que os parisienses chamam educadamente *cinq à sept*, uma referência às duas horas, ao final da tarde, reservadas tradicionalmente para a prática do adultério. Ao contrário das outras relações de Durand, esta era relativamente pragmática. Dava-se prazer, exigia-se prazer em troca e a palavra amor jamais era mencionada. Não queria isso dizer que faltasse afeto ou dedicação à ligação entre ambos. Uma palavra dita sem pensar ou um aniversário esquecido podiam pôr Angélique furiosa. Quanto a Durand, tinha desistido há muito da ideia de casamento. Angélique Brossard era o mais próximo de uma esposa que algum dia viria a ter.

Invariavelmente, os encontros tinham lugar no sofá do escritório de Angélique. Não era suficientemente grande para fazer amor em condições, mas, após muitos anos, já estavam treinados para utilizarem todo o potencial da sua geografia limitada. Naquela tarde, porém, Durand não estava com disposição para o romance. Francamente desapontada, Angélique acendeu um *Gitanes* e olhou para o tubo de cartão que Durand tinha na mão.

— Trouxeste-me uma prenda, Maurice?

— Na verdade, estava a pensar se podias fazer uma coisa por mim.

Ela fez um sorriso travesso.

— Estava mesmo com esperanças de que dissesses isso.

— Não é isso. Preciso que me guardes isto.

Ela olhou novamente para o tubo.

— O que está aí dentro?

— É melhor que não saibas. Guarda-o só num sítio onde ninguém o encontre. Num sítio onde a temperatura e a humidade sejam relativamente estáveis.

— O que é, Maurice? Uma bomba?

— Não sejas tola, Angélique.

Ela tirou um pouco de tabaco da ponta da língua, pensativamente.

— Estás a esconder-me alguma coisa, Maurice?

— Nunca.

— Então o que está dentro da embalagem?

— Não acreditarias se te dissesse.

— Experimenta.

— É um quadro de Rembrandt, no valor de quarenta e cinco milhões de dólares.

— A sério? E há mais alguma coisa que deva saber?

— Tem um buraco de bala e está coberto de sangue.

Com desdém, Angélique lançou uma baforada de fumo para o teto.

— O que se passa, Maurice? Hoje nem pareces tu.

— Estou só um bocadinho distraído.

— Problemas com o teu negócio?

— Pode dizer-se que sim.

— O meu negócio também anda mal. Toda a gente aqui na rua se anda a queixar do mesmo. Nunca pensei vir a dizer isto, mas o mundo era um lugar muito melhor quando os americanos ainda eram ricos.

— Sim — respondeu Maurice de forma ausente.

Angélique franziu o sobrolho.

— De certeza que estás bem?

— Estou ótimo — assegurou Durand.

— E alguma vez me vais dizer o que está realmente naquela embalagem?

— Acredita em mim, Angélique. Não é nada.

39

TIBERÍADES, ISRAEL

Descrever a influência de Ari Shamron na defesa e segurança do Estado de Israel era o mesmo que explicar o papel desempenhado pela água na formação e manutenção da vida na Terra. Em muitos aspetos, Ari Shamron *era* o Estado de Israel. Depois de combater na guerra que levara à reconstituição de Israel, passara os sessenta anos seguintes a proteger o país de uma multidão de inimigos disposta a destruí-lo. A sua estrela brilhara com maior intensidade em tempos de crise. Tinha-se introduzido em cortes reais, roubado segredos de tiranos e matado inúmeros inimigos, por vezes com as próprias mãos, outras pelas mãos de homens como Gabriel. Mas, entre todas as façanhas clandestinas de Shamron, uma só tinha feito dele um ícone. Numa noite chuvosa, em maio de 1960, Shamron saltou do banco de trás de um carro e capturou Adolf Eichmann, o responsável máximo do Holocausto e superior imediato do Hauptsturmführer das SS, Kurt Voss. De certa forma, todos os caminhos tinham conduzido Gabriel até Shamron desde o momento em que entrara na sala de estar de Lena Herzfeld. Mas a verdade é que todos os caminhos conduziam normalmente nesse sentido.

O papel de Shamron nos assuntos de Estado tinha vindo a reduzir-se drasticamente nos últimos anos, assim como o tamanho dos seus domínios. Era agora dono de pouco mais do que a sua *villa* cor de mel, com vista para o mar da Galileia, mas mesmo aí era, sobretudo, um ministro sem pasta, às ordens de Gilah, a sua paciente mulher. Shamron era agora a pior coisa em que um homem outrora poderoso se podia tornar — indesejado e desnecessário. Era visto como uma peste e um estorvo, alguém que se devia tolerar, mas, na maior parte das vezes, ignorar. Resumindo, estava no caminho.

Não obstante, a disposição de Shamron melhorou exponencialmente quando Gabriel e Chiara telefonaram de Jerusalém, fazendo-se convidados para jantar. Estava à espera na entrada quando chegaram, com os olhos azul-claros a brilhar de irrequieto entusiasmo. Apesar da óbvia curiosidade acerca da razão para o regresso súbito de Gabriel a Israel, conseguiu conter-se durante o jantar. Falaram dos filhos de Shamron, da nova vida de Gabriel na Cornualha e, como toda a gente por essa altura, do terrível estado da economia mundial. Por duas vezes, Shamron tentou abordar os assuntos Uzi Navot e Avenida Rei Saul e, por duas vezes, Gilah conduziu-o habilmente rumo a águas menos turbulentas. Durante um momento furtivo na cozinha, Gabriel interrogou-a discretamente acerca do estado de saúde de Shamron. *Nem eu me consigo lembrar de todos os problemas que ele tem,* respondera ela. *Mas não te preocupes, Gabriel. Ele não vai a lado nenhum. O Shamron é eterno. Agora, vai lá sentar-te ao pé dele. Sabes como isso o faz feliz.*

Há uma índole familiar nos serviços secretos de Israel que poucos conseguem compreender estando de fora. Na maior parte das vezes, as grandes operações são concebidas e planeadas nas casas dos participantes e não em salas de reuniões bem guardadas. Poucos locais tinham desempenhado um papel mais importante nas guerras secretas de Israel — ou na própria vida de Gabriel — do que o grande terraço de Shamron, com vista para o mar da Galileia. Atualmente, era o único sítio onde Gilah lhe permitia fumar os seus deploráveis cigarros turcos sem filtro. Acendeu um, apesar das objeções de Gabriel, e deixou-se cair na sua cadeira favorita, de frente para a avassaladora massa escura dos montes Golã. Gabriel acendeu um par de aquecedores a gás para o terraço e sentou-se ao lado dele.

— A Chiara está com ótimo aspeto — disse Shamron. — Mas isso não é de todo surpreendente. Sempre tiveste jeito para restaurar objetos bonitos.

Shamron sorriu levemente. Tinha sido ele o responsável por enviar Gabriel a Veneza para estudar a arte do restauro, mas a capacidade que o seu prodígio revelara para pintar ao estilo dos Velhos Mestres sempre o tinha confundido. Para Shamron, o extraordinário talento de Gabriel com o pincel era, na sua essência, semelhante a um truque de salão ou a um passe de magia de um ilusionista. Era algo que devia ser explorado, tal como o dom natural que tinha para as línguas e a capacidade para sacar uma *Beretta* da anca e engatilhá-la num abrir e fechar de olhos.

— Agora só precisam de ter um filho — acrescentou Shamron.

Gabriel abanou a cabeça, em sinal de espanto.

— Não haverá nenhum aspeto da minha vida que consideres privado ou que só a mim diga respeito?

— Não — respondeu Shamron sem hesitação.

— Pelo menos, és sincero.

— Só quando isso serve os meus propósitos — retorquiu Shamron, inspirando o fumo do cigarro. — Então, ouvi dizer que o Uzi te anda a dificultar a vida.

— Como é que sabes?

— Ainda tenho bastantes fontes na Avenida Rei Saul, apesar de o Uzi ter decidido desterrar-me para o meio de nenhures.

— Mas de que é que estavas à espera? Pensavas que te ia dar um grande gabinete, no andar de cima, e reservar um lugar na mesa de planeamento das operações?

— O que eu esperava, meu filho, era ser tratado com um pouco de respeito e dignidade. Mereço-o.

— Pois mereces, Ari. Mas posso falar francamente?

— Tem cuidado — respondeu Shamron, cerrando a mão grande à volta do pulso de Gabriel e fazendo força. — Não estou tão frágil quanto aparento.

— Tu sugas o oxigénio de toda a sala em que entres. Cada vez que pões os pés na Avenida Rei Saul, as tropas querem ficar a olhar embasbacadas para ti e tocar na bainha do teu uniforme.

— Estás a tomar o partido de o Uzi?

— Nunca me passaria pela cabeça.

— Muito sensato.

— Mas devias pelo menos considerar a possibilidade de o Uzi ser capaz de dirigir o Departamento sem o teu contributo constante. Além do mais, foi para isso que, para começar, o recomendaste para o lugar.

— Recomendei-o porque o homem que eu realmente queria para o lugar não estava disponível. Mas isso é outra conversa — atirou Shamron, sacudindo o cigarro no cinzeiro e olhando de soslaio para Gabriel. — Estás arrependido?

— De maneira nenhuma. Uzi Navot é o diretor do Departamento e vai sê-lo por muito tempo. É melhor conformares-te com isso. Caso contrário, os teus últimos anos na Terra vão ser cheios de amargura.

— Pareces a Gilah a falar.

— A Gilah é uma mulher muito sensata.

— Pois é — concordou Shamron. — Mas se estás tão satisfeito com a forma como o Uzi está a conduzir as coisas, então o que estás a fazer aqui? De certeza que não fizeste todo o caminho até Tiberíades pelo prazer da minha companhia. Estás aqui porque queres algo do Uzi e ele não to dá. Por mais que tente, ainda não consegui descobrir o que é. Mas estou a aproximar-me.

— O que é que sabes realmente?

— Sei que o Julian Isherwood contratou os teus serviços para localizar um quadro desaparecido de Rembrandt. Sei que o Eli Lavon está a deitar o olho a uma velha senhora em Amesterdão. E sei que centraste a tua atenção num dos homens de negócios mais bem-sucedidos do mundo. O que ainda não percebi bem é de que forma estas coisas se relacionam.

— Tem algo que ver com um velho conhecido teu.

— Quem?

— Eichmann.

Shamron esmagou lentamente o cigarro e decretou:

— Tens a minha atenção, Gabriel. Continua.

227

Ari Shamron, o único sobrevivente de uma numerosa família judaica da Polónia e o homem que tinha capturado Adolf Eichmann, sabia bastante sobre os negócios inacabados do Holocausto. Mas até Shamron pareceu aturdido com a história que Gabriel lhe contou de seguida. Era a história de uma criança de Amesterdão que tinha sido escondida, de um assassino que trocara vidas por bens materiais e de um quadro manchado com o sangue de todos os que alguma vez tinham tentado encontrá-lo. Dentro do quadro, encerrava-se um segredo mortal — uma lista de nomes e números, prova de que um dos mais poderosos impérios empresariais do mundo se tinha erguido com o espólio saqueado aos mortos.

— O jovem rei tem razão numa coisa — disse Shamron quando Gabriel terminou o *briefing*. — Devias ter-nos avisado dos teus planos de viagem. Podia ter-te arranjado uma escolta na Argentina.

— Estava à procura de um quadro desaparecido, Ari. Não pensava que fosse precisar de uma.

— É possível que estivesses simplesmente no sítio errado, à hora errada. Afinal de contas, Alfonso Ramirez era das poucas pessoas no mundo com quase tantos inimigos como tu.

— É possível — admitiu Gabriel. — Mas não acredito nisso. — Parou por uns instantes e, a seguir, disse: — Nem tu, Ari.

— Pois não, não acredito — reconheceu Shamron, acendendo outro cigarro. — Conseguiste reunir um conjunto impressionante de provas contra Martin Landesmann em muito pouco tempo. Há só um problema. Nunca conseguirias que isso colasse num tribunal.

— E quem é que falou em tribunal?

— Então o que estás a sugerir ao certo?

— Que encontremos uma maneira de convencer o Martin a remediar os pecados do pai.

— E de que é que precisas?

— De dinheiro, recursos e pessoal suficientes para montar uma operação em solo europeu contra um dos homens mais ricos do mundo.

— Soa a coisa cara.

— E vai ser. Mas se eu for bem-sucedido, a operação financiar-se-á a si própria.

A ideia parecia agradar a Shamron, que ainda agia como se os gastos operacionais saíssem do seu próprio bolso.

— Suponho que a próxima coisa que vás requisitar seja a tua antiga equipa.

— Era aí que ia chegar.

Por um momento, Shamron examinou Gabriel em silêncio.

— Mas o que aconteceu ao guerreiro cansado que, ainda não há muito tempo, se sentou neste terraço e me disse que queria escapar-se com a mulher e deixar o Departamento de vez?

— Conheceu uma mulher em Amesterdão que está viva porque o pai deu um Rembrandt ao Kurt Voss. — Gabriel parou por uns instantes e, de seguida, perguntou: — Só há uma questão: consegues convencer o Uzi a mudar de ideias?

— O Uzi? — soltou Shamron, abanando a mão com desdém. — Não te preocupes com o Uzi.

— Como é que vais tratar de tudo?

Shamron sorriu.

— Já te tinha dito que os avós do primeiro-ministro eram da Hungria?

40

JERUSALÉM

Uzi Navot herdara muitas tradições dos oito homens que o precederam no cargo de diretor, incluindo um pequeno-almoço privado semanal com o primeiro-ministro, no seu gabinete em Jerusalém. Navot dava um inestimável valor a estas reuniões porque proporcionavam a oportunidade de pôr o seu mais importante cliente ao corrente das operações em curso sem ter de competir com os chefes das outras agências de serviços secretos israelitas. Geralmente, era Navot que fazia as despesas da conversa, mas, na manhã a seguir à ida de Gabriel a Tiberíades, o primeiro-ministro mostrou-se curiosamente expansivo. Apenas quarenta e oito horas antes, tinha estado em Washington para a sua primeira cimeira com o novo presidente americano, um antigo professor universitário e senador, oriundo da ala liberal do Partido Democrata. Como se previa, o encontro não tinha corrido bem. De facto, por trás dos sorrisos amarelos e dos apertos de mão encenados, uma tensão palpável estalara entre os dois homens. Nessa altura, tornou-se claro que a relação estreita que o primeiro-ministro tinha estabelecido com o anterior ocupante da Sala Oval não se iria repetir com a nova administração. A mudança tinha chegado sem dúvida a Washington.

— Mas nada disto te surpreende, pois não, Uzi?

— Estávamos à espera disto, lamento reconhecê-lo. Mesmo durante a transição — respondeu Navot. — Era óbvio que o excecional vínculo operacional que tínhamos forjado com a CIA depois do 11 de Setembro não ia durar.

— O excecional vínculo operacional? — repetiu o primeiro-ministro, presenteando Navot com um sorriso digno de um póster de campanha. — Por favor, poupa-me ao jargão do Departamento, Uzi. Durante a anterior administração, o Gabriel Allon tinha praticamente um gabinete em Langley.

Navot não reagiu. Estava habituado a ter de lidar com a longa sombra de Gabriel. Mas, numa altura em que chegara à cúpula da comunidade dos serviços secretos de Israel, não gostava que lhe recordassem as muitas façanhas do seu rival.

— Ouvi dizer que o Allon está por cá. — O primeiro-ministro parou por uns instantes e acrescentou de seguida: — E também ouvi dizer que se meteu em apuros na Argentina.

Navot juntou os dedos indicadores e pressionou-os contra os lábios firmemente. Um interrogador experiente teria reconhecido o gesto como uma tentativa evidente de esconder o desconforto. O primeiro-ministro também se apercebeu disso. E estava também a saborear o facto de ter conseguido surpreender o chefe dos seus serviços secretos externos.

— Porque é que não me informaste de Buenos Aires? — perguntou o primeiro-ministro.

— Não me pareceu necessário sobrecarregá-lo com os pormenores.

— Eu gosto de pormenores, Uzi, especialmente quando envolvem um herói nacional.

— Vou lembrar-me disso, senhor primeiro-ministro.

O tom de voz de Navot revelava uma evidente falta de entusiasmo e começava a ferver. Era óbvio que o primeiro-ministro tinha andado a falar com Shamron. Há já algum tempo que Navot estava à espera de uma coisa destas vinda do velho. Mas como proceder? Com cautela, decidiu.

— Tem alguma coisa para me dizer, senhor primeiro-ministro?

O primeiro-ministro voltou a encher a chávena de café e, contemplativamente, acrescentou natas. Claramente, havia algo que queria dizer, mas parecia não ter pressa em chegar ao assunto. Pelo contrário, lançou-se numa longa homilia sobre as responsabilidades da liderança num mundo complexo e perigoso. Por vezes, explicou, as decisões eram influenciadas pela segurança nacional, outras pela conveniência política. Porém, ocasionalmente, tudo se reduzia a uma simples questão de certo e errado. Deixou esta sua afirmação pairar no ar, por momentos, antes de levantar o guardanapo de linho branco do colo e de o dobrar deliberadamente.

— A família do meu pai veio da Hungria. Sabias disso, Uzi?

— Suspeito que o país inteiro o saiba.

O primeiro-ministro sorriu fugazmente.

— Viviam numa aldeiazinha medonha, nos arredores de Budapeste. O meu avô era alfaiate. Não tinham nada que fosse deles, além de um par de castiçais do Sabat de prata e um cálice para o *kiddush*. E sabes o que é que o Kurt Voss e o Adolf Eichmann fizeram antes de os embarcarem num comboio rumo a Auschwitz? Roubaram-lhes tudo o que tinham. E deram-lhes um recibo. Ainda hoje o tenho. Conservo-o como lembrança da importância do desígnio a que damos o nome de Israel — disse, parando depois por uns instantes. — Percebes o que te estou a dizer, Uzi?

— Creio que sim, senhor primeiro-ministro.

— Mantém-me informado, Uzi. E lembra-te, gosto de pormenores.

Navot entrou na antecâmara e foi imediatamente abordado por vários membros do Knesset, à espera de verem o primeiro-ministro. Alegando um problema indeterminado que exigia a sua atenção urgente, apertou algumas das mãos mais influentes e deu umas palmadinhas nas costas mais importantes, antes de se retirar para os elevadores apressadamente. A sua limusina blindada esperava-o no exterior, cercada pela equipa de segurança. Apropriadamente, o céu pesado e cinzento estava carregado de chuva. Entrou para o banco de trás e atirou a pasta para o chão. Quando a limusina avançou com um solavanco, o motorista procurou os olhos de Navot no espelho retrovisor.

— Para onde, chefe? Avenida Rei Saul?

— Ainda não — respondeu Navot. — Temos de fazer uma paragem primeiro.

O eucalipto perfumava toda a extremidade ocidental da rua Narkiss. Navot desceu o vidro do carro e espreitou para as janelas que se encontravam abertas, no terceiro andar do prédio de apartamentos em calcário. Do interior, vinham os ténues acordes de uma ária. *Tosca? La Traviata?* Navot não sabia. Não que se importasse muito. Naquele momento, odiava com um ardor irracional a ópera e todos os que a ouvissem. Por um furioso instante, ponderou regressar ao gabinete do primeiro-ministro e apresentar a sua demissão imediata. Em vez disso, abriu o telemóvel seguro e marcou um número. A ária silenciou. Gabriel respondeu.

— Não tinhas o direito de fazer isso nas minhas costas — disparou Navot.

— Eu não fiz nada.

— Não precisaste, o Shamron fê-lo por ti.

— Deixaste-me sem escolha.

Navot suspirou exasperado.

— Estou cá em baixo, na rua.

— Eu sei.

— De quanto tempo é que precisas?

— Cinco minutos.

— Eu espero.

O som da ária subiu num crescendo. Navot fechou o vidro e regalou-se no silêncio profundo do carro. Céus, como odiava ópera.

CAPÍTULO

41

ST. JAMES'S, LONDRES

O único nome que não foi mencionado naquela
manhã em Jerusalém foi o do homem que tinha dado início a tudo aquilo: Julian Isherwood, dono e único proprietário da Isherwood Fine Arts, localizada nos números 7
e 8 de Mason's Yard, St. James's, em Londres. Isherwood
não sabia nada acerca das muitas descobertas e árduos trabalhos de Gabriel. De facto, desde que assegurara um conjunto de registos de vendas amarelecidos em Amesterdão,
o seu papel em todo aquele caso tinha-se reduzido ao de
um preocupado e desamparado espectador. Preenchia as
horas vagas seguindo a parte britânica da investigação.
A polícia tinha conseguido manter o assunto do roubo
longe dos jornais, mas não tinha pistas acerca do paradeiro
do quadro ou da identidade do assassino de Christopher
Liddell. Aquilo não era trabalho de um amador à procura
de lucro fácil, murmuravam os detetives, defendendo-se.
Aquilo era coisa séria.

O mundo de Isherwood ia-se estreitando, como acontece com todos os homens condenados. Assistia a um ou
outro leilão, mostrava um ou outro quadro e tentava em
vão distrair-se, namoriscando com a sua mais recente

jovem rececionista. Mas a maior parte do tempo era dedicada a planear o seu próprio funeral profissional. Ensaiava o discurso que faria ao detestado David Cavendish, conselheiro artístico dos imensamente ricos, e elaborou até o rascunho de um pedido de desculpas que teria de acabar por enviar à National Gallery of Art, em Washington. Imagens de fuga e exílio preenchiam-lhe também os pensamentos. Talvez uma pequena *villa* nas montanhas da Provença ou uma cabana junto à praia, na Costa Rica. E a galeria? Nos seus piores momentos, Isherwood imaginava ter de a deixar cair nas mãos de Oliver Dimbleby. Oliver sempre cobiçara a galeria. Agora, graças ao *Retrato de Uma Jovem,* óleo sobre tela, 104 por 86 centímetros, Oliver poderia tê-la sem qualquer custo a não ser o de limpar as trapalhadas feitas por Julian.

Era um perfeito disparate, claro. Isherwood não estava disposto a passar o resto da vida exilado. Nem permitiria jamais que a sua querida galeria caísse nas mãos sujas de Oliver Dimbleby. Se Isherwood tinha de enfrentar um pelotão de fuzilamento público, fá-lo-ia sem os olhos vendados e de queixo levantado. Por uma vez na vida, mostrar-se-ia corajoso. Como o seu velho pai. E como Gabriel Allon.

Por coincidência, eram precisamente essas as imagens que ocupavam a mente de Isherwood quando este reparou numa figura solitária a atravessar o empedrado húmido de Mason's Yard, de gola levantada para se proteger do frio do final do outono e de olhos à espreita. O homem tinha os seus trinta e poucos anos, a constituição física de um blindado e vestia um fato escuro. Por momentos, Isherwood temeu que fosse uma espécie de cobrador de dívidas.

Mas, uns segundos mais tarde, apercebeu-se de que já tinha visto aquele homem. Trabalhava na divisão de segurança de uma certa embaixada em South Kensington — uma embaixada que, lamentavelmente, se via forçada a empregar muitos outros como ele.

Um momento depois, Isherwood ouviu a voz pachorrenta da sua rececionista anunciar que um tal senhor Radcliff o queria ver. Pelos vistos, o senhor Radcliff, um pseudónimo mais do que evidente, tinha alguns minutos para ocupar entre compromissos e queria saber se seria possível dar uma espreitadela ao catálogo da galeria. Normalmente, Isherwood recusava esse tipo de visitas. Mas, nessa manhã, por razões óbvias, abriu uma exceção.

Cumprimentou o homem, de forma circunspecta, e conduziu-o até à privacidade da sala de exposições do piso de cima. Tal como Isherwood suspeitava, a visita do senhor Radcliff foi breve. Franziu o sobrolho diante de um Luini, deu um estalido com a língua perante um Bordone e pareceu desconcertado com a paisagem luminosa de um Claude. *Acho que gosto disto,* disse, entregando um envelope a Isherwood. *Manter-me-ei em contacto.* A seguir, baixou o tom de voz para um sussurro e acrescentou: *Certifique-se de que segue as instruções rigorosamente.*

Isherwood acompanhou o jovem à porta e depois, na privacidade da casa de banho, abriu o envelope. Lá dentro, estava um bilhete curto. Isherwood leu-o uma vez e depois uma segunda, só para ter a certeza. Encostado à bacia, para se equilibrar, sentiu-se dominado por uma imensa onda de alívio. Embora Gabriel não tivesse encontrado o quadro, a sua investigação produzira uma informação preciosa. A busca inicial de Isherwood para descobrir a proveniência do quadro não tinha conseguido revelar que fora roubado durante a Segunda Guerra Mundial. Assim sendo, o legítimo proprietário do quadro não era o misterioso cliente anónimo de David Cavendish, mas sim uma velha senhora de Amesterdão. Para Julian Isherwood, a descoberta significava o dissipar da nuvem de ruína financeira. Por norma, os assuntos que envolviam arte saqueada podiam arrastar-se durante anos na justiça. Mas Isherwood sabia, por experiência, que não havia no mundo um único tribunal respeitável que fosse obrigá-lo a indemnizar alguém por um quadro que não era legitimamente seu. O Rembrandt continuava desaparecido e poderia nunca vir a ser encontrado. Mas, resumindo, Isherwood estava salvo.

Porém, ao alívio seguiu-se a angústia de uma profunda culpa. Culpa pela tragédia da família Herzfeld, uma história que Isherwood compreendia demasiado bem. Culpa pelo destino de Christopher Liddel, que sacrificara a vida a tentar proteger o Rembrandt. E culpa, também, pelas presentes circunstâncias de um tal Gabriel Allon. Parecia que a investigação de Gabriel para recuperar o quadro lhe tinha rendido um novo inimigo poderoso. E, uma vez mais, parecia que se tinha deixado encantar por Ari Shamron. Ou talvez, pensou Isherwood, fosse o contrário.

Isherwood leu o bilhete uma última vez e, a seguir, encostou-o a um fósforo aceso, conforme as instruções. Num instante, o papel desapareceu numa explosão de fogo que não deixou qualquer vestígio de cinza. Isherwood regressou ao escritório, com as mãos trémulas, e sentou-se à secretária hesitante. *Bem me podias ter avisado do papel inflamável, meu querido,* pensou. *Quase me fez parar o raio do coração.*

TERCEIRA PARTE

AUTENTICAÇÃO

42

AVENIDA REI SAUL, TELAVIVE

A operação começou verdadeiramente quando Gabriel e Chiara chegaram à Sala 456C. Um espaço subterrâneo situado três pisos abaixo do átrio da Avenida Rei Saul, tinha sido em tempos um local de despejo para computadores obsoletos e mobília gasta, utilizado muitas vezes pelo pessoal da noite para escapadelas românticas. Agora, era simplesmente conhecido por todo o Departamento como o «covil do Gabriel».

Um feixe de luz fluorescente azulada brilhava por baixo da porta fechada e, do lado de lá, ouvia-se o murmúrio ansioso de vozes. Gabriel sorriu para Chiara, depois introduziu o código no teclado e fez-lhe sinal para entrar. Durante alguns segundos, nenhuma das nove pessoas espalhadas pelas velhas mesas de trabalho pareceu reparar na presença deles. Foi então que um único rosto se voltou e se ouviu um grande aplauso. Quando a cacofonia finalmente terminou, Gabriel e Chiara deslocaram-se pela sala lentamente, cumprimentando cada um dos membros da mítica equipa.

Lá estavam Yossi Gavish, analista da Divisão de Investigação, formado em Oxford e amante de roupa de *tweed,* e Yaakov Rossman, um ex-agente, de cara bexigosa, do Departamento de Assuntos Árabes do Shabak, que agora se encontrava a introduzir agentes na Síria. Dina Sarid, especialista em terrorismo da Divisão de História, que parecia carregar o sofrimento associado ao seu trabalho para onde quer que fosse, e Rimona Stern, antiga agente dos serviços secretos militares israelitas, que por acaso também era sobrinha de Shamron por afinidade e tinha sido transferida para o Departamento, onde fazia atualmente parte de uma força especial dedicada ao Irão. Mordecai e Oded, um par de versáteis agentes no terreno e dois autênticos detetives informáticos, da Divisão Técnica, de quem se dizia que nenhum servidor ou base de dados do mundo se encontrava a salvo. E lá estava Eli Lavon, que tinha voado de Amesterdão na noite anterior, depois de ter passado o testemunho da vigilância a Lena Herzfeld a uma equipa de segurança local.

Nos corredores e salas de conferências da Avenida Rei Saul, estes homens e mulheres eram conhecidos pelo nome de código Barak — a palavra hebraica para relâmpago — devido à capacidade de se reunirem e atacarem rapidamente. Tinham atuado juntos, muitas vezes em condições de imenso stresse, em campos de batalha secretos, de Moscovo às Caraíbas. Mas havia um membro da equipa que não se encontrava presente. Gabriel olhou para Yossi e perguntou:

— Onde é que está o Mikhail?

— Ele *estava* de licença.

— E onde é que ele está agora?

— Mesmo atrás de ti — disse uma voz nas costas de Gabriel.

Gabriel deu meia-volta. Encostada à ombreira da porta, estava uma figura alta e magra, com olhos da cor do gelo dos glaciares e uma cara exangue e de ossos salientes. Nascido em Moscovo, filho de dois cientistas dissidentes, Mikhail Abramov tinha ido viver para Israel quando era adolescente, poucas semanas depois do colapso da União Soviética. Descrito numa ocasião por Shamron como «o Gabriel sem uma consciência», Mikhail juntara-se ao Departamento após ter sido membro das forças especiais Sayeret Matkal, período em que tinha assassinado vários dos principais cabecilhas dos terroristas do Hamas e da Jihad Islâmica palestiniana. Mas ficaria para sempre ligado a Gabriel e Chiara por via das horas aterrorizadoras que tinham passado às mãos de Ivan Kharkov, numa floresta de bétulas perto de Moscovo.

— Pensava que andavas pela Cornualha — disse Mikhail.

— Deu-me o bicho-carpinteiro.

— Foi o que ouvi dizer.

— E tu estás preparado para isto?

Mikhail encolheu os ombros e respondeu:

— Claro que sim.

Mikhail sentou-se no lugar habitual, no canto esquerdo, ao fundo da sala, enquanto Gabriel inspecionava as quatro paredes. Além de mapas de ruas, estavam forradas com fotografias e relatórios de vigilância — correspondendo todos aos onze nomes que Gabriel tinha escrito no quadro no verão anterior. Onze nomes de onze ex-agentes do KGB, sendo que todos eles tinham sido mortos por Gabriel e Mikhail. Naquele preciso instante, Gabriel começou a apagá-los do quadro com a mesma ligeireza com que tinha apagado os russos da face da Terra, e, no seu lugar, colou uma fotografia ampliada de Martin Landesmann. A seguir, sentou-se num banco metálico e contou uma história à sua equipa.

Era uma história de cobiça, expropriação e morte, que se prolongava por mais de meio século e se estendia de Amesterdão a Zurique, passando por Buenos Aires e regressando por fim às margens do lago Genebra. Incluía um retrato de Rembrandt escondido há muito, uma fortuna em bens saqueados durante o Holocausto, roubada por duas vezes, e um homem conhecido pelo mundo inteiro como São Martin, embora fosse tudo menos isso. Tal como um quadro, explicou Gabriel, São Martin era apenas uma ilusão engenhosa. Sob o verniz reluzente e as pinceladas imaculadas da sua superfície, havia camadas de sombras e mentiras. E talvez houvesse toda uma obra à espera de ser trazida à superfície. Iriam atacar São Martin concentrando-se nas suas mentiras. Onde havia uma, afirmou Gabriel, haveria outras. Eram como pontas soltas na borda de uma tela em tudo o resto intacta. Se se puxasse a correta, prometeu Gabriel, São Martin desmoronar-se-ia.

43

AVENIDA REI SAUL, TELAVIVE

Dividiram a vida dele ao meio, algo que Martin, se soubesse dessa iniciativa, teria considerado por certo apropriado. Dina, Rimona, Mordecai e Chiara ficaram responsáveis pela sua vida privada, altamente reservada, e pelo trabalho de filantropia, ao passo que o resto da equipa se encarregou da tarefa hercúlea de desconstruir o seu vasto império financeiro. O objetivo era encontrar provas de que São Martin sabia que a sua inacreditável riqueza tinha sido edificada com base num grande crime. Eli Lavon, veterano, cheio de cicatrizes de guerra desse género de investigações, desesperava em privado perante as exíguas hipóteses de êxito. A causa levantada contra Landesmann, embora entusiasmante para um leigo, baseava-se grandemente nas recordações esbatidas de alguns participantes. Sem documentação original do Bank Landesmann ou uma admissão de culpa por parte do próprio São Martin, quaisquer alegações de crimes poderiam acabar por se revelar impossíveis de provar. Mas, tal como não se cansava de relembrar a Lavon, Gabriel não estava necessariamente à procura de provas jurídicas, somente de um martelo que pudesse utilizar para deitar abaixo as portas da cidadela de São Martin.

No entanto, a prioridade de Gabriel era arrombar as portas da suíte executiva de Uzi Navot. Horas depois da formação da equipa, Navot tinha emitido uma diretiva destinada a todos os chefes de departamento, ordenando-lhes que cooperassem totalmente com o trabalho da mesma. Mas, passado pouco tempo, a diretiva escrita foi substituída por outra verbal, que teve como efeito enviar todos os pedidos de informação ou recursos para a secretária reluzente de Navot, onde ali ficavam invariavelmente a definhar, antes de receberem a sua necessária assinatura. O próprio comportamento de Navot apenas reforçava a impressão de desinteresse. Quem assistia aos seus encontros com Gabriel descrevia-os como tensos e curtos. E, durante as reuniões de planificação diárias, Navot referia-se simplesmente à investigação de Martin Landesmann como «o projeto de Gabriel». Até se recusou a atribuir um nome de código propriamente dito à iniciativa. A mensagem, ainda que cuidadosamente encriptada, era clara para todos aqueles que a ouviam. O caso Landesmann era uma lata que Navot pretendia chutar para longe. E quanto a Gabriel, sim, era uma lenda, mas fazia parte do passado. E quem quer que se revelasse insensato a ponto de alinhar com ele acabaria a dada altura por sentir a fúria de Uzi.

Mas, à medida que o trabalho da equipa foi progredindo, o cerco foi-se levantando devagar. Os pedidos de Gabriel começaram a abandonar a secretária de Navot de maneira mais oportuna e, passado pouco tempo, os dois homens já se encontravam a conferenciar pessoalmente numa base regular. Até foram avistados na sala de jantar executiva a comerem em conjunto uma refeição dietética de galinha estufada com legumes cozidos. Os poucos que tinham a sorte de entrar no reino subterrâneo de Gabriel descreviam o ambiente como sendo de entusiasmo palpável. Aqueles que lá trabalhavam, sob a pressão implacável de Gabriel, talvez tivessem descrito a atmosfera de outra maneira, mas, como sempre, guardaram essa opinião para si. Gabriel exigia apenas lealdade e empenho da parte da equipa, que lhe retribuía com absoluta discrição. Consideravam-se uma família — uma família ruidosa, quezilenta e por vezes disfuncional — e quem estava de fora nunca tinha acesso a segredos de família.

Apenas Navot e um punhado dos seus mais importantes assessores conheciam a verdadeira natureza do projeto, mas uma simples olhadela ao exíguo covil da equipa não deixaria muito à imaginação. Havia um complexo diagrama do império financeiro global de São Martin, que ocupava uma parede inteira. No topo, estavam as empresas detidas ou controladas diretamente pela Global Vision Investments of Geneva. Por baixo, havia uma listagem de firmas detidas por conhecidas sucursais da GVI e, mais abaixo, encontrava-se um substrato de empresas-fachada e testas de ferro nos *offshores*.

O diagrama sustentava a convicção de Alfonso Ramirez de que, pese embora toda a sua santidade em termos empresariais, Landesmann não possuía quaisquer escrúpulos no que respeitava a lucro. Havia uma fábrica têxtil, na Tailândia, que tinha sido alvo de repetidas citações judiciais devido à utilização de métodos esclavagistas, um complexo químico, no Vietname, que tinha destruído um rio vizinho e um centro de reciclagem de navios de carga, no Bangladesh, que era considerado uma das extensões de terreno mais poluídas do planeta. A GVI também controlava uma agroindústria brasileira que estava a destruir centenas de hectares da floresta tropical amazónica a um ritmo diário, uma empresa mineira africana que estava a transformar um canto do Chade numa zona desertificada e uma empresa coreana que desenvolvia exploração petrolífera ao largo da costa e tinha causado o pior desastre ambiental da história do mar do Japão. Até mesmo Yaakov, que já tinha visto o pior da humanidade, se mostrou estarrecido com o imenso abismo entre as palavras e os atos de Landesmann. *A palavra que me vem à cabeça é compartimentado,* disse Yaakov. *O nosso São Martin faz com que Ari Shamron pareça unidimensional.*

Se Landesmann se sentia atormentado pelas contradições dos seus negócios, tal não era visível no rosto que revelava em público. Isto porque, da parede contrária da Sala 456C, emergia o retrato de um homem esclarecido e honrado, que tinha alcançado muito na vida e se encontrava desejoso de retribuir também muito. Havia o Martin filantropo e o Martin místico da responsabilidade empresarial. O Martin que dava remédios aos pobres e o Martin que construía abrigos para quem vivia na rua, muitas vezes com as próprias mãos. Martin ao lado de primeiros-ministros e presidentes e Martin na pândega com atores e músicos famosos. Martin a conversar sobre agricultura sustentável com o príncipe de Gales e Martin a mostrar-se preocupado com a ameaça do aquecimento global perante um antigo senador americano. Lá estava Martin com a sua fotogénica família: Monique, a linda mulher francesa, e Alexander e Charlotte, os filhos adolescentes. E, por fim, lá estava Martin a fazer a peregrinação anual ao Fórum Económico

Mundial, em Davos, a única altura do ano em que o oráculo defendia a pacificação. Se não fosse por Davos, poder-se-ia desculpar a legião de devotos seguidores de São Martin por partir do princípio de que o seu profeta tinha feito um voto de silêncio.

Não teria sido possível montar uma imagem tão completa de Martin num período de tempo tão curto sem a ajuda de uma pessoa que nunca tinha posto sequer os pés na Sala 456C. Chamava-se Rafael Bloch e o seu contributo correspondia ao tesouro de arquivos reunido durante a sua longa e, veio a revelar-se, fatal investigação a Martin Landesmann. Bloch tinha deixado muitas peças do quebra-cabeças. Mas foi Eli Lavon quem desenterrou o verdadeiro achado e Rimona Stern quem ajudou a descodificá-lo.

Enfiadas numa pasta castanho-clara não identificada, estavam várias páginas de notas escritas à mão referentes à Keppler Werk GmbH, uma pequena empresa metalúrgica com sede em Magdeburgo, antiga cidade da Alemanha de Leste. Segundo parecia, Landesmann tinha comprado a firma secretamente em 2002 e, a seguir, largado milhões a transformar as instalações outrora degradadas num paradigma de moderna tecnologia. Aparentemente, as linhas de montagem da Keppler fabricavam atualmente algumas das melhores válvulas industriais da Europa — válvulas que a empresa enviava para clientes de todo o mundo. Tinha sido uma lista desses clientes que fizera soar o alarme, já que a cadeia de distribuição da Keppler correspondia de forma bastante perfeita a uma rota de contrabando mundial bem conhecida dos analistas do Departamento. A rede tinha início na cintura industrial da Europa Ocidental, serpenteava pelas terras da antiga União Soviética, depois fazia o percurso das rotas de navegação da orla do Pacífico, terminando por fim na República Islâmica do Irão.

Tinha sido esta descoberta, feita ao quarto dia de trabalho da equipa, que levara Gabriel a anunciar que tinham acabado de encontrar a ponta solta de Martin. De imediato, Uzi Navot batizou a operação de «Obra-Prima» e seguiu para Kaplan Street, em Jerusalém. O primeiro-ministro queria saber pormenores e Navot tinha finalmente algo crucial para transmitir. O projeto de Gabriel já não tinha que ver simplesmente com um quadro desaparecido de Rembrandt e um monte de bens saqueados durante o Holocausto. Martin Landesmann estava em conluio com os iranianos. E só Deus sabia com quem mais.

Na manhã seguinte, Martin Landesmann passou a ser alvo de vigilância ativa, ainda que a uma certa distância, por parte do Departamento. O pano de fundo para este importante acontecimento foi Montreal; a ocasião, uma gala de caridade num hotel da baixa, a favor de uma causa supostamente querida de São Martin. Os vigias tiraram várias fotografias a Landesmann quando este chegou à festa — acompanhado por Jonas Brunner, o chefe da sua equipa de segurança privada — e voltaram a disparar as máquinas no momento em que de lá saiu do mesmo modo. Quando o viram outra vez, estava a sair do seu jato particular, no Aeroporto Internacional de Genebra, e a entrar para o banco de trás de uma limusina blindada *Mercedes Maybach 62S*, que o levou diretamente para Villa Elma, a sua propriedade palaciana junto ao lago Genebra. Como descobririam pouco tempo depois, Martin quase não passava tempo nenhum na sede da GVI, no Quai de Mont-Blanc. A Villa Elma era a sua base de operações, o verdadeiro centro nevrálgico do seu vasto império e o repositório dos muitos segredos de Martin.

À medida que a operação de vigilância foi sendo montada, começou a produzir um fluxo contínuo de informações, muitas delas inúteis. Os vigias tiraram muitas fotografias bonitas a Martin e gravaram os esporádicos excertos captados pelo áudio de longo alcance, mas os seus esforços não produziram nada que se assemelhasse a uma informação a partir da qual pudessem agir. Martin tinha conversas que não conseguiam ouvir, com homens que não conseguiam identificar. Era como, desabafou Gabriel, ouvir uma melodia sem palavras.

O problema residia no facto de, apesar das repetidas tentativas, a Divisão Técnica não ter sido capaz de penetrar no bem fortificado sistema informático da GVI ou de aceder ao sempre presente telemóvel de Martin. Sem qualquer aviso atempado em relação à agitada agenda de Martin, os vigias de Gabriel eram pouco mais do que uma matilha de cães a perseguir uma raposa ardilosa. Só os planos de voo enviados pelos pilotos de Martin revelavam os seus movimentos, mas mesmo isso se revelou de pouco valor. Passados os primeiros dez dias de vigilância a Landesmann, Gabriel anunciou que nunca mais queria ver nenhuma foto de Martin a entrar ou a sair de um avião. Na verdade, declarou Gabriel, ficaria contente se nunca mais voltasse a ver a cara de Martin. Do que precisava era de uma forma de entrar no mundo de Martin. Uma forma de aceder ao seu telemóvel. Uma forma de aceder ao seu computador. E, para isso, precisava de um cúmplice. Dada a intimidante segurança que rodeava Martin, não seria possível criar um do nada. Gabriel precisava da ajuda de alguém próximo de Martin. Precisava de um agente infiltrado.

Após uma semana de buscas ininterruptas, a equipa encontrou o seu primeiro potencial candidato enquanto vigiava Martin na sua luxuosa *penthouse* no número 21 do Quai de Bourbon, na ponta norte da Île Saint-Louis, em Paris. Foi-lhe entregue à porta por via de um *Mercedes* com motorista, passavam cinco minutos das nove da noite. Tinha o cabelo escuro e curto, um corte bastante na moda; os olhos eram grandes e cristalinos, a transbordarem de notória inteligência. A equipa de vigilância achou-a uma mulher segura de si e, depois de a ouvirem dar as boas-noites ao motorista, britânica. Digitou o código no teclado de entrada como se já o tivesse feito várias vezes e, a seguir, desapareceu pela porta dentro. Voltaram a vê-la duas horas mais tarde, contemplando a vista do Sena da janela de Martin, que se encontrava atrás dela, colado ao seu corpo. A intimidade dessa pose, juntamente com o facto de ela ter o tronco nu, não deixava dúvidas sobre a natureza da relação entre ambos.

Foi-se embora na manhã seguinte, às 8h15. Os vigias tiraram-lhe mais uma série de fotos enquanto entrava para o banco de trás de um *Mercedes* com motorista e depois seguiram-na até à Gare du Nord, onde apanhou o Eurostar das 9h13 com destino a Londres. Passados três dias de vigilância, Gabriel sabia o nome dela, a morada, o número de telefone e a data de nascimento. E, o mais importante de tudo, sabia onde ela trabalhava.

Foi essa última informação — o sítio onde trabalhava — que levou Uzi Navot a declará-la de imediato «flagrantemente inadequada» para um recrutamento. Com efeito, durante a acalorada discussão que se seguiu, Navot, exasperado, diria uma vez mais coisas de que se arrependeria mais tarde. Não só pôs em dúvida o discernimento de Gabriel como também a sua sanidade. *Está visto que o vento da Cornualha te afetou o cérebro,* disparou a dada altura. *Não recrutamos pessoas dessas. Evitamo-las a todo o custo. Risca-a da tua lista. Arranja outra pessoa.*

Gabriel demonstrou uma notável serenidade de espírito perante a tirada de Navot. Refutou os argumentos dele pacientemente, apaziguou-lhe os medos e relembrou-lhe a natureza formidável das muitas defesas de Martin. A mulher que tinham visto pela primeira vez em Paris era um autêntico pássaro na mão, explicou-lhe. Se a deixassem ir, poderiam passar-se meses até descobrirem outro candidato. Navot acabou por capitular, exatamente como Gabriel sabia que iria fazer. Tendo em conta as suas ligações comerciais secretas com os iranianos, Martin já não era uma lata que pudesse ser chutada para longe. Era preciso lidar com Martin e fazê-lo depressa.

A natureza global dos pecados de Martin, juntamente com o passaporte da potencial recruta, significavam que não era possível o Departamento avançar sozinho. Era necessário um parceiro, talvez dois, para jogar pelo seguro. Navot enviou os convites; os britânicos aceitaram rapidamente participar como anfitriões. Gabriel fez um último pedido e, dessa vez, Navot não levantou objeções. Não se levava uma faca para um tiroteio, concedeu Navot. E nunca se entrava em guerra com um homem como Martin Landesmann sem se ter Ari Shamron no bolso de trás.

LE MARAIS, PARIS

Vários anos antes, Maurice Durand tinha-se deparado com um artigo num jornal sobre o caso de Christoph Meili, um segurança privado que teve o azar de ser mandado trabalhar para a sede do Union Bank of Switzerland, na Bahnhofstrasse de Zurique. Enquanto fazia as suas rondas numa tarde de janeiro de 1997, o pai de dois filhos e cristão devoto entrou na sala de destruição de documentos do banco e descobriu duas grandes caixas redondas repletas de documentos antigos, incluindo vários livros de registo pormenorizados de transações efetuadas entre o UBS e a Alemanha de Hitler. Meili achou a presença desse material naquela sala mais do que um pouco suspeita, já que, algumas semanas antes, os bancos suíços tinham sido proibidos por lei federal de destruir documentos do período da guerra. Pressentindo que havia alguma coisa errada, enfiou dois livros de registo debaixo da camisa e levou-os às escondidas para a sua modesta casa, nos arredores de Zurique. Na manhã seguinte, entregou os documentos ao Centro Cultural Israelita, altura em que começaram os seus problemas.

O diretor do centro convocou rapidamente uma conferência de imprensa para denunciar o UBS pela destruição deliberada de registos. O UBS minimizou a importância da destruição dos documentos, considerando-o um erro lamentável e deitando prontamente as culpas ao arquivista do banco. Quanto a Christoph Meili, foi despedido sem mais do emprego e, passado pouco tempo, foi alvo de uma investigação criminal para averiguar se *ele* tinha violado a leis do segredo bancário suíças ao roubar os registos do período da guerra. Por todo o mundo, Meili foi aclamado como um «herói dos documentos», mas, na sua terra natal, foi acossado por denúncias públicas e ameaças de morte. Para grande vergonha da Suíça, o guarda que tinha agido segundo o que a consciência lhe ditara teve de receber asilo político do Senado dos Estados Unidos e foi realojado discretamente com a família em Nova Iorque.

Na altura, Maurice Durand tinha chegado à conclusão de que as ações de Meili, embora admiráveis e corajosas, tinham sido, em última análise, imprudentes. O que tornava ainda mais estranho o facto de Durand ter decidido agora que não tinha outra escolha senão lançar-se num caminho semelhante. Ironicamente, as suas motivações eram idênticas às de Meili. Apesar de Monsieur Durand ser um criminoso de carreira que violava habitualmente dois dos mais sagrados mandamentos de Deus, considerava-se um homem profundamente espiritual e honrado que tentava agir segundo um determinado código. E esse código não lhe permitiria aceitar um pagamento por um quadro manchado de sangue. Nem lhe permitiria ocultar o documento que tinha descoberto no seu interior. Fazê-lo seria não só um crime contra a História, como também o tornaria cúmplice por encobrimento num pecado mortal.

Havia, no entanto, dois aspetos do caso Meili que Maurice Durand estava determinado a não repetir — a exposição pública e a ameaça de uma ação judicial. O erro de

Meili, concluiu, tinha sido depositar a sua confiança num desconhecido. O que explicou a razão por que, ao final dessa tarde, Durand decidiu fechar a loja mais cedo e entregar em mão um par de binóculos de ópera do século XVIII a uma das suas clientes mais prezadas, Hannah Weinberg.

Com cinquenta anos e sem filhos, Madame Weinberg tinha duas paixões: a impressionante coleção de óculos franceses antigos e a incansável campanha no sentido de livrar o mundo do ódio racial e religioso sob todas as suas formas. A primeira paixão de Hannah levara-a a estabelecer uma ligação à Antiquités Scientifiques. A segunda compelira-a a fundar o Centro Isaac Weinberg para o Estudo do Antissemitismo em França, assim chamado em honra do avô paterno, que tinha sido preso durante o *Jeudi noir,* a Quinta-Feira Negra, a rusga aos judeus efetuada em Paris, no dia 16 de julho de 1942, com subsequente extermínio em Auschwitz. Atualmente, Hannah Weinberg era considerada um dos membros mais proeminentes, em França, dos chamados militantes da memória. A sua luta contra o antissemitismo granjeara-lhe uma legião de admiradores — incluindo o atual presidente francês —, mas também muitos inimigos determinados. O Centro Weinberg era alvo de ameaças constantes, tal como a própria Hannah Weinberg. Por isso mesmo, Maurice Durand era uma das poucas pessoas que sabia que ela vivia no antigo apartamento do avô, no número 24 da Rue Pavée, no quarto *arrondissement.*

Ela estava à espera dele no patamar em frente ao apartamento, com uma camisola escura, uma saia de lã pregueada e meias grossas. O cabelo escuro apresentava madeixas grisalhas; o nariz era fino e aquilino. Cumprimentou Durand calorosamente, com dois beijos na cara, e convidou-o a entrar. Era um apartamento amplo, com uma entrada formal e uma biblioteca adjacente à sala de estar. Havia mobília antiga tapada por brocados de seda desbotados, cortinas grossas de veludo penduradas nas janelas e um relógio em ouropel a dar discretamente as horas em cima da lareira. A decoração tinha o efeito de criar a sensação de uma época passada. De facto, durante um momento, Durand sentiu-se como se estivesse num anexo da Antiquités Scientifiques.

Durand entregou formalmente os binóculos de ópera a Hannah e informou-a de uma série de artigos interessantes que poderia vir a receber dentro de pouco tempo. Por fim, abriu a pasta de diplomata e, num tom casual, disse:

— Encontrei alguns documentos interessantes há uns dias, Madame Weinberg. Gostaria de saber se tem tempo para lhes dar uma vista de olhos.

— E o que são?

— Para ser sincero, não faço ideia. Tinha esperança de que a senhora pudesse saber.

Entregou a capa de papel de cera a Hannah Weinberg e ficou a vê-la tirar as delicadas folhas de papel.

— Estava escondida dentro de um telescópio que comprei há umas semanas — explicou. — Descobri-a quando o estava a restaurar.

— Que estranho.

— Também me pareceu.

— E de onde veio o telescópio?

— Se não se importa, Madame Weinberg, preferia que...

Ela levantou a mão.

— Não precisa de dizer mais nada, Monsieur Durand. Deve aos seus clientes toda a discrição.

— Obrigado, *madame*. Sabia que ia compreender. A questão é: o que é?

— Os nomes são claramente judaicos. E é óbvio que tem qualquer coisa que ver com dinheiro. A cada nome corresponde um montante em francos suíços, bem como um número qualquer com oito dígitos.

— Dá-me ideia de que são documentos do tempo da guerra.

Ela passou o dedo pela borda de uma página cuidadosamente.

— E são mesmo. Dá para perceber pela má qualidade. Na verdade, é um milagre as páginas ainda estarem intactas.

— E os números com oito dígitos?

— É difícil dizer.

Durand hesitou e depois perguntou:

— É possível que sejam números de contas, Madame Weinberg?

Hannah Weinberg levantou os olhos dos documentos.

— Contas bancárias *suíças?*

Durand fez um sorriso de deferência.

— A *madame* é que é especialista.

— Por acaso, não sou. Mas é sem dúvida plausível — retorquiu ela, voltando a examinar as páginas. — Mas quem é que reuniria uma lista destas? E porquê?

— Talvez a senhora conheça alguém que possa ser capaz de responder a essa pergunta. Alguém do centro, por exemplo.

— A verdade é que não temos ninguém que se concentre nas questões puramente financeiras. E, se tiver razão em relação ao significado dos números, estes documentos têm de ser analisados por alguém que saiba qualquer coisa sobre a atividade bancária suíça.

— E a senhora por acaso conhece alguém?

— Tenho a certeza de que consigo descobrir alguém qualificado. — Olhou para ele durante um momento e, a seguir, perguntou: — É isso que deseja, Monsieur Durand?

Ele assentiu com a cabeça.

— Mas tenho um pequeno favor a pedir-lhe. Ficaria agradecido se não mencionasse o meu nome. Devido ao meu negócio, como a senhora compreenderá. Alguns dos meus clientes poderiam...

— Não se preocupe — exclamou Hannah Weinberg, interrompendo-o. — O seu segredo está seguro comigo, Maurice. Isto fica estritamente *entre nous*. Dou-lhe a minha palavra.

— Mas a senhora liga-me se souber de alguma coisa interessante, certo?

— Claro.

— Obrigado, madame — disse Maurice Durand, fechando a pasta de diplomata e dirigindo-lhe um sorriso conspiratório. — Detesto admiti-lo, mas sempre adorei um bom mistério.

Hannah Weinberg ficou parada à janela da biblioteca a ver Maurice Durand desaparecer na crescente escuridão, ao longo da Rue Pavée. A seguir, olhou para a lista.

Katz, Stern, Hirsch, Greenberg, Kaplan, Cohen, Klein, Abramowitz, Stein, Rosenbaum, Herzfeld...

Não tinha a certeza absoluta de acreditar na história de Durand. Independentemente disso, tinha feito uma promessa. Mas o que fazer com a lista? Precisava de um especialista. Alguém que soubesse qualquer coisa sobre bancos suíços. Alguém que soubesse onde estavam enterrados os corpos. Em certos casos, literalmente.

Abriu a gaveta de cima da secretária — uma secretária que pertencera em tempos ao avô — e tirou de lá uma única chave, que abriu uma porta ao fundo de um corredor às escuras. O quarto que ficava do lado de lá era um quarto de criança, o antigo quarto de Hannah, parado no tempo. Uma cama de quatro colunas com dossel. Prateleiras pejadas de animais de peluche e brinquedos. Um retrato desbotado, afixado à parede, de um ator e galã americano. E pendurado por cima de uma cómoda rústica francesa, encoberto por grandes sombras, estava um quadro, *Marguerite Gachet ao Toucador,* de Vincent van Gogh. Vários anos antes, tinha-o emprestado a um homem que estava a tentar encontrar um terrorista — um israelita com nome de anjo. Ele tinha-lhe dado um número para o qual ela o podia contactar numa emergência ou se precisasse de um favor. Talvez fosse altura de reatar a relação entre ambos.

THAMES HOUSE, LONDRES

A sala de conferências era absurdamente grande, tal como a reluzente mesa retangular que ia praticamente de um lado ao outro dela. Shamron estava sentado no lugar que lhe tinha sido indicado, com a cadeira giratória de executivo a fazê-lo parecer pequeno, a olhar para o outro lado do rio, na direção do quartel-general do MI6, que dava ares da Cidade Esmeralda. Gabriel estava sentado ao lado dele, com as mãos meticulosamente cruzadas e os olhos a incidirem sobre os dois homens sentados à sua frente, alternando rapidamente entre um e outro. À esquerda, com um *blazer* que lhe ficava mal e calças de gabardina amarrotadas, estava Adrian Carter, diretor do Serviço Clandestino Nacional da CIA. À direita, estava Graham Seymour, diretor-adjunto do MI5.

Os quatro homens sentados à mesa representavam uma espécie de irmandade secreta. Embora todos eles permanecessem fiéis aos respetivos países, o laço que os unia transcendia o tempo e os caprichos volúveis dos seus chefes políticos. Faziam as tarefas desagradáveis que mais ninguém estava disposto a fazer e preocupavam-se com as consequências mais tarde. Tinham lutado uns pelos outros, matado uns pelos outros e, em alguns casos, sangrado uns pelos outros. Durante numerosas operações conjuntas, todas realizadas debaixo de condições de stresse extremo, tinham desenvolvido uma singularíssima capacidade de se aperceberem dos pensamentos uns dos outros. Em consequência disso, era dolorosamente evidente, tanto para Gabriel como para Shamron, que havia alguma tensão do lado anglo-americano da mesa.

— Passa-se alguma coisa, meus senhores? — perguntou Shamron.

Graham Seymour olhou para Carter e fez uma careta.

— Como os nossos primos americanos gostam de dizer, estou «na casa do cão».

— Com o Adrian?

— Não — interrompeu Carter rapidamente. — Nós veneramos o Graham. A Casa Branca é que está zangada com ele.

— A sério? — soltou Gabriel, olhando para Seymour. — Isso é um feito e peras, Graham. Como é que conseguiste isso?

— Os americanos tiveram uma falha na segurança na noite passada. Uma falha importante — acrescentou. — A Casa Branca entrou em modo total de controlo de danos. Os ânimos andam ao rubro. Começam a apontar-se dedos acusatórios. E a maioria parece estar apontada a mim.

— E o que foi ao certo essa falha?

— Um cidadão paquistanês que mora no Reino Unido tentou fazer-se explodir num voo de Copenhaga para Boston. Felizmente, era tão incompetente como o último tipo e os passageiros internacionais parecem ter ficado bastante versados em cuidar do assunto pelas suas próprias mãos.

— Então porque é que alguém há de estar zangado contigo?

— Boa pergunta. Nós alertámos os americanos há vários meses e dissemos-lhes que ele se estava a dar com conhecidos radicais e que provavelmente andava a ser preparado para um ataque. Mas, de acordo com a Casa Branca, não fui suficientemente assertivo nos meus avisos — afirmou Seymour, lançando um olhar a Carter. — Calculo que pudesse ter escrito uma coluna de opinião no *New York Times,* mas achei que isso talvez fosse um bocadinho excessivo.

Gabriel olhou para Carter.

— O que é que aconteceu?

— O nome dele foi mal escrito por alguém do nosso lado quando foi introduzido na base de dados dos suspeitos militantes.

— Então nunca chegou a ir parar à lista das pessoas proibidas de voar?

— Exato.

Graham Seymour abanou a cabeça, em sinal de espanto.

— Há um escuteiro americano de dez anos que não consegue que o nome dele *saia* dessa lista, mas eu não consigo que um conhecido jihadista *entre* nela. Bem pelo contrário, deram-lhe um visto sem quaisquer restrições e deixaram-no embarcar num avião com um bilhete só de ida e pó explosivo na bagagem de mão.

— Isso é verdade, Adrian? — perguntou Gabriel.

— Basicamente, sim — admitiu Carter taciturnamente.

— Então porque é que estão a atirar as culpas para cima do Graham?

— Conveniência política — respondeu Carter sem hesitar. — Caso não tenhas reparado, há pessoas poderosas à volta do nosso novo presidente que gostam de fazer de conta que a guerra contra o terrorismo é coisa que não existe. Aliás, já nem sequer estou autorizado a pronunciar tais palavras. Por isso, quando acontece de facto alguma coisa...

— Os homens poderosos à volta do teu presidente vão à procura de um bode expiatório.

Carter assentiu com a cabeça.

— E escolheram o Graham Seymour? — perguntou Gabriel, incrédulo. — Um amigo e aliado leal que tem estado ao vosso lado desde o começo da guerra contra o terrorismo?

— Já chamei a atenção para esse aspeto ao conselheiro do presidente para o contraterrorismo, mas ele não está com disposição para me ouvir. Ao que parece, não tem neste momento o emprego lá muito seguro. Quanto ao Graham, vai sobreviver. É a única pessoa nos serviços secretos ocidentais que já está no cargo há mais tempo do que eu.

O telemóvel de Seymour vibrou baixinho. Transferiu a chamada para o *voice mail* carregando no botão e, a seguir, levantou-se da cadeira e dirigiu-se à mesa de apoio para ir buscar uma chávena de café. Usava, como de costume, um fato cinzento-carvão, que lhe assentava como uma luva, e uma gravata clássica. Tinha feições regulares e o farto cabelo possuía um forte tom prateado que lhe dava o ar de um daqueles modelos que se veem nos anúncios a bugigangas dispendiosas mas desnecessárias. Embora tivesse trabalhado por pouco tempo como agente no terreno, passara a maior parte da carreira a labutar atrás de portas trancadas, no quartel-general do MI5. Graham Seymour travava a guerra contra os inimigos do Reino Unido participando em *briefings* e lendo dossiês. A única luz que lhe incidia nas feições nobres emanava do candeeiro de halogéneo que tinha à secretária. E a única superfície que os seus sapatos ingleses feitos à mão pisavam era a carpete de lã de grande qualidade que se estendia do seu gabinete até ao do diretor--geral.

— Como é que está a correr a busca do Rembrandt desaparecido? — perguntou Seymour.

— Teve desenvolvimentos.

— Foi o que ouvi dizer.

— O que é que sabes, Graham?

— Sei que, depois de saíres do estúdio de Christopher Liddell com uma luva de borracha carregada de provas, partiste para Amesterdão. De lá, viajaste para a Argentina, onde, passados dois dias, uma das vozes da consciência mais importantes do país foi morta num atentado à bomba.

— Seymour parou por uns instantes. — Foi algum velho inimigo ou já conseguiste fazer um novo?

— Achamos que foi o Martin Landesmann.

— A sério? — retorquiu Seymour, tirando um pedaço de cotão invisível das calças.

— Não pareces particularmente surpreendido, Graham.

— E não estou.

Gabriel olhou para Adrian Carter e viu que ele estava a escrevinhar no seu bloco de notas.

— E tu, Adrian?

Carter levantou os olhos, afastando-se por breves instantes do que o ocupava.

— Digamos apenas que nunca fui de me ajoelhar no altar de São Martin. Mas, por favor, conta-me o resto, Gabriel. Estou a precisar de uma boa história depois do dia que tive.

Adrian Carter era facilmente subestimado, um atributo que se tinha revelado útil ao longo da sua carreira na CIA. Havia pouco no seu aspeto de clérigo ou no comportamento clínico que indiciasse que dirigia o aparelho dos serviços secretos mais poderoso do mundo — ou que, antes da ascensão ao sétimo andar de Langley, tivesse atuado em campos de batalha secretos da Polónia ao Afeganistão, passando pela América Central. Quem não o conhecia confundia-o com um professor universitário ou terapeuta de qualquer coisa. Quando se pensava em Adrian Carter, imaginava-se um homem a avaliar uma tese de licenciatura ou a ouvir um doente confessar sentimentos de inadequação.

Mas foi a capacidade que Carter possuía para ouvir que o fez distinguir-se dos seus rivais em Langley. Ficou parado como uma estátua enquanto Gabriel contava a sua história, com as pernas cruzadas e as mãos entrelaçadas debaixo do queixo, sinal de grande atenção. Apenas se mexeu uma vez, para manusear o cachimbo. Isso serviu para Shamron sacar da sua própria arma, apesar da tentativa pouco convicta de Seymour de fazer valer a proibição de fumar imposta pelo MI5. Como já tinha ouvido a história de Gabriel, Shamron passou o tempo a examinar com desprezo as instalações imponentes onde se encontrava. Tinha começado a carreira num edifício com poucas mordomias para além de eletricidade e água da torneira. A grandiosidade dos monumentos

266

dos serviços secretos britânicos sempre o divertira. O dinheiro gasto em edifícios bonitos e mobília de boa qualidade, dizia sempre Shamron, era dinheiro que não podia ser gasto a roubar segredos.

— Para que conste — disse Graham Seymour quando Gabriel concluiu a sua apresentação —, já conseguiste violar vários pontos do nosso acordo. Deixámos-te ir viver para o Reino Unido sob a condição de que estarias reformado e que só trabalharias em assuntos que tivessem que ver com *arte*. Este assunto deixou de ter que ver com *arte* quando foste parar aos braços dos teus antigos serviços depois do atentado à bomba em Buenos Aires. E deixou sem dúvida de ter que ver com *arte* quando o teu primeiro-ministro autorizou uma investigação completa a Martin Landesmann. Que, diga-se de passagem, já vem tarde.

— O que sabes do Martin que o resto do mundo não saiba?

— Há alguns anos, a Tesouraria e Alfândega de Sua Majestade deu início a uma importante iniciativa no sentido de atuar com severidade em relação aos súbditos britânicos que tivessem dinheiro escondido nos paraísos fiscais das *offshores*. Durante a investigação, descobriu-se que um número invulgarmente elevado de cidadãos, muitos deles com fontes de rendimento questionáveis, tinha depositado dinheiro num sítio chamado Meissner Privatbank of Liechtenstein. Depois de se cavar mais um pouco, chegou-se à conclusão de que o Meissner não era banco nenhum mas sim um portal para uma gigantesca operação de lavagem de dinheiro. E adivinha lá quem era o proprietário?

— A Global Vision Investments of Geneva?

— Através de uma série de empresas-fachada e sucursais, claro. Quando os rapazes da Tesouraria e Alfândega estavam a preparar-se para vir a público com o que tinham descoberto, contavam ser felicitados com uma bela palmadinha nas costas. Mas, para sua grande surpresa, chegou a indicação, proveniente de instâncias superiores, para acabarem com a investigação e o caso foi deixado cair.

— E foi avançado algum motivo?

— Nenhum que alguém se atrevesse a dizer em voz alta — respondeu Seymour. — Mas era evidente que Downing Street não queria pôr em risco o fluxo de investimento direto suíço que entrava no Reino Unido dando início a uma disputa pública com um homem considerado o santo padroeiro da responsabilidade empresarial suíça.

Carter bateu com o cachimbo num cinzeiro, como se fosse um martelo, e, lentamente, começou a carregar outra vez o fornilho.

— Queres acrescentar alguma coisa, Adrian? — perguntou Gabriel.

— Zentrum Security.

— O que é isso?

— Uma empresa de segurança empresarial com sede em Zurique. Há um par de anos, várias firmas americanas a exercerem atividade na Suíça ficaram convencidas de que estavam a ser alvo de espionagem empresarial. Entraram em contacto com o governo e pediram-lhe ajuda. O governo largou discretamente o assunto nas minhas mãos.

— E?

— Descobrimos que todas as firmas envolvidas na queixa tinham sido visadas pela Zentrum. Não se trata apenas de uma empresa do género *armas, guardas e portões*. Além da panóplia habitual de serviços de proteção, faz bom dinheiro com aquilo a que se refere como consultoria externa.

268

— Que significa?

— Providencia negócios entre os clientes e entidades estrangeiras, sejam elas empresas ou governos.

— E que tipo de negócios?

— Do tipo que não pode ser tratado da maneira tradicional — respondeu Carter. — E claro que consegues adivinhar quem é o proprietário da Zentrum Security.

— A Global Vision Investments.

Carter assentiu com a cabeça.

— E eles providenciaram alguma vez negócios para uma empresa chamada Keppler Werk GmbH, de Magdeburgo, na Alemanha?

— A Keppler nunca apareceu nos nossos radares — respondeu Carter. — Mas, como sabes, milhares de empresas internacionais estão neste momento a exercer atividade no Irão. Os nossos amigos da China são dos piores prevaricadores. São capazes de fazer negócios com quem quer que seja, mas os alemães não são muito melhores. Toda a gente quer o seu quinhão de mercado e, nos tempos que correm, há relutância em abdicar dele por causa de qualquer coisa tão trivial como as ambições nucleares do Irão. Há pelo menos mil e setecentas firmas alemãs em atividade no Irão, muitas delas fabricantes de equipamento industrial sofisticado. Há anos que andamos a implorar aos alemães que reduzam as ligações comerciais com os iranianos, mas eles recusam-se. Alguns dos nossos aliados mais próximos estão em conluio com Teerão por uma e única razão: cobiça.

— Não é irónico — exclamou Shamron — que o país que nos trouxe o último Holocausto ande metido em grandes negociatas com o país que anda a prometer trazer-nos o próximo?

Instalou-se um silêncio desconfortável entre os quatro homens. Foi Gabriel quem o quebrou.

— A questão é saber — disse — se Martin Landesmann anda ou não a enviar aos iranianos material sensível pela porta dos fundos. Se for esse o caso, precisamos de saber duas coisas. O que é que ele lhes anda a vender ao certo? E como é que lá chega?

— E como é que propões que descubramos? — perguntou Seymour.

— Penetrando na operação dele.

— Boa sorte. O Martin tem tudo controlado de forma rigorosa.

— Não tão rigorosa como possas pensar — retorquiu Gabriel, colocando uma fotografia em cima da mesa. — Presumo que a reconheças, certo?

— E quem é que não a reconheceria? — ripostou Seymour, batendo ao de leve na fotografia com o dedo indicador. — Mas onde é que tiraste isto?

— À porta do apartamento de Martin em Paris. Passou a noite com ele.

— Tens a certeza?

— Queres ver mais fotos?

— Meu Deus, não! — exclamou Seymour. — Nunca gostei de operações que envolvessem assuntos do coração. Podem ser extremamente complicadas.

— A vida é complicada, Graham. É isso que faz com que pessoas como tu e eu se mantenham em atividade.

— Talvez. Mas se este teu recrutamento não for tratado com cuidado, não me vou manter nesta atividade por muito tempo — disparou Seymour, olhando para a fotografia e abanando a cabeça lentamente. — Porque é que o Martin não se podia ter apaixonado por uma empregada de mesa como qualquer outro canalha?

— Tem ótimo gosto.

— Eu cá reservava a minha opinião até a conhecer. Ela tem uma certa reputação. É bem possível que te dê uma nega.

Seymour parou por instantes e, a seguir, acrescentou:

— E, claro, também há outra possibilidade.

— Que é?

— Ela pode estar apaixonada por ele.

— Mas não vai estar quando eu tiver terminado.

— Não tenhas tanta certeza assim. As mulheres são capazes de passar por cima dos defeitos dos homens que amam.

— Sim — respondeu Gabriel. — Já ouvi isso em algum sítio.

THAMES HOUSE, LONDRES

A Operação Obra-Prima tornou-se uma operação conjunta entre americanos, britânicos e israelitas às 11h45 da manhã seguinte, quando Graham Seymour saiu do número 10 de Downing Street com a última das autorizações ministeriais necessárias bem guardada na sua pasta protegida. A rapidez com que o acordo tinha sido concluído era um sinal do estatuto de que Seymour gozava atualmente em Whitehall. E também tinha sido, admitiria Seymour mais tarde, uma demonstração bastante astuta de *realpolitik* à boa maneira antiga. Se Martin Landesmann viesse a cair, reconheceram os mandarins, era muito provável que uma grande soma de dinheiro britânico também caísse com ele. Segundo os cálculos por eles efetuados, era melhor fazer parte da operação de Gabriel do que ser um espectador. Caso contrário, poderiam sobrar apenas ossos esbranquiçados e uns quantos trocos da carcaça financeira de Martin.

De momento, os americanos contentavam-se em desempenhar o papel de confidente e fiel conselheiro. Com efeito, horas depois da reunião entre serviços realizada em Thames House, Adrian Carter já se encontrava de regresso a Langley, a bordo do seu jato executivo *Gulfstream V*. Gabriel Allon não tinha avião próprio, nem fazia tenções de deixar a sua operação única e exclusivamente nas mãos de uma pessoa, mesmo que se tratasse de um amigo de confiança como Graham Seymour. Gabriel tinha descoberto o alvo e pretendia ser ele próprio a fechar o acordo. Isso levantou um pequeno problema aos advogados do MI5. Sim, declararam após muita deliberação, era permitido que um agente de um serviço secreto estrangeiro participasse naquela discussão. Mas apenas depois de ter sido explicado ao dito agente como funcionavam as coisas juridicamente.

E, por isso, pouco depois das duas da tarde, Gabriel encontrava-se uma vez mais sentado à absurda mesa da sala de conferências do nono andar, desta vez diante do que aparentava ser todo o departamento jurídico do MI5. Após uma curta análise aos anteriores atos de Gabriel em solo britânico — a lista revelou-se extraordinariamente completa —, os advogados expuseram as regras de ação para a Operação Obra-Prima. Tendo em conta a natureza sensível do trabalho do alvo, o recrutamento teria de ser tratado com extremo cuidado. Não poderia haver qualquer tipo de coação, nem sequer um cheirinho de qualquer coisa que se parecesse, ainda que remotamente, com chantagem. Toda e qualquer vigilância israelita ao alvo efetuada em solo britânico teria de cessar de imediato. E toda e qualquer vigilância futura ao alvo a efetuar em solo britânico, caso fosse aprovada, seria levada a cabo apenas pelo MI5. *Agora assine isto,* disse um dos advogados, enfiando um documento de aspeto impressionante na mão de Gabriel, bem como uma caneta de ouro de aspeto igualmente impressionante. *E que Deus o ajude se violar uma palavra do que aqui vem.*

Gabriel não fazia tenções disso — pelo menos, naquela altura —, por isso, escrevinhou qualquer coisa ilegível no espaço indicado e retirou-se para a antessala. À sua espera, estava Nigel Whitcombe, um jovem agente no terreno do MI5 que tinha feito o seu tirocínio ao lado de Gabriel na batalha contra Ivan Kharkov. O aspeto de pastor de igreja de Whitcombe escondia uma mente tão maquiavélica como a de qualquer criminoso de carreira.

— Fico surpreendido por ainda o ver inteiro — disse ele.

— Conseguiram tratar de tudo sem deixar marcas ou cortes.

— São bons nisso — retorquiu Whitcombe, largando uma edição do *The Economist* já com duas semanas e levantando-se. — Vamos lá para baixo. É melhor não perder o primeiro ato.

Desceram de elevador para o último piso do edifício e seguiram por um corredor extremamente iluminado, até chegarem a uma porta protegida e identificada como CENTRO DE OPERAÇÕES. Whitcombe introduziu o código no teclado e fez sinal a Gabriel para entrar. Na parte da frente da sala, estava uma parede com grandes monitores de vídeo, vigiados por um grupo cuidadosamente escolhido de experientes agentes de operações. A cadeira assinalada com o nome SEYMOUR estava vazia — nada de surpreendente, visto que o homem que a ocupava habitualmente estava naquele momento a preparar-se para fazer o muito aguardado regresso ao terreno. Whitcombe tocou ao de leve no braço de Gabriel e apontou para uma imagem captada por CFTV no centro da parede com os monitores.

— Aí vem a sua menina.

Gabriel olhou para cima a tempo de ver um grande carro, salpicado de chuva, passar por um portão de segurança à entrada de um prédio de apartamentos moderno. No canto esquerdo da imagem, estava a localização da câmara que a tinha captado: Wood Lane, Hammersmith. Dez minutos mais tarde, Nigel Whitcombe apontou para uma nova imagem na parede, uma ligação direta à BBC. Um dos técnicos aumentou o som, a tempo de se ouvir o apresentador do noticiário ler a introdução.

— *Surgiram hoje novas alegações...*

Whitcombe olhou para Gabriel e sorriu.

— Algo me diz que isto vai ser uma noite interessante.

O facto de Zoe Reed, considerada uma das estrelas mais cintilantes da imprensa britânica, ter passado as últimas horas antes do seu recrutamento ao brilho lisonjeador das luzes televisivas revelou-se um comentário apropriado ao estado deplorável do jornalismo de imprensa. Ironicamente, as suas intervenções na televisão durante essa noite viriam a revelar-se muitíssimo embaraçosas para Downing Street, pois envolviam alegações de que outro deputado do Partido Trabalhista tinha sido apanhado no escândalo de suborno relacionado com a Empire Aerospace. A BBC foi a estação a chegar a ela primeiro, seguindo-se a Sky News, a CNBC e, por fim, a CNN Internacional.

Foi ao sair dos estúdios da CNN, no número 16 de Great Marlborough Street, que Zoe teve o primeiro indício de que a noite podia não correr como planeado. Tudo começou com o súbito desaparecimento do carro e do motorista assegurados pelo *Financial Journal* para a transportar de uma estação televisiva para a outra. Quando se estava a preparar para agarrar no telemóvel, um homem de meia-idade, com um impermeável, aproximou-se e informou-a de que, devido a um problema de horários, lhe tinham enviado um novo carro, uma reluzente limusina *Jaguar* que se encontrava estacionada do outro lado da rua. Ansiosa por regressar a casa depois de um longo dia, apressou-se a atravessar a rua debaixo da chuva e entrou para o banco de trás da limusina sem hesitar. Foi nessa altura que se apercebeu de que não estava sozinha. Sentado ao seu lado, com um telemóvel encostado ao ouvido, estava um homem bem vestido, com um rosto agradável e farto cabelo cinzento-escuro. Baixou o telemóvel e olhou para Zoe como se estivesse à espera dela.

— Boa noite, Ms. Reed. O meu nome é Graham Seymour. Trabalho para os Serviços de Segurança Britânicos e, sem culpa nenhuma, fui promovido a uma posição de destaque, algo que pode confirmar falando com a pessoa que está no outro lado da linha — explicou ele, passando-lhe o telemóvel. — É a minha diretora-geral. Creio que se lembrará da voz dela, já que a entrevistou ainda o mês passado. Na minha opinião, foi um bocadinho dura com ela, mas gostei do seu artigo.

— É por isso que aqui estou?

— Claro que não, Ms. Reed. Está aqui porque temos um problema grave, um problema que envolve a segurança do país e de todo o mundo civilizado, e precisamos da sua ajuda.

Zoe levou o telemóvel ao ouvido com prudência. *Boa noite, Zoe, minha querida,* ouviu uma voz respeitável e familiar dizer. *Fique descansada porque se encontra em ótimas mãos com o Graham. E, por favor, aceite as minhas desculpas por estar a perturbar a sua noite, mas receio bem que não houvesse alternativa.*

Na sala de operações em Thames House, ouviu-se um suspiro coletivo de alívio quando se viu o *Jaguar* afastar-se da berma.

— Agora é que vai começar o divertimento — disse Nigel Whitcombe. — É melhor pormo-nos a mexer ou ainda chegamos atrasados ao segundo ato.

CAPÍTULO

47

HIGHGATE, LONDRES

A casa segura ficava no final de um beco silencioso em Highgate, três andares de tijolo vitoriano robusto, com chaminés em cada ponta do telhado. Gabriel e Nigel Whitcombe chegaram primeiro e encontravam-se sentados diante de um painel de monitores de vídeo no estúdio do último andar quando Zoe Reed entrou pela porta da frente. De imediato, duas agentes de ar amável ficaram-lhe com a gabardina, a pasta e o telemóvel; a seguir, Graham Seymour levou-a para a sala de estar. Tinha o aspeto confortável e antiquado de um clube privado londrino. Havia até uma gravura horrível, com uma cena de caça, por cima da lareira. Zoe examinou-a com uma expressão de ligeira preocupação e depois, convidada a fazê-lo por Seymour, sentou-se numa poltrona de orelhas em couro.

Seymour dirigiu-se ao aparador, onde havia uma seleção de bebidas e comida, e pegou na cafeteira, servindo duas chávenas de café. O cuidado com que desempenhou essa tarefa era um reflexo exato do seu estado de espírito. Zoe Reed não era um alvo para recrutamento qualquer. Sim, a relação com Martin Landesmann tinha-a tornado vulnerável, mas Seymour sabia que não podia dar a entender que estava a tirar partido da relação. Fazê-lo, concluiu, não só colocaria a sua própria carreira em risco, como também arruinaria quaisquer hipóteses de obterem aquilo de que precisavam. Como todos os veteranos, Seymour sabia que os recrutamentos bem-sucedidos, em grande parte como os interrogatórios bem-sucedidos, resultavam normalmente por serem dirigidos aos aspetos dominantes da personalidade do alvo. E Graham Seymour sabia duas coisas cruciais acerca de Zoe Reed. Sabia que abominava a corrupção, sob todas as suas formas, e sabia que não tinha medo de homens poderosos. E também suspeitava que não fosse do tipo de mulher que reagisse bem quando lhe dissessem que tinha sido enganada. Mas a verdade é que poucas mulheres o eram.

Era para esse campo de minas de emoções humanas que Graham Seymour avançava, titubeante, naquele momento, equilibrando uma chávena de café quente em cada mão. Entregou uma a Zoe e a seguir, quase como se fosse uma reflexão tardia, disse-lhe para assinar o documento que se encontrava em cima da mesa à sua frente.

— O que é isto?

— A Lei dos Segredos Oficiais — respondeu Seymour num tom contrito. — Lamento informá-la, mas vai ter de assinar isso antes de podermos continuar esta conversa. É que as informações que estou prestes a partilhar consigo, Ms. Reed, não podem ir parar às páginas do *Journal*. Na verdade, assim que assinar...

— Fico proibida de falar disso até com a minha própria família — interrompeu ela, fitando-o com ar de troça. — Sei tudo sobre a Lei dos Segredos Oficiais, senhor Seymour. Com quem julga que está a lidar?

— Estou a lidar com uma das jornalistas mais talentosas e respeitadas do Reino Unido e é por isso que fizemos todos os possíveis para ter esta conversa em privado. Agora, se fizer o favor de assinar, Ms. Reed.

— Não vale o papel em que está impresso.

Tendo apenas o silêncio como resposta, Zoe soltou um suspiro de exasperação e assinou o documento.

— Pronto — disse ela, empurrando o papel e a caneta na direção de Seymour. — Agora, porque é que não me diz ao certo porque é que eu aqui estou?

— Precisamos da sua ajuda, Ms. Reed. Nada mais.

Seymour tinha preparado as suas palavras cuidadosamente naquela tarde. Eram um apelo à bandeira — um apelo ao patriotismo sem que essa palavra tão fora de moda fosse pronunciada — e motivaram precisamente a resposta com que contava.

— Ajuda? Se precisavam da minha ajuda, porque é que não se limitaram a telefonar a pedi-la? Para que é que foram os jogos de espionagem?

— Não a podíamos contactar abertamente, Ms. Reed. É que é bem possível que esteja alguém a vigiá-la e que os seus telefones estejam sob escuta.

— E quem raio é que me estaria a vigiar?

— Martin Landesmann.

Seymour tinha tentado referir o nome o mais casualmente possível. Ainda assim, o impacto foi imediatamente visível no rosto de Zoe. As suas faces coraram ligeiramente e, a seguir, recuperaram o tom habitual. E embora não se tivesse apercebido, Zoe Reed acabara de responder a duas das questões mais prementes de Gabriel. Sentia-se embaraçada com a relação que mantinha com Martin Landesmann. E era capaz de aguentar a pressão.

— Isto é alguma brincadeira? — perguntou num tom sereno.

— Sou diretor-adjunto do MI5, Ms. Reed. Não tenho tempo para grande coisa, muito menos para brincadeiras. Deve ficar desde já a saber que Martin Landesmann está a ser alvo de uma investigação que se encontra a ser conduzida pelo Reino Unido e dois dos nossos aliados. E também deve ficar segura de que a menina não é de modo algum alvo da mesma.

— Mas que alívio — disparou ela. — Então porque é que aqui estou?

Seymour avançou cuidadosamente e de acordo com o guião.

— Chegou-nos aos ouvidos que a menina e o senhor Landesmann têm uma relação próxima. Gostaríamos de tirar partido do seu acesso ao senhor Landesmann, como ajuda para a nossa investigação.

— Eu entrevistei o Martin Landesmann uma vez. Acho que isso dificilmente se enquadra na categoria de...

Seymour ergueu a mão, interrompendo-a. Tinha-se preparado para aquilo. Na verdade, não esperava outra coisa. Mas a última coisa que queria era colocar Zoe numa posição em que se sentisse compelida a mentir.

— Obviamente, isto não é um tribunal, Ms. Reed. Não tem qualquer obrigação legal de falar connosco e não estou aqui para julgar ninguém. Deus sabe que todos nós já cometemos erros, incluindo eu. Mas, ainda assim, temos de ser sinceros um com o outro. E receio que não tenhamos muito tempo.

Zoe pareceu ponderar bem aquelas palavras.

— Então porque é que não começa, senhor Seymour? Seja sincero comigo.

Estava a testá-lo — Seymour conseguia ver isso. Agarrou a oportunidade sem hesitar, embora o seu tom continuasse a ser frio e distante.

— Sabemos que há aproximadamente dezoito meses, a menina obteve uma entrevista exclusiva com o senhor Landesmann, a primeira e única entrevista que ele alguma vez concedeu nesses moldes. Sabemos que se encontra de momento envolvida romanticamente com ele. E também sabemos que estão juntos regularmente, a última das vezes no apartamento dele na Île Saint-Louis, em Paris. — Seymour parou por uns instantes e depois rematou: — Mas nada disso é importante.

Desta vez, Zoe não fez qualquer tentativa para negar os factos. Pelo contrário, presenteou-o com uma amostra do seu famoso temperamento.

— Não é importante? — disparou ela. — Há quanto tempo é que me andam a seguir?

— Nós nunca a seguimos.

— Lá se vai a sinceridade.

— Estou a ser sincero, Ms. Reed. Soubemos do que se passava por acidente. Martin Landesmann estava sob vigilância quando a menina o foi visitar ao apartamento. Infelizmente, foi apanhada na corrente.

— Isso é um termo jurídico?

— É aquilo que é, Ms. Reed.

Zoe dispensou as negações e recorreu à indignação moralista, a fiel amiga dos jornalistas do mundo inteiro.

— Mesmo que isto tenha chegado às vossas mãos da maneira que afirma, não tinham o direito de agir com base nisso ou de usar sequer essa situação.

— Por acaso, até tínhamos. Posso mostrar-lhe a assinatura do ministro do Interior, se quiser. Mas, de qualquer

282

modo, não estamos interessados na sua vida pessoal. Trouxemo-la aqui porque temos informações delicadas, informações que vamos partilhar consigo se nos ajudar.

A oferta de informações confidenciais por parte de Seymour nada fez para alterar a raiva de Zoe.

— Na verdade — disse de maneira contundente —, acho que está na altura de dar uma palavrinha ao meu advogado.

— Isso não é necessário, Ms. Reed.

— Então e se for à minha editora?

— A Latham? Duvido que eles reagissem bem, se fossem arrastados para isto.

— A sério? E como é que acha que a opinião pública britânica iria reagir a um artigo a denunciar que o MI5 anda a espiar repórteres?

Depois de anos a ser perseguido pela imprensa, Seymour sentiu-se tentado a realçar que era mais provável a opinião pública britânica divertir-se a ler sobre o caso dela com Martin Landesmann do que sobre mais um triste escândalo envolvendo o MI5. Em vez disso, levantou os olhos na direção do teto, contemplativo, e deixou que a raiva presente na troca de palavras se dissipasse. Na quietude do estúdio do último andar, os dois homens sentados diante dos monitores de vídeo tiveram reações contrárias perante aquele pugilismo verbal. Nigel Whitcombe temia que Zoe fosse uma causa perdida, mas Gabriel via um sinal positivo na atitude desafiadora dela. Como Ari Shamron dizia sempre, um recruta que concordava demasiado depressa era um recruta em quem não se podia confiar.

— Infelizmente — recomeçou Seymour —, Martin Landesmann não é o homem que a menina pensa que é.

Essa imagem reluzente não passa de um disfarce cuidadosamente construído. E não é a primeira a ser enganada. Ele está envolvido em lavagem de dinheiro, evasão fiscal, espionagem empresarial e coisas ainda piores — explicou, dando a Zoe um momento para absorver as palavras. — O Martin Landesmann é perigoso, Ms. Reed. *Extremamente* perigoso. E, excetuando os presentes, não gosta de repórteres, não por alguma questão de falsa modéstia, mas porque não gosta que as pessoas escarafunchem nos assuntos dele. Um dos seus colegas descobriu isso não há muito tempo, quando cometeu o erro de perguntar a Martin o que não devia. Esse homem está morto.

— O Martin Landesmann? Um assassino? Mas o senhor está completamente louco? O Martin Landesmann é um dos homens de negócios mais respeitados e admirados do mundo. Meu Deus, ele é praticamente...

— Um santo? — interrompeu Seymour, abanando a cabeça. — Eu li tudo sobre as boas ações de São Martin no seu artigo. Mas, se fosse a si, adiava a canonização de Martin até ter ouvido todos os factos. De momento, isto pode ser difícil de aceitar, mas ele enganou-a. Estou a oferecer-lhe a hipótese de ouvir a verdade.

Por um momento, Zoe pareceu debater-se com a palavra *verdade*. Contemplando o rosto dela nos monitores de vídeo, Gabriel achou que estava a detetar os primeiros indícios de dúvida nos seus olhos.

— Não me está a oferecer nada — ripostou ela. — Está a tentar chantagear-me. Não vê nada de pouco ético nisso, nem que seja remotamente?

— Passei toda a minha vida profissional a trabalhar para os Serviços de Segurança Britânicos, Ms. Reed. Estou condicionado a lidar com as coisas não a preto-e-branco, mas em tons de cinzento. Vejo o mundo não como gostaria que fosse, mas como ele é. E, para que conste, não a estamos a chantagear nem a pressionar de alguma maneira. Muito simplesmente, a menina tem escolha.

— E que tipo de escolha?

— Opção um, pode aceitar ajudar-nos. O seu contributo será de âmbito extremamente limitado e de curta duração. Ninguém ficará a saber de nada, a não ser que resolva violar a Lei dos Segredos Oficiais, o que, evidentemente, desencorajamos vivamente.

— E a segunda opção?

— Levo-a a casa e fazemos de conta que isto nunca aconteceu.

Ela pareceu incrédula.

— E o que é que acontece a todos os podres que os senhores e os seus *aliados* acumularam? Eu digo-lhes o que é que vai acontecer. Vão parar a um lindo arquivozinho, que vai ficar sempre ao alcance de mãos poderosas. E se eu alguma vez sair da linha, ou fizer qualquer coisa que irrite o Governo de Sua Majestade, o conteúdo desse arquivo vai ser usado contra mim.

— Se fosse esse o caso, Ms. Reed, já o teríamos usado para a impedir de publicar a notícia do escândalo Empire Aerospace. Mas não é assim que as coisas funcionam no mundo real, só nas más séries de televisão. Os Serviços de Segurança Britânicos existem para proteger o povo do Reino Unido e não para o oprimir. Não somos o raio dos russos, por amor de Deus! E tem a minha palavra de que o material a que se refere vai ser destruído mal a menina saia daqui.

Ela hesitou.

— E se eu ficar?

— Um homem muito interessante vai contar-lhe uma história muitíssimo empolgante — respondeu Seymour, inclinando-se para a frente na cadeira, com os cotovelos apoiados nos joelhos e os dedos entrelaçados. — A senhora tem a reputação de ser uma verdadeira profissional. Estou a contar com essa reputação para nos ajudar a ultrapassar qualquer desconforto que esta conversa possa ter provocado. Tudo o que pensa que sabe acerca de Martin Landesmann é mentira. Tem a hipótese de fazer cair, a partir de dentro, um homem de negócios corrupto e perigoso. E também é uma oportunidade para ajudar a pôr-nos a todos um bocadinho mais seguros.

No estúdio do último andar, Nigel Whitcombe e Gabriel ficaram a olhar especados para os ecrãs, à espera da resposta dela. Mais tarde, Whitcombe confessaria ter achado que estavam condenados. Mas Gabriel, não. Via em Zoe uma alma gémea, uma mulher amaldiçoada com um sentido apurado do que estava certo e errado. Fosse o que fosse que tivesse sentido outrora por São Martin estava naquele momento a dissipar-se sob o peso das palavras de Seymour. Gabriel conseguia vê-lo na expressão estampada na sua cara telegénica. E ouvi-lo no tom decidido da voz quando ela fitou Graham Seymour olhos nos olhos e lhe perguntou:

— E esse homem muito interessante? Quem é ele?

— Está ligado a um serviço secreto estrangeiro. O facto de se mostrar disposto a encontrar-se com alguém da sua profissão revela até que ponto todos nós encaramos este assunto seriamente. Devo salientar, de antemão, que é bastante possível que o reconheça. Mas em nenhuma circunstância poderá alguma vez escrever sobre ele ou sobre as coisas que lhe está prestes a contar. E devo acrescentar que não vale a pena fazer-lhe perguntas que tenham que ver com ele. Não vai responder. Nunca.

— Ainda não me disse o que é que querem que eu faça.

— Deixo isso com ele. Faço-o entrar, Ms. Reed? Ou levo-a a casa?

HIGHGATE, LONDRES

Gabriel entrou na sala discreta e silenciosamente. De início, Zoe não pareceu ter consciência da sua presença. A seguir, virou a cabeça devagar e examinou-o durante um momento, com óbvia curiosidade, metade da cara iluminada pela luz do candeeiro e a outra escondida pelas sombras. A sua imobilidade era tal que, por um instante, Gabriel imaginou que estivesse a contemplar um quadro. Foi então que ela se levantou da poltrona e lhe estendeu a mão.

— Chamo-me Zoe — disse. — Quem é o senhor?

Gabriel lançou um olhar a Graham Seymour antes de apertar a mão estendida à sua frente.

— Sou um amigo, Zoe. E também um grande admirador do seu trabalho.

— E está a fugir à minha pergunta.

Seymour estava prestes a intervir, mas Gabriel deteve-o com um ligeiro abanar da cabeça.

— Lamento dizê-lo, mas fugir às perguntas é um problema comum para homens como Graham e eu. Exigimos aos outros a verdade, ao passo que nos escondemos atrás de um muro de mentiras.

— E esta noite faz tenção de mentir?

— Não, Zoe. Se estiver preparada para ouvir aquilo que tenho para dizer, então só lhe vai ser dita a verdade.

— Vou ouvir. Mas não me comprometo com mais nada para além disso.

— Tem algum problema em comprometer-se, Zoe?

— Não — respondeu ela, fitando-o também. — E o senhor tem?

— Por acaso, algumas pessoas até me dizem que me empenho demasiado.

— Empenha-se em quê?

— Preocupo-me com algumas das mesmas coisas que a Zoe. Não gosto de homens poderosos que se aproveitam dos fracos. Não gosto de homens que se apoderam de coisas que não lhes pertencem. E não há dúvida de que não gosto de homens que fazem negócios com regimes que falam abertamente em fazer desaparecer o meu país da face da Terra.

Ela olhou para Seymour e depois outra vez para Gabriel.

— É evidente que se está a referir ao Irão.

— Estou.

— O que significa que é israelita.

— Receio bem que sim.

— E o outro país envolvido nesta operação?

— Seriam os Estados Unidos da América.

— Encantador — soltou ela, voltando a sentar-se e examinando-o com atenção durante um momento, sem falar.

— Quer perguntar-me alguma coisa, Zoe?

— O seu nome.

— Suspeito que já o saiba.

289

Ela hesitou, com os olhos escuros a moverem-se pelo rosto dele, e depois disse:

— É Gabriel Allon, aquele que salvou a filha do embaixador americano em frente à Abadia de Westminster.

— Se a memória não me falha, os dois homens que salvaram Elizabeth Halton eram agentes da divisão SO19 da Polícia Metropolitana.

— Isso foi a história que foi lançada cá para fora para ocultar o seu papel na operação. Os raptores exigiram que entregasse o dinheiro do resgate. Planeavam matá-lo a si e à Elizabeth Halton. Nunca se determinou ao certo como é que conseguiram escapar. Houve rumores de que tinha torturado o líder da célula até à morte, num campo a norte de Londres.

— Não devia mesmo acreditar em tudo o que lê nos jornais, Zoe.

— Não *me* diga — retorquiu ela, semicerrando os olhos. — E então, os rumores são verdadeiros, senhor Allon? Torturou mesmo esse terrorista para salvar a vida a Elizabeth Halton?

— E se a resposta fosse sim?

— Enquanto jornalista de esquerda ortodoxa, ficaria previsivelmente horrorizada.

— E se fosse a Elizabeth Halton?

— Nesse caso, suponho que esperaria que o sacana tivesse sofrido bastante antes de o senhor acabar com ele — respondeu, examinando-o com atenção. — Então, vai contar-me o que é que aconteceu nesse tal campo?

— Qual campo?

Zoe franziu o sobrolho.

— Portanto, o senhor fica a saber todos os meus segredos mais tenebrosos e eu fico sem saber nada de si.

— Eu não sei *todos* os seus segredos.

— A sério? — ripostou ela num tom sardónico. — E que outras coisas terríveis é que gostaria de saber de mim?

— De momento, não quero saber absolutamente nada. Só quero que ouça uma história. É a história de uma obra-prima desaparecida, da autoria de Rembrandt, de uma fortuna em bens saqueados durante o Holocausto, de um repórter argentino chamado Rafael Bloch e de uma empresa intitulada Keppler Werk GmbH, de Magdeburgo, na Alemanha.

Gabriel parou por uns instantes e, a seguir, acrescentou:

— Uma empresa detida em segredo por Martin Landesmann.

— Parece uma coisa capaz de vender uns quantos jornais — afirmou ela, lançando um olhar a Graham Seymour. — E devo partir do pressuposto de que tudo isto também está abrangido pela Lei dos Segredos Oficiais?

Seymour assentiu com a cabeça.

— Mas que pena.

Zoe olhou para Gabriel e pediu-lhe que contasse o resto da história.

Zoe sentiu-se tocada pela história de Lena Herzfeld, fascinada pelo tormento de Peter Voss e com o coração partido pelas mortes de Rafael Bloch e Alfonso Ramirez. Mas foi a longa lista dos muitos pecados de Martin Landesmann que a horrorizou mais. Gabriel percebeu que o ceticismo que Zoe manifestara no início da noite tinha dado lugar à raiva — uma raiva que parecia tornar-se cada vez mais intensa com cada nova revelação que ele lançava para a mesa.

— Está a dizer que o Martin Landesmann anda a vender equipamento determinante para o programa nuclear iraniano?

— É o que suspeitamos, Zoe.

— Suspeitam?

— Como sabe, há poucas coisas absolutas no trabalho desenvolvido pelos serviços secretos, mas o que se segue é o que descobrimos: sabemos que o Martin anda a vender equipamento industrial de elevada qualidade ao Irão através da sua rede, que tem o patrocínio estatal, de contrabando de material nuclear; sabemos que anda a ganhar imenso dinheiro a fazê-lo; e sabemos que se anda a dar a muitíssimo trabalho para manter isso em segredo. Numa altura em que os iranianos se aproximam rapidamente de desenvolverem armamento nuclear, não nos podemos dar ao luxo de haver alguma coisa de que não estejamos a par. É essencial que desvendemos ao certo o que é que o Martin lhes anda a vender. — Parou por uns instantes e depois rematou: — E para isso precisamos de si.

— De mim? Tudo o que sei da atividade do Martin está num artigo que o senhor Seymour afirma não estar correto. O que posso fazer para vos ajudar a descobrir o que é que ele anda a enviar para os iranianos?

— Mais do que pensa — respondeu Gabriel. — Mas antes de chegarmos a isso, há umas quantas coisas que preciso de saber.

— Tais como?

— Como é que isso aconteceu, Zoe? Como é que se envolveu com um homem como o Martin Landesmann?

Ela dirigiu-lhe um sorriso forçado.

— Se calhar, os costumes sociais são diferentes em Israel, senhor Allon, mas aqui no Reino Unido há certas coisas que ainda são consideradas privadas, a não ser que sejamos políticos ou futebolistas famosos, claro.

— Posso garantir-lhe, Zoe, que não tenho vontade de ouvir quaisquer pormenores íntimos sobre a vossa relação.

— Então o que é que quer saber?

— Vamos começar com uma coisa simples — respondeu ele. — Como é que se conheceram?

Por breves instantes, Zoe fez questão de mostrar que estava a ponderar bem a pergunta.

— Foi há dois anos, em Davos. O Martin tinha acabado de fazer o seu discurso anual, que foi eletrizante. Enviei o artigo da sala de imprensa e depois dirigi-me para o Belvedere Hotel. Era o cenário habitual: estrelas de cinema e políticos em convívio com os homens de negócios mais ricos do mundo. É aí que se passa a verdadeira ação em Davos, nos *cocktails* e nos bares dos hotéis mais caros.

— E o Martin estava lá?

Ela assentiu com a cabeça.

— Ele e a sua comitiva estavam a beber a um canto, protegidos por um muro de guarda-costas. Pedi um copo de vinho e, de imediato, dei por mim a ter uma conversa horrendamente aborrecida com um ministro das Finanças africano sobre o auxílio à dívida. Passados dez minutos, estava pronta para cortar os pulsos. Foi então que senti alguém a dar-me uma palmadinha no ombro. Era um tipo loiro, de fato escuro, cabelo à escovinha, sotaque alemão. Disse que se chamava Jonas Brunner e que trabalhava para o Landesmann. Disse que o senhor Landesmann gostaria de saber se eu estaria interessada em tomar uma bebida com ele. Aceitei, claro, e, uns segundos depois, estava sentada ao lado do próprio.

— E o que é que o próprio queria?

— Eu andava a chateá-lo há meses com pedidos de entrevista. Disse-me que queria conhecer a mulher mais persistente do mundo, ou pelo menos foi isso que disse na altura.

— E porque é que um homem de negócios no seu perfeito juízo havia de querer dar-lhe uma entrevista?

— Não ia ser um artigo desse género. Queria fazer uma coisa que fosse diferente das minhas habituais investigações arrasadoras. Queria escrever sobre um homem de negócios rico que até estava a fazer algo de decente com o dinheiro. Disse ao Martin que queria que os leitores conhecessem o homem por trás da cortina.

— Mas, nessa noite, a vossa conversa foi confidencial?

— Completamente.

— E do que é que falaram?

— Inacreditavelmente, de *mim*. O Martin queria saber coisas sobre o meu trabalho. A minha família. Os meus *hobbies*. Tudo o que não tivesse que ver com ele.

— E ficou impressionada?

— Maravilhada, até. É difícil não ficar. Martin Landesmann é incrivelmente bonito e rico como tudo. E não há assim tantos homens com quem me cruze que queiram falar de outras coisas a não ser de si próprios.

— Então, sentiu-se atraída por ele?

— Na altura, fiquei intrigada. E não se esqueça que andava atrás de uma entrevista.

— E o Martin?

Ela fez um sorriso ligeiro.

— À medida que a noite foi avançando, ficou bastante atiradiço, de uma forma discreta e subliminal, muito própria do Martin — respondeu. — Por fim, perguntou-me se queria jantar com ele na privacidade da sua suíte. Disse que isso nos ia dar uma oportunidade para nos ficarmos a conhecer melhor um ao ouro. Quando lhe respondi que não achava muito apropriado, pareceu bastante chocado. O Martin não está habituado a que as pessoas lhe digam *não*.

— E a entrevista?

— Achei que tinha perdido a hipótese de a conseguir. Mas o que acabou por acontecer foi o contrário. Scott Fitzgerald tinha razão acerca dos ricos, senhor Allon. São diferentes de si e de mim. Querem tudo. E, se não puderem ter uma coisa, querem-na ainda mais.

— E o Martin queria-a a si?

— Assim parecia.

— E como é que ele lhe fez a corte?

— Discreta e persistentemente. Ligava de dois em dois dias, só para conversar e trocar opiniões. A política britânica. A política monetária do Banco de Inglaterra. O défice orçamental na América.

Parou por uns instantes e, a seguir, acrescentou:

— Coisas muito *sexy*.

— Nada de pessoal?

— Nessa altura não — respondeu. — Aproximadamente um mês depois, ligou por fim uma noite, a altas horas, e disse apenas uma única palavra: sim. Apanhei o avião para Genebra e fiquei três dias no interior da redoma do Martin. Mesmo para uma repórter habitualmente insensível como eu, foi uma experiência inebriante. Quando o artigo saiu, foi um terramoto. Tornou-se leitura obrigatória para homens de negócios e políticos do mundo inteiro. E cimentou a minha reputação como uma das melhores jornalistas financeiras do mundo.

— E o Martin gostou?

— Na altura, eu não fazia a mínima ideia.

— Não houve telefonemas?

— Silêncio completo em termos de comunicações. — Parou por uns instantes. — Confesso que fiquei desapontada quando não tive notícias dele. Tinha curiosidade de saber o que é que achava do artigo. Por fim, duas semanas depois de o artigo ter sido publicado, ligou outra vez.

— E o que queria?

— Disse que queria comemorar o facto de ser o primeiro homem de negócios a sobreviver à pena aniquiladora de Zoe Reed. Convidou-me para jantar. Até sugeriu que eu levasse alguém.

— E aceitou?

— Imediatamente. Mas não levei ninguém. O Martin e eu jantámos aqui em Londres, no L'Autre Pied. Depois, deixei que me levasse para o hotel dele. E depois... — disse, com a voz a morrer. — Depois deixei que me levasse para a cama.

— Sem problemas com a ética jornalística? Sem culpa por dormir com um homem casado?

— Claro que tive remorsos. Aliás, jurei a mim mesma que isso nunca mais ia acontecer.

— Mas aconteceu.

— Logo na tarde seguinte.

— E começou a vê-lo com regularidade depois disso? Ela assentiu com a cabeça.

— Onde?

— Em qualquer sítio que não fosse Londres. A minha cara é demasiado fácil de reconhecer aqui. Encontrávamo--nos sempre no continente, normalmente em Paris, às vezes em Genebra e, ocasionalmente, no chalé dele em Gstaad.

— E como é que comunicam?

— Da maneira comum, senhor Allon. As linhas de comunicação do Martin são muito seguras.

— Por boa razão — retorquiu Gabriel. — E tem planos para se encontrar com ele no futuro?

— Depois do que acabou de me contar? — disparou Zoe, rindo-se. — Na verdade, fiquei de me encontrar com ele em Paris daqui a quatro dias. E uma semana depois disso, tenho agendada uma ida a Genebra. E isso até se trata de uma viagem de trabalho: a gala de Natal anual do Martin, na Villa Elma. Todos os anos, trezentas pessoas muito ricas e muito afortunadas têm a oportunidade de passar umas horas no santuário íntimo do Martin. O valor da entrada é uma contribuição de cem mil euros para a fundação dele, a One World. E, mesmo assim, tem de mandar embora centenas de pessoas todos os anos. Eu vou de borla, claro. O Martin gosta de me levar à Villa Elma. — Parou por uns instantes e, a seguir, acrescentou: — Não tenho a certeza de que a Monique seja da mesma opinião.

— Ela sabe da sua existência?

— Sempre achei que devia suspeitar de alguma coisa. O Martin e a Monique fingem que têm uma relação perfeita, mas, na realidade, o casamento deles é uma farsa. Vivem debaixo do mesmo teto, mas na maior parte do tempo levam vidas completamente separadas.

— E ele alguma vez falou da possibilidade de a deixar para viver consigo?

— Com certeza que o senhor não é assim tão antiquado — respondeu ela, franzindo o sobrolho. — Estar com o Martin Landesmann é muito excitante. O Martin faz-me feliz. E quando acabar tudo...

— Ele volta para a vida dele e a Zoe para a sua?

— Não é assim que as coisas são sempre?

— Suponho que sim — respondeu Gabriel. — Mas é capaz de não ser assim tão fácil para si.

— E porque diz isso?

— Porque está apaixonada por ele.

As faces de Zoe foram automaticamente ao rubro.

— É assim tão óbvio? — perguntou em voz baixa.

— Receio que sim.

— E continua a querer usar-me?

— Usá-la? Não, Zoe, não faço tenções de a usar. Mas seria uma honra se aceitasse juntar-se à nossa iniciativa como parceira de pleno direito. Prometo-lhe que vai ser a experiência de uma vida. E vai ver coisas que mais nenhum repórter britânico viu até hoje.

— Se calhar, agora era boa altura para me dizer ao certo o que é que quer que eu faça, senhor Allon.

— Preciso que se encontre uma última vez com Martin Landesmann no apartamento dele em Paris. E preciso que me faça um favor enquanto lá estiver.

Passavam poucos minutos da meia-noite quando a limusina *Jaguar* que transportava Zoe Reed e Graham Seymour se afastou lentamente do passeio, à porta da casa segura em Highgate. Gabriel partiu cinco minutos mais tarde, acompanhado por Nigel Whitcombe. Seguiram para sul, atravessando as ruas sossegadas de Londres, com Whit-combe a tagarelar com um entusiasmo nervoso e Gabriel a soltar pouco mais do que um ou outro murmúrio de con-cordância. Saiu do carro em Marble Arch e dirigiu-se a pé para um apartamento seguro do Departamento, em Bays-water Road, com vista para o Hyde Park. Ari Shamron es-perava-o, ansioso, sentado à mesa da sala de jantar, com uma névoa de fumo de cigarro a envolvê-lo.

— E então? — perguntou.

— Já temos o nosso agente infiltrado.

— E quanto tempo é que temos para a preparar?

— Três dias.

Shamron sorriu.

— Então sugiro que deites mãos à obra.

CAPÍTULO

49

HIGHGATE, LONDRES

Era um período de tempo alarmantemente curto, mesmo para um serviço secreto habituado a trabalhar contrarrelógio. Iriam ter apenas três dias para transformar uma jornalista de investigação britânica numa espia profissional. Três dias para a preparar. Três dias para a treinar nos fundamentos básicos das artes do ofício. E três dias para lhe ensinar um par de procedimentos cruciais — um envolvia o telemóvel seguro de Martin Landesmann, um *Nokia N900*, e o outro o seu computador portátil *Sony VAIO Série Z*.

A tarefa ficou ainda mais difícil com a decisão de Gabriel de não alterar em nada a agenda de trabalho de Zoe, uma medida tomada para evitar qualquer perturbação na sua rotina diária. Isso significava que a equipa apenas a teria consigo durante algumas horas por noite e só depois de ela já ter tido um dia de trabalho esgotante. Discretamente, Graham Seymour expressou dúvidas de que ela ficasse pronta a tempo, tal como os americanos, que naquele momento já se encontravam a seguir o caso de perto. Mas Gabriel manteve-se irredutível. Zoe tinha um encontro marcado com Martin em Paris dentro de três dias. Se essa data não fosse cumprida, Martin poderia ficar desconfiado. E se a enviassem demasiadas vezes para a cama de Martin com a cabeça cheia de segredos, poderia acabar como Rafael Bloch.

Para sala de aulas, Gabriel escolheu a familiar casa segura em Highgate, mas, quando Zoe lá chegou para a primeira sessão, o espaço já não apresentava qualquer semelhança com um clube privado londrino. As paredes estavam repletas de mapas, fotografias e diagramas, e as salas ocupadas por um grupo de israelitas que mais parecia um conjunto de universitários atormentados do que profissionais experimentados dos serviços secretos. Cumprimentaram a recém-chegada como se já estivessem à espera dela há muito tempo e, a seguir, juntaram-se todos à mesa da sala de jantar para comerem um caril rapidamente. O afeto demonstrado pelos membros da equipa de Gabriel era genuíno, mesmo que os nomes atrás dos quais se escondiam não o fossem. Zoe sentiu uma maior e mais natural afinidade em relação a Yossi, com a sua roupa de *tweed* e formação em Oxford, mas revelou-se claramente intrigada com uma mulher atraente, de longos cabelos escuros, que dava pelo nome de Rachel.

Os fortes constrangimentos operacionais forçaram Gabriel a abdicar dos métodos normais de treino e a conceber um verdadeiro curso intensivo sobre os fundamentos básicos da espionagem. Começou logo a seguir ao jantar, quando Zoe foi posta numa espécie de tapete rolante, correndo de sala em sala e de *briefing* em *briefing*. Treinaram-na nos fundamentos da contravigilância e da comunicação impessoal. Ensinaram-na a mover-se em público e a ocultar as emoções e o medo. E até lhe deram umas quantas aulas de defesa pessoal. *É agressiva por natureza,* disse Rimona a Gabriel, com um saco de ervilhas congeladas encostado ao olho inchado. *E tem um cotovelo esquerdo lixado.*

Era uma aluna dotada, mas a verdade é que não esperavam outra coisa. Ao final da primeira noite, a equipa declarou, por unanimidade, que ela estava a aprender o seu papel com espantosa facilidade — um grande elogio, tendo em conta a qualidade de recrutas anteriores. Abençoada com os atributos de uma repórter de elite, era capaz de armazenar, ordenar e extrair grandes quantidades de informação a uma velocidade notável. Até mesmo Dina, que tinha na cabeça uma base de dados sobre terrorismo, ficou impressionada com a capacidade de memória de Zoe. *Ela está habituada a trabalhar com prazos apertados,* disse Dina. *Quanto mais a pressionamos, melhor ela reage.*

Todas as noites, a sua última paragem era o pequeno estúdio do último andar. Era ali que, sozinha com Gabriel, ensaiava repetidamente os procedimentos que eram o propósito central do seu recrutamento. Se tivessem êxito, prometeu Gabriel, o mundo de Martin seria um livro aberto. Um erro, avisou, e ela afundaria a operação inteira e colocar-se-ia em grave perigo. Tinha de partir do princípio de que o lobo estava logo à porta, à espera de a apanhar, num derradeiro ato de traição. Para o derrotar, seria necessário velocidade e um silêncio quase total. A velocidade foi adquirida com facilidade; o silêncio revelou-se bem mais fugidio. Foi alcançado por fim, já a altas horas da segunda noite, quando uma gravação da sessão não revelou nada que fosse audível ao ouvido humano.

No entanto, o rápido treino de Zoe era apenas uma das preocupações de Gabriel. Havia veículos para alugar, mais

302

operacionais para colocar a postos e um apartamento seguro para adquirir, na margem direita do rio Sena, não muito longe do Hôtel de Ville. E dado o envolvimento de vulto por parte dos britânicos, havia também várias reuniões de vulto a que comparecer. A equipa do MI6 dedicada ao Irão acabou por ir parar à mesa das operações, tal como representantes do Ministério dos Negócios Estrangeiros e do Ministério da Defesa. Com efeito, sempre que Gabriel entrava em Thames House, a multidão parecia maior. Havia riscos evidentes ao trabalhar de forma tão próxima com serviços secretos congéneres — nomeadamente, o facto de esses mesmos serviços estarem a registar com grande atenção todas as tendências operacionais que conseguiam observar. A exposição de Gabriel aumentava devido ao facto de estar a viver e a trabalhar dentro de uma casa segura do MI5. E embora Graham Seymour negasse estar a par dos preparativos, Gabriel tinha a certeza de que cada palavra proferida pela sua equipa era gravada e analisada pelo MI5. Mas era esse o preço a pagar pela cooperação britânica no combate a Martin Landesmann. E por Zoe.

Gabriel manteve-se fiel ao acordo estabelecido para a operação e permitiu relutantemente que Graham Seymour se ocupasse da vigilância de Zoe. Apesar das objeções dos advogados, Seymour alargou a zona de cobertura de maneira a incluir o telefone e o computador que Zoe utilizava na redação do *Financial Journal*. A interceção das chamadas e da correspondência eletrónica não deixou transparecer indiscrições nem qualquer espécie de dúvidas. Tal como não revelaram quaisquer contactos não previstos de um tal Martin Landesmann, presidente da Global Vision Investments of Geneva.

Na sua última noite na casa segura em Highgate, Zoe parecia mais concentrada do que nunca. E se estava minimamente assustada com o que vinha a seguir, não deu qualquer indicação disso. Avançou, decidida, para o tapete rolante de Gabriel e foi rapidamente levada, uma última vez, de sala em sala e de *briefing* em *briefing*. A sua noite terminou, como sempre, no estúdio do último andar. Gabriel desligou as luzes e ficou a ouvir com atenção enquanto ela ensaiava pela última vez.

— Pronto — disse ela. — Quanto tempo é que demorou?

— Dois minutos e catorze segundos.

— E isso é bom?

— Muito bom.

— E ouviu alguma coisa?

— Nem um único som.

— E já terminámos?

— Ainda não.

Gabriel ligou as luzes e olhou para ela pensativamente.

— Não é demasiado tarde para mudar de opinião, Zoe. Nós arranjamos outra maneira qualquer de chegar a ele. E prometo-lhe que ninguém vai ficar com má opinião de si.

— Sim, mas posso eu ficar — respondeu ela, calando-se depois por um momento. — Há uma coisa que deve saber a meu respeito, senhor Allon. Quando tomo uma decisão, levo-a até ao fim. Nunca quebro promessas e detesto enganar-me.

— Temos os dois esse problema.

— Bem me parecia.

Zoe pegou no telefone utilizado para ensaiar.

— Algum conselho de última hora?

— A minha equipa preparou-a bem, Zoe.

— Sim, é verdade — retorquiu ela, olhando para ele. — Mas eles não são o senhor.

Gabriel tirou-lhe o telefone da mão.

— Quando começar, mexa-se discreta mas rapidamente. Não se ponha a andar devagarinho como um ladrão. Visualize as suas ações antes de as fazer. E não pense nos guarda-costas. Nós preocupamo-nos com os guarda-costas. Só tem de se preocupar com o Martin. O Martin é da sua responsabilidade.

— Não tenho a certeza se consigo fingir que estou apaixonada por ele.

— As pessoas são mentirosas por natureza. Enganam e dissimulam centenas de vezes por dia, sem darem sequer conta. E acontece que o Martin Landesmann é um mentiroso extraordinário. Mas, com a sua ajuda, podemos derrotá-lo com as suas próprias armas. A mente é como um recipiente, Zoe. Podemos enchê-la e despejá-la à vontade. Quando entrar amanhã à noite no apartamento dele, nós não existimos. Apenas o Martin. Só tem de estar apaixonada por ele mais uma noite.

— E depois disso?

— A Zoe volta para a sua vida e finge que nada disto alguma vez aconteceu.

— E se isso não for possível?

— A mente é como um recipiente, Zoe. Tire a tampa e a memória escoa-se.

Dito isso, Gabriel desceu as escadas com ela e ajudou-a a entrar para o banco de trás de um *Rover* do MI5. Como de costume, Zoe ligou de imediato o telemóvel a fim de aproveitar para trabalhar um pouco durante a curta viagem até à sua casa, em Hampstead. Como o aparelho tinha passado uns minutos nas mãos capazes de Mordecai durante essa noite, a equipa sabia naquele momento a altitude, latitude, longitude e velocidade a que Zoe seguia. Também conseguiam ouvir tudo o que estava a dizer ao agente do MI5 responsável por ela e conseguiram monitorizar os dois lados do telefonema que fez ao seu editor-adjunto, Jason Turnbury. Cinco minutos depois do final da chamada, já tinham feito o *download* do *e-mail* dela, das mensagens de texto e de vários meses de atividade na Internet. E também fizeram o *download* de várias dezenas de fotografias, incluindo uma tirada, seis meses antes, a Martin Landesmann, sem camisa e a apanhar sol na coberta do chalé em Gstaad.

A fotografia no telemóvel de Zoe desencadeou uma discussão feroz entre a equipa de Gabriel, efetuada numa forma abreviada de hebraico coloquial que nenhum agente do MI5 que estivesse à escuta conseguiria alguma vez traduzir. Yaakov, ele próprio um homem com uma vida pessoal complicada, propôs o término imediato de toda a operação. *Só há uma razão para uma mulher andar com uma fotografia dessas. Ela continua apaixonada por ele. E se a enviarem amanhã à noite para o apartamento dele, vai afundar-nos a todos.* Mas foi Dina — Dina, com o seu coração bastante despedaçado — quem o conseguiu demover. *Às vezes, uma mulher gosta tanto de se pôr a olhar para um homem que odeia como para outro que ama. A Zoe odeia o Martin como nunca odiou ninguém na vida. E quer fazê-lo cair tanto como nós queremos.*

Por estranho que pareça, foi a própria Zoe quem pôs fim à disputa quando, uma hora mais tarde, Martin telefonou de Genebra para dizer que se encontrava ansioso por a ver em Paris. A chamada foi curta; o desempenho de Zoe, exemplar. Depois de interromper a ligação, ligou de imediato para Highgate para dar conta do telefonema e, a seguir, deitou-se na cama para dormir umas horas. Ao desligar a luz do candeeiro da mesinha de cabeceira, ouviu-se uma única palavra, que não deixou muitas dúvidas sobre o que sentia verdadeiramente por Martin Landesmann.

— Sacana...

Na manhã seguinte, quando Gabriel chegou a Thames House, parecia que o palácio de Whitehall inteiro estava à espera na sala de conferências do nono andar. Após suportar uma hora de rigoroso interrogatório, obrigaram-no a fazer um juramento de sangue, comprometendo-se a, caso fosse capturado em solo francês, nada dizer acerca do envolvimento britânico ou americano no caso. Ao ver que não havia documentos para assinar, Gabriel levantou a mão direita e, a seguir, saiu discreta e rapidamente da sala. Para grande surpresa sua, Graham Seymour fez questão de o levar de carro até St. Pancras Station.

— A que devo esta honra? — perguntou Gabriel quando do o carro parou junto a Horseferry Road.

— Queria falar contigo em privado.

— Sobre?

— O telemóvel de Zoe — respondeu Seymour, olhando para Gabriel e franzindo o sobrolho. — Assinaste um acordo no sentido de nos deixar tratar da vigilância dela e violaste-o no momento em que virámos costas.

— Achavam mesmo que eu a ia enviar para o apartamento do Martin sem cobertura áudio?

— Não te esqueças mas é de cortar a ligação assim que ela estiver a salvo em solo britânico. Até agora, conseguimos evitar dar tiros nos pés. Preferia que as coisas continuassem assim.

— A melhor maneira de darmos tiros nos pés seria perdermos a Zoe amanhã à noite em Paris.

— Mas isso não vai acontecer, pois não, Gabriel?

— Não se conduzirmos a operação à minha maneira.

Seymour olhou pela janela e contemplou o Tamisa.

— Não preciso de te lembrar que estão várias carreiras nas tuas mãos, incluindo a minha. Faz o que tiveres de fazer para conseguir o telemóvel e o computador do Martin. Mas certifica-te de que fazes a nossa rapariga regressar inteira a casa.

— É esse o plano, Graham.

— Sim — retorquiu Seymour num tom distante. — Mas sabes o que dizem sobre os planos cuidadosamente preparados. Às vezes, correm mal e têm consequências desastrosas. E se há uma coisa de que Whitehall não gosta é de um desastre. Em especial, quando acontece em França.

— Queres participar e supervisionar pessoalmente?

— Como bem sabes, Gabriel, estou proibido por lei de participar em operações em solo estrangeiro.

— E como é que conseguem sequer reunir informações com todas essas regras?

— Nós não somos como vocês, Gabriel. Somos britânicos. As regras deixam-nos felizes.

CAPÍTULO

50

MAYFAIR, LONDRES

Tal como praticamente todos os outros aspetos da Obra-Prima, escolher a localização de um posto de comando operacional deu origem a negociações tensas. Tanto por razões de conceção como de estatuto, o centro de operações do MI5 foi declarado inadequado para uma iniciativa no estrangeiro, mesmo tratando-se de um destino tão próximo como Paris. O MI6 fez uma previsível tentativa para instalar as operações em Vauxhall Cross — uma proposta rejeitada de imediato por Graham Seymour, que já se encontrava a travar uma guerra antecipadamente perdida no sentido de manter o seu carismático rival afastado do que considerava ser a sua operação. Como os israelitas não possuíam centro de operações em Londres — pelos menos, nenhum oficial —, sobravam apenas os americanos. Comandar a operação da sede da CIA fazia sentido tanto por razões políticas como técnicas, já que as capacidades americanas em solo britânico excediam em muito as dos próprios britânicos. Com efeito, após a sua última visita às colossais instalações subterrâneas da CIA, Seymour concluíra que os americanos podiam travar uma guerra mundial a partir daí, por baixo de Grosvenor Square, sem que

309

Whitehall fizesse ideia. *Quem é que os deixou construir aquilo?,* perguntara o primeiro-ministro. *Foi o senhor,* respondera Seymour.

Depois de acordado o local, havia a pequena questão dos convidados. Tal como Seymour receava, a lista daqueles que queriam marcar presença foi crescendo depressa, até ficar atrozmente comprida — tão comprida, na verdade, que se sentiu compelido a lembrar aos seus pares que aquilo que estavam a pôr em marcha era uma operação dos serviços secretos e não a estreia de uma peça de teatro no West End. Além do mais, como era provável que a operação desse azo a material inapropriado para ser disseminado largamente, tinha de ser conduzida com uma sensibilidade maior ainda do que a habitual. Mais tarde ou mais cedo, outras agências seriam informadas do desfecho, mas não poderiam estar presentes, fossem quais fossem as circunstâncias, quando tal acontecesse. A lista de convidados limitar-se-ia aos três atores principais — os três membros de uma irmandade secreta que tratava das tarefas desagradáveis que mais ninguém queria fazer e se preocupava com as consequências depois.

Embora a localização exata do centro de operações da CIA em Londres fosse um segredo cuidadosamente guardado, Graham Seymour sabia com considerável certeza que se situava cerca de treze metros abaixo do canto sudoeste de Grosvenor Square. De certa forma, sempre achara piada a isso, já que, logo acima, fosse qual fosse o dia, várias centenas de pessoas ansiosas faziam fila para pedir vistos, incluindo um ou outro jihadista determinado a atacar a pátria americana. Como as instalações não existiam oficialmente, não tinham nome oficial. No entanto, quem estava por dentro do assunto referia-se a elas simplesmente como o anexo. A sua atração principal era uma sala de controlo que mais parecia um anfiteatro, dominada por vários grandes ecrãs, capazes de projetar, de forma segura, imagens vindas de todo o planeta. Logo ao lado, havia uma sala de reuniões, com vidro à prova de som, conhecida afetuosamente como o aquário, além de alguns cubículos cinzentos reservados para a autêntica sopa de letras de agências americanas envolvidas no contraterrorismo e na recolha de informações. Nem mesmo Graham Seymour, cuja tarefa primordial continuava a ser a contraespionagem, se conseguia lembrar de todas. A estrutura dirigente dos serviços secretos americanos, pensou ele, era muito parecida com os automóveis americanos — grande e vistosa, mas, em última análise, ineficaz.

Já passavam uns minutos das seis da tarde quando Seymour conseguiu entrar por fim no anexo. Adrian Carter estava sentado na sua cadeira habitual, na parte de trás da sala de controlo, com Ari Shamron empoleirado à sua direita, parecendo estar à beira de um grave ataque devido à falta de nicotina. Seymour instalou-se no lugar habitual, à esquerda de Carter, e fixou o olhar nos ecrãs. Bem no centro, havia uma imagem estática, captada por CFTV, do exterior do *Financial Journal,* local de trabalho de Zoe Reed, prestes a tornar-se uma agente infiltrada.

Ao contrário dos colegas do *Journal,* o dia de Zoe tinha sido alvo de apertado escrutínio por parte dos serviços secretos de três países. Sabiam que tinha começado mal, com um atraso de vinte minutos na temível Northern Line do metro. Sabiam que tinha chegado ao emprego às 9h45, com um ar extraordinariamente aborrecido, que tinha almoçado com uma das suas fontes num restaurantezinho pitoresco perto de St. Paul's e que, no regresso ao trabalho, tinha entrado no Boots para comprar alguns produtos de higiene pessoal, que nunca chegaram a identificar. E também sabiam que tinha sido forçada a aguentar várias horas na companhia de um advogado do *Journal* por causa da ameaça de um processo por difamação devido ao artigo que escrevera a denunciar o caso Empire Aerospace. E que, a seguir, tinha sido obrigada a ir ao gabinete de Jason Turnbury para mais um sermão a propósito das suas despesas, que tinham sido ainda maiores do que no mês anterior.

Zoe saiu finalmente da redação do *Journal* às 18h15, uns minutos mais tarde do que Gabriel contava, e apanhou um táxi. Conforme previsto, houve um que parou de imediato e a transportou, a toda a velocidade, até St. Pancras. Ela passou pela zona de controlo de passaportes num tempo recorde e seguiu para a plataforma de embarque, onde foi reconhecida por um lascivo banqueiro da City que se auto-proclamou o seu maior fã.

Zoe temeu que o homem fosse ficar sentado ao lado dela no comboio, mas sentiu-se aliviada quando descobriu que o companheiro de viagem era afinal a rapariga sossegada e de cabelos escuros de Highgate, que dava pelo nome de Sally. Havia mais quatro membros da equipa a bordo da carruagem de Zoe, incluindo uma figura élfica, com cabelo fino, que conhecia como Max, e o inglês amante de roupa de *tweed,* que dava pelo nome de David. Nenhum deles se deu ao trabalho de informar o centro de operações, em Grosvenor Square, de que Zoe tinha apanhado o comboio. As imagens captadas por CFTV trataram disso por eles.

— Para já, tudo bem — disse Shamron, com os olhos colados aos ecrãs. — Agora só precisamos do nosso protagonista.

Mas no exato momento em que Shamron proferiu essas palavras, já os três mestres espiões sabiam que Martin Landesmann se encontrava alarmantemente atrasado. Após começar o dia com uma viagem de barco de uma hora ao longo das águas tranquilas do lago Genebra, embarcou no jato privado, acompanhado de vários assessores importantes, e deu um salto até Viena. Quando chegou, foi visitar os escritórios de uma grande empresa química austríaca, saindo de lá às três da tarde, recebido por uma neve ligeira. Foi nessa altura que os deuses dos serviços secretos resolveram sabotar as coisas. Isto porque, durante o tempo que Landesmann e a sua comitiva levaram a chegar ao Aeroporto Schwechat, a neve ligeira se transformou num autêntico nevão austríaco.

Ao longo das duas horas seguintes, São Martin manteve-se sentado, com serenidade monástica, no átrio VIP da Vienna Aircraft Services, enquanto a sua comitiva se esforçava freneticamente por obter uma abertura para poderem levantar voo. Todos os dados meteorológicos apontavam para uma longa espera ou talvez até para o encerramento do aeroporto. Mas, por algum milagre, o jato de Martin recebeu a única autorização para partir concedida nessa noite e, às cinco e meia da tarde, já se encontrava a caminho de Paris. De acordo com as ordens decretadas por Gabriel, não foram tiradas quaisquer fotografias quando Martin e a sua comitiva desembarcaram em Le Bourget e seguiram em fila para o comboio de grandes *Mercedes Classe S* pretos que os aguardava. Três dos carros dirigiram-se para o Hôtel de Crillon e o outro para o elegante prédio de apartamentos de cor creme na Île Saint-Louis.

Para Gabriel Allon, à janela do apartamento seguro do outro lado do rio Sena, a chegada de Martin Landesmann era uma ocasião importantíssima, por representar a primeira vez que via a sua presa em carne e osso. Martin saiu do carro pelo banco de trás, segurando uma elegante pasta de cabedal para computador, e atravessou a entrada do prédio discretamente e sem acompanhamento. Martin, o homem do povo, pensou Gabriel. Martin, que estava apenas a umas horas de se tornar um livro aberto. Tal como praticamente todas as suas aparições públicas, tinha sido uma situação breve, embora tivesse deixado uma impressão indelével. Nem mesmo Gabriel conseguia evitar sentir uma certa admiração profissional perante a perfeição do disfarce de Martin.

Gabriel levou aos olhos os binóculos de visão noturna e inspecionou o campo de batalha. Yaakov estava num grande *Peugeot* estacionado junto ao rio, Oded num *Renault* com porta traseira enfiado na rua estreita ao lado do prédio de Martin, e Mordecai numa carrinha *Ford* estacionada perto da Pont Marie. Os três manteriam uma vigilância ininterrupta ao longo da noite, tal como os três homens no *Mercedes Classe S* preto que se encontrava estacionado à porta do número 21 do Quai de Bourbon. Um era Henri Cassin, o motorista habitual de Martin em Paris. Os outros dois eram guarda-costas profissionais a que a Zentrum Security recorria. Foi nesse preciso momento que Gabriel ouviu um barulho agudo de estática. Baixando os binóculos, virou-se para Chiara, que estava debruçada sobre um computador portátil a monitorizar o fluxo de áudio que vinha em direto do telemóvel de Zoe.

— Há algum problema?

Chiara abanou a cabeça.

— Parece só que o comboio está a passar por um túnel.

— E onde é que ela está?

— A menos de um quilómetro da estação, para norte.

Gabriel virou-se novamente para a janela e levantou os binóculos. Martin encontrava-se naquele momento à beira do terraço da sua *penthouse*, com os olhos postos no rio e o telemóvel *Nokia* encostado ao ouvido. Uns segundos mais tarde, Gabriel ouviu um toque com duas notas a sair do computador de Chiara, seguido da voz de Zoe.

— *Olá, querido.*

— *Onde é que estás?*

— *O comboio está a chegar à estação.*

— *Como é que foi a viagem?*

— *Não foi má.*

— *E o teu dia?*

— *Indescritivelmente horrível.*

— *O que é que se passa?*

— *Advogados, querido. O que se passa são o raio dos advogados.*

— *Posso fazer alguma coisa para ajudar?*

— *Espero bem que sim.*

— *Até daqui a uns minutos.*

A ligação foi interrompida. Chiara desviou os olhos do ecrã do computador e afirmou:

— Ela é boa.

— Pois é. Mas mentir ao telefone é fácil. É muito mais difícil fazê-lo cara a cara.

Gabriel regressou ao seu posto à janela. Martin estava outra vez a falar ao telemóvel, mas desta feita Gabriel não pôde ouvir a conversa.

— A Zoe já saiu do comboio?

— Está agora mesmo a pisar a plataforma.

— E vai na direção certa?

— A uma velocidade considerável.

— Rapariga sensata. Esperemos só que consiga chegar ao carro antes que alguém lhe roube a mala.

Para Zoe, sempre fora um mistério a razão por que o Eurostar de Londres para Paris, possivelmente a ligação ferroviária mais chique do mundo, terminava o seu percurso num antro como a Gare du Nord. Já era um sítio inóspito à luz do dia, mas, às 22h17 de uma noite fria de inverno, era verdadeiramente aterrador. Copos de papel e embalagens de comida transbordavam de caixotes do lixo a abarrotarem, toxicodependentes aturdidos vagueavam sem destino e trabalhadores emigrantes extenuados adormeciam em cima da bagagem coçada enquanto esperavam por comboios para lado nenhum. Ao sair da estação, em direção à escuridão da Place Napoléon III, Zoe foi imediatamente abordada por nada menos do que três mendigos. Baixando a cabeça, passou rapidamente por eles, sem dizer uma palavra, e entrou para o banco de trás de um grande carro preto com o nome REED escrito no vidro da janela.

Quando o carro avançou com um solavanco, Zoe sentiu o coração palpitar com toda a força na caixa torácica. Por um instante, pôs a hipótese de pedir ao motorista que a levasse outra vez para a estação. Foi então que espreitou pela janela e deparou com a visão reconfortante de uma mota conduzida por uma só figura de capacete ao volante. Zoe reconheceu-lhe os sapatos. Eram do agente alto e esguio, com cabelo loiro e olhos cinzentos, que falava com sotaque russo.

Zoe olhou para a frente e esquivou-se educadamente à tentativa do motorista de dar início a um diálogo. Não queria estar a fazer conversa de circunstância com um desconhecido. Não naquela altura. Tinha coisas mais importantes em que pensar. As duas tarefas que eram a razão do seu recrutamento. As duas tarefas que iriam transformar a vida de Martin num livro aberto. Ensaiou uma última vez, depois fechou os olhos e tentou ao máximo esquecer. Gabriel tinha-lhe fornecido uma série de exercícios simples para efetuar. Truques de memória. Truques do ofício. A sua missão fora facilitada pelo facto de não ter de se tornar outra pessoa. Bastava-lhe fazer retroceder os ponteiros do tempo uns dias, até ao momento antes de ser convidada a entrar no carro de Graham Seymour. Tinha de se transformar na Zoe de antes da revelação. Na Zoe de antes da verdade. Na Zoe que tinha um segredo que não contava aos colegas do *Journal*. Na Zoe que arriscava a reputação por um homem conhecido pelo mundo inteiro como São Martin.

A mente é como um recipiente, Zoe. Podemos enchê-la e despejá-la à vontade...

E, por isso, foi essa versão de Zoe Reed que saiu do carro e deu as boas-noites ao motorista. E foi essa Zoe Reed que, de cor, introduziu o código no teclado de entrada e avançou para o elegante elevador. *Não existe nenhuma casa segura em Highgate,* disse a si própria. Nenhum inglês amante de roupa de *tweed* chamado David. Nenhum assassino de olhos verdes chamado Gabriel. Naquele momento,

317

havia apenas Martin Landesmann. Martin, que se encontrava naquele instante à porta do apartamento, com uma garrafa do seu vinho preferido na mão. Martin, cujos lábios estavam encostados aos dela. E Martin, que lhe estava a dizer quanto a adorava.

Só tem de estar apaixonada por ele mais uma noite.

E depois disso?

A Zoe volta para a sua vida e finge que nada disto alguma vez aconteceu.

A notícia da chegada de Zoe apareceu subitamente nos ecrãs do centro de operações às 21h45, hora de Londres. Infringindo normas há muito em vigor, Ari Shamron acendeu de imediato um dos seus cigarros turcos de cheiro nauseabundo. Naquele momento, não havia mais nada a fazer a não ser esperar. Mas, meu Deus, como ele odiava esperar.

51

ÎLE SAINT-LOUIS, PARIS

Estava vestido como se fosse a metade inferior de uma escala de cor dos cinzentos: pulôver de caxemira cor de ardósia, calças cor de carvão e mocassins de camurça pretos. Combinado com o cabelo cor de prata brilhante e os óculos prateados, o vestuário dava-lhe um ar de seriedade jesuíta. Era Martin como se queria ver a si próprio, pensou Zoe. Martin como intelectual europeu e livre-pensador. Martin, livre de noções de convencionalidade. Martin, que era tudo menos o filho de um banqueiro de Zurique chamado Walter Landesmann. Zoe apercebeu-se de que os seus pensamentos se estavam a afastar para território desprotegido. *Não sabes nada acerca de Walter Landesmann,* recordou a si mesma. Nada acerca de uma mulher chamada Lena Herzfeld, ou de um criminoso de guerra nazi chamado Kurt Voss, ou de um quadro de Rembrandt com um perigoso segredo. Naquele momento, havia apenas Martin. Martin, que amava. Martin, que tinha tirado a rolha da garrafa de *Montrachet* e estava a servir cuidadosamente o vinho cor de mel em dois copos.

— Pareces distraída, Zoe — disse ele, passando-lhe um copo para a mão e erguendo o outro quase impercetivelmente. — À nossa.

Zoe tocou com o copo no de Martin e tentou acalmar-se.

— Desculpa, Martin. A sério. Foi um dia verdadeiramente horrível.

Como os dias horríveis não faziam parte do reportório de Martin, a sua tentativa de adotar uma expressão de solidariedade ficou um pouco a desejar. Bebeu mais um pouco de vinho e depois pousou o copo na borda da comprida bancada amovível, com tampo de granito, que se encontrava no centro da sua extraordinária cozinha. Estava iluminada de forma artística por uma sucessão de lâmpadas de halogéneo embutidas nos cantos, com uma delas a incidir sobre Martin como um holofote. Voltou as costas a Zoe e abriu o frigorífico. Tinha sido bem apetrechado pela governanta durante a tarde. Tirou de lá várias embalagens de cartão com comida já preparada e dispô-las numa fila ordenada, em cima da bancada. Martin, apercebeu-se ela, fazia tudo de forma ordenada.

— Sempre achei que podíamos falar sobre tudo, Zoe.

— E podemos.

— Então porque é que não me contas como é que foi o teu dia?

— Porque passo muito pouco tempo contigo, Martin. E a última coisa que quero fazer é maçar-te com os pormenores aborrecidos do meu trabalho.

Martin lançou-lhe um olhar pensativo — o que utilizava sempre quando respondia a uma ou outra questão, previamente estudada e autorizada, em Davos — e começou a abrir as tampas das embalagens. As suas mãos eram pálidas como o mármore. Mesmo naquela altura, parecia surreal estar a observá-lo a dedicar-se a uma tarefa tão doméstica. Zoe apercebeu-se de que fazia tudo parte da ilusão, tal como a fundação, as boas ações e as opiniões políticas em voga.

— Estou à espera — disse ele.

— De te aborreceres?

— Tu nunca me aborreces, Zoe — respondeu, olhando-a e sorrindo. — Aliás, nunca deixas de me surpreender.

O *Nokia* de Martin produziu uma melodia suave. Ele tirou-o do bolso das calças, franziu o sobrolho quando viu quem estava a ligar e voltou a guardá-lo, sem atender.

— Estavas a dizer?

— Posso vir a ser processada.

— Pela Empire Aerospace?

Zoe ficou genuinamente surpreendida.

— Leste os artigos?

— Leio tudo o que tu escreves, Zoe.

É claro que lês. E foi então que se lembrou dos primeiros e incómodos momentos do encontro que tivera com Graham Seymour. *Não a podíamos contactar abertamente, Ms. Reed. É que é bem possível que esteja alguém a vigiá-la e tenha os telefones sob escuta...*

— E o que achaste dos artigos?

— Foi fascinante lê-los. E se os executivos da Empire e os políticos britânicos forem mesmo culpados, então devem ser punidos como merecem.

— Não pareces convencido.

— Da culpa deles? — retorquiu ele, erguendo uma sobrancelha de modo pensativo e colocando uma porção de feijão-verde num dos cantos da travessa de servir retangular. — É claro que são culpados, Zoe. Só não percebo é porque toda a gente em Londres anda a fingir estar surpreendida. Quando se tem como negócio a venda de armas a países estrangeiros, é *de rigueur* subornar os políticos.

— Talvez — concordou Zoe —, mas isso não faz com que seja correto.

— É claro que não.

— E tu já te sentiste alguma vez tentado?

Martin colocou duas fatias de quiche ao lado do feijão--verde.

— A fazer o quê?

— A subornar alguém para garantir um contrato com o governo?

Ele sorriu, como se não desse sequer importância à questão, e juntou algumas fatias de peito de frango recheado à travessa.

— Acho que me conheces suficientemente bem para responderes tu própria a essa pergunta. Somos muito exigentes em relação às empresas que adquirimos. E nunca nos aproximamos sequer de empreiteiros do setor da defesa ou de fabricantes de armas.

Pois não, pensou Zoe. Só uma fábrica têxtil na Tailândia que funcionava à base do trabalho de escravos, um complexo químico no Vietname que poluía todos os rios num raio de mais de cento e cinquenta quilómetros e uma empresa de agronegócio que estava a destruir as mesmíssimas florestas tropicais que Martin tinha jurado defender até ao último sopro de vida. E depois havia a pequena fábrica industrial em Magdeburgo, na Alemanha, que andava a fazer negócios secretos mas lucrativos com os iranianos, defensores de todos os princípios que Martin dizia prezar. Mas, uma vez mais, os seus pensamentos estavam a afastar--se em direção a terreno perigoso. *Evita isso,* recordou a si mesma.

322

Martin colocou mais umas fatias de presunto francês na travessa e levou a comida para a sala de jantar, onde já estava posta uma mesa. Zoe parou junto à janela com vista para o Sena, antes de se sentar no lugar habitual. Com decoro, Martin encheu-lhe o prato de comida e serviu-lhe um pouco mais de vinho. Depois de se servir, perguntou qual era o fundamento para o processo com que a tinham ameaçado.

— Menosprezo malicioso da verdade — respondeu Zoe. — As tretas do costume.

— É um golpe de relações públicas?

— Da pior espécie. Já tenho a notícia preparadíssima.

— Eu conheço o diretor-executivo da Empire bastante bem. Se quiseres que lhe dê uma palavrinha, tenho a certeza de que conseguiria fazer o assunto...

— Desaparecer? — Martin ficou calado. — Isso é capaz de ser um bocadinho embaraçoso, Martin, mas agradeço a intenção.

— E tens o apoio da direção?

— De momento. Mas o Jason Turnbury já anda à procura da toca mais próxima.

— O Jason não vai ficar muito tempo nesse emprego.

Zoe levantou os olhos do prato bruscamente.

— Como é que sabes isso, raios?

— Eu sei tudo, Zoe. Ainda não aprendeste isso?

Zoe sentiu as faces começarem a arder. Fez um sorriso demasiado rasgado e respondeu:

— Dizes sempre isso, querido. Mas começo a acreditar de facto nisso.

— E deves. E também deves saber que o teu jornal está numa situação pior do que aquilo que julgas. O Jason tem um barco salva-vidas à espera dele na sede da Latham. Mas receio bem que o resto da direção do *Journal* vá ter de se safar sozinha, bem como o corpo editorial.

— E por quanto tempo mais é que vamos conseguir manter-nos à tona?

— Sem um comprador ou uma injeção brutal de dinheiro... por pouco.

— E como sabes tudo isso?

— Sei porque a Latham me contactou a semana passada para perguntar se eu estaria disposto a tirar-lhe o *Journal* das mãos.

— Estás a brincar.

A expressão dele tornou bem claro que não estava.

— Isso ia tornar a nossa relação ainda mais complicada do que já é, Martin.

— Não te preocupes, Zoe. Eu disse que não estava interessado. Os *media* representam uma parcela bastante pequena do nosso atual quadro de investimentos global e não tenho qualquer interesse em adquirir um jornal que se encontra moribundo — afirmou ele, segurando no telemóvel. — Como é que esperam que as pessoas paguem por uma coisa quando ela está a ser vendida ao desbarato?

— E o *Journal*?

— Suspeito que vai ter uma tábua de salvação.

— Estendida por quem?

— Por Viktor Orlov.

Zoe reconheceu o nome. Viktor Orlov era um dos oligarcas russos originais que tinham ganho biliões engolindo os valiosos ativos do antigo Estado soviético enquanto os russos comuns lutavam para sobreviver. Tal como a maioria dos oligarcas da primeira geração, Viktor já não era visto com bons olhos na Rússia. Atualmente, vivia em Londres, numa das casas mais valiosas da cidade.

— O Viktor recebeu o seu passaporte britânico há poucos meses — explicou Martin. — E agora quer acompanhá-lo com um jornal britânico. Acha que ser dono do *Journal* lhe vai trazer o estatuto social que tanto deseja ter em Londres. E também quer usá-lo como arma de arremesso contra os seus antigos adversários no Kremlin. Se lhe conseguir deitar a mão, o teu jornal nunca mais será o mesmo.

— E se não nos comprar?

— O jornal pode acabar daqui a pouco tempo. Mas não te esqueças, Zoe, não fui eu que te disse isto.

— *Nunca* és tu que me dizes nada, querido.

— Espero bem que não.

Zoe riu-se, mesmo contra a sua vontade. Estava surpreendida com a facilidade com que se tinha deixado cair no padrão familiar e confortável da relação entre ambos. Tentou não resistir a essa atmosfera, tal como tentou não pensar no telemóvel encostado ao cotovelo de Martin ou no computador portátil pousado em cima da bancada na cozinha.

— Conheces bem o Viktor?

— Bastante bem — respondeu Martin, espetando o garfo na comida. — Forçou-me a convidá-lo para a angariação de fundos da próxima semana na Villa Elma.

— E como é que conseguiu isso?

— Passando um cheque de um milhão de euros à One World. Não gosto de Viktor nem da maneira como faz negócios, mas pelo menos vais ter oportunidade de confraternizar com o vosso novo proprietário — disse ele, olhando-a de forma séria. — Continuas a pensar vir, não continuas, Zoe?

— Suponho que isso vá depender de estar ou não segura lá.

— De que estás a falar?

— Da tua mulher, Martin. Estou a falar da Monique.

— A Monique vive a vida dela e eu vivo a minha.

— Mas é capaz de não gostar de ver a tua vida a desfilar à frente dela num vestido de noite com o decote mais escandaloso que já vi.

— Recebeste a minha prenda?

— Sim, Martin, recebi. E não devias mesmo ter feito isso.

— Claro que devia. E conto que o uses na próxima semana.

— Tenho a certeza de que o meu acompanhante vai adorar.

Ele olhou para o prato e perguntou, como que por acaso, quem Zoe estava a pensar levar à festa.

— O Jason estava com esperança de poder ir outra vez, mas ainda não me decidi.

— Talvez pudesses levar alguém que não fosse um dos teus ex-namorados.

— O Jason e eu não fomos namorados, Martin. Fomos um erro.

— Mas é óbvio que ele ainda gosta bastante de ti.

Ela lançou-lhe um olhar brincalhão.

— Martin Landesmann, diria que estás com ciúmes.

— Não, Zoe, não estou. Mas também não quero ser enganado.

A expressão dela tornou-se séria.

— Se estás a pensar se há outro homem na minha vida, não há, Martin. Para o bem e para o mal, só existes tu.

— Tens a certeza disso?

— Absoluta. E, se estiveres interessado, estou mais do que disposta a provar-to.

— Acaba de jantar, Zoe.

Zoe sorriu.

— Já acabei.

Trinta minutos mais tarde, no apartamento seguro do outro lado do Sena, Gabriel encontrava-se sentado diante do computador, todo debruçado, com os punhos encostados às têmporas e os olhos fechados, a ouvir. Algures dentro de si, enterrado por baixo de um milhar de mentiras e das cicatrizes de inúmeras feridas, estava um homem comum que queria desesperadamente baixar o som. Mas o seu profissionalismo não o permitia. Era para bem dela, disse a si próprio. Para sua proteção. Perdão, Zoe. Tem de ser feito.

Para se distrair, Gabriel aproximou-se da janela, com os binóculos de visão noturna colados aos olhos, e verificou a disposição das tropas. Yaakov estava no *Peugeot*. Oded, no *Renault*. Mordecai, na carrinha *Ford*. Mikhail e Yossi estavam a beber cerveja com um grupo de jovens rufias, no cais. E Rimona e Dina estavam montadas em duas motorizadas, perto do Hôtel de Ville. Deu a todos uma palmadinha no ombro, por comunicação via rádio encriptada. Os soldados noturnos de Gabriel responderam um a um, frescos e alerta.

A última paragem na revista que Gabriel fez ao campo de batalha foi a entrada do prédio de apartamentos de cor creme, no número 21 do Quai de Bourbon, onde um dos guarda-costas da Zentrum se deslocava lentamente de um lado para o outro, à luz do candeeiro. *Sei como te sentes,* pensou Gabriel. Esperar pode ser um inferno.

ÎLE SAINT-LOUIS, PARIS

O luar entrou pela janela sem cortinas, fazendo incidir um losango de luz azul-clara sobre os lençóis de seda amarrotados da enorme cama de Martin Landesmann. Zoe estava deitada, completamente imóvel, a ouvir o sibilar molhado do trânsito da madrugada, com os carros a deslocarem-se junto ao Sena. Algures, dois namorados embriagados discutiam ruidosamente. A respiração de Martin parou momentaneamente e, a seguir, retomou o seu ritmo normal. Zoe olhou para o relógio em cima da mesinha de cabeceira. Não tinha havido alteração desde que verificara pela última vez as horas: *3h28*...

Olhou com atenção para Martin. Depois de ter feito amor uma segunda vez, tinha-se retirado, com discrição matrimonial, para o seu lado habitual da cama e caído num sono profundo e pleno de contentamento. Há praticamente uma hora que não mudava de posição. De tronco nu, estava deitado de borco, com as pernas numa posição algo semelhante à de corrida e a mão estendida ternamente para Zoe. Enquanto dormia, a cara tinha adquirido uma peculiar inocência infantil. Zoe sentiu-se compelida a desviar o olhar. Na rua, a discussão entre os namorados tinha terminado e fora substituída por vozes masculinas a murmurarem em alemão. Não era nada, assegurou a si própria. Só a mudança de turno das 3h30 da Zentrum Security.

Não pense nos guarda-costas. Nós preocupamo-nos com os guarda-costas. Só tem de se preocupar com o Martin. O Martin é da sua responsabilidade...

Martin continuava sem se mexer. E Zoe também não. Apenas o relógio.

3h32...

Quando começar, mexa-se discreta mas rapidamente. Não se ponha a andar devagarinho como um ladrão...

Fechou os olhos e visualizou a localização das quatro coisas de que iria precisar para completar a missão. Duas delas — o seu telemóvel e a *pen* USB — estavam enfiadas na sua carteira, que se encontrava no chão, ao lado da cama. O *Nokia* de Martin continuava em cima da mesa da sala de jantar; o computador *Sony* continuava na bancada da cozinha.

Visualize as suas ações antes de as executar. Assim que tiver o telemóvel e o computador dele num local seguro, siga as minhas instruções à risca e o Martin vai deixar de ter segredos...

Enfiou a mão na carteira, pegou no telemóvel e na *pen* e levantou-se da cama discretamente. Tinha a roupa espalhada pelo chão. Ignorando-a, dirigiu-se rapidamente, mas quase sem fazer barulho, para a porta, com o coração a ribombar no esterno, e entrou no corredor. Apesar de Gabriel a ter aconselhado a não o fazer, não foi capaz de evitar olhar para Martin uma última vez. Parecia ainda estar a dormir profundamente. Deixou a porta meio entreaberta e deslocou-se em silêncio pelo apartamento, em direção à sala de jantar. A loiça continuava em cima da mesa, assim como o telemóvel de Martin. Pegou nele e foi para a cozinha, marcando um número no seu próprio telemóvel enquanto andava. Gabriel atendeu após um único toque.

— Desligue. Conte até sessenta. E depois mãos à obra.

A ligação foi interrompida quando Zoe entrou na cozinha. Na escuridão, conseguiu apenas distinguir os vagos contornos do *Sony VAIO* preto, no final da bancada. Martin tinha deixado o computador em *standby*. Zoe desligou-o de imediato e introduziu a *pen* numa das entradas USB. A seguir, pegou outra vez no *Nokia* e olhou fixamente para o ecrã, contando para si mesma em silêncio.

Vinte e cinco... vinte e seis... vinte e sete... vinte e oito...

Depois de desligar o telefone, Gabriel informou rapidamente o resto da equipa, através de uma ligação segura via rádio, de que a operação estava ao rubro. Mordecai era o único que tinha uma tarefa a desempenhar nesse momento, consistindo simplesmente em ligar o aparelho que se encontrava no lugar do passageiro da carrinha *Ford*. Essencialmente, o aparelho era uma torre celular dentro de uma mala, concebido para enganar o telemóvel de Martin e levá-lo a pensar que estava na sua rede habitual quando, na verdade, estava na do Departamento. O sinal que emitia, embora focado em exclusivo no prédio no número 21 do Quai de Bourbon, iria obliterar temporariamente grande parte do serviço celular na Île Saint-Louis. Mas qualquer incómodo causado aos clientes das redes móveis francesas era a menor das preocupações de Gabriel. Estava parado à janela do apartamento seguro, de olhos postos nas janelas às escuras do quarto de Martin Landesmann, contando mentalmente.

Cinquenta e sete... cinquenta e oito... cinquenta e nove... sessenta... Agora, Zoe. Agora...

Como se tivesse ouvido a deixa, Zoe começou a marcar um número no telemóvel de Martin. Era um número para o qual já tinha ligado centenas de vezes da casa segura em Highgate. Um número que conhecia tão bem como o seu. Depois de introduzir o último dígito, carregou no botão de chamada e levou o telemóvel ao ouvido. Ouviu-se um único toque, seguido de vários apitos agudos. Zoe olhou para o ecrã. Surgiu uma caixa de diálogo, perguntando se queria aceitar uma atualização de *software* pelo ar. De imediato, carregou no botão de SIM no ecrã. Passados segundos, apareceu outra mensagem: DOWNLOAD EM CURSO.

Zoe pousou o telemóvel suavemente na bancada e, a seguir, ligou o *notebook* da *Sony* ao mesmo tempo que pressionava a tecla F8. Em vez de iniciar de forma normal, o computador passou de imediato para o menu de arranque. Clicou na opção para permitir o arranque em modo de depuração e depois deu ordem ao computador para abrir com o *software* que se encontrava na *pen*. O *notebook* fê-lo sem objeções e, passados poucos segundos, apareceu uma caixa no ecrã, informando-a de que estava em curso um *upload*. Devido ao seu grande tamanho — toda a informação, sem exceção, armazenada no disco rígido de Martin —, o *upload* levaria uma hora e quinze minutos. Infelizmente, era preciso deixar a *pen* na entrada USB durante esse processo, o que significava que Zoe teria de fazer uma segunda viagem até à cozinha para a tirar de lá quando a tarefa estivesse finalizada.

Reduziu um pouco a luminosidade do ecrã do computador e voltou a pegar no telemóvel de Martin. A «atualização de *software*» estava finalizada. Agora só era necessário reiniciar o sistema, uma simples questão de desligar o telemóvel e de o ligar novamente. Foi o que fez, verificando depois rapidamente a lista das últimas chamadas. Não havia registo do único telefonema que Zoe tinha feito. Na verdade, de acordo com a lista, a última chamada efetuada daquele telemóvel tinha ocorrido às 22h18, altura em que Martin ligara para Monique, que se encontrava em Genebra. Quanto à última chamada recebida, tinha sido a que Martin recebera quando estava a preparar o jantar. Zoe olhou para o número.

Monique...

Zoe pôs o computador novamente em *standby* e abriu o frigorífico. Na prateleira de cima, estava uma garrafa de litro de *Volvic*. Tirou-a de lá, fechou a porta suavemente e seguiu para a sala de jantar, ficando apenas o tempo necessário para lá deixar o telemóvel de Martin. Ao regressar ao quarto, deparou-se com a porta ligeiramente entreaberta, tal como a tinha deixado. Martin continuava deitado, sem se mexer, com a pele clara do tronco a brilhar ao luar. Ela foi para o seu lado da cama, quase sem fazer barulho, e largou o telemóvel dentro da carteira. Depois, enfiou-se debaixo dos lençóis de seda e olhou para Martin. Os olhos dele abriram-se subitamente e a sua expressão deixou de parecer a de uma criança.

— Estava a começar a ficar preocupado contigo, Zoe. Onde é que andaste?

Mesmo na mais simples das operações, há momentos em que o tempo para. Gabriel tinha passado por mais momentos desses do que a maioria dos agentes secretos profissionais. E passou sem dúvida por outro às 3h36, em Paris, enquanto esperava que Zoe Reed, correspondente especial de investigação do venerável *Financial Journal* de Londres, respondesse ao amante, Martin Landesmann. Não informou Londres sobre o potencial problema. Nem disse à equipa. Em vez disso, ficou parado à janela do apartamento seguro, com os binóculos encostados aos olhos e Chiara ao seu lado, e fez o que qualquer agente no terreno experimentado faz numa altura dessas. Susteve a respiração.

O silêncio pareceu durar uma eternidade. Mais tarde, ao analisar a gravação, descobririam que tinham sido apenas três segundos. Ela começou por se queixar de uma sede atroz que tinha sentido e, a seguir, repreendeu Martin, em tom de brincadeira, por lhe ter espalhado a roupa pelo chão na ânsia de a despir. Por fim, sugeriu várias coisas que podiam fazer, agora que se encontravam ambos acordados às 3h36 da manhã.

Algures dentro de Gabriel estava um homem comum que queria desesperadamente não estar a ouvir conversas alheias. Mas não tinha escolha. Por isso, manteve-se à janela do apartamento seguro, com a mulher ao seu lado, a ouvir Zoe Reed fazer amor pela última vez com um homem que Gabriel a convencera a odiar. E também ouviu, uma hora e quinze minutos depois, Zoe levantar-se da cama de Martin para ir buscar a *pen* ao computador — uma *pen* que tinha enviado o conteúdo do disco rígido de Martin para uma casa vitoriana, de tijolo sólido, em Highgate.

Os parceiros de Gabriel em Londres nunca chegariam a ouvir as gravações dessa noite em Paris. Não tinham o direito. Ficariam apenas a saber que Zoe Reed saiu do prédio de apartamentos na Île Saint-Louis às 8h15 e que entrou para o banco de trás de um *Mercedes-Benz* com motorista e o nome REED escrito no vidro da janela. O carro transportou-a diretamente para a Gare du Nord, onde foi uma vez mais emboscada por vários pedintes e toxicodependentes enquanto se apressava a atravessar o átrio das bilheteiras, em direção ao comboio à espera na linha. Um ucraniano com rastas e um casaco de cabedal coberto de lama revelou-se o mais persistente dos seus pretendentes. Acabou por desistir quando se viu confrontado por um homem com cabelo escuro curto e faces bexigosas.

Não por coincidência, esse mesmo homem ficou sentado ao lado de Zoe no comboio. O passaporte neozelandês falsificado identificava-o como Leighton Smith, embora o seu nome verdadeiro fosse Yaakov Rossman, um dos quatro membros da equipa de Gabriel que acompanharam Zoe no seu regresso a Londres. Passou a maior parte da viagem a ler os jornais da manhã e, ao chegar a St. Pancras, Zoe foi furtivamente devolvida à custódia do MI5. Levaram-na para o emprego, numa espécie de táxi, e tiraram-lhe várias fotografias no momento em que atravessou a entrada e desapareceu. Conforme prometido, Gabriel deu ordens para que a escuta digital instalada no telefone de Zoe fosse desativada e, passados minutos, desapareceu da grelha de vigilância global. Poucos membros da equipa da Operação Obra-Prima pareceram reparar nisso. Porque, por essa altura, já estavam todos a ouvir a voz de Martin Landesmann.

CAPÍTULO

53

HIGHGATE, LONDRES

Até certa medida, as redes informáticas e os dispositivos de comunicação podem ser protegidos contra penetração externa. Mas se o ataque for interno — ou se se obtiver acesso aos próprios dispositivos —, o alvo pouco pode fazer para se defender. Bastam umas quantas linhas de códigos bem urdidos e um telemóvel ou computador portátil pode ser convencido a revelar os segredos mais bem guardados do dono — e a continuar a revelá-los durante meses ou até mesmo anos. As máquinas são os espiões perfeitos. Não precisam de dinheiro, aprovação ou amor. As suas razões não admitem discussão, pois não possuem nenhuma que lhes seja própria. São de confiança e fiáveis e estão dispostas a trabalhar horas e horas a fio. Não ficam deprimidas nem bebem demasiado. Não têm cônjuges que as repreendam nem filhos que as desiludam. Não se sentem sozinhas nem assustadas. Não perdem o entusiasmo. Tornarem-se obsoletas é a sua única fraqueza. Muitas vezes, são colocadas de parte simplesmente por aparecer uma coisa melhor.

A natureza do assalto dos serviços secretos a Martin Landesmann, apesar da sua amplitude impressionante, era rotineira no mundo da espionagem do século XXI. Longe iam os dias em que a única opção para escutar as conversas de um alvo implicava colocar um transmissor de rádio a pilhas na sua casa ou escritório. Atualmente, os alvos já andavam com transmissores por sua própria vontade, sob a forma de telemóveis e de outros dispositivos. Os agentes dos serviços secretos já não precisavam de recarregar pilhas gastas porque os próprios alvos tratavam disso. Tal como não era necessário que os agentes passassem horas intermináveis sentados em postos de escuta horrorosos, já que o material adquirido de um dispositivo Wi-Fi podia ser transmitido pela Internet para computadores no mundo inteiro.

No caso da Operação Obra-Prima, esses computadores encontravam-se bem resguardados no interior de uma casa vitoriana, de tijolo, situada no final de um beco silencioso, no bairro londrino de Highgate. Depois de terem trabalhado vinte e quatro horas por dia a preparar a operação em Paris, Gabriel e a equipa estavam a organizar e a analisar tudo aquilo que tinham conseguido pescar. Num abrir e fechar de olhos, a vida de um dos homens de negócios mais reservados do mundo tinha-se tornado um livro aberto. Com efeito, conforme Uzi Navot o descreveria ao primeiro-ministro durante a sua reunião semanal ao pequeno-almoço, *Para onde quer que Martin vá, nós vamos com ele.*

Ouviam-lhe os telefonemas, liam-lhe o *e-mail*, espreitavam-lhe discretamente por cima ombro enquanto navegava na Internet. Negociavam acordos com ele, almoçavam com ele e iam a receções, com *cocktails*, enfiados no bolso do casaco dele. Dormiam com ele, tomavam banho com ele, faziam exercício com ele e escutaram uma discussão com Monique por causa das viagens frequentes a Paris. Acompanharam-no numa visita de avião a Estocolmo e foram

336

obrigados a suportar com ele uma noite atroz de Wagner. Sabiam a posição exata dele no planeta a toda a hora e, se porventura se encontrasse em movimento, sabiam a que velocidade viajava. E também descobriram que São Martin gostava de passar bastante tempo fechado no seu escritório na Villa Elma, uma divisão espaçosa situada no canto sudeste da mansão, com vista para o lago Genebra, a precisamente trezentos e setenta e sete metros e meio do nível do mar.

Receber uma quantidade tão grande de informação pode ter uma desvantagem evidente — a possibilidade de que a peça vital do quebra-cabeças seja engolida por um tsunami de informações inúteis. Gabriel procurou evitar essa armadilha assegurando-se de que pelo menos metade da equipa se mantinha concentrada no verdadeiro prémio da operação de Paris, o portátil de Martin. O que tinham conseguido pescar não se limitava ao material que se encontrava no computador na noite da operação em Paris. Com efeito, através de uma proeza genial de engenharia técnica, o computador enviava automaticamente uma atualização sempre que eram acrescentados ou subtraídos dados. Isso significava que, de cada vez que Martin abria um documento, a equipa de Gabriel também o abria. Até deram ordens ao computador para que transmitisse uma ligação de vídeo, a partir da câmara que tinha incorporada, em *loops* de trinta minutos. A maior parte do vídeo transmitido era silenciosa e a negro. Mas, todos os dias, durante cerca de uma hora, sempre que Martin se encontrava ao computador, parecia estar a espreitar diretamente para a casa segura em Highgate, observando a equipa de Gabriel a vasculhar os segredos da sua vida.

O conteúdo do computador de Martin vinha encriptado, mas as barreiras rapidamente se desmoronaram face ao
ataque liderado pelos dois génios da Divisão Técnica, for-
mados no MIT. Mal atravessaram as paredes exteriores,
o computador despejou rapidamente milhares de documentos que puseram a nu o funcionamento interno do império
de Landesmann. Embora essas informações valessem potencialmente milhões para os muitos concorrentes de Martin, pouco valor possuíam para Gabriel, pois não forneciam
quaisquer dados adicionais sobre as ligações da GVI à Keppler Werk GmbH, nem precisavam o que andava a Keppler
a vender em segredo aos iranianos. Gabriel tinha aprendido
por experiência própria a não se focar no que se encontrava visível na memória de um computador, mas sim no que
já lá não estava — os ficheiros temporários que flutuavam
como fantasmas pelo disco rígido, os documentos descarta-
dos que lá tinham vivido por breve tempo, antes de serem
atirados para o lixo. Os ficheiros nunca são apagados verdadeiramente de um computador. Tal como o lixo radioati-
vo, podem continuar a viver para sempre. Gabriel deu ordens aos técnicos para que concentrassem os seus esforços
na pasta de reciclagem de Martin, especialmente numa pasta fantasma que por lá andava escondida e se tinha mostrado impermeável a quaisquer tentativas de recuperação.
    A equipa de Gabriel não labutou isolada. Com efeito,
por a Obra-Prima ser uma iniciativa internacional, a disse-
minação dos seus resultados tão difíceis de obter foi também internacional. Os americanos receberam o seu quinhão
através de uma ligação segura entre Highgate e Grosvenor
Square, ao passo que os britânicos, após muitas querelas internas, decidiram que o MI6 seria a opção mais lógica enquanto primeiro destinatário, visto que o Irão era da sua

responsabilidade. No entanto, Graham Seymour conseguiu preservar um domínio operacional global e Thames House manteve o estatuto de ponto de encontro noturno para os atores principais. A atmosfera continuou a ser em grande parte colegial, embora cada uma das partes trouxesse para a mesa diferentes assunções sobre as intenções iranianas, diferentes estilos de análise e diferentes prioridades nacionais. Para os americanos e britânicos, um Irão com capacidade nuclear representava um desafio em termos da região; para Israel, uma ameaça à sua existência. Gabriel não se debruçava sobre essas questões à mesa de conferência. Mas a verdade é que não precisava de o fazer.

Todas as noites, a sua última paragem em Thames House era o cubículo sem janelas de Nigel Whitcombe, a quem tinha sido entregue o controlo da vigilância a Zoe Reed. Apesar dos potenciais riscos associados à vigilância de uma jornalista britânica, Whitcombe aceitou a missão sem reservas. Como praticamente todos os envolvidos na Obra-Prima, tinha ficado com uma espécie de paixoneta adolescente por Zoe e deliciou-se com a oportunidade de a admirar por mais alguns dias, mesmo que à distância. Os relatórios de vigilância diários não revelavam quaisquer transgressões da parte dela nem sinais de que tivesse quebrado minimamente a disciplina. Sempre que Martin a contactava, informava-os prontamente disso. E até reenviou para o MI5 uma curta mensagem que ele lhe tinha deixado no atendedor de chamadas de casa.

— O que é que dizia? — perguntou Gabriel.

— O habitual. Gostei tanto do tempo que passámos juntos, *querida*. Mal consigo esperar para estar contigo em Genebra na próxima semana, *querida*. Qualquer coisa sobre um vestido. Não percebi essa parte — respondeu Whit-combe, arrumando os papéis que tinha em cima da secreta-riazinha à diretor de escola. — A dada altura, vamos ter de decidir se ela vai ter de aparecer no serãozinho do Martin ou se deve apanhar, de um momento para o outro, a gripe suína.

— Tenho noção disso, Nigel.

— Posso dar uma opinião?

— Se tem mesmo de ser.

— Gripe suína.

— Então e se a ausência dela puser o Martin desconfiado?

— É melhor um Martin Landesmann desconfiado do que uma jornalista de investigação britânica morta. Isso é capaz de não ser bom para a minha carreira.

Era quase meia-noite quando Gabriel voltou para a casa segura em Highgate. Encontrou a equipa a trabalhar afinca-damente e um *e-mail* intrigante, vindo da Avenida Rei Saul, à espera na sua caixa de correio eletrónico encriptada. Se-gundo parecia, um velho conhecido de Paris queria dar-lhe uma palavrinha. Ao ler o *e-mail* pela segunda vez, Gabriel o-brigou-se a ficar calmo. Sim, era *possível* que fosse aquilo que andavam à procura, mas o mais certo era não ser nada. Um engano. Uma perda de tempo quando não tinha tempo a perder. Mas também era possível que tivesse acabado de ser bafejado pela primeira lufada de sorte desde que Julian Isherwood lhe aparecera nos penhascos da Cornualha e lhe pedira que encontrasse um quadro desaparecido assinado por Rembrandt. Alguém teria de verificar isso. Mas, tendo em conta as exigências da Operação Obra-Prima, teria de ser outra pessoa que não Gabriel. E tudo isso explica por que razão Eli Lavon, artista de vigilância, arqueólogo e caçador de bens desaparecidos durante o Holocausto, regressou a Paris no início da manhã seguinte. E por que razão, pouco depois da uma da tarde, se deslocava pela Rue des Rosiers, vinte passos atrás de uma militante da memória chamada Hannah Weinberg.

CAPÍTULO

54

LE MARAIS, PARIS

Ela cortou à esquina para a Rue Pavée e desapareceu no interior do prédio de apartamentos, no número 24. Lavon percorreu a rua duas vezes, à procura de indícios de vigilância, antes de parar junto à porta. A lista de moradores identificava o residente do apartamento 4B como MME. BERTRAND. Lavon carregou na campainha e espreitou de forma calma para a câmara de segurança.

— *Oui?*

— Venho falar com Madame Weinberg, por favor.

Silêncio e depois:

— Quem é o senhor?

— Eli Lavon. Sou...

— Eu sei quem é, Monsieur Lavon. Só um momento.

Ouviu-se o besouro da porta. Lavon atravessou o pátio interior húmido, entrou no átrio e subiu as escadas. No patamar do quarto andar, Hannah Weinberg estava à espera, de braços cruzados. Deixou Lavon entrar no apartamento e fechou a porta sem fazer barulho. A seguir, sorriu e estendeu-lhe a mão de maneira formal.

— É uma honra conhecê-lo, Monsieur Lavon. Como seria de esperar, tem muitos admiradores no Centro Weinberg.

— A honra é minha — respondeu Lavon com humildade. — Tenho-vos observado de longe. O vosso centro está a fazer um trabalho maravilhoso aqui em Paris. Em condições cada vez mais difíceis, devo acrescentar.

— Fazemos aquilo que podemos, mas receio bem que isso provavelmente não seja suficiente — retorquiu ela, com uma tristeza a infiltrar-se no seu olhar. — Lamento imenso o que aconteceu em Viena, Monsieur Lavon. O atentado à bomba afetou-nos a todos profundamente.

— São questões emotivas — afirmou Lavon.

— Dos dois lados — soltou ela, conseguindo esboçar um sorriso. — Estava agora mesmo a fazer café.

— Gostaria muito.

Levou Lavon para a sala de estar e desapareceu dentro da cozinha. Lavon olhou em redor, para a mobília antiga e majestosa. Tinha feito parte da operação que trouxera Hannah Weinberg para a esfera de ação do Departamento e conhecia bem a história da sua família. E também sabia que, numa sala situada no fim do corredor, se encontrava pendurado um quadro de Vincent van Gogh intitulado *Marguerite Gachet ao Toucador*. A sangrenta operação que envolvia essa pouco conhecida obra era uma das muitas produções de Gabriel Allon que Lavon tentara esquecer a todo o custo. Recalcou essa recordação no momento em que Hannah Weinberg regressou, trazendo duas chávenas de *café au lait*. Entregou uma a Lavon e sentou-se.

— Suponho que isto não seja uma visita de cortesia, Monsieur Lavon.

— Pois não, Madame Weinberg.

— Veio cá por causa dos documentos?

Lavon assentiu com a cabeça e deu um gole no café.

— Não tinha percebido que estava ligado aos... — disse ela, com a voz a sumir-se.

— Aos quê? — perguntou Lavon.

— Aos serviços secretos israelitas — completou ela em voz baixa.

— Eu? Acha-me mesmo em condições de fazer esse tipo de trabalho?

Ela examinou-o com atenção.

— Suponho que não.

— Depois do atentado em Viena, regressei ao meu primeiro amor, que é a arqueologia. Faço parte do corpo docente da Universidade Hebraica de Jerusalém, mas continuo a ter muitos contactos na área da restituição de bens desaparecidos durante o Holocausto.

— Então como é que ouviu falar dos documentos?

— Quando ligou para a embaixada aqui em Paris, contactaram imediatamente um amigo meu que trabalha no Yad Vashem. Sabia que eu vinha a Paris a propósito de outros assuntos e perguntou-me se estaria disposto a tratar disso por ele.

— E que tipo de assuntos é que o trouxe a Paris?

— Uma conferência universitária.

— Compreendo — disse ela, bebendo um pouco de café.

— Os documentos estão aqui, Madame Weinberg?

Ela assentiu com a cabeça.

— E posso vê-los, por favor?

Ela olhou por cima da borda da chávena de café, como se estivesse a avaliar a veracidade das palavras dele, depois levantou-se e entrou na biblioteca. Quando voltou, trazia uma capa descolorida na mão. Lavon sentiu o coração começar a bater um pouco mais depressa.

— Isso é papel de cera? — perguntou o mais descontraidamente possível.

Ela assentiu com a cabeça.

— Foi assim que me chegou às mãos.

— E os documentos?

— Estão aqui dentro.

Entregou a capa a Lavon e disse:

— Tenha cuidado. O papel é bastante delicado.

Lavon levantou a capa e retirou com cuidado três páginas de papel fino, transparente e quebradiço. A seguir, colocou uns óculos em meia-lua, com os dedos a tremerem-lhe ligeiramente, e leu os nomes.

Katz, Stern, Hirsch, Greenberg, Kaplan, Cohen, Klein, Abramowitz, Stein, Rosenbaum, Herzfeld...

Herzfeld...

Ficou a olhar para o nome durante mais uns instantes e depois levantou os olhos devagar, na direção de Hannah Weinberg.

— Onde é que arranjou isto?

— Lamento, mas não estou em posição de o dizer.

— Porque não?

— Porque prometi à pessoa em questão confidencialidade total.

— Lamento dizê-lo, mas isso é uma promessa que não devia ter feito.

Ela reparou na mudança de tom de Lavon.

— É óbvio que parece saber alguma coisa sobre este documento.

— E sei. E também sei que muitas pessoas morreram por causa dele. Quem quer que lhe tenha dado isto corre sério perigo, Madame Weinberg. E isso também se aplica a si.

— Já estou habituada — lançou ela, olhando-o em silêncio. — Estava a dizer a verdade quando afirmou que um amigo do Yad Vashem lhe pediu para vir cá?

Lavon hesitou.

— Não, Madame Weinberg, não estava.

— E quem é que o enviou?

— Um amigo mútuo — respondeu Lavon, levantando a lista. — E ele precisa de saber o nome da pessoa que lhe deu isto.

— Maurice Durand.

— E como é que Monsieur Durand ganha a vida?

— Tem uma pequena loja que vende instrumentos científicos antigos. Diz que descobriu os documentos quando estava a restaurar um telescópio.

— Será? — perguntou Lavon com ceticismo. — Conhece-o bem?

— Já fiz uma série de negócios com ele ao longo dos anos — respondeu ela, apontando com a cabeça para uma mesa de madeira redonda, onde se encontravam dispostas várias dezenas de binóculos de ópera antigos. — São como que uma paixão para mim.

— E onde é que fica a loja dele?

— No oitavo *arrondissement*.

— Preciso de o ver imediatamente.

Hannah Weinberg levantou-se.

— Eu levo-o lá.

RUE DE MIROMESNIL, PARIS

O Centro Weinberg ficava logo ao virar da esquina, na Rue des Rosiers. Hannah e Lavon estiveram lá o tempo suficiente para tirar várias cópias da lista e guardá-las. A seguir, com o original bem resguardado na pasta de cabedal de Lavon, apanharam o metro para a Rue de Miromesnil e fizeram a pé o resto do percurso, que demorou dois minutos, até à Antiquités Scientifiques. O letreiro na porta dizia OUVERT. Lavon admirou a montra durante um momento e depois experimentou o trinco. A porta estava fechada. Hannah tocou à campainha e deixaram-nos entrar de imediato.

O homem que estava à espera para os receber tinha a mesma altura e peso de Lavon, embora em todos os outros aspetos fosse o seu perfeito oposto. Enquanto Lavon se apresentava mal vestido, com várias camadas de roupa amarrotada, Maurice Durand usava um elegante fato azul e uma larga gravata da cor do vinho tinto *Beaujolais nouveau*. E ao passo que o cabelo de Lavon era fino e despenteado, o de Durand, parecido com o de um monge, estava cortado à escovinha e penteado rente à cabeça. Deu dois beijos na cara a Hannah Weinberg, com grande formalidade, e apertou a mão a Lavon com uma força surpreendente. Ao cumprimentarem-se, Lavon teve a sensação desconfortável de estar a ser observado por um profissional. E a não ser que estivesse enganado, Maurice Durand sentiu exatamente a mesma coisa.

— Tem uma bela loja, Monsieur Durand.

— Obrigado — respondeu o francês. — Considero-a o meu abrigo contra a tempestade.

— E que tempestade é essa, *monsieur?*

— A modernidade — respondeu o francês de imediato. Lavon fez um sorriso cúmplice.

— Receio bem que sinta a mesma coisa.

— A sério? E qual é que é a sua área, *monsieur?*

— Arqueologia.

— Que fascinante — retorquiu Durand. — Quando era novo, a arqueologia interessava-me muito. Na verdade, até pus a hipótese de estudar nessa área.

— E porque não o fez?

— Sujidade.

Lavon levantou a sobrancelha.

— Lamento dizê-lo, mas não gosto de sujar as mãos — explicou Durand.

— Isso seria um risco.

— Bastante grande, suponho — respondeu Durand. — E qual é a sua especialização, *monsieur?*

— Arqueologia bíblica. Faço a maior parte do meu trabalho em Israel.

Os olhos de Durand esbugalharam-se.

— A Terra Santa?

Lavon hesitou e, a seguir, assentiu com a cabeça.

— Sempre a quis ver com os meus próprios olhos. Onde é que está agora a trabalhar?

— Na Galileia.

Durand pareceu genuinamente emocionado.

— É crente, Monsieur Durand?

— Devoto — respondeu ele, olhando para Lavon com atenção. — E o *monsieur?*

— Às vezes — respondeu Lavon.

Durand olhou para Hannah Weinberg.

— Aquele carregamento de binóculos de ópera chegou finalmente. Pus de lado os melhores exemplares. Gostaria de os ver?

— Na verdade, o meu amigo precisa de lhe falar de um assunto.

Durand olhou novamente para Lavon. Revelou apenas uma curiosidade ligeira, embora Lavon tivesse ficado outra vez com a sensação de que Durand o estava a avaliar.

— Em que é que posso ajudar?

— Seria possível falarmos em privado?

— Claro que sim.

Durand apontou para a porta dos fundos. Lavon foi o primeiro a entrar no escritório e ouviu a porta fechar-se. Quando se voltou, a expressão no rosto de Maurice Durand era bem menos amigável do que uns momentos antes.

— Então de que é que se trata?

Lavon tirou a capa de papel de cera da pasta.

— Disto.

Durand não tirou os olhos da cara de Lavon.

— Entreguei esse documento a Madame Weinberg na condição de que não mencionasse o meu nome.

— E ela tentou. Mas eu convenci-a a mudar de ideias.

349

— Deve ser muito persuasivo.

— Por acaso, não foi difícil. Só precisei de explicar quantas pessoas morreram por causa dessas três páginas.

A expressão de Durand manteve-se inalterada.

— A maioria das pessoas ficaria um pouco desconfortável depois de ouvir uma coisa dessas — afirmou Lavon.

— Se calhar, não me assusto facilmente, *monsieur*.

Lavon voltou a guardar a capa na pasta.

— Pelo que percebi, descobriu o documento dentro de um telescópio.

— Era uma peça de fins do século XVIII. De cobre e madeira. Da Dollond de Londres.

— Isso é estranho — respondeu Lavon. — Porque sei, com conhecimento de causa, que muito recentemente estava escondida dentro de um quadro de Rembrandt intitulado *Retrato de Uma Jovem*. E também sei que o quadro foi roubado e que um homem foi morto no decurso do roubo. Mas não é por isso que aqui estou. Não sei como é que adquiriu esses documentos, mas devo avisá-lo de que andam pessoas muito perigosas à procura deles. E partem do princípio de que esses papéis ainda estão dentro do quadro.

Lavon fez uma pausa e, a seguir, perguntou:

— Compreende o que lhe estou a tentar dizer, Monsieur Durand?

— Penso que sim — respondeu Durand cautelosamente. — Mas não sei absolutamente nada sobre um quadro de Rembrandt, ou de quem quer que seja, já agora.

— Tem a certeza, *monsieur*?

— Receio bem que sim.

— Mas talvez ouça coisas de vez em quando. Ou talvez tenha amigos no ramo que ouçam coisas. Amigos que possam saber do paradeiro desse quadro.

— Não tenho por hábito dar-me com pessoas ligadas ao negócio da arte. Têm tendência a desprezar pessoas como eu.

Lavon entregou um cartão de negócios a Durand.

— Mas se por acaso ouvir alguma coisa sobre o Rembrandt, qualquer coisa que seja, *monsieur,* ligue por favor para este número. Posso assegurar-lhe confidencialidade total. Pode ter a certeza de que recuperar o quadro é a nossa *única* preocupação. E não se esqueça de ter cuidado. Não queria que lhe acontecesse nada de desagradável.

Durand enfiou o cartão no bolso, nitidamente desejoso de pôr fim à conversa.

— Gostava de poder ajudar, *monsieur,* mas receio bem que não possa. A não ser que precise de mais alguma coisa, tenho mesmo de voltar para a loja.

— Não, nada. Obrigado pelo seu tempo.

— Não tem de quê.

Durand abriu a porta. Lavon começou a dirigir-se para ela e depois parou e virou-se.

— Na verdade, Monsieur Durand, há mais uma coisa.

— E qual é?

— Não se esqueça de que Deus o está a observar. Por favor, não O desiluda.

— Não me vou esquecer disso, Monsieur Lavon.

Eli Lavon e Hannah Weinberg separaram-se ao anoitecer na Place de la Concorde. Hannah apanhou o metro para voltar para Le Marais, ao passo que Lavon fez a pé o curto percurso até ao número 3 da Rue Rabelais, a morada da embaixada de Israel. Lá chegado, e pelos poderes que

lhe tinham sido atribuídos no âmbito da Operação Obra-
-Prima, deu ordens ao chefe de base do Departamento para
colocar uma equipa de segurança a zelar por Hannah Weinberg e outra a vigiar Maurice Durand. A seguir, requisitou
um carro com motorista para o levar ao Aeroporto Charles
de Gaulle. *E não se esqueçam de dizer ao motorista para levar uma
arma no bolso,* disse Lavon. *Talvez um dia eu consiga explicar
porquê.*

Lavon conseguiu arranjar um lugar em classe económica no voo da Air France das 20h50 para Heathrow e, às
onze da noite, já estava a avançar, fatigado, pelo caminho
de entrada da casa segura em Highgate. Ao entrar, deparou
com toda a equipa em tumultuosa celebração. Olhou para
Gabriel e perguntou:

— Alguém é capaz de me dizer o que é que se passa?

— Válvulas, canos, bombas de vácuo, foles, autoclaves,
sistemas de ligação e supressão, conversores de frequência,
compartimentos de motor, bombas moleculares, rotores,
eletroímanes.

— Anda a vender-lhes centrifugadoras?

— Não são só centrifugadoras — respondeu Gabriel.
— São Martin Landesmann anda a vender aos iranianos
tudo aquilo de que precisam para construírem as suas fábricas de enriquecimento de urânio.

— E eu que pensava que tinha tido um bom dia.

— O que é que conseguiste?

— Nada de especial — respondeu Lavon, mostrando
a capa de papel de cera. — Só a lista do Kurt Voss das
contas bancárias em Zurique.

QUARTA PARTE

REVELAÇÃO

56

THE PLAINS, VIRGÍNIA

A quinta ficava a cerca de oitenta quilómetros a oeste de Washington, no ponto em que os primeiros contrafortes se começam a ver por cima da orla do Shenandoah Valley. Os residentes de The Plains, uma pitoresca aldeola situada junto à John Marshall Highway, achavam que o proprietário era um poderoso advogado de Washington, com imenso dinheiro e muitos amigos importantes no governo, o que explicava as limusinas e carrinhas *SUV* pretas que eram frequentemente vistas a atravessar a terra a toda a velocidade, por vezes às horas mais estranhas.

Numa manhã extremamente fria de meados de dezembro, uma dúzia desses veículos foi avistada em The Plains, um número bem maior do que o habitual. E todos eles fizeram o mesmo caminho — virando à esquerda, na estação de serviço da BP, a seguir à direita, depois da linha férrea, e seguindo por fim, ao longo de aproximadamente um quilómetro e meio, pela County Road 601. Por ser sexta-feira e as férias de Natal se encontrarem à porta, em The Plains pensou-se que a quinta estaria a ser palco de um retiro de fim de semana para gente de Washington — o género de reunião em que lobistas e políticos se juntam para trocarem dinheiro e favores, além de dicas sobre como melhorar o *swing* no golfe e a vida amorosa. Veio a descobrir-se que, afinal, os rumores não eram obra do acaso. Tinham sido introduzidos por uma divisão da CIA, que detinha e dirigia a quinta através de uma empresa-fachada.

O portão de segurança possuía um bonito letreiro em bronze que indicava HEWITT, um nome escolhido aleatoriamente por um dos computadores em Langley. Do outro lado, estendia-se uma estrada de cascalho, com o leito estreito de um rio à direita e uma ampla pastagem à esquerda. Tanto um como o outro estavam cobertos por mais de meio metro de neve, os vestígios de um nevão cataclísmico que tinha fustigado a região e paralisado o governo federal. Tal como acontecia atualmente a propósito de quase tudo, a tempestade tinha desencadeado um debate furioso em Washington. Quem não levava o aquecimento global a sério e o considerava um embuste agarrou-se ao tempo como justificação para a sua opinião, ao passo que os profetas das alterações climáticas afirmaram tratar-se de mais uma prova de um planeta em perigo. Em Langley, os espiões profissionais não se mostraram surpreendidos com a discórdia. Sabiam perfeitamente que duas pessoas podiam olhar para o mesmo conjunto de factos e chegar a conclusões radicalmente diferentes. Era assim a natureza do trabalho dos serviços secretos. Na verdade, era assim a natureza da própria vida.

No final da estrada de cascalho, no cimo de uma pequena colina arborizada, encontrava-se uma casa com dois andares, com um alpendre em cada um e um telhado em cobre. O caminho de entrada circular tinha sido desobstruído na noite anterior; ainda assim, não havia espaço suficiente para acomodar a armada de grandes carros e carrinhas *SUV*. Com efeito, o caminho estava tão atulhado de veículos que o último a chegar não conseguiu encontrar um carreiro que o levasse até à casa — um problema, já que transportava os participantes mais importantes da conferência. Consequentemente, não tiveram outra opção a não ser abandonar a carrinha *SUV* e percorrer a pé os últimos cinquenta metros, avançando pela neve com dificuldade. Gabriel ia à frente, com Uzi Navot logo atrás e Shamron um pouco mais distante, de braço dado com Rimona.

A entrada da delegação israelita arrancou uma salva de aplausos prudente ao extenso grupo que já se encontrava reunido lá dentro. Os britânicos tinham enviado apenas dois representantes — Graham Seymour, do MI5, e Edmund Radcliff, do MI6 —, mas os americanos não tiveram o mesmo comedimento. Estava lá Adrian Carter, tal como Shepard Cantwell, o diretor-adjunto do serviço de espionagem da CIA, e Tom Walker, o principal analista para os assuntos relacionados com o Irão. E também lá estavam um tal Blanchard, do Departamento dos Serviços Secretos Nacionais, e um tal Redmond, dos Serviços Secretos Militares. Em representação do Conselho de Segurança Nacional, estava Cynthia Scarborough e, do FBI, Steven Clark, ainda que a explicação para o convite obtido por esta última agência para participar na conferência fosse permanecer eternamente um dos muitos mistérios da Operação Obra--Prima.

Sentaram-se à mesa formal da sala de jantar, diante de placas com os respetivos nomes, pilhas de livros pretos com relatórios e chávenas de café fraco. Adrian Carter fez alguns comentários introdutórios e, a seguir, ligou o Power-Point. Surgiu no ecrã um mapa do Irão, com quatro locais distintamente assinalados. Carter fez incidir, à vez, a luz vermelha do ponteiro de *laser* sobre cada um e leu os nomes.

— Bushehr, Arak, Isfahan, Natanz. Os locais-chave do programa nuclear iraniano. Todos nós conhecemos bem essas instalações, mas permitam-me passá-las em revista rapidamente. Bushehr é a central nuclear construída com a ajuda dos alemães e dos russos. Isfahan é a instalação de conversão onde o minério de urânio é transformado em gás hexafluoreto e em óxido de urânio. Arak é uma central com um reator de água pesada. E Natanz, claro, é a principal instalação de enriquecimento de urânio do Irão.

Carter parou por uns instantes e, a seguir, acrescentou:

— Ou, pelo menos, é isso que afirma ser.

Carter baixou o ponteiro *laser* e virou-se, ficando de frente para a assistência.

— Há muito que os nossos governos suspeitam que estes quatro locais são apenas a ponta do icebergue e que o Irão também está a construir uma rede de instalações subterrâneas secretas de enriquecimento. Agora, graças aos nossos amigos de Telavive, parece que possuímos provas que corroboram as nossas suspeitas. E acreditamos que Martin Landesmann, presidente da Global Vision Investments, anda a ajudar os iranianos a fazê-lo.

Carter olhou para a delegação israelita.

— E embora seja verdade que, ao longo das últimas setenta e duas horas, tenhamos estado todos a analisar as mesmas informações a respeito de Landesmann, foi Rimona Stern quem conseguiu atar as pontas soltas primeiro. Para quem a está a ver pela primeira vez, Rimona é ex-major das Forças de Defesa de Israel, uma excelente agente no terreno e uma das analistas de informações mais experientes do país. E também convém que saibam que o tio é nem

mais, nem menos do que Ari Shamron. Por isso, aconse-
lho-vos a todos a tomarem cuidado.

Shamron sorriu e observou a sobrinha atentamente enquanto esta se levantava e ocupava o lugar de Carter na
parte da frente da sala. Sem dizer uma palavra, avançou
a apresentação em PowerPoint para a imagem seguinte.
Uma vez mais, era um mapa do Irão. Mas, dessa vez, havia
apenas um local indicado.

A cidade santa de Qom...

Foi Qom que provou que os mulás estavam a mentir,
começou por dizer Rimona. Qom que destroçou quaisquer
últimas e despropositadas esperanças de que o programa
nuclear iraniano se destinasse a outra coisa que não a produção de armas. Por que outra razão iriam esconder uma
instalação secreta de enriquecimento de urânio bem no interior de uma montanha no deserto? E por que outra razão
se recusariam a revelar a instalação à Agência Internacional
de Energia Atómica, a guardiã das Nações Unidas em matéria nuclear? Mas Qom possuía um problema incómodo,
relembrou-lhes ela. Tinha sido concebida para albergar apenas três mil centrifugadoras. E se essas centrifugadoras
eram IR-1S da primeira geração feitas no Irão, Qom só
podia fabricar urânio altamente enriquecido suficiente para
produzir uma bomba de dois em dois anos, o que não chegava para o Irão se tornar uma potência nuclear de pleno
direito.

— O que deveria querer dizer que Qom não serve para
nada — afirmou Rimona. — A não ser, claro, que haja outras Qoms, outras instalações secretas de enriquecimento

iguais a essa e espalhadas pelo país. *Duas* instalações, com seis mil IR-1S a girarem ao mesmo tempo, poderiam produzir urânio altamente enriquecido suficiente para fabricar uma bomba por ano. Mas e se existirem *quatro* instalações, com doze mil centrifugadoras? Ou *oito* instalações, com vinte e quatro mil centrifugadoras?

Foi Tom Walker, o homólogo de Rimona da CIA, quem respondeu:

— Nesse caso, o Irão poderia produzir urânio enriquecido suficiente para construir um arsenal nuclear eficaz numa questão de meses. Poderiam expulsar os inspetores nucleares do país e disparar em termos de fabrico nuclear. E, se o conjunto de instalações secretas estivesse bem escondido e fortificado, não haveria praticamente nada que pudéssemos fazer para os parar.

— Correto — confirmou Rimona. — Mas então e se essas centrifugadoras não forem velharias a abanarem por todos os lados e de pouca confiança como as IR-1S? E se forem semelhantes aos modelos P-2 utilizados pelo Paquistão? Ou melhores ainda do que o P-2? E se tiverem sido projetadas na Europa e calibradas ao mais alto nível? E se tiverem sido fabricadas em condições que não apanhem impurezas incómodas como pó e dedadas?

Desta feita, foi Adrian Carter quem respondeu:

— Então seríamos confrontados com um Irão nuclear num período muito curto de tempo.

— Isso também está correto. E receio bem que tenha sido precisamente isso que aconteceu. Enquanto o mundo civilizado tem andado a falar, a hesitar, a protelar e a debater-se com dúvidas, os iranianos têm estado a trabalhar discretamente de maneira a satisfazerem as suas ambições nucleares de há muitos anos. Têm-se dedicado às veneráveis práticas enganosas da *khod'eh* e da *taqiyya*. Fizeram *bluff* e enganaram, ganhando tempo até ficarem à beira de possuírem um arsenal nuclear. E Martin Landesmann tem andado a ajudá-los desde o início. Não anda só a vender centrifugadoras aos iranianos. Anda a vender-lhes bombas de vácuo e válvulas cruciais para a ligação em cascata das centrifugadoras. Em resumo, Martin Landesmann anda a fornecer à República Islâmica do Irão tudo aquilo de que precisa para construir centrais de enriquecimento de urânio.

— Como? — perguntou Adrian Carter.

— Desta forma — respondeu Rimona.

O mapa que apareceu a seguir no ecrã mostrava a massa continental eurasiática que se estendia entre a Europa Ocidental e o mar do Japão. Espalhada pela Alemanha, Áustria, Suíça e Bélgica, encontrava-se uma constelação de empresas, mais de uma dúzia de firmas industriais e tecnológicas, incluindo a Keppler Werk GmbH, de Magdeburgo. Todas as empresas estavam ligadas a tracejado, sendo o destino final a cidade de Shenzhen, no sul da China, sede da XTE Hardware and Equipment.

— E adivinhem quem é o proprietário da XTE Hardware and Equipment?

— A Global Vision Investments — respondeu Adrian Carter.

— Através de várias empresas-fachada e sucursais, claro — acrescentou Rimona, com um sorriso sardónico. — O senhor Landesmann tem um parceiro poderoso, uma empresa de capital de risco chinesa, com sede em Xangai, que julgamos não passar de uma empresa-fachada ao serviço do Ministério da Segurança Pública.

— Os serviços secretos chineses — murmurou Steven Clark, do FBI.

— Exato — atirou Rimona, aproximando-se do mapa. — A operação de Landesmann é bastante parecida com o programa nuclear iraniano que serve. Está dispersa, bem escondida e contém subterfúgios e salvaguardas. O melhor de tudo é que São Martin é completamente intocável, já que toda a rede de distribuição se baseia em tecnologia de duplo uso vendida através de intermediários. Martin é demasiado esperto para vender as cascatas de centrifugadoras diretamente aos iranianos. Em vez disso, vende partes isoladas à XTE Hardware and Equipment. A seguir, os chineses vendem o produto final a sociedades comerciais no Dubai e na Malásia, que, por seu turno, o enviam para o Irão.

— E sabem dizer há quanto tempo é que isso anda a acontecer? — perguntou Cynthia Scarborough, do NSC.

— Com exatidão, não, mas podemos dar um palpite fundamentado. Sabemos que Landesmann comprou a Keppler Werk em 2002 e que, passado pouco tempo, começou a acrescentar outras empresas europeias de tecnologia industrial ao seu portefólio secreto.

— Então estamos a falar de anos — disse Scarborough.

— De vários anos — respondeu Rimona.

— O que significa que a rede secreta de instalações de enriquecimento poderá estar, pelo menos, parcialmente terminada?

— É essa a nossa suposição. E os comportamentos mais recentes dos iranianos parecem consubstanciar essa posição.

— Que tipo de comportamentos?

— Desde logo, andam a fazer túneis como se fossem toupeiras. As vossas próprias fotografias de satélite mostram que os iranianos andam a transferir cada vez mais do seu programa nuclear para o subsolo. E não apenas em Qom. Andam a adicionar complexos com túneis em Isfahan e Natanz e estão a construir novos em vários outros locais, incluindo Metfaz, Khojir e Parchin. Fazer túneis esburacando encostas de montanhas não é fácil. E não há dúvida de que não sai barato. Achamos que andam a fazê-lo por uma razão óbvia: para esconderem centrais e protegê-las de ataques.

— E que mais? — perguntou Shepard Cantwell, da CIA.

— Natanz — lançou Rimona.

— O que é que tem Natanz?

— Os iranianos transferiram dois mil quilos de urânio de baixo enriquecimento, praticamente toda a reserva de que dispõem, para uma instalação exterior que serve de armazém. É quase como se estivessem a provocar-nos para que os atacássemos. E por que razão é que iam correr um risco desses?

— Suspeito que tenham uma teoria.

— A economia do Irão está na corda bamba. Os jovens sentem-se tão descontentes que estão dispostos a morrer protestando nas ruas. Acreditamos que os mulás até são capazes de ver com bons olhos um ataque, de maneira a restabelecerem a sua legitimidade junto do povo iraniano.

— Mas estarão mesmo dispostos a deixar pelo caminho dois mil quilos de urânio de baixo enriquecimento?

— Poderão estar, se houver outras instalações secretas a funcionar. E, nesse caso, um ataque a Natanz dá-lhes uma

363

desculpa para expulsarem os inspetores da ONU e abandonarem o Tratado de Não-Proliferação Nuclear.

— O que lhes permitiria dedicarem-se à construção de
um arsenal nuclear abertamente — realçou Cynthia Scarborough. — Tal e qual como os norte-coreanos.

— Correto, Ms. Scarborough.

— Então, o que é que recomendam?

Rimona desligou o PowerPoint.

— Detê-los, claro.

57

THE PLAINS, VIRGÍNIA

Em reuniões deste tipo, há uma altura em que aqueles que recolhem informações se separam dos que a analisam. Esse momento ocorreu na conclusão do *briefing* de Rimona, quando Adrian Carter se levantou de súbito e começou a bater distraidamente nos bolsos do casaco, à procura do cachimbo. Houve mais quatro homens que se levantaram em simultâneo e o seguiram pelo corredor central, em direção à sala de estar. A lareira estava acesa; Shamron aqueceu as mãos, cheias de manchas, junto às chamas e depois sentou-se na cadeira mais próxima. Navot sentou-se ao lado dele, ao passo que Gabriel se manteve de pé, deslocando-se lentamente de um lado para o outro da sala. Graham Seymour e Carter sentaram-se no sofá, cada um na sua ponta, com Seymour numa pose que mais parecia a de um anúncio de roupa e Carter dando ares de um médico que se prepara para comunicar as más notícias a um doente terminal.

— Quanto tempo? — perguntou por fim. — Quanto tempo até que eles consigam finalizar o acordo e construir a primeira arma nuclear?

Tanto Gabriel como Shamron cederam a palavra ao chefe putativo, Uzi Navot.

— Até a AIEA chegou finalmente à conclusão de que os iranianos já possuem capacidade para produzir uma bomba. E se Martin Landesmann lhes vai vender as centrifugadoras topo de gama, vão precisar de produzir um fluxo constante de combustível...

— Quanto tempo, Uzi?

— Um ano, no máximo. Se calhar, até mais cedo.

Carter enfiou o cachimbo na bolsa de tabaco.

— Para que fique registado, cavalheiros, os meus superiores, do número 1600 da Pennsylvania Avenue, ficariam muitíssimo agradecidos se os senhores se abstivessem de atacar as instalações nucleares do Irão, tanto agora como no futuro.

— Já conhecíamos perfeitamente a opinião da Casa Branca.

— Estou só a reafirmá-la agora para que não haja nenhuma confusão.

— E não há. E já que estamos a deixar as coisas registadas, não há ninguém com menos vontade de atacar o Irão do que nós. Não estamos a lidar com uma facção qualquer da OLP. Isto é o Império Persa. Se os atacarmos, vão retaliar. Já andam a fornecer armamento ao Hezbollah e ao Hamas para uma guerra por procuração e a preparar as suas redes terroristas espalhadas à volta do mundo para atacar alvos israelitas e judeus.

— E também vão transformar o Irão num caldeirão a fervilhar e o golfo Pérsico numa zona de guerra — acrescentou Carter. — O preço do petróleo vai disparar, o que vai fazer com que a economia mundial se afunde novamente numa recessão. E o mundo vai culpar-vos, claro.

— É o que acontece sempre — atirou Shamron. — Já estamos habituados.

Carter puxou de um fósforo e acendeu o cachimbo. A sua pergunta seguinte foi feita por entre uma nuvem de fumo:

— E têm a certeza de que os chineses estão envolvidos?

— Já andamos a vigiar a XTE há algum tempo. Os memorandos que desenterrámos do portátil de Martin apenas confirmaram todas as nossas suspeitas. — Navot parou por uns instantes e, a seguir, perguntou: — Mas com certeza que o envolvimento da China não te surpreende, pois não?

— Hoje em dia, nada do que a China faz me surpreende, especialmente no que toca ao Irão. A República Islâmica é o segundo maior fornecedor de petróleo da China e os gigantes chineses do setor energético, detidos pelo Estado, já investiram milhares de milhões no desenvolvimento iraniano em termos de petróleo e gás. Para nós, é evidente que os chineses veem Teerão não como uma ameaça, mas como um aliado. E não estão nada preocupados com a possibilidade de os iranianos adquirirem capacidade nuclear. Aliás, até são capazes de ver isso com bons olhos.

— Por acharem que vai reduzir o poder da América no golfo Pérsico?

— Precisamente — respondeu Carter. — E uma vez que os chineses compraram vários milhares de milhões de dólares da dívida americana, não estamos em posição de os confrontar a respeito disso. Já fomos falar com eles por diversas ocasiões, queixando-nos de que há mercadorias e armas proibidas a saírem dos portos deles para o Irão, e a resposta é sempre a mesma. Comprometem-se a analisar o assunto. Mas nada muda.

— Não estamos a sugerir que se fale com os chineses — retorquiu Navot. — Ou com os suíços, os alemães, os austríacos ou qualquer outro país ligado à rede de distribuição. Já sabemos que é uma perda de tempo e de energia. Os interesses nacionais e a cobiça pura e dura são trunfos poderosos. Além disso, a última coisa que queremos é confessar aos suíços que andamos a espiar o homem de negócios mais proeminente do país deles.

— E quantas centrifugadoras é que acham que o Martin já lhes vendeu?

— Não sabemos.

— Quando é que foi o primeiro envio?

— Não sabemos.

— Então e o último?

— Não sabemos.

Com a mão, Carter conseguiu desanuviar um pouco a nuvem de fumo à sua frente.

— Muito bem. Então e se nos dissessem exatamente aquilo que *sabem*?

— Sabemos que a relação tem sido lucrativa e que vai continuar. Mas, mais importante ainda, também sabemos que, num futuro próximo, está um grande carregamento agendado para sair da China para o Irão, com passagem pelo Dubai.

— E como é que sabem isso?

— As informações estavam num ficheiro temporário que exumámos do disco rígido do Martin. Era um *e-mail* encriptado que lhe foi enviado por alguém chamado Ulrich Müller.

Carter mordeu a ponta do cachimbo silenciosamente.

— Müller? — perguntou por fim. — Têm a certeza?

— Absoluta — respondeu Navot. — Porquê?

— Porque a primeira vez que nos deparámos com Herr Müller foi durante a investigação que fizemos à Zentrum

Security. Müller é um antigo membro do DAP, os serviços de segurança suíços, e um merdoso de primeira. Martin e Müller já se conhecem há imenso tempo. O Müller faz os trabalhos sujos do Martin.

— Por exemplo, dirigir uma rede de contrabando nuclear que se estende da Europa Ocidental ao Sul da China e daí ao Irão?

— Faria sentido ser alguém como Müller a dar a cara pelo Martin nisto tudo. O Martin não ia querer que a GVI chegasse sequer perto do portefólio do Irão. Seria melhor deixar um tipo como Müller tratar dos pormenores.

Carter calou-se de repente, com o olhar a ir de Navot para Shamron e vice-versa. Gabriel continuava a andar de um lado para o outro da sala.

— As observações finais da Rimona dão a entender que os senhores têm uma ideia de como proceder a seguir — afirmou Carter. — Na qualidade de vossos parceiros nesta iniciativa, Graham e eu gostávamos de saber o que têm em mente.

Navot lançou um olhar a Gabriel, que parou finalmente de andar de um lado para o outro.

— O material que recolhemos do portátil do Martin ajudou-nos, mas era limitado. Continua a haver muita coisa que não sabemos. O número de unidades envolvidas. As datas de entrega. O método de pagamento. As empresas transportadoras.

— Presumo que tenham uma ideia de onde poderão conseguir descobrir essas informações.

— Num computador que se encontra na margem ocidental do lago Genebra — declarou Gabriel. — Trezentos e setenta e oito metros acima do nível do mar.

— Na Villa Elma?

Gabriel acenou com a cabeça.

— Um assalto? — perguntou Carter, incrédulo. — É isso que estão a sugerir? Um trabalhinho no segundo andar de uma das residências privadas mais protegidas da Suíça, um país famoso pela invulgar vigilância aos seus cidadãos?

Ao receber apenas silêncio como resposta, Carter deslocou o olhar de Gabriel para Shamron.

— Não preciso de te relembrar os perigos de realizar operações na Suíça, pois não, Ari? Aliás, parece que me recordo de um incidente ocorrido há cerca de dez anos, em que uma equipa inteira do Departamento foi presa quando tentava pôr a linha telefónica de um suspeito de terrorismo sob escuta.

— Ninguém está a falar em arrombar a Villa Elma, Adrian.

— Então no que estão a pensar?

Foi Gabriel quem respondeu:

— Dentro de quatro dias, Martin Landesmann vai dar uma luxuosa festa de angariação de fundos para trezentos dos seus amigos mais chegados e ricos. Contamos estar presentes.

— A sério? E como é que estão a pensar lá entrar? Vão fazer-se passar por empregados de mesa e infiltrar-se com canapés e caviar ou vão optar simplesmente por uma abordagem à moda antiga e entrar pelo portão adentro?

— Vamos como convidados, Adrian.

— E como estão a pensar arranjar um convite?

Gabriel sorriu.

— Já temos um.

— A Zoe?

Gabriel acenou com a cabeça.

— E lembras-te por acaso das palavras âmbito *limitado* e *curta* duração?

— Eu estava lá, Graham.

— Ótimo — disparou Seymour. — Então também és capaz de te recordar que fizemos uma promessa. Pedimos à Zoe para desempenhar uma tarefa simples. E prometemos-lhe que, após completar essa tarefa, iria retomar a sua vidinha, descansada, com a expectativa de que nunca mais lhe voltássemos a aparecer à porta para ensombrar tudo.

— A situação alterou-se.

— Então querem que ela arrombe um escritório bem vigiado, a meio de uma grande festança? Uma missão dessas seria extremamente difícil e perigosa para um agente experimentado. Para um recruta novato e sem experiência nenhuma... impossível.

— Não estou a pedir à Zoe que arrombe o escritório do Martin, Graham. Ela só precisa de aparecer na festa.

Gabriel parou por uns instantes e depois acrescentou:

— De braço dado com o acompanhante, claro.

— Um acompanhante que tu pretendes providenciar?

Gabriel assentiu com a cabeça.

— E há algum candidato? — perguntou Adrian Carter.

— Só um.

— Como presumo que não estejas a pensar emparelhá-la com o Ari ou o Eli Lavon, resta Mikhail.

— Que fica excelente de *smoking*.

— Tenho a certeza que sim. Mas também passou por um inferno na Rússia. Está pronto para uma coisa dessas?

Gabriel assentiu com a cabeça e respondeu:

— Está pronto.

O cachimbo de Carter tinha-se apagado. De imediato, carregou-o outra vez e acendeu um fósforo.

— E posso realçar que, neste preciso momento, andamos a ver tudo o que o Martin faz quando usa o telemóvel e o computador portátil? Se a operação que propõem em Genebra correr mal, corremos o risco de perder tudo.

— Então e se o Martin resolver trocar de telemóvel ou se a equipa de segurança dele fizer uma verificação ao portátil e descobrir *software* que não devia lá estar?

— E onde estás a querer chegar?

— A nossa janela para o mundo do Martin pode fechar-se num abrir e fechar de olhos — explicou Gabriel, estalando os dedos para ilustrar o que tinha acabado de dizer. — Temos uma oportunidade de entrar na Villa Elma às claras. Tendo em conta o que sabemos das hipóteses de os iranianos estarem próximos de obter uma arma nuclear, parece-me que não temos escolha a não ser aproveitá-la.

— Os teus argumentos são bastante fortes. Mas esta discussão não serve de nada se a Zoe não concordar em voltar lá — retorquiu Carter, deitando uma olhadela a Seymour. — Achas que ela vai fazer isso?

— Suspeito que talvez seja possível convencê-la. Mas o primeiro-ministro vai ter de aprovar a operação pessoalmente. E sem dúvida que os meus rivais do outro lado do rio vão exigir participar.

— Mas não podem — atirou Gabriel. — Esta operação é nossa, Graham, não é deles.

— Não me vou esquecer de lhes transmitir essa mensagem — respondeu Seymour, indicando com os olhos o homem do MI6 que se encontrava na sala de jantar. — Mas há só uma coisa que ainda não abordámos.

— E qual é?

— O que é que propõem fazer se conseguirmos encontrar realmente o carregamento de centrifugadoras?

— Se conseguirmos encontrar essas centrifugadoras... — respondeu Gabriel, com a voz a sumir-se. — Digamos apenas que as possibilidades são infinitas.

58

SOUTHWARK, LONDRES

Gerald Malone, presidente e diretor-executivo da Latham International Media, deu a machadada final às três da tarde do dia seguinte. Surgiu sob a forma de um *e-mail* dirigido a todos os empregados do *Journal,* escrito no habitual estilo seco de Malone. Segundo parecia, os esforços mais recentes no sentido de controlar os custos tinham-se revelado insuficientes para manter o jornal viável na sua presente forma. Sendo assim, a direção da Latham não tinha outra opção a não ser impor reduções drásticas e imediatas ao nível dos quadros. Os cortes seriam simultaneamente profundos e alargados, com a secção editorial a sofrer, de longe, o maior número de baixas. Uma das equipas de redação, a unidade especial de investigação liderada por Zoe Reed, conseguiu evitar, de forma flagrante, quaisquer despedimentos. Como se veio a revelar, a comutação foi um presente de despedida de Jason Turnbury, que passado pouco tempo iria fazer parte da mesma administração que tinha acabado de transformar o *Journal* numa ruína fumegante.

E, por isso, foi com uma grande sensação de culpa, próprio de um sobrevivente, que Zoe se sentou à secretária naquele final de tarde, observando o ritual de empacotamento de objetos pessoais que se segue a qualquer despedimento em massa. Enquanto ouvia os discursos de despedida cheios de lágrimas, pensou que talvez estivesse na altura de abandonar o jornalismo e aceitar o trabalho na televisão que a aguardava em Nova Iorque. E, não pela primeira vez, deu por si a sonhar acordada com o notável grupo de homens e mulheres com quem se tinha cruzado na casa segura em Highgate. Para grande surpresa sua, sentia falta da companhia de Gabriel e da equipa dele, de um modo que nunca imaginara ser possível. Sentia falta da determinação deles em serem bem-sucedidos e na crença inabalável de que a causa que defendiam era justa, coisas que dantes sentia quando entrava na sala de redação do *Journal*. Mas, acima de tudo, sentia falta da atmosfera colegial da própria casa segura. Ao longo de umas horas por noite, tinha feito parte de uma família — uma família barulhenta, conflituosa, petulante e, por vezes disfuncional, mas ainda assim uma família.

Por razões que não eram evidentes para Zoe, parecia que a família a tinha abandonado. Durante a viagem de comboio de Paris, o agente com cabelo escuro curto e faces bexigosas tinha-a felicitado à socapa por um trabalho bem feito. Mas, depois disso, tinha havido apenas silêncio. Nada de telefonemas, nada de *e-mails*, nada de encontros planeados na rua ou no metro, nada de convocatórias discretas para o quartel-general do MI5, para lhe agradecer os serviços. De tempos a tempos, tinha a sensação de estar a ser vigiada, mas isso poderia ser apenas esperança vã. Para Zoe, que estava acostumada à gratificação instantânea do jornalismo diário, a parte mais difícil era não saber se o seu contributo tinha ou não feito diferença. Sim, tinha a vaga sensação de que a operação de Paris tinha corrido bem, mas não fazia ideia se estava ou não a produzir o tipo de informações de que Gabriel e Graham Seymour precisavam. Calculou que fosse bem possível que nunca o viesse a saber.

Quanto aos seus sentimentos por Martin Landesmann, tinha lido uma vez que o tempo de recuperação de uma relação amorosa era igual à duração da própria relação. Mas Zoe descobrira que esse tempo podia ser reduzido drasticamente quando um ex-namorado andava a vender secretamente mercadoria proibida à República Islâmica do Irão. O ódio que agora sentia por Martin era intenso, tal como o desejo de romper o contacto com ele. Infelizmente, isso não era possível, visto que a sua vida privada era agora um assunto de segurança nacional. O MI5 tinha-lhe pedido para manter as linhas de comunicação abertas, a fim de impedir que Martin ficasse desconfiado. Mas ainda não sabia ao certo se queriam ou não que comparecesse na gala de angariação de fundos de Martin, em Genebra. Zoe não tinha qualquer desejo de pôr os pés na casa de Martin. Na verdade, Zoe nunca mais queria voltar a ver a cara de Martin.

Os seus pensamentos foram interrompidos por Jason Turnbury, que apareceu na sala de redação para fazer o obrigatório panegírico pós-massacre sobre a honra que tinha sido trabalhar com um grupo de jornalistas tão talentoso e dedicado. Depois do seu discurso, os membros da redação começaram a deslocar-se, em fila e lentamente, para os elevadores, como sobreviventes atordoados de um desastre natural. A maioria seguiu diretamente para o Anchor, o *pub* histórico que ficava ao lado do *Journal,* e começou a beber abundantemente. Zoe sentiu-se compelida a aparecer, mas passado pouco tempo deu por si desesperada por sair dali. Por isso, secou uns quantos olhos, deu umas palmadinhas nuns quantos ombros e, a seguir, escapuliu-se discretamente, deparando-se com uma chuva torrencial.

Não havia táxis que pudesse apanhar, por isso começou a atravessar a Southwark Bridge. Um vento glacial uivava pelo Tamisa acima; Zoe levantou o chapéu de chuva, mas de nada servia contra o dilúvio horizontal. Bem ao fundo da ponte, avistou uma figura familiar parada no passeio, como se estivesse alheada do tempo. Era o homem de meia-idade, com o impermeável, que tinha abordado inicialmente Zoe, à saída da CNN, na noite do seu recrutamento. Quando Zoe se aproximou, ele levou a mão à boca como se quisesse reprimir uma tossidela. Foi nessa altura que a limusina *Jaguar* se materializou e parou ao lado dela. A porta de trás abriu-se. Graham Seymour fez-lhe sinal para entrar.

— Ouvi dizer que acabou de haver uma bela sangria no *Journal* — atirou Seymour ao mesmo tempo que o carro se afastava do passeio.

— E há alguma coisa que *não* saiba?

— Deu na BBC.

O carro virou à esquerda, entrando em Upper Thames Street.

— A minha paragem de metro fica no sentido contrário.

— Preciso de lhe dar uma palavrinha.

— Já tinha percebido.

— Queríamos saber quais são os seus planos para o fim de semana.

— Um livro medíocre. Um par de DVD. Talvez um passeio por Hampstead Heath, se não estiver a chover.

— Parece bastante aborrecido.

— Eu gosto de me aborrecer, senhor Seymour. Especialmente depois de Paris.

— Temos algo um bocadinho mais excitante, caso esteja interessada.

— E o que querem que eu faça desta vez? Assaltar um banco? Desmantelar uma célula da Al-Qaeda?

— Tudo o que tem de fazer é ir a uma festa e pôr-se deslumbrante.

— Acho que consigo fazer isso. E envolve algum planeamento?

— Receio bem que sim.

— Então vamos voltar para Highgate?

— Não imediatamente. Primeiro, tem um jantar combinado em Mirabelle.

— Com quem?

— O seu novo namorado.

— A sério? E como é ele?

— Jovem, bonito, rico e russo.

— E tem nome?

— Mikhail Danilov.

— Mas que nobre.

— Por acaso, não há nada de minimamente nobre nele. E é precisamente por isso que vai estar de braço dado consigo, Ms. Reed, quando entrar na casa de Martin Landesmann no sábado à noite.

HIGHGATE, LONDRES

Fiel ao espírito da Operação Obra-Prima, o romance entre ambos foi um turbilhão. Almoçavam juntos, viam as montras das lojas de New Bond Street em conjunto, passeavam-se pelos mercados de Covent Garden e até foram vistos a entrarem, de mãos dadas, num cinema em Leicester Square, para verem um filme ao início da tarde. Conhecida pela discrição em relação aos assuntos pessoais de que dava mostras no trabalho, Zoe não fez referência a nenhuma pessoa nova na sua vida, embora todos fossem da opinião de que o seu humor dentro do jornal parecia assinalavelmente melhor. Isso desencadeou entre os colegas especulações desenfreadas, mas mal informadas, sobre a identidade do seu novo interesse amoroso e da origem da evidente riqueza deste. Houve alguém que disse que tinha feito fortuna em Moscovo, com negócios imobiliários, antes do colapso financeiro. Outra pessoa afirmou que tinha sido o petróleo russo que o tornara rico. E algures no interior das entranhas da secção dos revisores, veio o rumor completamente infundado de que se tratava de um traficante de armas — tal e qual como o recentemente falecido Ivan Kharkov, Deus tenha piedade da sua alma miserável.

Os quadros do *Journal* nunca chegariam a saber a verdadeira identidade do russo alto e extraordinariamente bonito que andava a acompanhar Zoe pela cidade. Da mesma forma, os colegas de Zoe nunca viriam a descobrir que o novo casal passava a maior parte do tempo enfiado numa casa vitoriana de tijolo, situada no final de um beco silencioso em Highgate. Quaisquer dúvidas que Zoe tivesse acerca do sucesso da operação de Paris ficaram desfeitas segundos depois de lá regressar, já que a primeira voz que ouviu ao entrar na sala de estar foi a de Martin Landesmann. Estava a sair das colunas de um computador no canto da sala e assim continuaria, praticamente sem interrupção, durante os três dias seguintes de preparação. Embora Zoe se sentisse satisfeita por o seu trabalho ter trazido dividendos, achava a presença constante da voz de Martin profundamente perturbante. Sim, pensou, Martin mais do que merecia a intrusão nos seus assuntos mais privados. Mas não conseguia deixar de se sentir desconfortável com os amplos recursos de vigilância que os serviços secretos do mundo possuíam naquele momento. A tecnologia móvel tinha fornecido aos governos a capacidade de monitorizar as palavras e *e-mails* dos cidadãos e, até certa medida, mesmo os seus pensamentos, de formas que, em tempos, tinham sido consideradas ficção científica. O admirável mundo novo tinha finalmente chegado.

A equipa de agentes que se encontrava a trabalhar na casa segura era em grande parte a mesma, com duas aquisições dignas de nota. Uma era um octogenário de olhos remelosos; a outra, um homem com cabelo arruivado e o físico de um *wrestler*. Zoe compreendeu de imediato que eram figuras de autoridade. No entanto, nunca chegaria a saber que se tratava do anterior e atual chefes dos serviços secretos israelitas.

Ainda que, em grande parte, o seu papel em Genebra fosse servir de porta de entrada, Zoe tinha de estar preparada para o pior desenlace possível. Em consequência, o seu treino rápido concentrou-se no decorar de uma história trágica. Era a história de um belo russo chamado Mikhail Danilov, que a tinha deixado perdida de amores. Um homem que se tinha aproveitado da vulnerabilidade dela e a tinha enganado, fazendo com que o convidasse para a gala de Martin Landesmann. Essa história, recordou-lhe constantemente Gabriel, seria a única proteção de Zoe na eventualidade de a operação correr mal. Daí o passeio por New Bond Street, a ida até Covent Garden e a tarde perdida a ver um filme em Leicester Square. *Guarde todos os pormenores sórdidos nessa sua formidável memória,* disse-lhe Gabriel. *Decore a história como se tivesse sido a própria Zoe a relatá-la e a apresentar queixa.*

Ao contrário da maioria das preparações intensivas, a informação não saiu de um só lado durante essas sessões finais em Highgate. Na verdade, numa curiosa inversão de papéis, Zoe foi capaz de contribuir para os planos significativamente, uma vez que era a única pessoa entre os presentes a ter posto os pés na residência encantada de Martin à beira-rio. Foi Zoe quem descreveu o protocolo de entrada que devia ser observado no portão principal de Martin, na Rue de Lausanne, e foi Zoe quem informou a equipa do provável posicionamento dos seguranças de Martin no interior da mansão. Shamron ficou tão impressionado com a apresentação que disse a Navot para pensar na hipótese de a pôr ao serviço permanente do Departamento.

— Alguma coisa me diz que os nossos parceiros britânicos seriam capazes de não achar muita piada — respondeu Navot.

— As parcerias entre serviços secretos são como os casamentos que têm por base a atração física, Uzi. Brilham intensamente durante algum tempo e terminam quase sempre mal.

— Não tinha percebido que era conselheiro matrimonial, chefe.

— Sou espião, Uzi. Os mistérios do coração humano pertencem ao meu pelouro.

A presença de tantas personalidades fortes num espaço reduzido podia muito bem ter sido uma receita para o desastre. Mas, no geral, o ambiente durante esses três dias intensos de preparação permaneceu civilizado, pelo menos enquanto Zoe se encontrava presente. Gabriel reteve o controlo sobre o planeamento da operação, mas foi Navot quem ocupou o lugar reservado ao Departamento nas reuniões entre agências, em Thames House. Em muitos aspetos, foi como uma festa de debutante para Navot, e quem observou a sua conduta durante esses encontros ficou impressionado com a sua seriedade, determinação e conhecimento dos assuntos. Concordaram todos que o Departamento parecia estar em boas mãos para os anos seguintes — a não ser, claro, que a carreira promissora de Navot fosse descarrilar por causa de um desastre nas margens do lago Genebra.

Eram as recordações de desastres passados que pareciam atormentar Gabriel durante esses longos dias em Highgate. Avisou a equipa, vezes sem conta, para se proteger de qualquer tipo de complacência que pudesse nascer do êxito da operação de Paris. Desta vez, iriam jogar no terreno de Martin. Por isso, toda a vantagem seria dele. Tal como o pai fizera antes de si, Martin tinha-se revelado disposto a recorrer à violência quando se deparava com a ameaça de ser desmascarado. Tinha matado um repórter devido às negociatas secretas com o Irão e com certeza seria capaz de matar outro, mesmo uma repórter que até partilhara a sua cama.

Mas, de vez em quando, até Gabriel parava para abanar a cabeça e refletir com admiração sobre o improvável caminho que tinha percorrido para chegar àquele ponto — um caminho que tinha começado em Amesterdão, na sala de estar branca e luminosa de Lena Herzfeld. Lena raramente se afastava dos pensamentos de Gabriel, tal como a lista de nomes e números de contas se mantinham sempre por perto. *Katz, Stern, Hirsch, Greenberg, Kaplan, Cohen, Klein, Abramowitz, Stein, Rosenbaum, Herzfeld...* Shamron referia-se a eles como os membros invisíveis da equipa de Gabriel.

Shamron dava mostras de um comedimento admirável dentro da casa segura, mas, todos os dias, durante uma hora, no banco de madeira no cimo de Parliament Hill, revelava a Gabriel, em privado, os receios que tinha em relação à operação que se avizinhava. Deu início ao último encontro expressando preocupação com o protagonista escolhido por Gabriel.

— Toda a vossa operação está dependente de uma decisão de Mikhail. Será que consegue entrar no escritório do Martin sem ser visto e ficar lá dentro uma hora e quinze minutos sem que ninguém repare na ausência dele? Se tomar a decisão errada, vai ser uma festa para mais tarde recordar.

— Estás preocupado com a hipótese de ele se mostrar demasiado agressivo?

— Não necessariamente. O Mikhail estava feito em farrapos quando voltou da Rússia. Quase tão mal como tu e a Chiara. Depois do que se passou naquela floresta de bétulas, talvez não seja capaz de correr os riscos necessários para conseguir levar a cabo a missão.

— Foi treinado pela Sayeret e pelo Departamento, Ari. Quando entrar amanhã à noite pela porta da Villa Elma, não vai ser o Mikhail Abramov. Vai ser o Mikhail Danilov, milionário russo e acompanhante da Zoe Reed.

— E era mesmo necessário dar cem mil euros do meu dinheiro à fundação do Martin?

— O senhor Danilov insistiu.

— Ai foi?

— O senhor Danilov queria causar uma boa primeira impressão. E também não é o tipo de homem que gosta de parecer um pendura. O senhor Danilov é bastante abastado. E paga sempre à maneira dele.

— Então esperemos só que o senhor Danilov faça a escolha certa sobre se deve ou não ir atrás do computador. Não só para bem dele, mas também para o da Zoe, já para não falar do teu amigo Uzi Navot — retorquiu Shamron, acendendo um cigarro. — Ouvi dizer que já conquistou muitos amigos e admiradores em Thames House e Vauxhall Cross.

— E tu?

— Admito que fiquei impressionado com a estreia do Uzi no palco internacional. Se esta operação se revelar um êxito, vai ficar como um dos maiores triunfos na história do Departamento. E pensar que até tentou acabar com ela antes de ter sequer começado — soltou Shamron, deitando uma olhadela a Gabriel. — Talvez da próxima vez não deixe o ego intrometer-se quando tentares dizer-lhe alguma coisa.

Gabriel manteve-se em silêncio.

— Reparei que não incluíste a tua mulher na equipa para Genebra — afirmou Shamron. — Presumo que não tenha sido um esquecimento.

— Ela não está muito contente com isso, mas quero que fique aqui contigo e com o Uzi.

— Se calhar, devias pensar em fazer o mesmo — atirou Shamron, calando-se depois por um momento, a fumar. — Suponho que não precise de te recordar que fizeste uma operação na Suíça bastante recentemente ou que isso envolveu uma grande carnificina. É possível que os suíços tenham conhecimento das tuas visitas recentes ao país deles. O que significa que, se alguma coisa correr mal amanhã à noite, pode passar muito tempo até voltar a conseguir tirar-te de lá.

— Não vou deixar que outra pessoa comande as coisas em Genebra, Ari.

— Já calculava que a tua resposta fosse essa. Não te esqueças é de respeitar o décimo primeiro mandamento. Não sejas apanhado.

— E tens mais alguns conselhos úteis?

— Faz a Zoe regressar viva a casa — respondeu Shamron, deitando o cigarro para o chão. — Não queria que a estreia do Uzi em Londres encerrasse logo após a noite de abertura.

Se havia alguma brecha na armadura do Departamento, essa correspondia ao problema dos passaportes. Na maioria dos casos, os agentes israelitas clandestinos não podiam andar com passaportes israelitas, já que os cidadãos israelitas não podiam entrar nos países-alvo ou, como acontecia no caso da Suíça, eram olhados com desconfiança pelas autoridades locais. Por isso mesmo, após uma série de árduas negociações, ficou decidido que os oito membros da equipa de Genebra viajariam com passaportes americanos e da Commonwealth falsos. Tratou-se de um gesto magnânimo mas necessário, que garantia que a operação não se desmoronaria à entrada na zona de controlo de passaportes. Ainda assim, Gabriel optou pela habitual medida de precaução do Departamento, enviando a equipa para Genebra em três voos diferente e utilizando três percursos diferentes. Havia tradições difíceis de morrer, mesmo num mundo multilateral.

O voo que ele próprio apanhou foi o 1022 da KLM, com partida de Londres, do Aeroporto de Heathrow, às 17h05, e chegada ao Aeroporto Internacional de Genebra às 22h, depois de uma curta escala em Amesterdão, algo que Gabriel achou apropriado. Tinha um passaporte americano que o identificava como Jonathan Albright e uma pilha de cartões de negócio afirmando que trabalhava para um fundo especulativo com sede em Greenwich, no Connecticut. Levava roupa que não lhe pertencia e tabelas de desempenho que não compreendia. Na verdade, naquela tarde, quando Gabriel saiu discretamente da casa segura em Highgate pela última vez, tudo acerca de si era mentira. Tudo menos a mulher de cabelos escuros revoltos que o observava da janela do segundo andar. E a lista de nomes e números de contas bem guardada no compartimento com fecho de correr da pasta.

60

GENEBRA

Na manhã seguinte, os primeiros camiões apareceram junto aos portões da Villa Elma às nove horas em ponto. Depois disso, começaram a chegar em catadupa constante, despejando o que se encontrava dentro deles no elegante pátio de entrada de Martin Landesmann, como se se tratasse dos despojos de uma guerra longínqua. Havia caixotes com vinho e bebidas alcoólicas e geladeiras cheias de caranguejo fresco vindo especialmente de avião do Alasca. Havia carrinhos com mesas e cadeiras empilhadas e caixas de madeira polida com porcelana, cristais e talheres de prata. Havia bancadas desmontáveis para uma orquestra completa, um abeto com mais de quinze metros para adornar o átrio de entrada principal e luzes que chegavam para iluminar uma cidade de tamanho médio. Havia uma equipa de técnicos audiovisuais, munidos de um sistema de projeção com qualidade própria de um cinema, e, curiosamente, duas mulheres vestidas de caqui que chegaram ao final da tarde, acompanhadas por uma dúzia de animais selvagens. Veio a saber-se que os animais pertenciam a espécies em vias de extinção que, supostamente, Martin estava a tentar salvar gastando uma pequena fortuna. Quanto ao sistema de projeção, Martin planeava aborrecer os convidados com um documentário de uma hora, que ele próprio tinha produzido, sobre os perigos do aquecimento global. O *timing* era um pouco irónico, já que a Europa tremia sob os efeitos do inverno mais frio de que havia memória.

A azáfama dos preparativos na Villa Elma contrastava totalmente com o ambiente tranquilo no Grand Hotel Kempinski, à distância aproximada de um quilómetro e meio, seguindo pela margem do lago, no Quai de Mont--Blanc. No átrio revestido de estuque, a atmosfera era de noite permanente. Sob um teto baixo, cravejado com uma galáxia de luzes minúsculas, paquetes e empregados de quarto conversavam num tom sussurrado, como se estivessem preocupados com a possibilidade de acordarem crianças a dormir. Na sala de estar vazia, uma lareira a gás decorativa trabalhava sem grande energia; relógios de ouro e colares de pérolas brilhavam sedutoramente nas montras de lojas vazias. Mesmo às três da tarde, uma altura em que o átrio fervilhava normalmente de atividade, o silêncio era opressivo. Em privado, a direção do hotel atribuía a culpa pela recente quebra de negócios ao tempo e ao colapso do mercado imobiliário num certo emirado do Golfo conhecido pelos seus excessos. E, para piorar ainda mais a situação, os eleitores suíços tinham ofendido recentemente muitos dos clientes do Kempinski mais garantidamente dispostos a gastar sem pruridos, ao aprovarem a proibição da construção de minaretes, válida para todo o país. Tal como praticamente toda a gente em Genebra, a direção do hotel estava a começar a interrogar-se se o empreendimento comercial, habitualmente seguro, a que por vezes se dava o nome de Suíça teria finalmente perdido o pé.

Consequentemente, a direção não coube em si de contente quando Zoe Reed, a jornalista britânica que era presença regular nos ecrãs de televisão dos hotéis de todo o mundo, entrou no átrio do Kempinski, às 15h15, acompanhada por um milionário russo de seu nome Mikhail Danilov. Depois de se registarem em quartos diferentes, o senhor Danilov enviou uma camisa e um *smoking* para a lavandaria para serem passados a ferro e depois seguiu para o ginásio, fazendo aquilo que as testemunhas descreveram com um treino assustador. Quanto a Ms. Reed, passou alguns minutos a dar uma vista de olhos às lojas no átrio e, a seguir, dirigiu-se para o salão de cabeleireiro para que uma profissional lhe arranjasse o cabelo e tratasse da maquilhagem, em preparação para a festa na Villa Elma. Duas outras convidadas também se encontravam no salão, tal como uma mulher que tinha estado presente na casa segura em Highgate. Sentado na sala de espera, estava o inglês amante de roupa de *tweed* que Zoe conhecia como David. Folheava uma edição da revista *Vogue,* com uma expressão de tédio digna de um marido, resmungando consigo próprio acerca da qualidade do serviço prestado pelas empregadas de limpeza do hotel.

Eram quase cinco da tarde quando Zoe saiu do salão e se dirigiu para o quarto, no andar de cima, para começar a vestir-se para a festa. O acompanhante, Mikhail Danilov, estava instalado no quarto ao lado, ao passo que, três portas depois, se encontrava um homem que tinha dado entrada no hotel com o nome de Jonathan Albright, vice-presidente executivo de qualquer coisa intitulada Markham Capital Advisers of Greenwich, no Connecticut. Claro que o seu nome verdadeiro era Gabriel Allon e não estava sozinho. Sentado do outro lado da pequena secretária, encontrava-se Eli Lavon. Tal como Gabriel, estava de auscultadores colocados na cabeça a olhar fixa e intensamente para um computador portátil. O de Lavon estava a receber um fluxo de informações vindas do telemóvel de Zoe Reed, sob escuta, enquanto o de Gabriel absorvia os dados que saíam do de Martin Landesmann. Zoe estava a ver a última atualização horária do noticiário da BBC. Martin discutia as medidas de segurança para a festa com Jonas Brunner, o seu guarda-costas pessoal.

A reunião terminou às 17h03. Martin conferenciou por breves momentos com o principal responsável pela organização da festa e depois subiu até ao andar de cima, entrando no escritório localizado no canto sudeste da Villa Elma, trezentos e setenta e oito metros acima do nível do mar. Gabriel ouviu os já familiares oito bipes atonais quando Martin introduziu o código de segurança na fechadura sem chave — oito dígitos que, dentro de pouco tempo, seriam tudo o que separaria Mikhail dos segredos mais bem guardados de Martin. Passados uns segundos, ouviu-se o som da porta do escritório a abrir-se e a fechar-se, seguido do barulho dos dedos de Martin a martelarem no teclado do seu computador. Segundo parecia, Martin ainda tinha de trabalhar um pouco antes da festa. E Gabriel também. Entregou os auscultadores a Eli Lavon e avançou para o corredor.

O sinal de NÃO INCOMODAR estava pendurado no trinco. Gabriel bateu duas vezes à porta, esperou e depois bateu novamente duas vezes. Passados uns segundos, Zoe abriu a porta e espreitou para ele pela tranca de segurança.

— Em que o posso ajudar? — perguntou, fingindo estar irritada.

— Pode deixar-me entrar, Zoe. Vasculhámos o quarto quando saiu. Não há escutas.

Zoe destrancou a porta e afastou-se. Estava descalça e usava apenas um roupão branco do hotel.

— É isso que está a pensar levar vestido hoje à noite? — perguntou Gabriel.

— Prefiro-o àquele vestido que o Martin me comprou.

— Ele vai ficar desiludido se não o levar.

— Tal como todos os outros homens na sala.

Gabriel aproximou-se da secretária. O telemóvel de Zoe estava em cima do mata-borrão. Pegou nele, carregou no botão de ligar e só o largou quando o ecrã ficou negro.

— Há alguma coisa que precise de me dizer sobre o meu telemóvel? — perguntou Zoe.

— É só uma precaução.

— Pois — respondeu ela, num tom sardónico. — E eu fiz esta viagem toda até Genebra para ficar a olhar embasbacada para o Martin Landesmann durante umas horas.

Gabriel voltou a pousar o telemóvel em cima da secretária, mas não disse nada.

— Não se esqueçam é de o desligar quando tudo isto terminar — disse ela, sentando-se na borda da cama. — Nunca me disse como é que chamam a isso.

— Ao quê?

— Àquilo que fizemos ao telemóvel e ao computador do Martin.

— Eu nasci no final do século XVII, Zoe. Nem eu sei qual é o nome correto para isso.

— E o nome em calão?

— Há técnicos que se referem a isso como entrada pela porta dos fundos, implantação ou rebentação. Nós gostamos de lhe chamar controlo.

— O que significa?

— Se conseguirmos deitar as mãos ao telefone do alvo, *controlamo-lo*. Se conseguirmos aceder-lhe às contas bancárias, *controlamo-las*. Se conseguirmos penetrar no sistema de segurança da casa dele, também conseguimos *controlá-lo*. E se o Mikhail conseguir entrar no escritório do Martin hoje à noite...

— Então nós conseguimos descobrir as centrifugadoras?

Gabriel ficou espantado com a utilização do pronome *nós* por parte de Zoe.

— Sim — respondeu, acenando com a cabeça. — Se tivermos sorte, podemos ser capazes de descobrir as centrifugadoras.

— E quais são as probabilidades?

— É difícil dizer.

— Presumo que não seja a primeira vez que o vosso serviço faz uma coisa destas.

Gabriel hesitou e, a seguir, respondeu:

— Há já algum tempo que anda a ser travada uma guerra não muito secreta aqui na Europa, Zoe. Envolve os iranianos e empresas de alta tecnologia europeias. E os computadores dos maus são uma das nossas maiores armas.

— Por exemplo?

— Não lhe vou dar nenhum exemplo.

— E se for um hipotético?

— Muito bem. Digamos que um hipotético cientista nuclear iraniano vai a uma hipotética conferência em Berlim. E digamos que no computador do nosso hipotético cientista se encontram notas que explicam como se constrói uma ogiva nuclear.

— Nesse caso, talvez fosse difícil não nos rirmos quando o presidente iraniano declarasse que o seu programa é estritamente pacífico.

— Exato.

— E estão mesmo a construir uma ogiva?

— Sem sombra de dúvida — afirmou Gabriel. — E estão a ficar mais perto a cada dia que passa. Mas para serem uma verdadeira potência nuclear, precisam de um fornecimento contínuo de urânio altamente enriquecido. E, para isso, precisam de centrifugadoras. Das boas. Centrifugadoras que não vão abaixo. Centrifugadoras que girem a uma velocidade segura. Centrifugadoras que não se encontrem contaminadas.

— As centrifugadoras *do Martin* — disse Zoe em voz baixa.

Gabriel ficou calado. Zoe deu uma olhadela ao relógio em cima da mesinha de cabeceira.

— A não ser que pretenda ajudar-me a vestir, acho que vou ter de lhe pedir para sair.

— Só um minuto — respondeu Gabriel, sentando-se. — Não se esqueça, Zoe, quando o Mikhail entrar em ação, é importante que não pareça estar sozinha ou sem nada que lhe ocupe de algum modo a atenção. Junte-se a alguém. Meta conversa. A pior coisa que pode fazer é estar calada ou parecer nervosa. Esteja exatamente o contrário de nervosa. Seja a animação da festa. Compreende?

— Acho que consigo fazer isso.

Gabriel sorriu por breves instantes e depois a sua expressão ficou séria.

— Agora, diga-me lá outra vez o que deve fazer se o Mikhail for apanhado.

— Tenho de o renegar. Tenho de dizer que ele me enganou para poder vir comigo. E depois tenho de abandonar a festa o mais depressa possível.

— Mesmo que isso signifique deixar o Mikhail para trás.

Ela ficou calada por um momento.

— Por favor, não me faça dizê-lo.

— Diga-o, Zoe.

— Mesmo que isso signifique deixar o Mikhail para trás.

— Não hesite, Zoe. E não olhe para trás. Se algum dos guardas do Martin tentar agarrá-la, faça uma cena, para que toda a gente que esteja na festa saiba que há um problema. O Martin não vai ter outro remédio senão deixá-la ir-se embora. — Gabriel parou por uns instantes e, a seguir, perguntou: — Compreende, Zoe?

Ela assentiu com a cabeça.

— Diga-o.

— Faço uma cena dos diabos. E deixo o Mikhail para trás.

— Muito bem. Alguma pergunta?

Zoe abanou a cabeça. Gabriel levantou-se e deu-lhe o telemóvel.

— Ligue-o quando eu sair. E mantenha-o perto de si hoje à noite.

Gabriel começou a dirigir-se para a porta.

— Por acaso, até tenho uma pergunta, senhor Allon.

Ele parou e virou-se.

— O que é que aconteceu naquele campo perto de Londres?

— Não existe nenhum campo perto de Londres. E também não existe nenhuma casa segura em Highgate. A mente é como um recipiente, Zoe. Tire a tampa e a memória escoa-se.

Gabriel saiu do quarto discretamente, sem dizer mais nada. Zoe ligou o telemóvel e começou a vestir-se.

Entre os vários desafios logísticos enfrentados pela equipa, encontrara-se a aquisição de um carro apropriado para transportar Zoe e Mikhail até à festa. Tinha sido feita uma tentativa para alugar um veículo em Genebra, mas tal veio a revelar-se impossível, porque os outros convidados de Martin já tinham deitado a mão a todos os carros de luxo que havia no cantão. Como única hipótese, restava uma compra apressada. Gabriel tratou ele próprio da tarefa, escolhendo um *Mercedes Classe S* preto e completamente apetrechado, que pagou na totalidade com um cheque certificado proveniente de uma das contas operacionais de Navot, em Zurique. Quando a notícia da aquisição chegou a Highgate, Shamron teve um ataque de fúria. O Departamento não só tinha acabado de gastar cento e vinte e cinco mil dólares num carro como este ainda por cima era alemão.

Às 18h15 dessa tarde, o carro atravessou com graciosidade o caminho de entrada do Kempinski, com Yaakov ao volante, com ar de quem estava a conduzir um petroleiro por águas traiçoeiras. Após completar a manobra com êxito, informou o porteiro de que estava ali para ir buscar o senhor Danilov. O porteiro ligou para o senhor Danilov, que, por sua vez, ligou a Ms. Reed e ao senhor Albright, da Markham Capital Advisers. O senhor Albright enviou de imediato uma mensagem segura aos superiores em Londres, que dizia PARTIDA IMINENTE. A seguir, olhou para o ecrã do computador. Havia uma luz vermelha a piscar no canto sudeste da Villa Elma, trezentos e setenta e oito metros acima do nível do mar.

MAYFAIR, LONDRES

A mensagem de Genebra surgiu e piscou rapidamente nos ecrãs do centro de operações da CIA, por baixo de Grosvenor Square. Sentados nos lugares habituais, na fila de trás, estavam Graham Seymour, Adrian Carter e Ari Shamron. Num corte significativo com a tradição, tinham ao seu lado, naquela noite, mais dois membros da equipa da Obra-Prima. Um era Uzi Navot e o outro Chiara Allon. Estavam os cinco, sem exceção, a olhar fixamente para os ecrãs onde apareciam as mensagens, como se fossem passageiros aéreos desesperados à espera de um voo há muito adiado. Shamron já estava a fazer girar nervosamente o seu velho isqueiro *Zippo* entre as pontas dos dedos. Duas voltas para a direita, duas voltas para a esquerda...

— Alguém sabe a definição da palavra *iminente*?

— Prestes a acontecer — sugeriu Graham Seymour.

— A pairar ameaçadoramente por cima da cabeça — acrescentou Adrian Carter.

Shamron franziu o sobrolho pronunciadamente e olhou para Chiara, que reagiu teclando alguns carateres no seu computador portátil. Passado um momento, uma nova mensagem surgiu nos ecrãs na parte da frente da sala.

PARTIDA EM CURSO...

— Qual era o problema? — perguntou Shamron.

— O fecho do vestido da Zoe ficou preso.

— E quem é que o desprendeu?

— O senhor Albright, da Markham Capital Advisers.

Shamron sorriu. *Duas voltas para a direita, duas voltas para a esquerda...*

Mikhail estava parado diante dos elevadores, no sexto andar do Grand Hotel Kempinski, e examinava a sua aparência no espelho de vidro fumado decorativo. A roupa que tinha vestida era simples, mas elegante: um *smoking Brioni*, uma camisa formal lisa, um laço tradicional. O casaco tinha sido feito especialmente à medida para acomodar dois artigos de equipamento técnico que trazia na região lombar. O nó impecável do laço tinha resultado de um esforço conjunto que envolvera três agentes dos serviços secretos israelitas e uma grande dose de histeria pré-operacional.

Inclinou-se para se aproximar mais do espelho, ajustou a madeixa de cabelo loiro que lhe caía sobre a testa e examinou a cara. Era difícil acreditar que era o mesmo rapaz dos prédios de apartamentos em ruínas de Moscovo. Um rapaz que tinha sido espancado e humilhado pelos seus colegas russos todos os dias, apenas por ter sido amaldiçoado com o nome do patriarca. O rapaz tinha-se mudado para Israel com os pais dissidentes e aprendido a lutar. Mas, naquela noite, iria lutar de uma forma diferente, contra um homem que andava a abastecer os mulás do Irão com o poder necessário para realizarem as suas fantasias mais loucas. Naquela noite, já não era Mikhail Abramov. Naquela noite, era um verdadeiro russo, com um nome russo como devia ser e uma grande quantidade de dinheiro nos bolsos russos.

Ouviu o som de uma porta a fechar-se logo ao fundo do corredor. Zoe apareceu uns segundos mais tarde, esplendorosa no seu vestido *Dior*. Mikhail deu-lhe dois beijos formais na cara, em honra das câmaras do hotel, e a seguir recuou uns passos para a admirar.

— Algo me diz que vai ser o centro das atenções hoje à noite.

— Antes eu do que o Mikhail.

Mikhail riu-se e levou Zoe para dentro do elevador. No átrio, Yossi e Rimona estavam a beber café junto à lareira a gás enquanto Dina e Mordecai falavam com o *concierge* sobre restaurantes. Mikhail deu o braço a Zoe e conduziu-a em direção ao corredor de entrada. Um porteiro intercetou-os, com uma expressão de preocupação no rosto.

— Receio que tenhamos um ligeiro problema, senhor Danilov.

— E qual é?

— Carros em excesso.

— Importa-se de ser um bocadinho mais claro? — perguntou Mikhail, adotando o tom de impaciência que surge naturalmente nos ricos, russos ou não. — Receio que nos estejamos a atrasar para um compromisso importante.

O porteiro deu meia-volta e apontou para o *Mercedes Classe S* que se encontrava do lado de lá da porta giratória. Yaakov estava parado junto à porta de trás do lado do condutor, com a mão no fecho e uma cara inexpressiva.

— Aquele é o *seu* carro, senhor Danilov.

— Então qual é o problema?

O porteiro apontou para um segundo *Mercedes*, um *Maybach 62S*. Dois homens bem vestidos, com sobretudos escuros, estavam parados junto à bagageira, de mãos nos bolsos. Mikhail reconheceu o mais velho das fotografias de vigilância. Era Jonas Brunner.

— E *aquele* carro — disse o porteiro — é para Ms. Reed.

— E quem o enviou?

— O senhor Martin Landesmann.

— Então faça-me um favor. Diga àqueles cavalheiros que Ms. Reed e eu vamos fazer o percurso até à festa no *meu* carro.

— Insistiram bastante para que Ms. Reed fosse com eles.

Mikhail disse a Zoe para esperar no átrio e, a seguir, saiu do hotel. De imediato, Jonas Brunner aproximou-se dele e apresentou-se.

— Importa-se de me dizer o que é que tudo isto quer dizer? — perguntou Mikhail.

— O senhor Landesmann já tratou de tudo para a vossa deslocação até à Villa Elma. Pedimos perdão por não termos avisado mais cedo. Foi um esquecimento da nossa parte.

— Nossa?

— Eu trabalho para o senhor Landesmann.

— A fazer o quê? — perguntou Mikhail desnecessariamente.

— Sou uma espécie de assessor pessoal — respondeu Brunner evasivamente.

— Estou a ver. Bom, transmita por favor ao senhor Landesmann os nossos agradecimentos pela sua muito generosa oferta, mas vamos levar o nosso próprio carro.

— Lamento dizê-lo, mas o senhor Landesmann ficaria profundamente ofendido se ouvisse isso — retorquiu

Brunner, estendendo a mão na direção do *Maybach*. — Por favor, senhor Danilov, tenho a certeza de que o senhor e Ms. Reed vão achar este carro muito confortável.

Mikhail virou-se e olhou para Zoe, que o observava através do vidro, como se achasse todo aquele espetáculo ligeiramente divertido. Mas não era, claro. Na verdade, punha Mikhail a braços com a primeira decisão que teria de tomar naquela noite, bem mais cedo do que tinha previsto. Recusar a oferta pareceria suspeito. Mas aceitá-la significava que ficariam sob o controlo de Martin desde o início. Mikhail Abramov queria insistir em levar o seu próprio carro. Mas Mikhail Danilov sabia que não tinha outra opção a não ser aceitar. Caso contrário, a noite iria começar de uma forma muito tensa. Olhou para Brunner e conseguiu esboçar um leve sorriso.

— Teremos todo o gosto em seguir no vosso carro. Dispenso o meu motorista ou vamos precisar dele para voltar para o hotel?

— Nós trazemo-los de volta no fim da festa, senhor Danilov.

Mikhail virou-se e fez sinal a Zoe para sair do hotel. Brunner abriu a porta de trás do *Maybach* e sorriu.

— Boa noite, Ms. Reed.

— Boa noite, Jonas.

— Está encantadora esta noite.

— Obrigada, Jonas.

Yaakov ficou a ver o *Maybach* virar para o Quai de Mont-Blanc mergulhado na escuridão e depois levou aos lábios o microfone que tinha no pulso.

— Ouviste isto?

— Ouvi — respondeu Gabriel.

— E o que queres que faça?

— Segue-os. Com cuidado.

Trinta segundos mais tarde, uma nova mensagem surgiu e piscou rapidamente nos ecrãs em Grosvenor Square. Shamron lançou um olhar feroz a Navot.

— Quanto é que aquele carro me custou, Uzi?

— Cento e vinte e cinco mil, chefe.

— E quanto é que o Mikhail doou à fundação do Martin?

— Cem mil.

— Uma vez, roubei um caça *Mig* russo por menos do que isso, Uzi.

— E o que quer que eu faça, chefe?

— Certifica-te de que aquele carro sobrevive a esta noite. Quero o meu dinheiro de volta.

62

GENEBRA

Seguiram para norte, pela margem do lago, e atravessaram o pacato e elegante bairro diplomático de Genebra. Zoe ia sentada atrás do motorista, com as mãos cruzadas no colo e os joelhos ligeiramente de lado. Mikhail ia sentado atrás de Jonas Brunner e fitava o lago em silêncio.

— É a primeira vez que vem a Genebra, senhor Danilov?

— Não. Porque pergunta?

— Parece estar muito interessado no lago.

— Sempre gostei muito do lago.

— Então costuma vir cá com frequência?

— Uma ou duas vezes por ano.

— Em negócios?

— E há alguma outra razão para se vir a Genebra?

— Há quem venha passar férias.

— A sério?

E costuma interrogar todos os convidados do senhor Landesmann, Herr Brunner? Ou só os amigos da amante?

Se Zoe estava a pensar a mesma coisa, a sua expressão não o revelou. Virou afetuosamente os grandes olhos castanhos para Mikhail e depois olhou fixamente para a frente. Estavam a aproximar-se do Jardim Botânico. Passaram pelo

Palácio das Nações, que parecia flutuar como um gigantesco transatlântico luxuoso, sendo logo engolido pela neblina. Mikhail voltou a olhar pela janela e viu os olhos de Brunner a observá-lo pelo espelho lateral.

— O senhor Landesmann pediu-me para lhe agradecer a generosa doação que fez à One World. Quer falar consigo pessoalmente, se tiver essa oportunidade.

— Isso não é de todo necessário.

— Experimente dizer isso ao senhor Landesmann.

— Vou fazê-lo — soltou Mikhail, num tom jovial.

Brunner não pareceu compreender a ironia. Virou-se roboticamente, tendo aparentemente terminado o interrogatório, e murmurou umas quantas palavras em alemão para o microfone que tinha ao pulso. Tinham saído do bairro diplomático e encontravam-se naquele momento a avançar a toda a velocidade pela Rue de Lausanne. Sebes e muros de pedra altos bordejavam a estrada de ambos os lados, escondendo algumas das propriedades imobiliárias mais caras e exclusivas do mundo. Os portões pareciam tornar-se cada vez mais majestosos à medida que se iam afastando do centro de Genebra, embora nenhum se equiparasse à elegância imponente da entrada para a Villa Elma. Logo à direita, havia um posto de segurança, em estuque, com dois andares e um torreão que se erguia vigilante por cima da sebe bem cuidada. As limusinas faziam fila junto à berma da estrada, à espera de serem autorizadas a entrar pelos seguranças, munidos de *clipboards,* da Zentrum Security. Brunner fez sinal ao condutor para contornar os carros.

Ao verem o *Maybach* aproximar-se, os guardas afastaram-se para o deixar passar sem parar no portão. Mesmo em frente, no cimo de um longo caminho de entrada ladeado por árvores, a Villa Elma brilhava como um bolo de casamento. Uma nova fila de limusinas estendia-se desde a entrada, com os tubos de escape a carburarem suavemente. Dessa vez, Brunner ordenou ao condutor que se juntasse à fila. A seguir, olhou para Zoe por cima do ombro.

— Quando se quiserem ir embora, Ms. Reed, basta avisarem um dos seguranças e mandamos chamar o carro. — Olhou de soslaio para Mikhail e disse: — Tenha uma boa noite, senhor Danilov.

— Conto com isso.

O carro parou junto à entrada da mansão. Mikhail saiu e deu a mão a Zoe.

— O que acabou de acontecer ali dentro? — sussurrou Zoe enquanto se aproximavam da entrada.

— Quer-me parecer que o seu amigo Martin Landesmann acabou de marcar o seu território.

— E foi só isso?

— Chegámos cá, não chegámos?

Ela apertou-lhe o braço ligeiramente.

— Lidou muito bem com a situação, senhor Danilov.

— Nem por sombras tão bem como a menina, Ms. Reed.

Entraram no gigantesco átrio principal e foram de imediato assaltados por uma falange de empregados de uniforme. Um ficou com o sobretudo de Mikhail enquanto outro se ocupou do xaile de Zoe. A seguir, depois de lhes ser entregue um cartão de boas-vindas gravado em relevo, foi-lhes dito que se juntassem a uma curta fila formada por mulheres repletas de joias e homens invejosos.

Junto do abeto espetacularmente enfeitado com luzes, encontrava-se São Martin Landesmann em toda a sua glória. O Martin do aperto de mão cuidadoso. O Martin da confidência sussurrada. O Martin do aceno de cabeça solícito. Monique e os filhos pareciam meros adereços, como o sóbrio relógio de pulso *Patek Philippe* de Martin e os dois guarda-costas da Zentrum, de ar falsamente desinteressado, que tinha atrás de si. Monique era uns bons dois centímetros e meio mais alta do que Martin. Tinha o cabelo escuro comprido todo puxado para trás e trazia um vestido sem mangas que lhe favorecia os braços esguios. Martin parecia indiferente à beleza dela. Tinha apenas olhos para os convidados. E, por breves instantes, para a famosa jornalista britânica que se encontrava naquele preciso momento a metro e meio de distância, ao lado de um milionário russo chamado Mikhail Danilov. O senhor Danilov entregou o cartão de boas-vindas ao empregado que se encontrava na frente da fila. A seguir, baixou os olhos, colando-os ao chão de mármore, e esperou que chamassem os seus nomes.

Existe um instantâneo do encontro que se seguiu. Sem direito a pose, foi captado por um dos fotógrafos contratados para o evento e, mais tarde, roubado do seu computador enquanto parte de uma investigação multinacional conduzida no final de todo aquele caso. Em retrospetiva, traduziu-se numa previsão admiravelmente precisa dos acontecimentos que se sucederam. A expressão de Martin revelava-se curiosamente severa para uma ocasião tão festiva e, por um efeito do ângulo da câmara, o seu olhar parecia estar fixo ao mesmo tempo em Mikhail e em Zoe. Monique não estava a olhar para nenhum deles. Na verdade, a cabeça elegante de Monique encontrava-se habilmente virada na direção contrária.

A fotografia não refletia a brevidade do encontro, embora a ligação áudio o tivesse feito. Com a duração de apenas quinze segundos, foi obtida não por uma, mas sim por duas fontes — o telemóvel guardado na bolsa de Zoe Reed e o *Nokia N900* que, em violação da vontade expressa de Monique, se encontrava enfiado no bolso do peito do casaco de cerimónia de Martin. Gabriel ouviu a gravação três vezes e depois enviou rapidamente uma mensagem para Londres, na mesma altura em que Zoe e Mikhail se embrenhavam na festa. A orquestra estava a tocar o *Vede, o Herói Conquistador Está a Chegar!* de Handel. Até Zoe teve de se rir.

Não muito longe da Villa Elma, na Rue de Lausanne, fica uma pequena estação de serviço da Agip, com um minimercado. Tal como a maior parte das estações de serviço suíças, é extremamente asseada. E também possui uma pequena padaria, que, surpreendentemente, vende alguns dos melhores pães e bolos de Genebra. No entanto, quando Yaakov lá chegou, o pão há muito que já não estava fresco, embora o café tivesse sido acabado de fazer. Comprou uma chávena grande, com leite e açúcar, uma caixa de chocolates suíços e um pacote de pastilhas elásticas americanas, e a seguir voltou para o *Mercedes,* instalando-se ao volante, preparado para a longa espera. Supostamente, devia estar sentado dentro da Villa Elma, com os motoristas das restantes limusinas. Mas Martin obrigara a uma mudança de planos. Teria sido o seu gesto inocente ou tinha acabado de afundar a operação inteira com um simples estratagema? Fosse qual fosse o caso, Yaakov tinha a certeza de uma coisa: Mikhail e Zoe encontravam-se naquele momento fechados no interior da cidadela de Martin, rodeados pelos guarda-costas de Martin e completamente à mercê dele. Não fora exatamente dessa forma que tinham planeado tudo em Highgate. Engraçado como parecia que as coisas acabavam sempre por nunca correr conforme planeado.

63

GENEBRA

A festa era de Martin, mas a noite era de Zoe. Zoe resplandecia. Zoe maravilhava. Zoe brilhava. Zoe era incomparável. Zoe era uma estrela. Não tinha escolhido desempenhar esse papel. Fora escolhido para ela. Zoe sobressaiu naquela noite porque era diferente. Zoe não era dona de coisas nem as comprava. Zoe não emprestava dinheiro nem fazia prospeção de petróleo no mar do Norte. Zoe nem sequer era rica. Mas era linda. E era inteligente. E aparecia na televisão. E, com umas quantas penadas, por obra da sua famosa caneta, podia transformar qualquer pessoa naquela sala no futuro Martin Landesmann, por mais graves que fossem os seus pecados pessoais.

Ouviu muito e falou apenas quando necessário. E, se tinha opiniões, não as partilhou com ninguém, já que se considerava a última jornalista no mundo que tentava de facto manter as suas convicções políticas fora do trabalho. Namoriscou com o jovem proprietário de um gigante americano do desenvolvimento de *software,* foi apalpada por um príncipe saudita de incalculável fortuna e dispensou alguns sábios conselhos a nada mais, nada menos do que Viktor Orlov, o futuro dono do *Financial Journal.* Um bilionário milanês solitário propôs escancarar as portas do seu império comercial a Zoe em troca de uma reportagem abonatória; um famoso ator britânico associado ao movimento da *comida lenta* suplicou-lhe que fizesse mais para promover a agricultura sustentável. E, para grande descontentamento de Monique Landesmann, as raparigas de caqui até pediram a Zoe para segurar numa cria de lince euro-asiático durante a apresentação dos esforços de Martin no sentido de salvar os animais mais ameaçados do mundo. Quando o gato esfregou o focinho na face de Zoe, cento e cinquenta homens suspiraram audivelmente, desejando poder fazer a mesma coisa.

Ao longo da noite, o atraente Mikhail Danilov esteve sempre perto de Zoe. Parecia satisfeito por ficar simplesmente a olhar embasbacado para ela, embora tivesse apertado muitas mãos, entregado muitos cartões de negócio lustrosos e se tivesse comprometido vagamente para muitos futuros almoços em Londres. Era o acompanhante perfeito para uma mulher como Zoe, suficientemente seguro de si próprio para não se sentir inferiorizado perante a atenção que era prestada a ela e mais do que disposto a pairar, invisível, em segundo plano. Com efeito, e apesar da sua beleza impressionante, ninguém pareceu notar a ausência do senhor Danilov quando os trezentos convidados seguiram em fila indiana para o majestoso salão de baile a fim de assistir à projeção do filme de Martin.

O salão tinha sido convertido num cinema, com filas de cadeiras desdobráveis coloridas, dispostas como um arco-íris, e o logótipo ubíquo da One World Foundation projetado no grande ecrã. Um púlpito vazio encontrava-se diante dele, à espera que Martin o honrasse com a sua presença. Zoe sentou-se ao fundo da sala e o príncipe saudita instalou-se de imediato ao seu lado. Tocou-lhe na coxa enquanto a tentava convencer a escrever um artigo sobre os últimos e entusiasmantes desenvolvimentos a ocorrerem na indústria petrolífera saudita. Zoe prometeu que iria pensar nisso e, a seguir, afastou a mão do saudita no momento em que Martin subiu ao palanque, ao som de aplausos extasiados.

Era uma atuação a que Zoe já tinha assistido várias vezes, em Davos, mas, ainda assim, não deixava de ser completamente arrebatadora. Martin mostrava-se profissional num instante e revolucionário noutro. Exortou os parceiros magnatas a procurarem a justiça social em detrimento do puro lucro. Falou em sacrifício e serviços. Pediu fronteiras e corações abertos. E exigiu um mundo organizado por novos princípios sociais, baseados não em aquisições materiais mas em sustentabilidade e dignidade. Se Zoe não soubesse a verdade acerca de Martin, talvez pudesse ter ficado fascinada como as outras trezentas pessoas presentes no salão. E talvez tivesse aclamado aprovadoramente a conclusão dos comentários de Martin. Em vez disso, foi apenas capaz de um aplauso minimamente educado e depois examinou rapidamente o salão quando as luzes se apagaram. O logótipo da One World dissipou-se e foi substituído por um brilhante sol cor de laranja a incidir sobre o cenário ressequido de um deserto. Um único violino começou a tocar uma melodia inquietante.

— Passa-se alguma coisa, Ms. Reed? — perguntou o príncipe saudita.

— Parece que perdi a minha companhia — respondeu Zoe, recuperando rapidamente.

— Que sorte a minha.

Zoe sorriu e perguntou:

— Não adora os filmes sobre os perigos da combustão dos combustíveis fósseis?

— E há quem não adore? — retorquiu o saudita.

O deserto ressequido deu lugar a uma aldeia costeira submersa, no Bangladesh. Como quem não quer a coisa, Zoe deu uma olhadela ao relógio e começou a cronometrar o tempo. *Noventa minutos,* tinha dito Gabriel. *Se Mikhail não tiver voltado passados noventa minutos, entre no carro e vá-se embora.* Mas havia um problema com esse plano. Zoe não tinha nenhum carro a não ser a limusina de Martin. E quem a estava a conduzir era a Zentrum Security.

Ironicamente, tinha sido o próprio Martin Landesmann, graças ao telemóvel sob escuta que se encontrava no seu bolso, a revelar à equipa da Obra-Prima a existência da escadaria dos fundos que ligava diretamente a cozinha de serviço e o seu escritório. Era esse o percurso que fazia todas as manhãs, após um longo passeio pelo lago no seu barco de corrida, subindo de trezentos e setenta e sete para trezentos e setenta e oito metros acima do nível do mar. Em determinadas manhãs, passava pela sua suíte para dar uma palavrinha a Monique, mas normalmente seguia logo para o escritório e introduzia os oito dígitos na fechadura sem chave. Oito dígitos que, dentro de pouco tempo, seriam tudo o que separaria Mikhail dos segredos mais bem guardados de Martin.

O primeiro desafio que Mikhail enfrentava era passar das salas de receção para a cozinha de serviço sem ser notado. Essa tarefa foi facilitada pelo facto de os seguranças de fato escuro de Martin se encontrarem de vigia às portas e corredores que levavam às alas da mansão onde os convidados não eram bem-vindos. A entrada para a cozinha estava completamente desprotegida e o corredor que lá ia dar encontrava-se repleto de empregados a correrem de um lado para o outro. Nenhum pareceu olhar duas vezes para o homem alto, magro e de cabelos loiros que entrou na cozinha trazendo uma bandeja de prata vazia. Tal como ninguém pareceu reparar quando esse mesmo homem alto, magro e de cabelos loiros depositou essa mesma bandeja num balcão e subiu pela escadaria dos fundos como se fosse uma ocorrência banal.

Através da magia da tecnologia de posicionamento global, Mikhail conhecia o caminho de trás para a frente. Ao cimo das escadas, virou à direita e seguiu mais dez metros por um corredor mal iluminado. A seguir, cortou à esquerda, deparando-se com um par de portas duplas, o ponto de acesso ao pequeno quarto interior que havia antes do escritório de Martin. Como esperado, as portas que davam para o quarto estavam fechadas, mas não trancadas.

Mikhail abriu uma delas, entrou discretamente e fechou-a rapidamente. A escuridão no quarto era total, precisamente o que precisava para dar o primeiro passo do assalto. Tirou uma pequena lanterna de luz ultravioleta da bolsa que trazia colada à região lombar e acendeu-a. O pálido feixe de luz azul iluminou o teclado do sistema de entrada sem chave. Mais importante do que isso, a lanterna UV pôs a descoberto as impressões digitais latentes de Martin no teclado. Cinco dos números apresentavam impressões digitais — o 2, o 4, o 6, o 8 e o 9 —, bem como o botão de destrancar.

Mikhail tirou rapidamente a tampa do teclado, deixando ver o circuito eletrónico, e depois foi buscar um segundo artigo à bolsa. Do tamanho de um iPod, possuía também um teclado com números e um par de fios com pequenos conectores elétricos na ponta. Mikhail ligou o aparelho e prendeu os conectores ao circuito exposto da fechadura sem chave de Martin. Depois, premiu os mesmos cinco números — o 2, o 4, o 6, o 8 e o 9 —, seguidos pela tecla EN-TER. Em menos de um segundo, o aparelho introduziu todas as combinações de números possíveis no *chip* de memória e a fechadura abriu-se de imediato. Mikhail tirou os conectores elétricos do aparelho e voltou a colocar a tampa do teclado, para depois entrar no escritório de Martin e fechar a porta silenciosamente. Instalado na parede, estava um teclado idêntico. Mikhail iluminou-o por breves instantes com a lanterna UV e premiu o botão de trancar. Os ferrolhos fecharam-se com um baque surdo.

Tal como o quarto, o escritório estava mergulhado na escuridão. Mas Mikhail não precisava de luz. Sabia que o computador de Martin se encontrava precisamente a quatro metros de distância, mais ou menos às duas horas, no sentido dos ponteiros do relógio. Martin tinha-o desligado umas horas antes, ao sair do escritório. Tudo o que Mikhail precisava de fazer era introduzir a *pen* da *Sony* numa das entradas USB e premir a tecla F8 enquanto pressionava o botão de ligar. Após carregar numas quantas teclas, o conteúdo do disco rígido de Martin não demorou muito a começar a atravessar o ciberespaço à velocidade da luz. Uma caixa de diálogo surgiu no ecrã: TEMPO RESTANTE PARA UPLOAD: 1h14m32s... Agora, não havia mais nada a fazer a não ser esperar. Enfiou no ouvido o auricular do seu minúsculo rádio seguro e olhou fixamente para o ecrã.

— Eles estão a receber os dados? — perguntou Mikhail.

— Estão a receber os dados — respondeu Gabriel.

— Não se esqueçam é de mim.

— Não esquecemos.

Gabriel cortou a ligação. Mikhail ficou sentado na escuridão, sozinho, a observar a contagem decrescente no ecrã do computador de Martin.

TEMPO RESTANTE PARA UPLOAD: 1h13m47s...

O computador que estava a receber os dados vindos da Villa Elma encontrava-se na sala de conferências, rodeada de vidro e conhecida como o aquário, do centro de operações em Londres. No ecrã, aparecia uma mensagem idêntica à do computador de Martin. Shamron era a única pessoa na sala que achava não haver motivo para celebrações. A experiência não lhe permitia pensar o contrário. Nem os quadros indicadores do estado da operação. Tinha um agente trancado no escritório de Martin, outros sete sentados num hotel de luxo em Genebra e um grande *Mercedes* parado numa estação de serviço, num dos bairros mais protegidos do mundo. E depois, claro, havia a pequena questão de uma famosa jornalista britânica que estava a ver um filme sobre o aquecimento global, ao lado de um príncipe saudita. *O que é que podia correr mal?,* pensou Shamron, com o isqueiro a girar-lhe nervosamente entre as pontas dos dedos. *O que é que podia realmente correr mal?*

64

ZURIQUE

Os últimos meses tinham contribuído para tornar a pequeníssima Confederação Suíça mais humilde, como evidenciava o silêncio fantasmagórico que pairava sobre a Bahnhofstrasse de Zurique nessa mesma noite húmida de dezembro. Tendo sido levados à beira da insolvência, os maiores bancos suíços foram forçados a passar pela vergonha de uma ajuda governamental. Pressentindo sinais de fraqueza, os cobradores de impostos internacionais encontravam-se naquele momento a exigir que as instituições financeiras suíças levantassem o véu de secretismo que protegera os seus clientes ao longo de séculos. Os gnomos de Zurique, das criaturas de Deus mais manhosas, tinham-se abrigado instintivamente e aguardavam pacientemente que o tempo inclemente passasse. E faziam-no com a segurança de saberem que os banqueiros da América já não se podiam agarrar com unhas e dentes às suas pretensões de superioridade moral. As pessoas podiam dizer o que quisessem em relação à cobiça suíça, reconfortavam-se a si próprios, mas a verdade é que nunca tinha feito o planeta inteiro mergulhar numa recessão. Isso seria para todo o sempre uma proeza singularmente americana.

Mas as economias, como os ecossistemas, são dinâmicas, e uma ameaça a uma espécie não significa necessariamente uma ameaça a todas. Na verdade, pode proporcionar frequentemente oportunidades ignóbeis, como foi o caso com a empresa alojada no prédio de apartamentos cinzento localizado na Kasernenstrasse, nas margens do canal Sihl. Mas era essa a beleza da segurança empresarial. Os problemas tinham tendência a alhearem-se dos ciclos de negócios.

Por mais estranho que possa parecer, o Kellergruppe de Ulrich Müller não exercia de facto a sua atividade a partir da cave da sede da Zentrum. Bem pelo contrário, ocupava uma suíte de escritórios espaçosos no último andar, uma demonstração do contributo significativo que a unidade prestava ao saudável balanço da Zentrum. Vários membros importantes dos quadros estavam de serviço nessa noite, monitorizando com atenção duas operações delicadas. Uma era um caso de chantagem, em Berlim; a outra, um «encerramento de conta», na Cidade do México. O caso mexicano era crucial, já que envolvia um procurador do Ministério Público empenhado numa cruzada e a meter o nariz em assuntos que não lhe diziam respeito. O trabalho sujo propriamente dito estava a ser tratado por um subempreiteiro local, um assassino profissional muitas vezes utilizado pelos barões da droga mexicanos. Era esse o método de operação preferido do Kellergruppe. Sempre que possível, utilizava os serviços de profissionais talentosos e criminosos de carreira que não faziam ideia de quem eram os seus empregadores. Isso reduzia a exposição da empresa e limitava os potenciais danos naqueles raros casos em que uma operação não corria como planeado.

Nessa noite, e apesar da extrema delicadeza das operações de Berlim e da Cidade do México, Ulrich Müller não se encontrava presente na sede da Zentrum. Em vez disso, por razões que ainda lhe eram desconhecidas, estava parado num parque de estacionamento deserto, vários quilómetros a sul do centro da cidade, ao longo da margem ocidental do lago Zurique. O local tinha sido escolhido por um homem chamado Karl Huber, antigo subordinado de Müller no Dienst für Analyse und Prävention, os serviços secretos internos suíços. Huber informara-o de que tinha uma coisa importante que precisava de lhe dizer. Uma coisa que não podia ser falada ao telefone ou numa sala fechada. Huber parecera preocupado, mas Huber era normalmente assim.

Müller deitou uma olhadela ao relógio que tinha no pulso e, a seguir, voltou a levantar os olhos, vendo um carro aproximar-se do sul. Huber, pensou ele, mesmo à hora exata. O carro virou para o parque de estacionamento, com os faróis apagados, e parou a poucos centímetros do para--choques de Müller. Müller franziu o sobrolho. Como sempre, a arte revelada por Huber no seu ofício era irrepreensível. Passado um momento, o homem do DAP estava enterrado no banco do passageiro do carro de Müller, com um computador portátil no colo e o ar de que alguém tinha acabado de morrer.

— Qual é o problema, Karl?

— Isto.

Huber ligou o portátil e clicou num ícone. Uns segundos depois, Müller ouviu a voz do proprietário da Zentrum, que estava a ter uma conversa extremamente privada com a mulher. Pela qualidade do áudio, era evidente que a conversa se desenrolava cara a cara e que estava a ser apanhada por um microfone a alguns metros de distância.

Müller escutou apenas durante um momento e, a seguir, acenando com a mão bruscamente, deu ordem ao seu antigo subordinado para desligar.

— Onde é que arranjaste isto?

Huber lançou uma olhadela ao teto, mas não disse nada.

— No Onyx?

Huber assentiu com a cabeça.

— E qual é a origem?

— O telemóvel de Landesmann.

— E porque é que os serviços de segurança internos suíços andam a escutar as conversas privadas de Martin Landesmann?

— Não andamos. Mas é óbvio que alguém anda. E conseguiu apanhar mais do que o telemóvel dele.

— O que mais?

— O portátil.

Müller ficou pálido.

— E o que andam a ver?

— Tudo, Ulrich. E quero mesmo dizer *tudo*.

— No Onyx?

Huber assentiu com a cabeça.

— No Onyx.

Os dois homens não se estavam a referir à forma translúcida do quartzo, mas sim ao serviço de informação sobre transmissões do governo suíço. Uma versão em escala reduzida do programa Echelon da Agência de Segurança Nacional dos Estados Unidos, o Onyx possuía a capacidade de intercetar comunicações e tráfego celular globais, bem

419

como a atividade na Internet. Pouco depois de ter sido finalizado, em 2005, o Onyx descobriu um dos segredos mais explosivos do mundo quando uma base, no alto dos Alpes Suíços, intercetou um fax do ministro dos Negócios Estrangeiros egípcio para o seu embaixador em Londres. O fax acabaria por levar à exposição das prisões secretas da CIA para suspeitos terroristas da Al-Qaeda. Apesar das circunstâncias, Ulrich Müller não podia deixar de se admirar com a ironia da situação. O Onyx tinha sido concebido e construído para roubar os segredos dos adversários da Suíça. Mas, naquele momento, parecia que tinha tropeçado inadvertidamente nos segredos do homem de negócios mais proeminente do país.

— E como é que o Onyx descobriu isso? — perguntou Müller.

— Foram os computadores que descobriram. Os computadores descobrem tudo.

— Quando?

— Pouco depois de o disco rígido do Martin ter ido parar aos satélites, o sistema de filtragem do Onyx apanhou várias palavras-chave. Foi dado imediatamente o alerta em relação ao material, que foi entregue a um analista da Zimmerwald para uma investigação adicional. Depois de andar a escarafunchar durante umas horas, o analista descobriu que o telemóvel de Martin também estava sob escuta. O meu departamento acabou de ser notificado, mas o Onyx já anda a monitorizar a ligação há vários dias. E o material vai ser enviado para o DAP para nova investigação adicional.

Müller fechou os olhos. Era um desastre à espera de acontecer.

— Há quanto tempo é que o telefone está sob escuta?

— É difícil dizer — respondeu Huber, encolhendo os ombros. — Pelo menos, uma semana. Se calhar, há mais tempo.

— E o computador?

— O pessoal do Onyx acha que foram atacados ao mesmo tempo.

— E quais foram as palavras-chave que ativaram o alerta automático?

— Palavras-chave que diziam respeito a determinadas mercadorias que iam ser enviadas para um determinado país na margem oriental do golfo Pérsico. Palavras-chave que diziam respeito a uma determinada empresa chinesa, com sede em Shenzhen, chamada XTE Hardware and Equipment.

Huber parou por uns instantes e, a seguir, perguntou:

— Já ouviste falar dela?

— Não — respondeu Müller.

— E o Landesmann tem alguma ligação a ela?

Müller ergueu a sobrancelha.

— Não me apercebi de que isto era uma visita oficial, Karl.

— E não é.

Müller aclarou a garganta.

— Tanto quanto sei, o senhor Landesmann não tem qualquer participação na XTE Hardware and Equipment de Shenzhen, na China.

— É bom saber isso. Mas receio bem que o DAP suspeite do contrário.

— De que estás a falar?

— Digamos apenas que o chefe anda a ser pressionado para ordenar uma investigação completa.

— E podes impedir isso?

— Estou a tentar.

— Tenta mais, Karl. Esta empresa paga-te muitíssimo bem para te certificares de que coisas deste género não acontecem aos nossos clientes, muito menos ao patrão.

Huber franziu o sobrolho.

— Porque é que não dizes isso um bocadinho mais alto? A base do Onyx em Valais é capaz de não te ter conseguido ouvir.

Müller não retorquiu.

— Mas tens uma coisa a jogar a teu favor — prosseguiu Huber. — O DAP e a Polícia Federal vão mostrar-se extremamente relutantes em abrir uma investigação potencialmente embaraçosa numa altura destas, especialmente se envolver um homem tão adorado com o vosso proprietário. O Martin é o santo padroeiro da Suíça. E podes ter a certeza de que os amigos dele no governo vão pensar duas vezes antes de fazer qualquer coisa que lhe manche a reputação. O Martin é bom para o país.

— Mas?

— Há sempre a possibilidade de haver uma fuga de informação e a história chegar à imprensa como aconteceu com o fax egípcio. E se isso acontecer...

Huber parou por uns instantes.

— Como sabes, estas coisas têm tendência a assumir proporções gigantescas.

— A Zentrum ficaria muito agradecida se conseguisses manter este assunto longe da imprensa, Karl.

— Muito agradecida até que ponto?

— O dinheiro vai ser transferido na segunda-feira, logo de manhãzinha.

Huber fechou o portátil.

— Há outra coisa de que não nos podemos esquecer. Seja quem for que tenha feito isto, é extremamente bom. E teve ajuda.

— Que tipo de ajuda?

— Alguém dentro da organização. Alguém com acesso ao telemóvel e ao computador de Martin. Se fosse a vocês, começava a organizar uma lista de possíveis suspeitos. E a seguir algemava-os a todos a um radiador e descobria quem era o responsável.

— Obrigado pelo conselho, Karl, mas nós preferimos métodos mais subtis.

Huber fez um sorriso sardónico.

— Experimenta dizer isso ao Rafael Bloch.

Ulrich Müller voltou para o centro de Zurique a uma velocidade considerável, remoendo as implicações do que tinha acabado de ouvir. *Alguém dentro da organização... Alguém com acesso ao telemóvel e ao computador de Martin...* Embora fosse possível que Martin tivesse sido traído por um empregado, Müller achava isso altamente improvável, já que todo o pessoal da GVI era submetido a rigorosas verificações de antecedentes e revistas de segurança periódicas. Müller suspeitava que o traidor seria alguém bem mais próximo de Martin. Alguém que partilhava a cama de Martin com regularidade.

Estacionou na Kasernenstrasse e subiu ao último andar. Um agente do Kellergruppe tentou informar Müller do estado em que se encontravam as operações de Berlim e da Cidade do México; Müller passou por ele apressadamente, sem dizer uma palavra, e entrou no gabinete. Ligou o computador. Hesitou durante uns segundos e depois acedeu à lista de convidados da angariação de fundos para a One World que se estava a realizar naquela noite, na Villa Elma. O lado visível da Zentrum tinha realizado um rápido controlo de segurança em relação a todos os trezentos convidados. Perto do final da lista, Müller encontrou o nome que procurava. Pegou no telefone e começou a marcar o número do telemóvel de Martin. Apercebendo-se do erro, desligou e, em vez disso, ligou para Jonas Brunner. Brunner atendeu depois de o telefone tocar três vezes, com a voz transformada num sussurro.

— Onde é que estás? — perguntou Müller.

— No salão de baile.

— E que barulho é esse?

— O filme do senhor Landesmann.

Müller praguejou baixinho.

— Consegues ver a jornalista britânica?

Brunner ficou calado durante uns segundos.

— Está ao fundo da sala.

— E o homem que veio com ela também lá está?

Mais um silêncio e depois:

— Por acaso, não o consigo ver.

— Merda!

— Qual é o problema?

Müller não respondeu diretamente. Em vez disso, deu um conjunto de ordens bem preciso ao guarda-costas e depois perguntou:

— Quantos homens é que aí tens esta noite?

— Quarenta.

Müller desligou o telefone e marcou rapidamente o número da divisão de viagens da Zentrum.

— Preciso de um helicóptero.

— Qual é o seu destino?

— Só vou saber quando estiver no ar.

— E quando é que precisa dele?

— *Agora.*

CAPÍTULO

65

GENEBRA

Para um homem grande, Jonas Brunner era surpreendentemente silencioso. Nem uma só cabeça se virou quando foi ter com Martin e lhe segredou ao ouvido. Martin pareceu momentaneamente surpreendido com a novidade, mas depois recuperou rapidamente a habitual compostura e enfiou a mão pálida no bolso do peito do casaco. Apareceu o seu *Nokia;* o ecrã brilhou por breves instantes e, a seguir, ficou negro quando o telemóvel foi desligado. De imediato, Martin entregou-o a Brunner, levantando-se depois e seguindo o segurança para fora do salão. Por essa altura, já vários dos convidados o observavam atentamente, incluindo a famosa jornalista britânica que se encontrava sentada ao lado de um príncipe saudita de incalculável fortuna. Quando deixou de ver Martin, voltou a olhar para o filme e tentou desesperadamente não mostrar o medo que crescia dentro dela. *O mais provável é estar só aborrecido de morte,* disse a si própria, mas não com muita convicção. Zoe conseguia sempre perceber quando Martin estava aborrecido. Martin não estava aborrecido. Martin estava furioso.

Gabriel tirou os auscultadores, verificou a ligação, verificou o estado da transmissão e martelou no teclado. A seguir, olhou para Lavon com uma expressão de frustração.

— Ainda ouves a ligação áudio do telemóvel de Zoe?

— Alto e bom som. Porquê?

— Porque a do Martin acabou de cair.

— Tens dados GPS?

— Nada.

— O mais provável é ter só desligado o telemóvel.

— E porque havia de o fazer?

— Boa pergunta.

— E o que é que fazemos?

Gabriel teclou quatro palavras no computador e clicou no botão de ENVIAR. A seguir, entrou em contacto com Mikhail, através do auscultador deste.

— É possível que tenhamos um problema.

— Qual?

Gabriel explicou.

— Algum conselho?

— Aguenta os cavalos.

— E se uma data de homens entrar por aqui dentro?

— Tira a *pen* imediatamente.

— E faço o quê com ela?

Gabriel cortou a ligação.

A mensagem de Gabriel surgiu de imediato nos ecrãs do centro de operações em Londres: PERDEMOS O TELEMÓVEL DE MARTIN... ACONSELHEM... Adrian Carter praguejou baixinho.

— As pessoas desligam o telemóvel a toda a hora — atirou Graham Seymour.

— É verdade — respondeu Navot. — Mas não o Martin. O Martin nunca desliga o telemóvel.

— É o teu homem que está lá dentro, Uzi. Isso quer dizer que a decisão é tua.

— Quanto tempo é que falta para receber o resto dos dados do computador de Martin?

— Vinte e um minutos e pouco.

— E quais são as probabilidades de já termos aquilo de que precisamos?

— Não sou especialista, mas diria cinquenta/cinquenta.

Navot olhou para Shamron. Shamron retribuiu o olhar estoicamente, como que para dizer que era naqueles momentos que as carreiras se construíam.

— Quero probabilidades melhores do que cinquenta/ /cinquenta — afirmou Navot.

— Então esperamos?

Navot assentiu com a cabeça.

— Esperamos.

Mikhail dirigiu-se para a janela silenciosamente, afastou a cortina um milímetro e espreitou para o jardim de Martin. Ficava seis metros abaixo de onde se encontrava, com um guarda a patrulhar o perímetro. Mas isso era irrelevante. As janelas do escritório eram à prova de bala e não abriam. Mikhail voltou para a secretária e verificou a caixa de diálogo aberta no ecrã do computador de Martin, com o tempo que faltava para o *upload*: *18m26s... 18m25s... 18h24s...*

Aguenta os cavalos, pensou. *Mas então e a Zoe?*

Jonas Brunner e o seu pessoal do departamento de segurança trabalhavam a partir de um escritório no rés do chão da mansão, não muito longe da cozinha. Levou Martin Landesmann até lá e marcou o número de Ulrich Müller em Zurique.

— Porque me disseste para desligar o telemóvel?

— Porque está sob escuta.

— Sob escuta?

— O teu telemóvel anda a transmitir a tua vida para o mundo inteiro, Martin. E o computador também.

O rosto já pálido de Landesmann perdeu a cor por completo.

— Quem é que fez isso?

— Ainda não tenho a certeza. Mas acho que são capazes de ter ido à tua festa hoje à noite para uma segunda dose.

— De que estás a falar?

Müller revelou as suas suspeitas. Landesmann ouviu em silêncio e depois desligou o telefone com toda a violência.

— O que quer que eu faça, senhor Landesmann?

— Encontra aquele russo.

— E a Zoe?

— Arranja-me alguns dos teus homens. Eu trato da Zoe.

Brunner não demorou mais do que uns minutos a confirmar que Mikhail Danilov, a companhia de Zoe Reed, não se encontrava presente no salão de baile, a assistir à projeção da mais recente produção da One World. Brunner não sabia há quanto tempo o senhor Danilov estava ausente, nem a sua localização atual, mas não levou muito tempo a decidir-se por onde começar a busca.

Sensatamente, resolveu não ir sozinho, levando consigo quatro dos seus homens de constituição mais impressionante. Subiram a escadaria dos fundos o mais descontraidamente possível; assim que desapareceram da vista de todos, cada um sacou da sua pistola *SIG Sauer P226*. Ao cimo das escadas, seguiram pelo corredor sem dizer uma palavra, com o som dos passos abafado pela alcatifa espessa. Cerca de dez metros depois, pararam e viraram à esquerda. As portas que davam para o quarto interior estavam fechadas. Cederam sem produzir um único som. Brunner entrou no quarto discretamente e parou defronte da fechadura sem chave, com a mão direita a pairar sobre o teclado. Foi nessa altura que a abordagem silenciosa terminou. Mas não havia outra opção. Brunner introduziu os oito dígitos e carregou na tecla ENTER. A seguir, pousou a mão no trinco e esperou que os ferrolhos se abrissem.

Martin regressou ao salão quando o filme se aproximava do fim e sentou-se ao lado de Monique.

— Preciso de te dizer uma coisa — disse ele em voz baixa, com os olhos fixos no ecrã.

— Se calhar, não é a melhor altura ou lugar para isso, Martin.

— Na verdade, receio bem que seja.

Monique olhou para ele.

— O que fizeste?

— Preciso da tua ajuda, Monique.

430

— E se eu me recusar?

— Podemos perder tudo.

O homem que se lançou sobre Jonas Brunner e os seus homens possuía duas vantagens. Uma era a vantagem da visão — depois de praticamente uma hora passada no escritório, os seus olhos já se encontravam acostumados à escuridão — enquanto a outra era o treino. Sim, Brunner e os seus homens eram todos veteranos do exército suíço, mas o russo alto e magro, com olhos da cor de um glaciar, era um ex-membro da Sayeret Matkal e, por isso, perito na técnica da Krav Maga, a arte marcial oficial dos serviços secretos e militares israelitas. O que lhe falta em beleza é mais do que compensado em eficácia e pura brutalidade. As suas regras são simples: movimentação contínua e ataque constante. E assim que a batalha começa a ser travada, só termina quando o adversário se encontra no chão e a precisar seriamente de cuidados médicos.

O russo lutou ferozmente e quase em silêncio. Partiu dois narizes com golpes com a palma da mão, fraturou uma maçã do rosto com uma cotovelada hábil e deixou uma laringe tão danificada que o dono passaria a falar com uma voz áspera para o resto da vida. No entanto, acabou por ser subjugado pelo maior número e peso total dos adversários. Depois de o deixarem indefeso, Brunner e os seus homens espancaram o adversário violentamente, até este perder os sentidos, altura em que se ouviu uma enorme onda de aplausos vinda do andar de baixo. Por breves instantes, Brunner imaginou que fosse dirigida a si. Mas não era.

O documentário da One World tinha chegado ao fim e São Martin saboreava a adulação prestada pelos convidados.

Gabriel não ouviu os aplausos, apenas a luta violenta que os precedeu. A seguir, veio a voz de Jonas Brunner a ordenar aos homens que levassem o senhor Danilov discretamente para a cave. Quando o sinal de rádio deixou de ser transmitido e desapareceu das ondas hertzianas, Gabriel não se seu ao trabalho de tentar restabelecer contacto. Em vez disso, marcou o número de Zoe e fechou os olhos. *Atende o telemóvel, Zoe. Atende o raio do telemóvel.*

Zoe estava a sair do salão lentamente, tendo-se formado mais uma fila, quando sentiu alguém tocar-lhe ao de leve no ombro. Ao virar-se, deparou-se com a visão inesperada de Monique Landesmann com um sorriso afável estampado na cara. Zoe sentiu as faces começarem a arder, mas acabou por conseguir sorrir também.

— Penso que ainda não fomos devidamente apresentadas, Zoe — lançou Monique, estendendo-lhe a mão. — Martin falou-me tanto de si. Admira imenso o seu trabalho.

— Se houvesse mais homens de negócios como o seu marido, senhora Landesmann, receio bem que eu não teria muito sobre que escrever.

Zoe não sabia bem onde tinha ido buscar aquelas palavras, mas elas pareceram agradar a Monique.

— Espero que tenha gostado do filme. O Martin está muito orgulhoso dele.

— E é caso para estar.

432

Monique pousou ao de leve a mão cheia de joias no braço de Zoe.

— Preciso de falar consigo sobre uma coisa, Zoe. Podemos conversar um pouquinho em privado?

Zoe hesitou, sem saber bem o que fazer, e depois aceitou.

— Ótimo — disse Monique. — Venha por aqui.

Levou Zoe de uma ponta à outra do salão, atravessou duas portas imponentes e continuou por um corredor de mármore iluminado por candelabros. No final do corredor, encontrava-se uma pequena sala de estar, parecida com qualquer coisa que Zoe tinha visto numa visita a Versalhes. Monique parou à porta e, com um sorriso, fez sinal para que Zoe entrasse. Zoe nunca chegou a ver a mão que lhe tapou de imediato a boca nem a que lhe arrancou a bolsa das mãos. Tentou debater-se, mas era inútil. Tentou gritar, mas mal conseguia respirar. Quando os guarda-costas a levaram da sala, Zoe conseguiu virar a cabeça e lançar um olhar suplicante na direção de Monique. Mas Monique nunca o chegou a ver. Já lhe tinha voltado as costas e regressava à festa.

Martin estava parado no centro da sala de receções principal, rodeado como de costume. Monique parou ao lado dele e pôs o braço à volta da sua cintura com toda a propriedade.

— Está tudo bem? — perguntou ele.

— Está tudo ótimo, querido — sussurrou ela, beijando-lhe a cara. — Mas se voltares a trair-me mais uma vez, eu mesma te destruo.

MAYFAIR, LONDRES

Um silêncio próprio de igreja tinha-se abatido sobre o centro de operações em Londres quando a última mensagem de Gabriel chegou. Adrian Carter e Graham Seymour, ambos anglicanos, estavam sentados com a cabeça baixa e os olhos fechados, como se estivessem a rezar. Shamron e Navot encontravam-se lado a lado, Navot com os braços de lutador profissional cruzados por baixo do peito e Shamron com o isqueiro a rodopiar nervosamente nas pontas dos dedos. Chiara estava no aquário, a analisar o conteúdo do disco rígido de Martin Landesmann.

— Martin não se atreveria a matá-los dentro de casa — afirmou Carter.

— Pois não — concordou Shamron. — Primeiro, faz com que os levem para os Alpes. E *depois* é que os mata.

— Talvez a vossa equipa os consiga intercetar quando estiverem a sair da Villa Elma — disse Seymour.

— Posso só lembrar-te que há quase duzentos automóveis de luxo pretos estacionados em fila no caminho de entrada de Martin e que vão todos sair de lá mais ou menos à mesma hora? E depois, claro, Martin tem acesso ao lago e a vários barcos muito rápidos

Shamron parou por uns instantes.

— Alguém sabe onde é que podemos arranjar um barco numa noite gelada de dezembro em Genebra?

— Tenho amigos no DAP — respondeu Carter, sem grande convicção. — Amigos que de vez em quando nos têm ajudado nos nossos esforços contra a Al-Qaeda.

— São vossos amigos — retorquiu Navot —, não nossos. E posso garantir-te que não há nada que o DAP mais gostasse de fazer do que esfregar o nosso nariz num imenso monte de merda.

— Pensa na alternativa, Uzi. É capaz de ser melhor para ti e para o teu serviço perderem a face em vez de um dos vossos melhores agentes e uma das jornalistas mais famosas do Reino Unido.

— Isto não tem que ver com orgulho, Adrian. Isto tem que ver com não meter vários dos meus melhores agentes numa prisão suíça.

— Se eu tratar das coisas, são capazes de não ter de ir para a cadeia.

— Já te esqueceste do nome do homem que está neste preciso momento sentado num quarto do Grand Hotel Kempinski? — Recebendo apenas o silêncio como resposta, Navot continuou: — Não estou disposto a colocar o destino de Gabriel e do resto da equipa nas mãos dos vossos amigos do DAP. Se tiver de ser feito algum acordo, nós próprios trataremos disso.

— Tu é que mandas, Uzi. O que sugeres?

Navot voltou-se para Shamron.

— Quanto é que conseguimos apanhar do disco rígido de Martin antes de terem intercetado a ligação? — perguntou Shamron.

— Mais ou menos noventa por cento.

— Então eu diria que as probabilidades de encontrar-mos alguma coisa interessante acabaram de aumentar expo-nencialmente. Se fosse a ti, mandava chamar cá os nossos técnicos de informática de Highgate e dizia-lhes para come-çarem a vasculhar aqueles dados como se a vida deles de-pendesse disso.

Navot olhou de relance para Seymour e perguntou:

— Quanto tempo é que leva até chegarem cá?

— Com uma escolta policial... vinte minutos.

— Era melhor se fossem dez.

Seymour pegou num telefone. Shamron aproximou-se de Navot discretamente.

— Posso fazer outra sugestão, Uzi?

— Por favor.

— Tira o Gabriel, o Eli e o resto da equipa do Kempinski antes que a polícia suíça apareça a bater à porta.

Os degraus eram de pedra e desciam em espiral para as entranhas da velha mansão. Os pés de Zoe nunca lhes che-garam a tocar. Cinco homens da Zentrum transportavam--na para a escuridão, um em cada extremidade e outro a abafar-lhe os gritos de socorro. Transportavam-na na po-sição de decúbito dorsal, com a cabeça para a frente, de forma a poder ver as caras dos seus opressores. Reconhe-ceu-os a todos da sua vida anterior. A vida antes da revela-ção. A vida antes da verdade. A vida antes da Keppler Werk GmbH, de Magdeburgo, na Alemanha, e da XTE Hardware and Equipment, de Shenzhen, na China. *A vida antes de Gabriel...*

As escadas cederam o lugar a um corredor e a um teto abobadado. Zoe teve a sensação de estar a flutuar por um túnel dos Alpes. Mas não havia luz ao fundo dele, apenas o cheiro nauseabundo e húmido do lago. Zoe começou a contorcer-se violentamente. Um dos guardas reagiu apertando-lhe o pescoço de uma maneira que lhe pareceu paralisar o corpo por inteiro.

No final do corredor, atiraram-na para o chão e imobilizaram-na com fita adesiva prateada, primeiro os tornozelos, depois os pulsos e por fim a boca. Foi então que um único e corpulento guarda-costas a levantou, carregando-a ao ombro por mais um corredor e entrando numa sala pequena e escura que cheirava intensamente a mofo e a pó. Pousou Zoe, deixando-a em pé, e perguntou-lhe se conseguia respirar. Quando ela respondeu de forma afirmativa, ele deu-lhe um violento murro no abdómen. Zoe dobrou--se toda, como um canivete, e caiu desamparada no cão de pedra, esforçando-se desesperadamente por recuperar o ar.

— Então e agora? Consegue respirar agora, Ms. Reed?

Não conseguia. Zoe não conseguia respirar. Zoe não conseguia ver. Zoe não conseguia sequer ouvir. Tudo o que conseguia fazer era contorcer-se com dores lancinantes e ficar a ver, impotente, luzes a explodirem-lhe no cérebro privado de oxigénio. Não sabia quanto tempo tinham durado as suas contorções. Só sabia que, a determinada altura, se tinha apercebido de que não se encontrava sozinha. Deitado ao lado dela, com a cara virada para o chão — inconsciente, fortemente amarrado e cheio de sangue —, estava Mikhail. Zoe encostou a cabeça ao ombro dele e tentou despertá-lo, mas Mikhail não fez qualquer movimento. A seguir, o corpo dela começou a tremer de medo incontrolavelmente, como se estivesse com convulsões, e as lágrimas correram-lhe pela face.

Nesse mesmo instante, Jonas Brunner estava sozinho no seu escritório a olhar fixamente para os artigos pousados em cima da secretária. Uma carteira *Bally* com cartões de crédito e bilhete de identidade em nome de Mikhail Danilov. Uma chave de quarto do Grand Hotel Kempinski. Uma lanterna de luz ultravioleta. Uma *pen* USB da *Sony*. Um pequeno aparelho eletrónico com um teclado numérico e um par de fios com conectores elétricos. Um rádio com auricular de fabrico indeterminado. No seu conjunto, os artigos levavam apenas a uma possível conclusão: o homem que se encontrava naquele momento caído, a sangrar e inconsciente na cave da Villa Elma era um profissional. Brunner pegou no telefone e partilhou essa opinião com Ulrich Müller, que já se encontrava a sobrevoar o cantão de Zurique.

— Quanto tempo é que ele esteve sozinho no escritório?

— Não temos a certeza. Talvez uma hora, talvez mais.

— E como é que estava o computador?

— A funcionar e ligado à Internet.

— E onde é que eles estão agora?

Brunner respondeu.

— Conseguem tirá-los da casa sem que ninguém note?

— Sem problemas.

— Tem cuidado, Jonas. Ele não fez isto sozinho.

— E o que fazemos depois de os tirarmos da propriedade?

— Tenho umas quantas perguntas que gostaria de lhes fazer. Em privado.

— E para onde os devemos levar?

— Para leste — respondeu Müller. — Tu sabes o sítio.

Brunner sabia.

— E em relação à Monique e ao Martin? — perguntou.

— Mal o último convidado se vá embora, quero-os no helicóptero.

— A Monique não vai ficar contente.

— A Monique não tem outra escolha.

A ligação foi interrompida. Brunner suspirou e desligou o telefone.

Dada a própria natureza do *jet-set* da clientela do Kempinski, as mudanças de itinerário eram a norma e não a exceção. Independentemente disso, a vaga de partidas antecipadas que inundou a receção naquela noite revelou-se invulgar. Primeiro foi o casal americano que alegou que o filho estava com problemas. Depois foram os dois britânicos que não pararam de discutir violentamente, desde que saíram do elevador até ao momento em que acabaram por entrar no *Volvo* alugado. Cinco minutos mais tarde, apareceu uma figura dócil, com o cabelo em desalinho, que pediu um táxi para a Gare de Cornavin, seguido pouco depois por um homem elegante, de têmporas grisalhas e olhos verdes, que não disse nada enquanto o rececionista lhe tirava a conta. Aguentou esperar cinco minutos pelo *Audi A6* que alugara com uma paciência admirável, apesar de se encontrar claramente aborrecido com a demora. Quando o carro surgiu por fim, atirou as malas para o banco de trás e deu uma gorjeta generosa ao paquete antes de arrancar.

Não era a primeira vez que os empregados do Kempinski eram enganados pelos hóspedes do hotel, mas a amplitude do logro naquela noite não conhecia precedentes. Não havia nenhum filho com problemas, nem qualquer causa de verdadeira raiva entre o casal com passaportes britânicos que tinha sido visto a discutir. Na verdade, apenas um dos dois era britânico e isso já tinha sido há muito tempo. Dez minutos depois de saírem do hotel, ambos os casais ocuparam posições na Rue de Lausanne, tal como já estava a fazer o condutor do grande e caro *Mercedes Classe S*. Quanto ao homem dos olhos verdes e têmporas grisalhas, o seu destino foi o Hôtel Métropole — embora, ao chegar ao balcão de *check-in,* já não se chamasse Jonathan Albright, de Greenwich, no Connecticut, mas sim Heinrich Kiever, de Berlim, na Alemanha. Ao entrar no quarto, pendurou o sinal de NÃO INCOMODAR na porta e entrou de imediato em contacto, através de uma ligação segura, com a sua reposicionada equipa. Eli Lavon chegou passados dez minutos.

— Alguma alteração? — perguntou.

— Só uma — respondeu Gabriel. — Os primeiros convidados estão a começar a ir-se embora.

67

GENEBRA

Zoe pensou ouvir o som de passos a aproximarem-se. Se eram de cinco homens ou de quinhentos, não conseguia perceber. Continuava deitada no chão húmido, sem se mexer, com a cabeça ainda encostada ao ombro de Mikhail. A fita adesiva à volta dos pulsos tinha-lhe cortado a circulação e parecia que tinha mil agulhas a picarem-lhe as mãos. Estava a tremer de frio e medo. E não apenas por si própria. Zoe calculava que estivesse fechada na cave há pelo menos uma hora e Mikhail ainda não tinha recuperado os sentidos. Mas continuava a respirar, profunda e regularmente. Zoe imaginou estar a respirar por ele.

O ruído dos passos foi ficando cada vez mais próximo. Zoe ouviu a pesada porta da cave abrir-se e viu o feixe de uma lanterna a dançar pelas paredes. Acabou por encontrar os olhos dela. E por trás dele, reconheceu a silhueta familiar de Jonas Brunner. Este examinou Mikhail sem grande preocupação e, a seguir, arrancou a fita adesiva da boca de Zoe. De imediato, ela começou a gritar por socorro. Brunner silenciou-a com duas fortes bofetadas na cara.

— O que raio estás a fazer, Jonas? Isto é...

— Exatamente o que tu e o teu amigo merecem — interrompeu ele, desamarrando-a. — Tens andado a mentir-nos, Zoe. E se continuares a mentir, só vais piorar a tua situação.

— A minha situação? Estás louco, Jonas?

Brunner limitou-se a sorrir.

— Onde é que está o Martin?

— O senhor *Landesmann* — respondeu Brunner, num tom mordaz — está ocupado a desejar as boas-noites aos seus convidados. Pediu-me que vos acompanhasse à porta. Aos *dois*.

— Acompanhar-nos à porta? Olha para o meu amigo, Jonas. Está inconsciente. Precisa de um médico.

— Tal como vários dos meus melhores homens. E vamos arranjar-lhe um médico quando nos disser para quem é que trabalha.

— Ele trabalha para si próprio, meu idiota! É milionário.

Brunner voltou a sorrir.

— Gostas de homens com dinheiro, não gostas, Zoe?

— Se não fossem os homens com dinheiro, Jonas, andavas a passar multas numa aldeiazinha merdosa qualquer dos Alpes.

Zoe nem sequer viu o golpe. Uma pancada brutal, com as costas da mão, fez-lhe parar a cabeça junto ao pescoço encharcado em sangue de Mikhail. Este pareceu começar a vir a si, mas depois ficou novamente imóvel. A dor irradiava pela face de Zoe e ela sentia o sabor do sangue na boca. Fechou os olhos e, por um instante, pareceu que Gabriel falava baixinho com ela ao ouvido. *É a Zoe Reed,* estava ele a dizer. *Reduz pessoas como Martin Landesmann a migalhas. Ninguém lhe diz o que fazer. E ninguém lhe põe a mão em cima. Nunca.* Abriu os olhos e viu a cara de Brunner a flutuar por trás do clarão da lanterna.

— Para quem é que trabalhas? — perguntou ele.

— Para o *Financial Journal* de Londres. O que quer dizer que deste uma chapada à porra da rapariga errada, Jonas.

— Esta noite? — perguntou Brunner, como se se estivesse a dirigir-se a um aluno estúpido. — Para quem é que estás a trabalhar esta noite, Zoe?

— Esta noite não estou a trabalhar, Jonas. Vim cá porque o Martin me convidou. E estava a divertir-me imenso até tu e os teus capangas agarrarem em mim e me trancarem nesta cave no meio de nenhures. O que raio é que se está a passar?

Brunner examinou-a com atenção durante um momento e, a seguir, olhou para Mikhail.

— Estás aqui porque este homem é um espião. Encontrámo-lo no escritório do senhor Landesmann durante o filme. Estava a roubar dados do computador do senhor Landesmann.

— Um espião? É empresário. Uma espécie de negociante de petróleo.

Brunner pôs-lhe um pequeno objeto prateado à frente dos olhos.

— Já tinhas visto isto antes?

— É uma *pen,* Jonas. A maioria das pessoas tem uma.

— É verdade. Mas a maioria das pessoas não tem isto — lançou Brunner, mostrando-lhe uma lanterna de luz ultravioleta, um aparelho com fios e conectores elétricos e um rádio com um auricular. — O teu amigo é um profissional dos serviços secretos, Zoe. E nós achamos que tu também és.

— Só podes estar a brincar, Jonas. Sou jornalista.

— Então porque é que trouxeste um espião para casa do senhor Landesmann hoje à noite?

Zoe fitou Brunner diretamente. As palavras que proferiu não eram dela. Tinham-lhe sido escritas por um homem que não existia.

— Não sei grande coisa acerca dele, Jonas. Cruzámo-nos numa receção. Atirou-se a mim. Comprou-me presentes caros. Levou-me a restaurantes bons. Tratou-me muito bem. Olhando para trás...

— O quê, Zoe?

— Se calhar, nada daquilo era verdade. Se calhar, fui enganada por ele.

Brunner acariciou-lhe a pele vermelha da cara. Zoe encolheu-se.

— Gostava de acreditar em ti, Zoe, mas não posso deixar-te ir embora sem que a tua história seja corroborada. Como boa repórter que és, com certeza compreendes porque é que preciso de uma segunda fonte.

— Daqui a poucos minutos, o meu editor vai ligar-me para saber como é que está a correr a festa. Se não tiver notícias minhas...

— Vai partir do princípio de que te estás a divertir imenso e deixar uma mensagem no teu *voice mail*.

— Mais de trezentas pessoas viram-me aqui hoje à noite, Jonas. E, a não ser que me deixes sair daqui bem depressa, nenhuma delas me vai ver ir embora.

— Mas isso não é verdade, Zoe. Todos nós te vimos ir embora, incluindo a senhora Landesmann. Vocês as duas tiveram uma conversa bastante agradável, pouco antes de entrares com o Mikhail no vosso carro e regressares ao hotel.

— Estás a esquecer-te de que não temos carro, Jonas? Foste tu que nos trouxeste cá.

— É verdade, mas o senhor Danilov fez questão de que o seu próprio motorista o viesse buscar. Suponho que o motorista dele também seja agente dos serviços secretos — disse Brunner, lançando-lhe um sorriso sem alegria. — Deixa-me explicar-te os factos da vida, Zoe. Esta noite, o teu amigo cometeu um crime grave em solo suíço, e os espiões não costumam ir a correr ter com a polícia quando as coisas dão para o torto. O que quer dizer que tu podias desaparecer da face da Terra e ninguém chegaria a saber o que é que tinha acontecido.

— Já te disse, Jonas, eu mal...

— Sim, sim, Zoe — interrompeu Brunner, num tom trocista. — Já te ouvi da primeira vez. Mas preciso à mesma daquela segunda fonte.

Brunner fez sinal com a lanterna, indicando aos seus homens que entrassem. Voltaram a tapar a boca de Zoe com fita adesiva e, a seguir, embrulharam-na em cobertores de lã grossos e amarraram-na com tanta força que mesmo o mínimo movimento era impossível. Envolta numa escuridão sufocante, Zoe apenas conseguia ver uma coisa — a terrível imagem de Mikhail caído no chão da cave, amarrado, inconsciente e com a camisa empapada em sangue.

Um dos guardas perguntou a Zoe se conseguia respirar. Dessa vez, ela não respondeu. Os seguranças da Zentrum Security pareceram achar piada a isso e Zoe ouviu apenas gargalhadas enquanto a levantavam do chão e a carregavam para fora da cave lentamente, como se fosse a caminho da sepultura. No entanto, não foi numa sepultura que a depositaram, mas sim no porta-bagagens de um carro. Quando este arrancou, Zoe começou a tremer incontrolavelmente. *Não existe nenhuma casa segura em Highgate,* disse a si própria. Nenhuma rapariga chamada Sally. Nenhum inglês amante de roupa de *tweed* chamado David. Nenhum assassino de olhos verdes chamado Gabriel Allon. Havia apenas Martin. Martin, que em tempos amara. Martin, que naquele momento a enviava para as montanhas da Suíça para ser morta.

68

GENEBRA

O êxodo dos convidados da Villa Elma começou a conta-gotas à meia-noite, mas, um quarto de hora depois, já se tinha transformado numa torrente de aço e vidros fumados. Como Shamron tinha previsto, Martin e os seus homens possuíam uma vantagem assinalável, visto que praticamente todos os carros que se encontravam a sair da festa eram pretos e de fabrico germânico. Aproximadamente dois terços seguiram para a esquerda, em direção ao centro de Genebra, ao passo que os restantes viraram à direita, para Lausanne e Montreux. Posicionada em três veículos ao longo da estrada, a equipa de Gabriel foi observando os carros que passavam, à procura de qualquer coisa fora do normal. Um carro com dois homens no banco da frente. Um carro que seguisse a uma velocidade invulgarmente alta. Um carro que se apresentasse com o eixo da roda traseira um pouco mais baixo.

Por duas vezes, foram efetuadas perseguições. Por duas vezes, essas perseguições foram rapidamente canceladas. Dina e Mordecai foram inutilmente atrás de um grande *BMW* durante vários quilómetros, ao longo da margem do lago, enquanto Yossi e Rimona seguiram de perto, por pouco tempo, um *Mercedes SL* de duas portas, com os seus ocupantes a deambularem por Genebra, aparentemente à procura da festa seguinte. Do ponto onde se encontrava à espera, na estação de serviço, Yaakov não viu nada que valesse a pena perseguir. Limitou-se a manter-se sentado, com as mãos a segurarem com força o volante, recriminan-do-se por ter perdido de vista Zoe e Mikhail logo no início. Yaakov tinha passado vários anos a introduzir informado-res e espiões nos buracos piores e mais infernais da Margem Ocidental e de Gaza sem deixar que um só fosse mor-to. E pensar que estava prestes a sofrer a primeira perda da carreira ali, junto às margens tranquilas do lago Genebra. Não era possível, pensou. *Uma loucura...*

Mas era possível, e a probabilidade de tal desfecho pa-recia aumentar a cada comunicação sussurrada que saía da desesperada equipa de Gabriel com destino ao novo centro de comando no Hôtel Métropole. Era Eli Lavon quem co-municava diretamente com a equipa e Lavon quem enviava as atualizações para Londres. Gabriel monitorizava o tráfe-go via rádio a partir do seu posto avançado junto à janela. Tinha o olhar fixo nas luzes da Villa Elma, a brilharem como fogueiras na margem mais distante do lago.

Pouco depois da uma da manhã, as luzes apagaram-se, assinalando a conclusão oficial da gala anual de Martin. No intervalo de minutos, Gabriel ouviu o som de hélices a gira-rem e viu as luzes de navegação de um helicóptero a desce-rem lentamente para o relvado de Martin. Por lá permaneceu pouco mais de um minuto, levantou depois voo novamen-te, virou para leste e sobrevoou o lago. Lavon juntou-se a Gabriel à janela e ficou a ver o helicóptero desaparecer pela escuridão dentro.

— Achas que o Mikhail e o Zoe podem estar a bordo daquele pássaro?

— Podem estar — admitiu Gabriel. — Mas, se tivesse de dar um palpite, diria que quem lá vai é o Martin e a Monique.

— E para onde é que achas que vão?

— A esta hora... Só consigo lembrar-me de um sítio.

Afinal, Graham Seymour só demorou quinze minutos para fazer com que os dois informáticos do Departamento fizessem o percurso da casa segura em Highgate até Grosvenor Square. Num ápice, juntaram-se a eles quatro especialistas cibernáuticos do MI5, bem como uma equipa de analistas dedicada ao Irão, composta por membros da CIA e do MI6. Com efeito, à meia-noite, hora de Londres, mais de uma dúzia de agentes de quatro serviços secretos diferentes estava amontoada à volta do computador no aquário, observados atentamente por Chiara. Quanto aos quatro membros da Operação Obra-Prima com posições de maior vulto, permaneciam nos seus postos a olharem fixa e sorumbaticamente para as mensagens que iam surgindo nos quadros indicadores do estado da operação.

— Parece que o nosso rapaz resolveu fugir da cena do crime — soltou Seymour, com a cara enterrada nas mãos. — Acham que ainda é possível que o Mikhail e a Zoe estejam dentro daquela mansão?

— Calculo que haja sempre essa possibilidade — respondeu Adrian Carter —, mas o Martin não me parece ser do género de deixar uma coisa por arrumar. O que quer dizer que agora estamos mesmo a correr contra o tempo.

— Isso é verdade — disse Shamron. — Mas temos várias coisas a trabalhar a nosso favor.

— Ai sim? — perguntou Seymour com incredulidade, apontando para os quadros com as mensagens. — Porque, de onde eu estou, a ideia que fica é que a Zoe e o Mikhail estão prestes a desaparecer sem deixar rasto.

— Ninguém vai desaparecer — disparou Shamron. — Parou por uns segundos e depois acrescentou, num tom sombrio: — Pelo menos, para já.

Acendeu um cigarro laboriosamente e prosseguiu:

— O Martin não é estúpido, Graham. Vai querer saber exatamente para quem é que o Mikhail e a Zoe estão a trabalhar. E vai querer saber qual é a amplitude dos danos causados. Conseguir sacar informações dessas leva o seu tempo, especialmente quando está envolvido um homem como Mikhail Abramov. O Mikhail vai fazer com que eles tenham de se esforçar se as quiserem obter. Foi treinado para isso mesmo.

— E se eles decidirem atalhar caminho? — retorquiu Seymour. — Quanto tempo é que esperas que a Zoe seja capaz de aguentar?

— Lamento dizê-lo, mas tenho de concordar com o Graham — interveio Carter. — A única hipótese que temos de os recuperar é fazer um acordo.

— Com quem? — perguntou Navot.

— Nesta altura, as nossas opções são bastante limitadas. Ou ligamos para os serviços de segurança suíços ou lidamos diretamente com o Martin.

— Já te deste ao trabalho de parar para pensar que podem ser a mesma coisa? Afinal de contas, é da Suíça que estamos a falar. O DAP existe para proteger não só os interesses da Confederação Suíça, mas também os da sua oligarquia financeira. E não necessariamente por essa ordem.

— E não te esqueças — acrescentou Shamron — que o Landesmann é dono da Zentrum Security, que está cheia de antigos agentes do DAP. Isso quer dizer que não podemos ir ter com o Martin de joelhos no chão. Se o fizermos, ele vai poder chamar o governo suíço em sua defesa. E podemos perder tudo aquilo para que trabalhámos.

— As centrifugadoras? — atirou Seymour, soltando um suspiro profundo e olhando fixamente para a fila de relógios digitais na parte da frente do centro de operações. — Deixem-me esclarecer muito bem uma coisa, meus senhores. O Governo de Sua Majestade não está minimamente disposto a deixar que uma proeminente súbdita britânica sofra qualquer dano esta noite. Por isso mesmo, o Governo de Sua Majestade irá falar com as autoridades suíças de forma independente, se necessário, para assegurar um acordo que garanta a libertação da Zoe.

— Um acordo individual? É isso que estás a sugerir?

— Não estou a *sugerir* nada. Estou a *dizer-vos* que a minha paciência tem limites.

— Será que te posso relembrar, Graham, que não és o único a ter cidadãos em perigo? E será que te posso relembrar também que, ao ires falar com o DAP, vais estar a revelar toda a nossa operação contra o Martin?

— Tenho noção disso, Ari. Mas, lamento dizê-lo, a minha rapariga sobrepõe-se ao vosso agente. E à vossa operação.

— Não tinha percebido que éramos os únicos envolvidos nisto — lançou Navot acidamente.

Seymour não disse nada.

— E quanto tempo é que nos dás, Graham?

— Até às seis da manhã, hora de Londres, sete em Genebra.

— Isso não é muito.

— Bem sei — respondeu Seymour. — Mas é todo o tempo de que dispõem.

Shamron virou-se para Navot e disse:

— Receio bem que a equipa de Genebra tenha esgotado a sua utilidade. Aliás, neste momento são a nossa maior fonte de risco.

— Retirada?

— Imediata.

— Não vão gostar disso.

— Não têm escolha — retorquiu Shamron, apontando para os informáticos e analistas apinhados em redor dos computadores no aquário. — De momento, o nosso destino está nas mãos deles.

— E se não conseguirem descobrir nada até às seis horas?

— Fazemos um acordo — respondeu Shamron, apagando o cigarro com força. — É o que fazemos. É o que fazemos sempre.

Na melhor tradição das ordens do Departamento, a mensagem que chegou ao computador de Gabriel vinte segundos mais tarde era curta e desprovida de qualquer ambiguidade. Não foi surpresa nenhuma — na verdade, Gabriel já tinha dado instruções à equipa para se preparar para uma eventualidade desse género —, mas nada disso tornou a decisão minimamente mais fácil.

— Querem-nos longe daqui.

— Longe até que ponto? — perguntou Eli Lavon.

— França.

— E o que é que vamos fazer em França? Acender velinhas? Fazer figas?

— Tentar *não* ser presos pela polícia suíça.

— Pois bem, eu não saio daqui sem a Zoe e o Mikhail — decretou Lavon. — E também não me parece que nenhum dos outros vá aceitar sair.

— Não têm escolha. Londres falou.

— Desde quando é que alguma vez dás ouvidos ao Uzi?

— As ordens não vieram do Uzi.

— Do Shamron?

Gabriel assentiu com a cabeça.

— Presumo que as ordens também se apliquem a ti?

— Claro.

— E fazes tenções de as ignorar?

— Absolutamente.

— Já calculava que a tua resposta fosse essa.

— Fui eu que a recrutei, Eli. Fui eu que a treinei e a enviei para lá. E não vou deixar de maneira nenhuma que ela acabe como o Rafael Bloch.

Lavon percebeu que não valia a pena discutir mais o assunto.

— Sabes, Gabriel, nada disto teria acontecido se eu te tivesse impedido de ir à Argentina. Hoje à noite, estarias a ver o pôr do Sol na Cornualha, com a tua bonita e jovem mulher, e não a presidir a mais um velório em mais um quarto de hotel perdido no meio de nenhures.

— Se eu não tivesse ido à Argentina, nunca teríamos descoberto que São Martin Landesmann construiu o seu império com bens valiosos saqueados durante o Holocausto. E nunca teríamos descoberto que o Martin andava a multiplicar os seus pecados ao negociar com um regime que fala abertamente em fazer um novo Holocausto.

— Mais razão ainda para deveres ter um velho amigo a vigiar-te a retaguarda hoje à noite.

— O meu velho amigo recebeu ordens para retirar. Além disso, já lhe dei cabelos brancos que cheguem para duas vidas inteiras.

Lavon conseguiu esboçar um sorriso fugaz.

— Faz-me apenas um favor, Gabriel. O Martin pode ter-nos vencido esta noite. Mas, faças o que fizeres, não lhe dês oportunidade para aumentar a contagem. Não ia gostar mesmo nada de perder o meu único irmão por causa de um carregamento de centrifugadoras.

Gabriel não disse nada. Lavon colocou as mãos na cabeça de Gabriel e fechou os olhos. A seguir, deu um beijo na cara de Gabriel e saiu do quarto discreta e silenciosamente.

O grande *Mercedes-Benz Classe S,* com um preço de mais de cem mil dólares, fez a curva à entrada do Hôtel Métropole com toda a elegância. Tinha sido comprado para transportar um jovem casal, de extraordinária beleza, a uma festa glamorosa. Naquele momento, estava a ser utilizado como barco salva-vidas, sem dúvida um dos mais caros da longa e lendária história dos serviços secretos israelitas. Parou o tempo suficiente para recolher Lavon e depois fez uma inversão de marcha ilegal, seguindo para a Pont du Mont-Blanc, a primeira etapa da viagem em direção à fronteira com a França.

Gabriel ficou a ver os faróis traseiros fundirem-se na escuridão e, a seguir, sentou-se em frente ao computador a reler a última mensagem encriptada enviada pelo centro de operações. *Seis da manhã, hora de Londres, sete da manhã, hora de Genebra...* Depois disso, Graham Seymour tinha como plano carregar no botão de pânico e envolver os suíços na questão. Isso dava apenas duas horas a Gabriel, Navot e Shamron para conseguirem obter um acordo com melhores condições. Condições que não incluíssem revelar a operação. Condições que não permitissem que Martin e as centrifugadoras escapassem das garras de Gabriel.

Em Londres, os informáticos e os analistas continuavam a vasculhar o conteúdo do disco rígido de Martin à procura de alguma coisa que pudesse funcionar como moeda de troca. Gabriel já tinha a sua — uma lista de nomes e números de contas, escondida durante sessenta anos dentro do *Retrato de Uma Jovem,* 104 por 86 centímetros, da autoria de Rembrandt van Rijn. Gabriel pousou com cuidado as três páginas de delicado papel vegetal em cima da secretária e fotografou-as com a câmara do seu telemóvel seguro. A seguir, escreveu uma mensagem para Londres. Tal como a que recebera apenas poucos minutos antes, era curta e desprovida de qualquer ambiguidade. Queria o número de telefone de Ulrich Müller. E queria-o imediatamente.

69

GSTAAD, SUÍÇA

A estância de esqui suíça de Gstaad está instalada nos Alpes, a noventa e sete quilómetros a nordeste de Genebra, no cantão de Berna de língua germânica. Considerada um dos destinos mais exclusivos do mundo, há muito que Gstaad é um refúgio para os ricos, os famosos e aqueles que têm alguma coisa a esconder. Martin Landesmann, presidente da Global Vision Investments e diretor-executivo da instituição de caridade One World, inseria-se em todas essas categorias. Por isso mesmo, era simplesmente natural que Martin se sentisse atraído por ela. Gstaad, disse ele na primeira e única entrevista que concedera, era o sítio para onde ia quando precisava de aclarar as ideias. Gstaad era o único sítio onde se podia sentir em paz. Onde podia sonhar com um mundo melhor. E onde podia aliviar a sua alma complexa. Uma vez que evitava com assiduidade as viagens a Zurique, Gstaad era também um sítio onde podia ouvir um pouco do seu nativo *schwyzerdütsch* — embora apenas de vez em quando, pois mesmo para os suíços já era bastante difícil ter dinheiro para conseguir morar ali.

Aqueles que vivem desafogados são forçados a subir até Gstaad de carro, por uma estrada estreita de duas faixas que vai desde a extremidade leste do lago Genebra ao Oberland de Berna, passando pelos tortuosos glaciares de Les Diablerets. Já os imensamente ricos evitam a viagem de carro a todo o custo, preferindo fazer aterrar os seus jatos privados no aeroporto comercial próximo de Saanen ou pousar diretamente numa das muitas pistas privadas para helicópteros de Gstaad. Martin preferia a que ficava perto do mítico Gstaad Palace Hotel, já que a distância para o seu chalé era apenas de um quilómetro e meio. Ulrich Müller encontrava-se no início da pista, com a gola do casaco levantada para se proteger do frio, a observar o *AW139* de dupla turbina a descer lentamente do céu negro.

Era um helicóptero grande para uso privado, capaz de acomodar confortavelmente uma dúzia de passageiros na sua luxuosa cabina feita por encomenda. Mas, naquela manhã, saíram de lá apenas oito pessoas — quatro membros da família Landesmann, rodeados por quatro guarda-costas da Zentrum Security. Bom conhecedor dos humores do clã Landesmann, Müller percebeu que se tratava de uma família em crise. Monique seguia vários passos à frente, abraçando protetoramente Alexander e Charlotte, e desapareceu no interior de uma carrinha *SUV Mercedes* que os aguardava. Martin foi ter com Müller e, sem dizer uma palavra, entregou-lhe uma pasta de diplomata de aço inoxidável. Müller abriu os ferrolhos com um estalido e olhou lá para dentro. Uma carteira *Bally* com cartões de crédito e um bilhete de identidade em nome de Mikhail Danilov. Uma chave de quarto do Grand Hotel Kempinski. Uma lanterna de luz ultravioleta. Uma *pen* USB da *Sony*. Um pequeno aparelho eletrónico com um teclado numérico e um par de fios com conetores elétricos. Um rádio com auricular de fabrico indeterminado.

Existem muitos mitos acerca da Suíça, o principal dos quais é a convicção muito antiga mas errada de que esse minúsculo país nos Alpes é um milagre de multiculturalismo e tolerância. Ainda que seja verdade que há vários séculos que quatro culturas distintas coexistem pacificamente no interior das fronteiras da Suíça, esse casamento é muito mais uma aliança defensiva do que uma união de verdadeiro amor. Prova desse mesmo facto foi a conversa que se seguiu. Quando Martin Landesmann precisava de tratar de assuntos importantes, não lhe passava sequer pela cabeça falar francês. Apenas alemão suíço.

— Onde é que ele está?

Müller inclinou a cabeça para a esquerda, mas não disse nada.

— E já recuperou os sentidos? — perguntou Landesmann.

Müller acenou com a cabeça.

— E já fala?

— Diz que é um ex-agente do FSB. Diz que trabalha a título independente para empresas privadas de segurança russas e que foi contratado por um consórcio de oligarcas russos para roubar os teus segredos comerciais mais bem guardados.

— E como é que ele conseguiu apanhar o meu telemóvel e o portátil?

— Diz que fez isso a partir do exterior.

— E como é que explica a Zoe?

— Diz que ficou a saber da vossa relação através da vigilância realizada e que resolveu tirar partido disso de maneira a ter acesso à festa de hoje à noite. Diz que a enganou. Diz que ela não sabe de nada.

— Isso é plausível — respondeu Landesmann.

— É plausível — reconheceu Müller. — Mas há mais uma coisa.

— Que coisa?

— A maneira como lutou com os meus homens. Foi treinado por uma unidade de elite ou por um serviço secreto. Não é nenhum capanga do FSB. Ele sabe o que faz, Martin.

— Israelitas?

— Acho que sim.

— Se isso for verdade, o que é que nos diz sobre a Zoe?

— Ela é capaz de estar a dizer a verdade. É capaz de não saber nada. Mas também é possível que eles a tenham recrutado. Utilizar um agente infiltrado, especialmente uma mulher, é consistente com o modo de operar deles. É possível que ela te tenha andado a espiar desde o princípio.

Landesmann olhou de relance para os carros, onde a família o esperava com notória impaciência.

— Quanto material é que o Onyx conseguiu intercetar?

— O suficiente para levantar suspeitas.

— E isso pode ser contido?

— Estou a trabalhar nesse sentido. Mas se um serviço amigo, como o DAP, desconfia do que está a ver, imagina como é que esse material deve parecer aos olhos de uma agência de serviços secretos que não está propriamente preocupada com o teu bem-estar.

— És o meu conselheiro de segurança principal, Ulrich. Aconselha-me.

— A primeira coisa que precisamos de descobrir é com quem estamos a lidar e o é que eles sabem.

— E a seguir?

— Uma coisa de cada vez, Martin. Mas faz-me um favor. Não toques no telemóvel durante o resto da noite — atirou Müller, contemplando o céu negro. — O Onyx está a ouvir. E podes ter a certeza de que o resto da malta também.

CANTÃO DE BERNA, SUÍÇA

Zoe não sabia para onde a levavam, claro. Só sabia que a estrada em que se encontravam naquele momento estava a ficar mais sinuosa e que ganhavam altitude. O primeiro facto tornou-se rapidamente evidente pelos solavancos violentos do carro, o segundo pela circunstância de os ouvidos lhe estarem a estalar a intervalos regulares. Para piorar a situação, doía-lhe o abdómen na zona em que tinha sido atingida e sentia-se intensamente agoniada. Zoe não podia deixar de estar agradecida por se ter sentido demasiado nervosa para conseguir comer na festa de Martin. Caso contrário, era bem possível que tivesse vomitado na mordaça feita de fita adesiva, sufocando até morrer sem que os guarda-costas de Martin se apercebessem de alguma coisa.

O desconforto que sentia era agravado pelo frio. A temperatura parecia estar a baixar vários graus a cada minuto que passava. Durante a primeira parte da viagem, o frio tinha sido suportável. Naquele instante, e apesar dos cobertores pesados que lhe imobilizavam o corpo, estava a corroer-lhe os ossos. Tinha tanto frio que já tremia. Estava num sofrimento atroz.

Para tentar acalmar as dores, foi fazendo jogos mentais. Escreveu um artigo para o *Journal,* releu as passagens preferidas do *Orgulho e Preconceito* e reviveu o momento, no bar do Hotel Belvedere em Davos, em que Jonas Brunner lhe perguntara se gostaria de tomar uma bebida com o senhor Landesmann. Mas, nesta adaptação, disse educadamente a Brunner para se ir lixar e retomou a conversa com o ministro das Finanças africano com quem estava a falar, naquela que era agora a discussão mais profundamente interessante que já tinha tido na vida. Essa encarnação de Zoe Reed nunca chegara a conhecer Martin Landesmann, nunca o entrevistara, nunca dormira com ele, nunca se apaixonara por ele. Tal como nunca tinha sido recolhida pelo MI5 à porta dos estúdios londrinos da CNN nem levada para uma casa segura em Highgate. *Não existe nenhuma casa segura em Highgate,* recordou a si própria. Nenhuma rapariga chamada Sally. Nenhum inglês amante de roupas de *tweed* chamado David. Nenhum assassino de olhos verdes chamado Gabriel Allon.

Os seus pensamentos foram interrompidos pelo abrandar repentino do carro. A estrada era agora bem mais acidentada. Aliás, Zoe duvidava até que fosse sequer uma estrada. O carro perdeu tração, recuperou-a e depois começou a guinar descontroladamente durante vários segundos, antes de acabar por parar aos solavancos. O motor desligou-se e Zoe ouviu quatro portas a abrir e fechar numa sucessão rápida. A seguir, o porta-bagagens abriu-se com um estalido e ela sentiu-se a subir no ar glacial. Uma vez mais, carregaram-na ao ombro como se estivessem a transportar um caixão. Desta vez, o trajeto foi mais curto, alguns segundos, não mais do que isso. Zoe ouviu-os a cortarem a fita adesiva. Depois, desenrolaram-na duas vezes para a libertar dos cobertores.

Apesar de não estar vendada, Zoe não conseguia ver nada. O sítio para onde a tinham levado era escuro como breu. Levantaram-na novamente, carregaram-na uma curta distância e sentaram-na numa cadeira sem braços. Uma vez mais, amordaçaram-na com fita adesiva, ficando desta feita amarrada às costas da cadeira. Foi então que as luzes se acenderam e Zoe gritou.

71

CANTÃO DE BERNA, SUÍÇA

A posição de Mikhail era a imagem invertida da de Zoe — mãos e pés amarrados, tronco preso a uma cadeira de costas direitas, fita adesiva a tapar-lhe a boca. Já recuperara os sentidos por completo e, a julgar pelo sangue que lhe jorrava da boca, tinham acabado de lhe bater. Tinham-lhe tirado o casaco do *smoking;* a camisa estava rasgada em vários sítios e encharcada em sangue. O conteúdo da carteira encontrava-se espalhado no chão de cimento, junto aos seus pés, bem como a *pen* USB e a lanterna de luz ultravioleta. Zoe tentou não olhar para os objetos. Manteve os olhos focados no homem alto e de meia-idade situado entre ela e Mikhail. Usava um fato azul-escuro de banqueiro e um sobretudo de lã. O cabelo era de um loiro germânico, mas a ficar grisalho, e a expressão na sua cara era de ligeiro desagrado. Segurava uma pistola numa mão e o rádio de Mikhail na outra. A pistola tinha sangue. O sangue de Mikhail, pensou ela. Mas isso fazia sentido. O homem do fato azul-escuro não tinha aspeto de ser do género de quem gosta de se servir dos punhos. E também parecia vagamente familiar. Zoe tinha a certeza de já o ter visto algures, bastante próximo de Martin. Mas, no estado em que se encontrava, não conseguia lembrar-se de onde.

Olhou rapidamente em redor. Estavam numa espécie de armazém comercial. Era feito de material barato, em metal ondulado, e tresandava a óleo de motor e ferrugem. As luzes por cima da sua cabeça faziam barulho. Por um momento, Zoe permitiu-se imaginar se Rafael Bloch teria passado algum tempo nesse mesmo local antes de terem atravessado a fronteira com o corpo dele para o largarem nos Alpes franceses. Depois forçou-se a afastar esses pensamentos da cabeça. *Rafael Bloch? Perdão, o nome não me diz nada.* Olhou para Mikhail. Estava a fitá-la diretamente, como se quisesse comunicar-lhe qualquer coisa. Zoe retribuiu-lhe o olhar o máximo de tempo que conseguiu e, a seguir, desviou os olhos para as suas próprias mãos. Esse movimento pareceu fazer com que o homem bem vestido despertasse da sua inércia. Aproximou-se dela e arrancou-lhe a fita adesiva da boca. Zoe soltou um grito involuntário e arrependeu-se de imediato.

— Quem é você? — disparou ela. — E por que raio é que eu estou aqui?

— Tu sabes porque é que aqui estás, Zoe. Na verdade, graças ao teu companheiro, o senhor Danilov, sabemos todos porque é que aqui estás.

Ele falava inglês apenas com um sotaque ligeiríssimo e a precisão de um cronómetro.

— Está louco? Estou aqui porque o Martin...

— Não, Zoe. Estás aqui porque és uma espia. E vieste a Genebra roubar documentos e correspondência privada do computador do senhor Landesmann, um crime muito grave aqui na Suíça.

— Presumo que rapto e agressão também o sejam.

O homem de fato sorriu.

— Ah, o famoso sentido de humor da Zoe Reed. É bom saber que pelo menos uma coisa em relação a ti não é mentira.

— Sou jornalista, seu idiota. E quando sair daqui, vou descobrir quem você é e destruí-lo.

— Mas a verdade é que não és mesmo jornalista, pois não, Zoe? O teu emprego no *Financial Journal* não passa de um disfarce. Há dois anos, recebeste ordens dos teus superiores dos serviços secretos britânicos para estabelecer uma relação sexual com o senhor Landesmann de maneira a espiar as operações comerciais dele. Contactaste o senhor Landesmann, mostrando interesse em entrevistá-lo. Depois, há vinte e dois meses, contactaste-o em Davos.

— Isso é de loucos. O Martin é que me tentou seduzir *a mim* em Davos. Convidou-me para jantar na suíte dele.

— Não é assim que o Jonas Brunner e o resto da equipa de segurança do senhor Landesmann se lembram dessa noite, Zoe. Recordam-se que foste muito atiradiça e agressiva. E é isso que vão dizer à polícia suíça. — Parou por uns instantes e, a seguir, acrescentou: — Mas as coisas não têm de chegar a esse ponto, Zoe. Quanto mais depressa confessares, mais depressa podemos terminar este assunto desagradável.

— Não tenho nada a confessar para além da minha estupidez. Como é evidente, fui uma estúpida em ter acreditado nas mentiras do Martin.

— E que mentiras são essas, Zoe?

— *São* Martin — atirou ela, com a voz repleta de desprezo.

O homem ficou calado durante um momento. Quando finalmente falou outra vez, não o fez virado para Zoe, mas sim para a pistola que tinha na mão.

— Diz o que tens a dizer, Zoe. Confessa os teus pecados. Diz-me a verdade. Diz-me que não és realmente jornalista. Diz-me que os teus superiores em Londres te mandaram seduzir o senhor Landesmann e roubar-lhe os documentos privados.

— Não vou dizer isso porque não é verdade. Eu amava o Martin.

— Ai sim? — soltou ele, desviando os olhos da arma, com um ar verdadeiramente surpreendido, e contemplando depois Mikhail. — Então e o teu amigo, o senhor Danilov? Também estás apaixonada por ele?

— Mal o conheço.

— Não é isso que ele diz. De acordo com o senhor Danilov, vocês os dois estavam a trabalhar em conjunto no caso Landesmann.

— Não estou a trabalhar com ninguém. E não sei nada sobre nenhum caso *Landesmann*. Não sei porque é que havia de haver sequer um caso *Landesmann*.

— Não é isso que o senhor Danilov diz.

Pela primeira vez desde que o interrogatório começara, Zoe olhou diretamente para Mikhail. Este retribuiu-lhe o olhar durante alguns segundos e depois, quase impercetivelmente, abanou a cabeça. O interrogador de Zoe reparou. Aproximou-se de Mikhail lentamente e com a coronha da pistola acertou-lhe com força na cara, abrindo-lhe mais uma ferida na parte de cima da face. A seguir, o homem agarrou numa mão-cheia de cabelo de Mikhail e encostou-lhe o cano da arma à têmpora. Um guarda que se encontrava do outro lado do armazém recuou um passo apressadamente. O homem da pistola apertou o cano contra a pele de Mikhail com toda a força e depois virou a cabeça e olhou para Zoe.

— Tens uma última hipótese para dizer a verdade, Zoe. Caso contrário, o senhor Danilov morre. E, se ele morrer, tu também morres. Porque nós não podemos ter testemunhas a andar por aí à solta, pois não? Confessa os teus pecados, Zoe. Diz-me a verdade.

Mikhail estremecia de dor. Mas, dessa vez, não tentou ocultar a mensagem que queria transmitir a Zoe. Estava a abanar a cabeça violentamente, de um lado para o outro, gritando qualquer coisa para a fita adesiva que lhe tapava a boca. Isso mereceu-lhe mais duas pancadas com a coronha da arma. Zoe fechou os olhos.

— Última hipótese, Zoe.

— Baixe a arma.

— Só se me disseres a verdade.

— Baixe a arma — repetiu ela, abrindo os olhos. — Se a baixar, digo-lhe tudo o que quiser saber.

— Diz-me agora.

— Pare, porra! Está a magoá-lo.

— Vou fazer bem pior do que isso se não começares a falar. Diz-me a verdade, Zoe. Diz-me que és uma espia.

— Não sou nenhuma espia.

— Então porque é que os ajudaste?

— Porque mo pediram.

— Quem é que pediu?

— Os serviços secretos britânicos.

— E quem mais?

— Os serviços secretos israelitas.

— E quem é que está a comandar a operação?

— Não sei.

— Quem é que está a comandar, Zoe?

— Não sei o nome verdadeiro dele.

— Estás a mentir, Zoe. Diz-me o nome dele.

— O nome dele é Gabriel.

— Gabriel Allon?

— Sim, Gabriel Allon.

— E estava em Genebra hoje à noite?

— Não sei.

— Responde-me, Zoe. Estava em Genebra hoje à noite?

— Sim.

— E havia mais alguém?

— Sim.

— Diz-me os nomes deles, Zoe. De todos eles.

72

MAYFAIR, LONDRES

O relógio digital na parte da frente do centro de operações em Londres indicava *05h53m17s*. Faltavam menos de
sete minutos para o prazo dado por Graham Seymour.
Shamron olhou fixamente para os números, desmoralizado,
como se tentasse impedir mentalmente o seu avanço. Era
estranho, pensou, mas durante a juventude o tempo sempre
lhe parecera abrandar, quase até parar por completo, em
momentos como aquele. Agora, o relógio galopava desen-
freadamente. Interrogou-se se seria mais uma consequência
de estar a envelhecer. O tempo era o seu inimigo mais implacável.

Infelizmente, Shamron já tinha passado por várias ca-
tástrofes desse género no Departamento e sabia como era
provável que se desenrolassem as horas seguintes. Em tempos, poder-se-ia esperar que os europeus fechassem os
olhos. Mas agora já não. Nos dias que corriam, já não viam
grande utilidade no empreendimento conhecido como Estado de Israel, e Shamron sabia perfeitamente que a operação contra Martin Landesmann não iria ser recebida com
agrado nos corredores do poder europeu. Sim, os britânicos e os americanos tinham alinhado na coisa, mas nada

disso importaria quando os mandados de prisão fossem emitidos. Nenhum visaria qualquer nome americano ou britânico. Apenas nomes israelitas. *Yossi Gavish, Dina Sarid, Yaakov Rossman, Rimona Stern, Gabriel Allon...* Tinham realizado algumas das maiores operações da história do Departamento. Mas não esta noite. Esta noite, São Martin tinha-os derrotado.

Shamron olhou para Uzi Navot. Estava sentado num cubículo reservado para o FBI, com um telefone seguro encostado ao ouvido. Do outro lado da linha, estava o primeiro-ministro. Nunca era agradável acordar um primeiro-ministro — em especial, quando as notícias envolviam um desastre político e diplomático à beira de acontecer — e Shamron só podia imaginar a repreensão que Navot estaria naquele momento a suportar. Não conseguiu deixar de sentir uma ponta de culpa. Navot não tinha querido tocar em Landesmann e agora iria ser forçado a pagar o preço da loucura de Shamron. Shamron iria fazer todos os possíveis para proteger Navot de quaisquer danos, mas sabia como aquelas coisas se passavam. Uma cabeça teria de rolar. E o mais provável era vir a ser a de Navot.

Olhou para o relógio novamente: *05h56m38s...* Três minutos e meio até Graham Seymour telefonar à polícia suíça. Três minutos e meio para a equipa de informáticos e especialistas encontrar a moeda de troca de que Shamron precisava para conseguir chegar a um acordo com dignidade. Com Chiara a espreitar ansiosamente por cima do seu ombro, os seus esforços foram-se tornando cada vez mais frenéticos. Shamron desejou poder ajudar de alguma forma. Mas mal sabia ligar um computador, muito menos encontrar um documento enterrado numa pilha de lixo cibernético. Apenas os jovens sabiam fazer essas coisas, pensou Shamron melancolicamente. Mais uma prova ainda de que tinha esgotado a sua utilidade.

Outra olhadela ao relógio: *05h58m41s*... Graham Seymour estava agora a olhar para as horas com a mesma intensidade que Shamron. Tinha um telefone junto ao cotovelo direito. Uma hora antes, Seymour tomara a liberdade de guardar o número de emergência do DAP na memória do telefone. Bastaria apenas carregar num botão.

O relógio avançou: *05h59m57s*... *05h59m58s*... *05h59m59s*... *06h00m00s*...

Seymour levantou o auscultador e olhou para Shamron.

— Desculpa, Ari, mas receio bem que o tempo tenha acabado. Sei que não sou eu que devo decidir isso, mas talvez queiras avisar Gabriel para começar a dirigir-se para a fronteira.

Seymour carregou no botão de marcação rápida e encostou o auscultador ao ouvido. Shamron fechou os olhos e ficou à espera de escutar as palavras que, sem dúvida alguma, iria ouvir para o resto da vida. Em vez disso, ouviu a pesada porta de vidro do aquário abrir-se com estrondo e, em seguida, a voz triunfante de Chiara:

— Apanhámo-lo, Graham! Já o temos na mão! Desliga o telefone! Apanhámo-lo!

Seymour interrompeu a ligação. No entanto, continuava com o auscultador na mão.

— O que é que descobriram ao certo?

— O próximo carregamento de centrifugadoras está marcado para sair de Shenzhen daqui a seis semanas, chegando ao Dubai algures em meados de março e com o pagamento final a ser efetuado, aquando da entrega, ao Meissner Privatbank do Liechtenstein.

— E qual é a fonte?

— Um ficheiro temporário encriptado que já esteve anexado a um *e-mail*.

— E quem eram os destinatários do *e-mail*?

— Ulrich Müller e Martin Landesmann.

— Deixa-me ver isso.

Chiara entregou os documentos impressos a Seymour. Seymour examinou-os e, a seguir, pousou o auscultador.

— Acabaste de ganhar mais uma hora, Ari.

Shamron virou-se para Chiara.

— Consegues fazer chegar esses documentos a Gabriel de forma segura?

— Sem problemas.

O *e-mail* e a documentação que lhe servia de suporte chegavam às cinco páginas. Os informáticos converteram tudo para um ficheiro PDF e enviaram-no para Gabriel através de uma ligação segura. Chegou ao computador dele, no Métropole, às 7h05, hora local, juntamente com o número do telemóvel de Ulrich Müller e o seu endereço de *e-mail* pessoal. Não tinha sido difícil localizá-los. Apareciam ambos centenas de vezes na memória do *Nokia N900* de Martin. Gabriel preparou rapidamente um *e-mail* para Müller, com dois ficheiros PDF em anexo, e marcou o número dele. Ninguém atendeu. Gabriel interrompeu a ligação e marcou o número outra vez.

Ulrich Müller estava a passar de carro pelo Gstaad Palace Hotel, iluminado com projetores, quando o telemóvel tocou pela primeira vez. Como não reconheceu o número, não atendeu. Quando o telemóvel tocou logo a seguir uma segunda vez, achou que não tinha escolha. Premiu o botão de CHAMADA e levou o telemóvel ao ouvido.

— *Ja?*

— Bom dia, Ulrich.

— Quem fala?

— Não reconheces a minha voz?

Müller reconheceu-a. Tinha-a ouvido nas cassetes de vigilância de Amesterdão e Mendoza.

— Como conseguiste este número? — perguntou.

— Estás a guiar, Ulrich? Parece-me que estás ao volante de um carro.

— O que queres, Allon?

— Quero que pares, Ulrich. Preciso que vejas uma coisa.

— De que estás a falar?

— Vou enviar-te um *e-mail,* Ulrich. Quero que o vejas com toda a atenção. E depois quero que me ligues para este número.

Uma pausa.

— O teu telemóvel ficou com este número?

— Tenho-o, sim.

— Ótimo. Depois de veres o *e-mail,* liga-me. Imediatamente. Caso contrário, as próximas chamadas serão para a Polícia Federal Suíça e para o DAP.

— E não precisas do meu *e-mail,* Allon?

— Não, Ulrich, já o tenho.

A ligação foi interrompida. Müller encostou à berma da estrada. Passados trinta segundos, chegou o *e-mail*.

Merda...

Müller marcou o número. Gabriel atendeu de imediato.

— Material interessante, não achas, Ulrich?

— Nada disto me diz o que quer que seja.

— Boa tentativa. Mas, antes de prosseguirmos, quero saber se o meu pessoal está vivo.

— O teu pessoal está ótimo.

— E onde é que estão?

— Não tens nada que ver com isso.

— Tenho tudo que ver com isso, Ulrich.

— Tenho-os detidos.

— E foram maltratados?

— Cometeram um crime grave em casa de Martin Landesmann na noite passada. Foram tratados como deviam.

— Se lhes fizeram alguma coisa, seja o que for, vou considerar-te pessoalmente responsável por isso. *E* ao teu patrão.

— O senhor Landesmann não sabe nada acerca disto.

— É muito digno da tua parte tentares arcar com as culpas no lugar do teu patrão, mas não vai resultar, Ulrich. Desta vez, não.

— O que queres?

— Quero falar com o Martin.

— Isso é impossível.

— É inegociável.

— Vou ver o que posso fazer.

— É melhor que o faças, Ulrich. Ou a próxima chamada é para a Polícia Federal Suíça.

— Preciso de trinta minutos.

— Tens cinco.

No armazém, Zoe e Mikhail estavam sentados em frente um do outro, cada um amarrado à sua cadeira e com a boca tapada com fita adesiva. Os guardas tinham saído dali, à procura do calor dos carros. Antes de se irem embora, tinham desligado as luzes. A escuridão era total, tal como o frio. Zoe queria pedir desculpa a Mikhail por ter revelado a operação. Zoe queria tratar dos ferimentos de Mikhail. E, mais do que tudo, Zoe queria que lhe assegurassem que havia alguém à procura deles. Mas nada disso era possível. Não com a fita adesiva a tapar-lhes a boca. E, por isso, ficaram sentados ao frio, mudos e imóveis, à espera.

O imenso chalé revestido a madeira de Martin Landesmann encontrava-se completamente iluminado quando Ulrich Müller atravessou o portão de segurança ao volante do seu carro e avançou em grande velocidade pelo caminho de entrada. Estavam dois guardas de vigia junto à porta principal, batendo os pés devido ao frio cortante das primeiras horas da manhã. Müller passou por eles sem dizer uma palavra e entrou na residência. Landesmann encontrava-se sozinho, sentado diante de uma lareira, no salão principal. Usava calças de ganga desbotadas e uma camisola grossa com fecho de correr e tinha na mão um balão de cristal cheio de conhaque. Müller encostou o dedo aos lábios e passou o telemóvel a Landesmann. Landesmann examinou os dois ficheiros PDF com um rosto inexpressivo. Quando já estava tudo visto, Müller pegou outra vez no telemóvel e desligou-o antes de o enfiar no bolso do sobretudo.

— O que é que ele quer? — perguntou Landesmann.

— O pessoal dele. E também gostava de te dar uma palavrinha.

— Diz-lhe para se ir foder.

— Eu tentei.

— Ele está cá no país?

— Já vamos descobrir não tarda nada.

Landesmann levou a bebida até à lareira.

— Trá-lo cá, Ulrich. E certifica-te de que vem bem menos exigente quando cá chegar.

Müller ligou o telemóvel e começou a sair do salão. A última coisa que ouviu ao sair foi um copo de cristal de balão a explodir em mil pedaços.

O telemóvel de Gabriel tocou dez segundos mais tarde.

— Foi mesmo à justa, Ulrich.

— O senhor Landesmann aceitou encontrar-se contigo.

— Uma decisão sensata da parte dele.

— Agora, ouve com atenção...

— Não, Ulrich. *Tu* é que vais ouvir. Dentro de noventa minutos, vou estar no parque de estacionamento por cima da Promenade, em Gstaad. Diz aos teus homens para irem ter comigo. E nada de tretas. Se a minha equipa não tiver notícias minhas no máximo até às dez da manhã, aquele

e-mail que acabaste de ler vai ser enviado para todas as
agências de serviços secretos, departamentos de polícia, mi-
nistérios da justiça e jornais do mundo ocidental. Estamos
entendidos, Ulrich?

— A Promenade, em Gstaad, noventa minutos.

— Muito bem, Ulrich. E agora certifica-te de que
o meu pessoal está confortável. Se não estiver, vais ter em
mim um inimigo. E isso é a última coisa que queres.

Gabriel interrompeu a ligação e escreveu rapidamente
uma mensagem final para Londres. A seguir, arrumou
o computador e dirigiu-se para o elevador.

73

CANTÃO DE BERNA, SUÍÇA

Zoe sentiu uma rajada de ar gelado passar-lhe pela nuca quando a porta do armazém se abriu repentinamente. Fechou os olhos e rezou pela primeira vez em muitos anos. *O que será agora?,* interrogou-se. Mais um interrogatório? Mais uma viagem no porta-bagagens de um carro? Ou teria Martin decidido por fim que estava na altura de livrar o mundo de mais um jornalista metediço? Zoe temeu que não houvesse outro desfecho possível, especialmente agora que tinha revelado toda a operação. Com efeito, durante os últimos minutos, tinha-se dedicado a compor o seu próprio obituário. Apenas o cabeçalho lhe escapava. Martin e os seus capangas ainda não lhe tinham fornecido um facto crucial: a causa da morte dela.

Abriu os olhos e olhou para Mikhail. Tinha o rosto iluminado por um feixe de luz cinzenta vindo da porta aberta e estava a fitar atentamente os guardas que se aproximavam de Zoe pelas costas. Um deles tirou-lhe a fita adesiva da boca, desta vez com cuidado, enquanto outro lhe soltou as mão e os pés delicadamente. Dois outros guardas fizeram o mesmo a Mikhail, ao passo que um terceiro lhe aplicou pomada e pensos nos ferimentos que tinha na cara e na cabeça. Os guardas não ofereceram qualquer explicação para a súbita hospitalidade, toda ela executada com típica eficiência suíça. Depois de entregarem um cobertor a cada um dos prisioneiros, foram-se embora de forma tão repentina como tinham aparecido. Zoe esperou até que a porta se fechasse para falar.

— O que é que acabou de acontecer?

— O que acabou de acontecer foi o Gabriel.

— De que está a falar?

Mikhail encostou o dedo aos lábios.

— Não diga nem mais uma palavra.

Uma onda de júbilo e alívio varreu o centro de operações quando a atualização enviada por Gabriel surgiu e piscou rapidamente nos ecrãs indicadores do estado da operação. Até Graham Seymour, que tinha passado os minutos antecedentes num estado quase catatónico, conseguiu esboçar um breve sorriso. No entanto, havia duas pessoas no centro de operações que pareciam incapazes de se juntar à alegria daquele momento. Uma era Ari Shamron; a outra, Chiara Allon. Uma vez mais, estava uma operação nas mãos do homem que amavam. E, uma vez mais, não tinham escolha a não ser esperar. E jurar a si próprios que aquela era a última vez. *A última vez de todas...*

A autoestrada E63 estendia-se para leste, em condições impecáveis e sem trânsito. Gabriel manteve as duas mãos no volante do *Audi* e a velocidade a níveis respeitáveis. Do lado esquerdo da autoestrada, vinhas meticulosamente arranjadas avançavam como colunas de soldados pelas montanhas de Vaud dentro. Do lado direito, ficava o lago Genebra, com os Alpes saboianos a erguerem-se ao fundo. O sopé do desfiladeiro ainda se encontrava coberto por uma neblina, mas os cumes mais elevados resplandeciam com a primeira luz da madrugada.

Passou por Montreux e continuou até Aigle, depois virou para a Route 11 e seguiu em direção ao Vallée des Ormonts. A estrada era estreita e de duas faixas, sinuosa e cheia de inesperadas curvas apertadas. A fronteira que separava o cantão de Vaud do cantão de Berna ficava uns quilómetros a seguir a Les Diablerets. As indicações rodoviárias passaram imediatamente para alemão, tal como a arquitetura das casas. Os primeiros raios de sol começavam a espreitar por cima dos Alpes berneses e, quando Gabriel chegou aos arredores de Gstaad, já havia luz. Dirigiu-se para o principal parque de estacionamento, no centro da aldeia, e parou de marcha atrás num lugar bem ao fundo do parque. Dentro de uma hora, aquele espaço estaria cheio de carros. Mas, por enquanto, estava vazio, à exceção de um trio de praticantes de *snowboard* a beber cerveja junto de uma carrinha *VW* amolgada.

Gabriel deixou o motor a trabalhar e pôs-se a olhar para o relógio do painel de instrumentos, com o prazo de noventa minutos que tinha imposto a Ulrich Müller a ser atingido e ultrapassado. Concedeu uma tolerância de dez minutos a Müller, finda a qual pegou finalmente no telemóvel. Estava a marcar o número quando uma carrinha *Mercedes GL450* prateada entrou no parque. Passou devagar pelos rapazes do *snowboard* e parou a poucos metros do *Audi* de Gabriel. Lá dentro, estavam quatro homens, todos com blusões de esqui azul-escuros iguais, com a insígnia da Zentrum Security. O que vinha no banco de trás saiu da carrinha e fez sinal a Gabriel para se aproximar. Gabriel reconheceu-o. Era Jonas Brunner.

Gabriel desligou o motor, guardou o telemóvel no porta-luvas e saiu do carro. Brunner observou-o com uma expressão de ligeiro espanto, como se tivesse sido apanhado de surpresa pela estatura modesta de Gabriel.

— Disseram-me que falas alemão — lançou Brunner.

— Melhor do que tu — respondeu Gabriel.

— Estás armado?

— Não.

— Tens telemóvel?

— No carro.

— Rádio?

— No carro.

— E um transmissor?

Gabriel abanou a cabeça.

— Vou ter de te revistar.

— Mal posso esperar.

Gabriel entrou para o banco de trás da carrinha e deslizou até ao meio. Brunner entrou a seguir e fechou a porta.

— Vira-te e põe-te de joelhos.

— Aqui?

— Aqui.

Gabriel fez o que lhe mandaram e foi sujeito a uma revista mais do que meticulosa, começando pelos sapatos e terminando na cabeça. No final, deu meia-volta e sentou-se normalmente. Brunner fez sinal ao motorista e a carrinha arrancou devagar.

— Espero que tenhas gostado tanto disso como eu, Jonas.

— Cala a boca, Allon.

— Onde está o meu pessoal?

Brunner não respondeu.

— Vamos para muito longe?

— Não muito. Mas temos de fazer uma paragem curta pelo caminho.

— Café?

— Sim, Allon. Café.

— Espero que não tenhas magoado a minha rapariga, Jonas. Porque, se o fizeste, vou magoar-te eu a ti.

Seguiram para leste, pela beira de um estreito vale glaciar. A estrada embrenhava-se e afastava-se das árvores, deixando-os num instante na escuridão e, no seguinte, à mercê de uma luz ofuscante. Os guardas com o blusão azul da Zentrum Security não disseram nada. O ombro de Brunner estava a fazer força contra o de Gabriel. Era como estar encostado a um maciço de granito. O guarda à esquerda de Gabriel estava a estender e a encolher os dedos grossos, como se estivesse a preparar-se para executar um solo. Gabriel não tinha ilusões em relação à paragem que iam fazer a caminho do encontro com Martin. Não ficou surpreendido; era um procedimento habitual antes de um encontro daquele género, um aperitivo antes do jantar.

No cimo do vale, a estrada transformou-se num trilho de um só sentido para depois se erguer abruptamente pela encosta da montanha. Um limpa-neves tinha passado por ali há pouco tempo, mas a carrinha quase não foi capaz de manter a tração ao dirigir-se para o cume. Cerca de trezentos metros acima do fundo do vale, parou junto a um arvoredo isolado composto por abetos. Os dois homens que iam à frente saíram de imediato, tal como o que se encontrava à esquerda de Gabriel. Jonas Brunner não se mexeu.

— Acho que não vais gostar tanto disto como gostaste de ser revistado.

— É esta a parte em que os teus homens me põem um bocadinho mais manso antes de me levarem a ver São Martin?

— Sai mas é do carro, Allon. Quanto mais depressa acabarmos com isto, mais depressa podemos seguir o nosso caminho.

Gabriel soltou um suspiro profundo e saiu da carrinha.

Jonas Brunner ficou a ver os seus três melhores homens a fazerem Gabriel Allon marchar até ao meio das árvores e depois cronometrou o tempo. Cinco minutos, tinha-lhes dito. Que não causassem muitos danos, apenas as amolgadelas que chegassem para o tornar mais obediente e dócil. Uma parte de Brunner sentia-se tentada a juntar-se às festividades. Mas não podia. Müller queria uma atualização.

Estava a marcar o número de Müller quando um movimento nas árvores lhe chamou a atenção. Levantando os olhos, viu uma única figura a sair das sombras com determinação. Lançou uma olhadela ao relógio e fez uma careta. Tinha dado ordens aos homens para revelarem discernimento, mas dois minutos dificilmente eram tempo suficiente para fazer um trabalho bem feito, em especial quando estava em causa um homem como Gabriel Allon. Foi então que Brunner olhou mais de perto para a figura e se apercebeu do erro cometido. Não era um dos seus homens que estava a sair do meio das árvores. *Era Allon...* Na mão, tinha uma pistola, uma *SIG Sauer P226,* a arma que os membros da Zentrum Security traziam habitualmente à cintura. O israelita abriu a porta de Brunner com toda a força e apontou-lhe o cano da pistola diretamente à cara. Brunner nem pensou sequer em tentar empunhar a sua arma.

— Disseram-me que falas alemão, Jonas, por isso ouve com atenção. Quero que me dês a tua arma. Devagar, Jonas. Caso contrário, posso sentir-me tentado a dar-te vários tiros.

Brunner enfiou a mão no casaco, tirou a pistola e entregou-a ao israelita, com a coronha para a frente.

— Dá-me o teu telemóvel.

Brunner obedeceu.

— Tens rádio?

— Não.

— E um transmissor?

Brunner abanou a cabeça.

— É pena. És capaz de vir a precisar de um mais tarde. Agora, põe-te ao volante.

Brunner fez o que lhe mandaram e ligou o motor. O israelita sentou-se atrás dele, com a pistola encostada à nuca de Brunner.

— Vamos para muito longe, Jonas?

— Não muito.

— Não há mais paragens?

— Não.

Brunner meteu a primeira e retomou a subida pela encosta da montanha.

— Parabéns, Jonas. Acabaste de me arranjar uma arma e transformaste-te num refém. Tudo somado, muito bem jogado.

— Os meus homens estão vivos?

— Dois estão. Não tenho a certeza em relação ao terceiro.

— Gostava de chamar um médico.

— Guia mas é, Jonas.

CAPÍTULO

74

CANTÃO DE BERNA, SUÍÇA

Subiram mais uns trezentos metros pelas montanhas e pararam junto a uma saliência iluminada pela luz do Sol, coberta de neve e gelo a brilharem, bem acima do fundo do vale. No centro da clareira, encontrava-se um helicóptero *AW139,* com os motores desligados e as hélices paradas. Martin Landesmann estava à espera junto à cauda, com os olhos ocultos atrás de uns óculos de sol muito grandes e a expressão de um homem que tinha parado a caminho de outro sítio qualquer. Ulrich Müller, nervoso, não saía de junto dele. Gabriel fitou os olhos de Jonas Brunner no espelho retrovisor, por breves instantes, e ordenou-lhe que desligasse o motor. Brunner fez o que lhe mandaram.

— Dá-me a chave.

Brunner tirou-a da ignição e entregou-a a Gabriel.

— Põe as mãos no volante, Jonas. E não te mexas.

Gabriel saiu da carrinha e bateu ao de leve com o cano da pistola no vidro da janela de Brunner. Este saiu também, com as mãos no ar.

— Agora vamos a pé, Jonas, devagarinho e com calma. Não faças nada que ponha o Martin nervoso.

— Ele prefere que o tratem por senhor Landesmann.

— Vou tentar não me esquecer disso — retorquiu Gabriel, espetando o cano da pistola no rim de Brunner. — Anda.

Brunner avançou lentamente em direção ao helicóptero, com Gabriel dois passos atrás e a arma encostada à cintura. Ulrich Müller conseguiu manter uma expressão de serenidade, mas Martin ficou obviamente descontente com a vergonhosa chegada do seu chefe de segurança. Quando Gabriel lho ordenou, Brunner parou a dez metros dos patrões. Gabriel levantou a arma e apontou-a a Müller.

— Estás armado? — perguntou Gabriel em alemão.

— Não.

— Abre o sobretudo.

Müller desabotoou o sobretudo e depois abriu-o dos dois lados em simultâneo.

— Agora, o casaco do fato — ordenou Gabriel.

Müller fez a mesma coisa. Não havia armas. Gabriel olhou de relance para o piloto.

— Então e ele?

— Isto não é Israel — respondeu Müller. — Isto é a Suíça. Os pilotos de helicóptero não andam armados.

— Mas que alívio — atirou Gabriel, olhando para Martin Landesmann. — E tu, Martin? Tens alguma arma?

Landesmann não respondeu. Gabriel repetiu a pergunta, num francês rápido. Dessa vez, Landesmann fez um sorriso de superioridade e, na mesma língua, disse:

— Não sejas ridículo, Allon.

Gabriel voltou a falar em alemão:

— Pedia-te para abrir o casaco, Martin, mas sei que estás a dizer a verdade. Homens como tu não sujam as mãos com armas. É para isso que servem tipos como Ulrich e o Jonas.

— Já acabaste, Allon?

— Ainda agora estou a começar, Martin. Ou será *São* Martin? Nunca me consigo lembrar de qual preferes.

— Por acaso, prefiro que me tratem por senhor Landesmann.

— Já ouvi dizer. Presumo que tenhas tido oportunidade de analisar o material que enviei logo de manhãzinha, certo?

— Esses documentos não significam nada.

— Se isso fosse verdade, Martin, não estarias aqui.

Landesmann lançou um olhar fulminante a Gabriel e, a seguir, perguntou:

— Onde é que arranjaste isso?

— A informação acerca da venda de centrifugadoras que tens agendada com a República Islâmica do Irão?

— Não, Allon, o *outro* documento.

— Estás a referir-te à lista? Aos nomes? Às contas? Ao dinheiro depositado no banco do teu pai?

— Onde é que arranjaste isso? — repetiu Landesmann, num tom sereno.

— Quem ma arranjou foi Lena Herzfeld, Peter Voss, Alfonso Ramirez, Rafael Bloch e uma jovem que a manteve escondida e bem guardada durante muitos e longos anos.

O rosto de Landesmann não registou qualquer alteração.

— Não reconheces os nomes, Martin? — perguntou Gabriel, deitando depois uma olhadela a Müller. — Então e tu, Ulrich?

Nenhum dos homens respondeu.

— Deixem-me ajudar — disse Gabriel. — Lena Herzfeld era uma rapariga judia a quem pouparam a vida em

troca de um Rembrandt. Peter Voss era um homem honesto, que tentou expiar os pecados do pai. Alfonso Ramirez
detinha provas de que um pequeno banco privado em Zurique estava repleto de património saqueado durante o Holocausto. E Rafael Bloch, Martin, era o jornalista argentino
que descobriu as tuas ligações a uma empresa chamada
Keppler Werk GmbH.

— E a jovem? — perguntou Landesmann.

— Óleo sobre tela, 104 por 86 centímetros.

Gabriel parou por uns instantes e depois prosseguiu:

— Mas tu já sabias isso, não era? Já andas à procura
dela há muito tempo. De todos, ela era a mais perigosa.

Landesmann ignorou esse último comentário e perguntou:

— O que queres, Allon?

— Respostas — atirou Gabriel. — Quando é que sou-
beste a verdade? Quando é que descobriste que o teu pai
tinha roubado o dinheiro que o Kurt Voss escondeu no
banco dele?

Landesmann hesitou.

— Eu tenho a lista, Martin. Já não é nenhum segredo.

— Contou-me tudo uns dias antes de morrer — revelou Landesmann a seguir a mais uma pausa. — Do dinheiro, do quadro, da visita da mulher do Voss, do Carlos Weber...

— O teu pai admitiu ter matado o Weber?

— O meu pai não matou o Weber — respondeu Landesmann. — Trataram disso por ele.

— Quem?

Landesmann olhou de relance para Müller.

— Uma versão anterior do Ulrich.

— Dão jeito, não dão? Especialmente num país como a Suíça. Esconder os aspetos mais repugnantes do vosso passado é uma tradição nacional, mais do que os vossos chocolates e as vossas ruas limpas.

— Já não estão tão limpas como costumavam estar — retorquiu Landesmann. — Especialmente em determinadas zonas. Há demasiados estrangeiros no país o tempo todo, raios.

— É bom saber que ainda não abandonaste por inteiro as tuas raízes suíço-alemãs, Martin. O teu pai ficaria orgulhoso.

— Por acaso, até foi o meu pai que sugeriu que abandonasse Zurique. Sabia que os bancos, mais cedo ou mais tarde, acabariam por pagar um preço pelas suas atividades durante a guerra. Achou que isso podia prejudicar a minha imagem.

— O teu pai era um homem inteligente — disse Gabriel, ficando depois em silêncio durante um momento. — Construíste o teu império com base num grande crime, Martin. A tua consciência nunca te incomodou? Nunca te sentiste culpado? Nunca ficaste nenhuma noite sem dormir?

— O crime não foi meu, Allon. Foi do meu pai. E como as tuas próprias escrituras deixam bem claro, o filho não será castigado pela iniquidade do pai.

— A não ser que o filho agrave os pecados do pai servindo-se da fortuna roubada como base para uma lucrativa *holding* internacional chamada Global Vision Investments.

— Não me tinha apercebido de que o Livro de Ezequiel incluía essa passagem.

Gabriel ignorou o sarcasmo de Landesmann.

491

— Porque não puseste tudo às claras, Martin? O valor original das contas era uma gota de água no oceano em comparação com a riqueza que criaste.

— Uma gota de água no oceano? — repetiu Landesmann, abanando a cabeça. — Lembras-te do escândalo bancário suíço, Allon? No outono de 1996? Todos os dias, saía um novo cabeçalho sobre a nossa colaboração com a Alemanha nazi. Andavam a chamar-nos os recetores suíços de Hitler. Os banqueiros de Hitler. Os chacais andavam a rondar. Se alguém tivesse descoberto a verdade, a GVI teria sido desfeita em pedacinhos. Os processos iriam arrastar-se durante uma série de anos. *Décadas.* Os descendentes de *qualquer* judeu, em *qualquer* país onde o Kurt Voss tivesse realizado as suas operações, poderiam ter avançado com uma ação contra mim. Os advogados especialistas em ações coletivas iriam ficar mortinhos e desesperados por arrecadar clientes e instaurar processos. Eu teria perdido tudo. E por causa de quê? Por uma coisa que o meu pai fez meio século antes? Desculpa, Allon, mas não achei que fosse necessário suportar um destino desses por causa dele.

Landesmann defendia a sua inocência com grande fervor, pensou Gabriel. Mas, como a maior parte das coisas acerca dele, tratava-se de uma mentira. O pai tinha sido movido pela cobiça. E Martin também.

— Então fizeste exatamente o que o teu pai fez — retorquiu Gabriel. — Ficaste calado. Lucraste imensamente com a fortuna de um assassino em massa. E continuaste à procura de uma obra-prima de Rembrandt desaparecida, que possuía o poder de te destruir. Mas houve uma diferença. A determinada altura, resolveste tornar-te um santo. Nem o teu pai teria tido tanta lata.

— Não gosto que se refiram a mim como São Martin.

— A sério? — soltou Gabriel, sorrindo. — Isso é capaz de ser a coisa mais animadora que já ouvi acerca de ti.

— E então porquê?

— Porque dá a entender que, afinal de contas, até és capaz de ter uma consciência e tudo.

— O que vais fazer com essa lista, Allon?

— Suponho que isso dependa inteiramente de ti, Martin.

75

CANTÃO DE BERNA, SUÍÇA

— O que queres, Allon? Dinheiro? É disso que se trata? De uma extorsão? Quanto é que me vai custar para que este assunto desapareça? Quinhentos milhões? Mil milhões? Diz-me a quantia que queres. Passo-te um cheque e damos a manhã por terminada.

— Não quero o teu dinheiro — respondeu Gabriel. — Quero as tuas centrifugadoras.

— Centrifugadoras? — repetiu Landesmann, num tom de incredulidade. — Onde é que foste buscar a ideia de que eu andava a vender centrifugadoras?

— Aos teus computadores. Está lá tudo, preto no branco.

— Lamento informar-te, mas estás enganado. Sou dono de empresas que vendem componentes de duplo uso a sociedades comerciais, que, por seu turno, os vendem a outras empresas, que podem ou não andar a vendê-los a um determinado fabricante em Shenzhen, na China.

— Um fabricante detido por ti, através de uma parceria com os chineses.

— Diverte-te a tentar provar isso em tribunal. Não fiz nada de ilegal, Allon. Não podes pôr-me um dedo em cima.

— Isso até pode ser verdade no que diz respeito ao Irão, mas há uma coisa que não mudou. Ainda podes ser desfeito em pedacinhos pelos advogados americanos especialistas em ações coletivas. E eu tenho as provas necessárias para te derrubar.

— Não tens absolutamente nada.

— Estás mesmo disposto a correr esse risco?

Landesmann não respondeu.

— Tenho uma criança escondida em Amesterdão, um filho cheio de remorsos na Argentina, telegramas diplomáticos enviados por Carlos Weber e uma lista de nomes e números de contas do banco do teu pai. E, se não aceitares colaborar, pego em tudo o que tenho, levo-o para Nova Iorque e entrego-o à sociedade de advogados mais proeminente da cidade. Vão mover-te uma ação num tribunal federal, por enriquecimento sem causa, e passar vários anos a examinar todos os aspetos dos teus negócios. Duvido que a tua reputação de santo vá resistir a um escrutínio desse tipo. E também suspeito que os teus amigos e protetores em Berna podem ficar-te com rancor por teres reaberto o capítulo mais escandaloso da história suíça.

— Deixa-me revelar-te uma triste verdade, Allon. Se eu não estivesse a fazer negócios com os iranianos, estaria um dos meus concorrentes. Sim, fazemos todo o ruído apropriado. Mas achas que nós, europeus, nos importamos verdadeiramente se o Irão tem ou não uma arma nuclear? É claro que não. Precisamos do petróleo iraniano. E precisamos de acesso ao mercado iraniano. Até os vossos supostos amigos americanos andam a negociar ativamente com os iranianos através das empresas subsidiárias que têm no estrangeiro. Encara os factos, Allon. Vocês estão sozinhos. Outra vez.

— Já não estamos sozinhos, Martin. Temos-te a *ti.*

Embora os olhos de Martin estivessem ocultos atrás de óculos escuros, era-lhe naquele momento difícil manter a sua aparência de confiança. Martin estava a debater-se, pensou Gabriel. A debater-se com os pecados do pai. A debater-se com a ilusão da sua própria vida. A debater-se com o facto de, independentemente de todo o dinheiro e poder que possuía, São Martin ter sido, naquela manhã, vencido pelo filho de um sobrevivente. Por um momento, Gabriel pensou em apelar ao sentido de decência de Martin. Mas Martin não tinha nenhum. Martin tinha apenas o instinto de autopreservação. E Martin tinha a sua cobiça. A cobiça tinha compelido Martin a esconder a verdade sobre a origem da sua riqueza. E a cobiça iria fazer Martin dar-se conta de que não tinha escolha a não ser agarrar-se à corda salva-vidas que Gabriel lhe oferecia.

— O que estás a propor ao certo? — perguntou Landesmann por fim.

— Uma parceria — respondeu Gabriel.

— Que tipo de parceria?

— Uma parceria *comercial,* Martin. Eu e tu. Juntos, vamos fazer negócio com o Irão. Vais poder manter o teu dinheiro e a reputação. A tua vida vai continuar como se nada tivesse mudado. Mas com uma diferença importante. Agora, trabalhas para mim, Martin. Sou o teu *dono.* Acabaste de ser recrutado pelos serviços secretos israelitas. Bem-vindo à nossa família.

— E quanto tempo é que essa parceria vai durar?

— O tempo que considerarmos necessário. E, se pisares o risco, atiro-te às feras.

— E os lucros?

— Não consegues resistir, pois não?

— Afinal de contas, isto *é* um acordo comercial, Allon.

Gabriel olhou para o céu.

— Cinquenta/cinquenta parece-me justo, acho.

Landesmann fez uma careta.

— Não vês nenhum problema ético no facto de os serviços secretos do Estado de Israel lucrarem com a venda de centrifugadoras a gás à República Islâmica do Irão?

— Por acaso, até acho que me agrada bastante.

— E quanto tempo tenho para pensar na tua proposta?

— Cerca de dez segundos.

Landesmann levantou os óculos escuros e olhou para Gabriel durante um momento, em silêncio.

— Daqui a uma hora, os teus dois agentes vão ser deixados no fundo de Les Diablerets. Liga-me quando quiseres finalizar os pormenores da nossa relação. — Parou por uns instantes. — Presumo que saibas os meus números, certo?

— *Todos,* Martin.

Landesmann dirigiu-se para a porta do helicóptero e depois parou.

— Uma última pergunta.

— E qual é?

— Quanto tempo é que a Zoe esteve a trabalhar para vocês?

Gabriel sorriu.

— Nós depois contactamos-te, Martin.

Landesmann deu meia-volta sem dizer mais nada e entrou no helicóptero, seguido por Müller e Brunner. A porta da cabina fechou-se, as duas turbinas começaram a fazer barulho e, passados poucos segundos, Gabriel foi atingido por uma nuvem de neve esvoaçante. Martin Landesmann olhou-o fixamente pela janela, como se estivesse a apreciar aquela pequena e exclusiva vingança. A seguir, ascendeu ao céu azul-claro e desapareceu em direção ao Sol.

CAPÍTULO

76

LES DIABLERETS, SUÍÇA

Gabriel deixou a carrinha *Mercedes* de Martin parada numa zona onde seria rebocada, no centro de Gstaad, e fez a viagem até Les Diablerets no *Audi*. Estacionou perto da gôndola e entrou no café para aí esperar. Estava repleto de esquiadores excitados, vestidos com roupa de cores elétricas, sem conhecimento do acordo que tinha acabado de ser estabelecido numa clareira iluminada pelo sol a poucos quilómetros de distância. Quando pediu café e pão, Gabriel não pôde deixar de se espantar com a incongruência do cenário que o rodeava. E também ficou admirado com o facto de, apesar de já estar a ficar velho, nunca ter esquiado. Há anos que Chiara lhe implorava para a levar a fazer esqui nas férias. Talvez fosse sucumbir finalmente. Mas não ali. Talvez em Itália ou na América, mas não na Suíça.

Gabriel levou o café e o pão até à parte da frente do café e sentou-se a uma mesa com uma boa vista para a estrada e para o parque de estacionamento. Uma mulher de cabelos escuros, com um rapazinho, pediu licença para se sentar ao lado dele; juntos, ficaram a ver a gôndola erguer-se como um dirigível e desaparecer em direção às montanhas. Gabriel verificou as horas no seu telemóvel seguro. Ainda

499

faltavam dez minutos para o prazo dado chegar ao fim. Queria ligar a Chiara e dizer-lhe que estava bem. Queria dizer a Uzi e a Shamron que tinha acabado de fechar o negócio de uma vida. Mas não se atreveu. Não ao telefone. Tinha sido uma jogada de mestre, a maior da carreira de Gabriel, mas não tinha sido apenas dele. Tinha tido cúmplices, alguns voluntários, outros nem tanto. Lena Herzfeld, Peter Voss, Alfonso Ramirez, Rafael Bloch, Zoe Reed...

Deitou uma olhadela às horas novamente. Cinco minutos para o prazo final. Cinco minutos para o primeiro teste ao empreendimento conjunto da dupla Allon-Landesmann. Não havia mais nada a fazer a não ser esperar. Era um final apropriado, pensou. Tal como a maioria dos veteranos do Departamento, tinha construído uma carreira a esperar. A esperar por um avião ou comboio. A esperar por uma fonte. A esperar que o Sol nascesse após uma noite de matança. E, agora, a esperar que São Martin lhe entregasse dois agentes que por muito pouco não tinham desaparecido da face da Terra. A espera, pensou. Sempre a espera. Por que razão havia esta manhã de ser diferente?

Virou o telemóvel ao contrário, escondendo o relógio digital, e olhou pela janela. Para ajudar a passar o tempo, fez conversa de circunstância com a mulher, que se parecia tanto com a mãe de Gabriel que o deixou pouco à vontade, e com o rapazinho, que não era muito mais novo do que Dani na noite em que este morrera em Viena. E, durante todo esse tempo, não tirou os olhos da estrada. E dos carros que compunham o trânsito matinal que saía do Oberland. E, por fim, da carrinha *Mercedes GL450* prateada que, naquele momento, entrava no parque de estacionamento.

Ao volante, vinha um homem com um blusão de esqui azul-escuro, com a insígnia da Zentrum Security. Estavam duas figuras, um homem e uma mulher, sentadas no banco de trás. Também com blusões da Zentrum. O homem tinha os olhos escondidos atrás de uns óculos de sol muito grandes. Gabriel virou o telemóvel e olhou para as horas. Uma hora em ponto. Havia determinadas vantagens em fazer negócios com os suíços.

Despediu-se da mulher e da criança, desejando-lhes uma ótima manhã, e saiu do café, direito à luz do Sol. A carrinha tinha parado. Uma mulher estonteante e um homem alto e magro, de cabelos loiros, estavam a sair dela. Foi a mulher quem reparou primeiro em Gabriel. Mas, num acesso de profissionalismo que contradizia a sua inexperiência, não o chamou nem deu sequer sinal de ter dado pela sua presença. Em vez disso, limitou-se a agarrar gentilmente no braço do companheiro e a levá-lo até ao *Audi*. Quando lá chegaram, Gabriel tinha o motor ligado. Passado um momento, já seguiam pelo Valée des Ormonts, com Zoe sentada ao lado de Gabriel e Mikhail estendido no banco de trás.

— Levanta os óculos — disse Gabriel.

Mikhail obedeceu.

— Quem te fez isso?

— Nunca cheguei a apanhar os nomes deles — respondeu Mikhail, baixando os óculos e encostando a cabeça ao vidro da janela. — Derrotaste-o, Gabriel? Derrotaste o Martin?

— Não, Mikhail. Tu e a Zoe é que o derrotaram. Derrotaram-no em toda a linha.

— Quanto é que consegui sacar do computador dele?

— Temos o tipo na mão, Mikhail. É nosso.
— E para onde vamos agora?
— Sair da Suíça.
— Não estou em condições de andar de avião.
— Então vamos de carro.
— Acabaram-se os aviões, Gabriel?
— Sim, Mikhail. Por uns tempos.

QUINTA PARTE

RECUPERAÇÃO

NEW SCOTLAND YARD, LONDRES

O inspetor Kenneth Ramsay, chefe da Brigada de Arte e Antiguidades da Scotland Yard, marcou a conferência de imprensa para as duas da tarde. Minutos após esse anúncio, a sala de imprensa foi varrida por rumores de uma importante recuperação. As especulações eram alimentadas maioritariamente pelos poucos veteranos sobreviventes da Polícia Metropolitana, que atribuíram grande significado ao *timing* da própria conferência de imprensa. Uma convocatória agendada para o início da tarde significava quase sempre que as notícias eram agradáveis, visto que isso daria várias horas aos jornalistas para pesquisarem e escreverem os seus artigos. Se as notícias fossem más, postulavam os veteranos, Ramsay teria convocado a imprensa mesmo em cima dos prazos de entrega do final da tarde. Ou, com toda a probabilidade, teria emitido um amorfo comunicado escrito, o refúgio dos funcionários públicos cobardes de todo o mundo, e saído pela porta dos fundos discretamente.

Naturalmente, as especulações centravam-se à volta do autorretrato assinado por Van Gogh e que tinha sido roubado da Courtauld Gallery, em Londres, vários meses antes, embora houvesse já poucos jornalistas que, nessa tarde, conseguissem lembrar-se sequer do título do quadro. Infelizmente, nenhuma das obras-primas roubadas durante o «verão do furto» tinha sido recuperada e, a cada dia, parecia que iam desaparecendo mais quadros de casas e galerias. Com a economia mundial atolada numa recessão sem fim, parecia que o furto de arte era a última indústria em crescimento da Europa. Em contraste, as forças policiais que combatiam os ladrões tinham visto os seus recursos serem cortados drasticamente. O próprio orçamento anual de que Ramsay dispunha tinha sido reduzido a umas irrisórias trezentas mil libras, que quase não chegavam para manter a brigada a funcionar. As suas dificuldades financeiras eram de tal modo que, pouco tempo antes, tinha sido obrigado a solicitar donativos privados para conseguir manter a atividade. Até o *The Guardian* sugeriu que talvez estivesse na altura de acabar com a mítica Brigada de Arte e transferir os seus recursos para qualquer coisa mais produtiva, como um programa de prevenção do crime juvenil.

Não demorou muito até que os rumores acerca do Van Gogh furassem as paredes da sala de imprensa da Scotland Yard e começassem a circular na Internet. Por isso, foi como que um choque quando Ramsay avançou decidido para o pódio e anunciou a recuperação de um quadro que logo para começar poucas pessoas sabiam sequer que se encontrava desaparecido: *Retrato de Uma Jovem,* óleo sobre tela, 104 por 86 centímetros, da autoria de Rembrandt van Rijn. Ramsay não quis entrar em pormenores e explicar ao certo como é que o quadro fora encontrado, embora tenha frisado vivamente que não tinha sido pago qualquer resgate ou recompensa. Quanto à localização atual da obra, alegou desconhecê-la e deu as perguntas por terminadas.

Havia muita coisa acerca da recuperação do Rembrandt que a imprensa nunca viria a saber. Nem o próprio Ramsay teve acesso à maior parte dos aspetos relacionados com o caso. Não sabia, por exemplo, que, uma semana antes, o quadro tinha sido deixado discretamente numa ruela, por trás de uma sinagoga, no bairro parisiense de Marais. Ou que tinha sido enviado para Londres por estafeta, um empregado suado da embaixada israelita, e entregue a Julian Isherwood, dono e único proprietário da, por vezes solvente mas nunca entediante, Isherwood Fine Arts, localizada nos números 7 e 8 de Mason's Yard, em St. James's. E o inspetor Ramsay também nunca saberia que, por altura da conferência de imprensa, já o quadro tinha sido transferido discretamente para um chalé, no cimo dos penhascos da Cornualha, que se assemelhava extraordinariamente ao quadro *Cabana do Funcionário da Alfândega em Pourville* de Claude Monet. Apenas o MI5 tinha conhecimento disso e, mesmo nos corredores de Thames House, essa informação era estritamente confidencial.

Fiel ao espírito da Operação Obra-Prima, o restauro dela seria um turbilhão. Gabriel teria três meses para transformar o quadro mais danificado que já vira na atração principal de Rembrandt: a Retrospective, a exposição há muito aguardada da National Gallery of Art. Três meses para a redefinir e prender num esticador novo. Três meses para lhe retirar as manchas de sangue e o verniz sujo da superfície. Três meses para reparar um buraco de bala na testa e alisar os vincos provocados pela decisão de Kurt Voss de a utilizar como o envelope mais dispendioso da história. Tratava-se de um período de tempo alarmantemente curto, mesmo para um restaurador habituado a trabalhar sob a pressão do tiquetaque do relógio.

Durante a sua juventude, Gabriel preferia trabalhar em isolamento absoluto, mas, agora que estava mais velho, já não gostava de estar sozinho. Por isso, com a bênção de Chiara, retirou a mobília da sala de estar e converteu-a num estúdio improvisado. Todos os dias, levantava-se antes do amanhecer e trabalhava até ao início da noite, permitindo--se apenas uma curta pausa diária para passear pelos penhascos, ao vento terrivelmente frio de janeiro. Chiara raramente se afastava muito dele. Ajudou-o no trabalho de redefinição e escreveu um pequeno bilhete a Rachel Herzfeld, que Gabriel escondeu dentro do estirador novo antes de colocar a última tacha. Até estava presente na manhã em que Gabriel se dedicou à desagradável tarefa de retirar o sangue de Christopher Liddell. Em vez de largar as mechas de algodão sujas, Gabriel guardou-as numa lata de alumínio. E quando chegou a altura de retirar o verniz sujo, começou pela curva do seio de Hendrickje, a parte em que Liddell tinha estado a trabalhar na noite em que foi assassinado.

Como de costume, o cheiro dos solventes de Gabriel, de fazer a cabeça andar à roda, incomodou Chiara. Para disfarçar o cheiro, preparou refeições abundantes, que comeram à luz das velas, na mesa com vista para Mount's Bay. E embora tentassem não relembrar a operação ao jantar, a presença constante do Rembrandt tornava-a um assunto difícil de evitar. Invariavelmente, Chiara recordava a Gabriel que ele nunca se teria ocupado da investigação se ela não tivesse insistido.

— Então, gostaste de voltar ao Departamento? — per-guntou Gabriel, provocando-a um pouco.

— De algumas partes — admitiu Chiara. — Mas ficaria igualmente satisfeita se a operação Landesmann viesse a ser a tua última obra-prima.

— Não é uma obra-prima — afirmou Gabriel. — Pelo menos, enquanto a questão das centrifugadoras não estiver arrumada.

— Incomoda-te que isso fique nas mãos do Uzi?

— Por acaso, até prefiro — respondeu Gabriel, olhan-do para o quadro danificado apoiado em cima do cavalete na sala de estar. — Além disso, tenho outros problemas de momento.

— E ela vai ficar pronta a tempo?

— É melhor que fique.

— E vamos estar presentes na altura em que for revelada?

— Ainda não decidi.

Chiara contemplou o quadro.

— Compreendo todas as razões que levaram a Lena a resolver dá-la à National Gallery, mas...

— Mas o quê?

— Acho que iria ter dificuldades em abdicar dela.

— Não se a tua irmã tivesse sido reduzida a cinzas por ter o cabelo escuro.

— Eu sei, Gabriel — respondeu Chiara, olhando para o quadro outra vez. — Acho que ela aqui está contente.

— Não dirias o mesmo se passasses tanto tempo com ela como eu.

— Anda a portar-se mal?

— Digamos apenas que tem os seus humores.

Durante grande parte do tempo, Gabriel e Chiara conseguiram manter o mundo exterior à distância depois de regressarem à Cornualha. Mas, em finais de fevereiro, quando Gabriel se encontrava embrenhado no restauro, Martin Landesmann arranjou maneira de se intrometer no refúgio deles. Segundo parecia, São Martin, após uma ausência invulgarmente longa da vida pública, tinha resolvido aumentar a parada na apresentação anual em Davos. Depois de dar início ao fórum destinando mais cem milhões de dólares para a sua iniciativa contra a fome em África, realizou um discurso eletrizante que foi declarado unanimemente o ponto alto da semana. Não só o oráculo decretou um fim para a Grande Recessão como também se afirmou «mais esperançoso do que nunca» em relação ao futuro do planeta.

São Martin aparentava estar particularmente animado com o potencial para o progresso no Médio Oriente, ainda que os acontecimentos no terreno, no mesmíssimo dia dos seus comentários, parecessem contrariar o otimismo que revelava. Para além da habitual litania de horrores perpetrados por terroristas, havia um relatório alarmante da AIEA sobre o estado do programa nuclear iraniano. O diretor da agência prescindiu da habitual prudência e previu que os iranianos pudessem estar apenas a meses de adquirirem capacidade nuclear. *Acabou o tempo para a conversa,* dissera. *Chegou finalmente o tempo para a ação.*

Num corte algo surpreendente com as tradições do passado, Martin finalizou a semana passada em Davos aceitando fazer uma breve aparição no centro de comunicação social e responder a algumas questões da imprensa. Quem não se encontrava presente era Zoe Reed, que tinha pedido uma licença sem vencimento das funções exercidas no *Financial Journal* por motivos nunca explicados aos colegas. Ainda mais intrigante era o facto de ninguém a ver há já algum tempo. Tal como no caso do Rembrandt, o paradeiro de Zoe era estritamente confidencial. Com efeito, nem sequer Gabriel teve conhecimento da sua localização exata. Não que pudesse ter ajudado grande coisa na recuperação dela. Hendrickje nunca o teria permitido.

Em meados de abril, no primeiro dia remotamente agradável que a Cornualha via há vários meses, Gerald Malone, o diretor-executivo da Latham International Media, anunciou que iria vender o venerável *Financial Journal* ao ex-oligarca russo Viktor Orlov. Passados dois dias, Zoe apareceu brevemente para avisar que iria abandonar o *Journal* e aceitar um emprego na televisão americana, com a CNBC. Por coincidência, esse anúncio foi feito no mesmíssimo dia em que Gabriel terminou os retoques ao rosto de Hendrickje. Na manhã seguinte, quando o quadro já se encontrava completamente seco, aplicou-lhe uma nova camada de verniz. Chiara apanhou-o parado diante da tela, com a mão no queixo e a cabeça ligeiramente inclinada para o lado.

— Ela já está pronta para a festa de apresentação à sociedade? — perguntou Chiara.

— Acho que sim — respondeu Gabriel.

— E ela aprova o teu trabalho?

— De momento, não quer falar comigo.

— Mais um arrufo?

— Receio bem que sim.

— E já decidiste alguma coisa em relação a Washington?

— Acho que ela precisa que nós estejamos lá.

— Eu também, Gabriel. Eu também.

CAPÍTULO

78

WASHINGTON, D.C.

Quando Gabriel e Chiara chegaram à América, a sua hóspede dos últimos três meses, silenciosa mas exigente, era uma sensação internacional. A sua celebridade não era instantânea; baseava-se numa relação amorosa que tinha tido, quatrocentos anos antes, com um pintor chamado Rembrandt e no longo e trágico caminho que percorrera desde então. Noutros tempos, teria sido forçada a viver a sua existência em desonra. Atualmente, as pessoas faziam fila para comprarem bilhetes só para a poderem ver.

Numa época em que os museus tinham sido chamuscados repetidamente por escândalos em matéria de proveniência, o diretor da National Gallery of Art sentiu-se compelido a revelar grande parte do sórdido passado dela. Tinha sido vendida em Amesterdão, em 1936, a um homem chamado Abraham Herzfeld, adquirida através de coação, em 1943, por um oficial das SS chamado Kurt Voss e vendida, vinte e um anos mais tarde, numa transação privada conduzida pela Hoffmann Gallery de Lucerna. A pedido da Casa Branca, a National Gallery nunca revelou o nome do banco em Zurique onde ela tinha estado escondida durante vários anos, tal como não houve qualquer referência ao documento outrora escondido dentro dela. As suas ligações a uma fortuna saqueada durante o Holocausto tinham sido apagadas cuidadosamente, tal como o buraco de bala que tivera na testa e o sangue que lhe tinha manchado o vestido. Ninguém chamado Landesmann lhe tinha alguma vez posto as mãos em cima. Ninguém chamado Landesmann tinha alguma vez matado para proteger o terrível segredo dela.

O seu passado escandaloso não deslustrou em nada a sua receção. Na verdade, apenas aumentou o seu fascínio. Não havia como escapar ao rosto dela em Washington. O seu olhar fixo surgia nos placares publicitários e nos autocarros, nas *t-shirts* das lojas de recordações e nas canecas de café, e até num balão de ar quente que flutuou pela cidade na véspera da sua revelação. Gabriel e Chiara viram-na pela primeira vez minutos depois de terem desembarcado do avião, no Aeroporto de Dulles, a contemplá-los com um olhar desaprovador, num anúncio, enquanto passavam sem dificuldades pela alfândega com passaportes falsos. Voltaram a vê-la, a espreitar de um *banner* gigante, ao subirem apressadamente as escadas do museu, no meio de uma tempestade de fim de tarde, dessa vez como que a exortá-los a acelerarem o passo. Ao contrário do costume, estavam atrasados. A culpa era exclusivamente de Gabriel. Depois de passar anos a labutar nas sombras do mundo da arte, tinha tido sérias dúvidas em pisar um palco tão público, ainda que clandestinamente.

A inauguração da exposição realizou-se através de uma cerimónia formal, com entrada apenas por convite. E, mesmo assim, todos os convidados viram os seus pertences serem revistados, uma política instituída pela galeria imediatamente a seguir aos ataques do 11 de setembro. Julian Isherwood estava à espera deles, logo após o posto de controlo por baixo da rotunda principal elevada, olhando com nervosismo para o relógio que tinha no pulso. Ao ver Gabriel e Chiara, fez um gesto de alívio teatral. Depois, ao reparar na roupa que Gabriel trazia vestida, tentou esconder um sorriso sem sucesso.

— Nunca pensei que um dia te havia de ver de *smoking*.

— Nem eu, Julian. E se te puseres com mais graçolas...

Chiara silenciou Gabriel com uma cotovelada discreta nas costelas.

— Se fosse minimamente possível, gostava de passar a noite sem que ameaçasses matar alguém.

Gabriel fez uma careta.

— Se não fosse eu, o Julian andava agora a tentar desencantar quarenta e cinco milhões de dólares. O mínimo que ele pode fazer é mostrar um pouco de respeito.

— Vai haver mais do que tempo para isso mais tarde — afirmou Isherwood. — Mas neste preciso momento tens duas pessoas muito ansiosas por te ver.

— E onde estão?

— Lá em cima.

— Em salas diferentes, espero.

Isherwood acenou com a cabeça solenemente.

— Tal como pediste.

— Vamos.

Isherwood conduziu-os pela rotunda, atravessando um mar de *smokings* e vestidos de cerimónia, e depois por vários degraus largos de mármore. Um segurança deixou-os entrar numa área administrativa do museu e indicou-lhes uma sala de espera, no final de um corredor alcatifado. A porta estava fechada; Gabriel começou a girar o trinco, mas hesitou.

Ela é frágil. Eles são todos um bocadinho frágeis...

Bateu à porta ao de leve. Lena Herzfeld, a criança do sótão, a criança da escuridão, disse:

— Entre.

Estava sentada no meio de um sofá de couro, muito direita e hirta, com os joelhos encostados um ao outro e as mãos pousadas no colo. Apertavam com força o programa oficial da exposição, que estava amarrotado e molhado com as suas lágrimas. Gabriel e Chiara sentaram-se um de cada lado e abraçaram-na com força enquanto ela chorava. Passados vários minutos, olhou para Gabriel e tocou-lhe na face.

— Como é que o devo tratar hoje à noite? Por senhor Argov ou por senhor Allon?

— Por favor, trate-me por Gabriel.

Ela sorriu por breves instantes e, a seguir, baixou os olhos para o programa.

— Continuo espantada com o facto de terem sido realmente capazes de a encontrar depois destes anos todos.

— Nunca teríamos conseguido fazer isso sem a ajuda do filho do Kurt Voss.

— Fico contente que ele tenha vindo hoje. Onde é que ele está?

— Logo ao fundo do corredor. Se não se importasse, ele gostava de falar consigo em privado antes da revelação do quadro. Quer pedir-lhe desculpas pelo que o pai fez.

— O crime não foi dele, Gabriel. E o pedido de desculpas não vai trazer a minha irmã de volta.

— Mas é capaz de ajudar ouvi-lo — respondeu Gabriel, segurando-lhe na mão. — A Lena já se castigou por tempo suficiente. Está na altura de deixar que outra pessoa carregue a culpa do assassínio da sua família.

As lágrimas correram-lhe pela face, embora ela não tivesse soltado um único som. Por fim, recompôs-se e acenou com a cabeça.

— Vou ouvir o pedido de desculpas. Mas não vou chorar à frente dele.

— Preciso de a avisar de uma coisa, Lena.

— É parecido com o pai?

— Uma versão mais velha — respondeu Gabriel. — Mas as semelhanças são notáveis.

— Então suponho que Deus também tenha decidido castigá-lo — retorquiu ela, abanando a cabeça devagar. — Viver com a cara de um assassino? Nem consigo imaginar.

Para bem de Peter Voss, Lena conseguiu esconder o seu choque quando o viu pela primeira vez, embora se tenha revelado impossível controlar as lágrimas. Gabriel ficou com eles na sala apenas um momento e depois saiu para o corredor discretamente, ficando à espera com Chiara e Isherwood. Lena apareceu passados dez minutos, com os olhos vermelhos, mas com um ar admiravelmente sereno. Gabriel pegou-lhe na mão e disse que havia mais uma pessoa que a queria ver.

O *Retrato de Uma Jovem,* óleo sobre tela, 104 por 86 centímetros, da autoria de Rembrandt van Rijn, estava apoiado em cima de um cavalete, numa pequena câmara, tapado por um pano de flanela e rodeado por vários seguranças e um curador de ar nervoso. Chiara segurou no braço de Lena ao mesmo tempo que Gabriel e Isherwood retiravam o pano com cuidado.

— Está mais bonita do que na minha memória.

— Ainda não é demasiado tarde para mudar de ideias, Lena. Se não quer abdicar dela para sempre, o Julian pode alterar as disposições do contrato para que se trate apenas de um empréstimo temporário.

— Não — afirmou ela, após uma pausa. — Não posso cuidar dela, não na minha idade. Vai ser mais feliz aqui.

— Tem a certeza? — insistiu Gabriel.

— Tenho — confirmou Lena, olhando para o quadro. — Colocou uma oração para a minha irmã dentro do quadro?

— Está aqui — respondeu Chiara, apontando para o meio da parte inferior da moldura.

— E vai ficar sempre com ela?

— O museu prometeu deixá-la aí para sempre — respondeu Gabriel.

Lena, hesitante, deu um passo à frente.

— Nunca me pude despedir dela naquela noite em Amesterdão. Não houve tempo — revelou, olhando para Gabriel. — Posso tocar nela? Uma última vez?

— Com cuidado — disse Gabriel.

Lena estendeu a mão e, lentamente, passou o dedo pelo cabelo escuro. A seguir, tocou na parte inferior da moldura e saiu da câmara em silêncio.

A revelação tinha sido marcada para as oito mas, devido a circunstâncias nunca explicadas aos convidados, já eram quase oito e meia quando o *Retrato de Uma Jovem* foi levado para a rotunda, coberto pelo seu manto de flanela. Inesperadamente, Gabriel sentiu-se tão nervoso como um dramaturgo na noite de estreia. Com Isherwood e Chiara, encontrou um local para passar despercebido, atrás da multidão, e pôs-se a olhar fixamente para os sapatos durante vários discursos longos e profundamente aborrecidos. Por fim, as luzes diminuíram de intensidade e o quadro foi destapado perante ruidosos aplausos. Chiara deu um beijo na cara de Gabriel e disse:

— Eles adoram-no, Gabriel. Olha à tua volta, querido. Não se dão conta, mas estão a aplaudir-te a ti.

Gabriel levantou os olhos para encontrar de imediato a única pessoa na multidão que não estava a aplaudir. Era uma mulher com cerca de trinta e cinco anos, cabelos escuros, pele morena e olhos verdes inebriantes fixos nele. Ergueu um copo de champanhe na sua direção e articulou com os lábios as palavras *Muito bem, Gabriel.* A seguir, entregou o copo a um empregado que ia a passar e dirigiu-se para a saída.

CAPÍTULO

79

WASHINGTON, D.C.

— Nunca me disse que eu era assim tão parecida com ela — atirou Zoe.

— Com a Hendrickje? — respondeu Gabriel, encolhendo os ombros. — É muito mais bonita do que ela.

— Tenho a certeza de que diz isso a todas as raparigas.

— Só às que ponho em perigo de vida.

Zoe riu-se. Estavam a caminhar pela orla do Mall, com a ampla cúpula do Capitólio a pairar-lhes à frente e o Washington Monument erguendo-se nas suas costas. Paris, Grécia e Egito, pensou Gabriel, todos no espaço de algumas centenas de metros. Olhou para Zoe atentamente. Trazia um elegante vestido de cerimónia, semelhante ao que usara na festa de Martin, e um fino colar de pérolas ao pescoço. Apesar de tudo aquilo por que tinha passado, aparentava estar descontraída e feliz. A Gabriel, parecia que o fardo do logro lhe tinha sido retirado de cima dos ombros. Era a Zoe antes das mentiras. A Zoe antes de Martin.

— Não tinha percebido que estava a contar vir.

— E não estava — respondeu ela. — Mas decidi que não podia faltar ao acontecimento.

— E como conseguiu arranjar bilhete?

— Ser membro tem os seus privilégios, meu caro.

— Devia ter-me avisado.

— E como é que podia ter feito isso? Telefonando-lhe? Enviando-lhe um *e-mail* ou uma mensagem de texto? — atirou ela, sorrindo. — O Gabriel *tem* sequer um *e-mail*?

— Por acaso, até tenho. Mas não funciona como uma conta normal.

— Que grande surpresa — soltou Zoe. — Então e um telemóvel? Costuma andar com algum?

— Só sob coação.

— O meu anda a portar-se mal. Não lhe andam a fazer nada de esquisito, pois não?

— A Zoe já está fora da nossa rede.

— Não sei se alguma vez vou voltar a pensar no meu telefone da mesma maneira.

— Nem devia.

Atravessaram o passeio de pedra que separava o edifício principal da ala sul da National Gallery.

— Costuma trazer sempre membros da sua equipa às inaugurações ou aquela criatura deslumbrante com quem estava de braço dado hoje à noite era a sua mulher? — perguntou Zoe, lançando-lhe um olhar de lado e sorrindo. — Creio, sem sombra de dúvida, que está a corar, senhor Allon. Se quiser, posso ensinar-lhe uns truques do ofício para o ajudar a esconder melhor as emoções.

Gabriel ficou calado.

— É esta a parte em que me vai lembrar que exige que as outras pessoas sejam verdadeiras, ao mesmo tempo que se esconde atrás de um manto de mentiras?

— Não estou autorizado a falar da minha vida privada, Zoe.

— Então não vamos ser todos amigos?

— Lamento dizê-lo, mas não é assim que as coisas funcionam.

— É pena — respondeu ela. — Sempre gostei dela. E, para que fique registado, vocês os dois esconderam muitíssimo mal que estão loucamente apaixonados um pelo outro quando estávamos todos juntos em Highgate.

— Não existe nenhuma casa segura em Highgate, Zoe.

— Pois sim, já me tinha esquecido.

Gabriel mudou de assunto.

— Está com um aspeto maravilhoso, Zoe. Nova Iorque combina obviamente bem consigo.

— Ainda não consegui beber uma chávena de chá decente.

— Mas não está arrependida de ter abandonado o mundo da imprensa, pois não?

— Não *existe* nenhum mundo da imprensa — respondeu Zoe acidamente. — O que achou da atuação do Martin em Davos?

— Durmo mais descansado à noite sabendo que o Martin se mostra otimista em relação ao nosso futuro.

— E ele tem-se portado bem?

— Ouvi dizer que tem sido um prisioneiro modelo.

— E o que se passa com as centrifugadoras?

— Não existem nenhumas centrifugadoras, Zoe, pelo menos nada que ao Martin diga respeito. O Martin nunca faz nada de errado. Tem um coração puro e intenções nobres. É um santo.

— E pensar que eu acreditei realmente nessas tretas.

— Do nosso ponto de vista, estamos muito contentes por isso ter acontecido — retorquiu Gabriel, sorrindo e conduzindo-a em direção ao edifício principal. — Já teve notícias dele?

— Do Martin? Nem um pio. Mas aflige-me terrivelmente que ele vá mesmo safar-se. Depois do que ele e o Müller fizeram ao Mikhail, só queria poder ser eu mesma a fazê-los cair.

— Ainda está abrangida pela Lei dos Segredos Oficiais, Zoe. Até mesmo aqui na América.

— A base de Washington do MI6 recorda-me isso regularmente — respondeu Zoe, depois sorriu e perguntou por Mikhail.

— Pelo que ouvi dizer, está como novo.

— Tal como o Rembrandt?

— Duvido que o Mikhail precisasse de tanto trabalho como o Rembrandt.

— Não se esqueça de lhe enviar os meus cumprimentos. Infelizmente, ainda continuo a ver a cara dele todas as noites em pesadelos.

— Isso não vai durar para sempre.

— Sim — soltou ela, num tom distante —, foi o que os psiquiatras do MI5 me disseram.

Tinham chegado à entrada principal da galeria. Chiara e Isherwood estavam à espera lá fora, com Lena Herzfeld.

— Quem é a senhora que está com a sua mulher?

— É a razão por que a recrutámos, Zoe — respondeu Gabriel.

— A Lena?

Gabriel assentiu com a cabeça.

— Gostava de a conhecer?

— Se não se importar, vou só admirá-la de longe — respondeu Zoe, chamando um táxi que ia a passar. — Se alguma vez precisar de alguém para fazer outro trabalho perigoso, sabe onde me encontrar.

— Volte para a sua vida.

— É o que ando a tentar fazer — respondeu ela, sorrindo. — Mas a questão é que não é tão interessante como a sua, raios.

Zoe deu-lhe um beijo na cara e entrou no táxi. Quando o carro se afastou do passeio, Gabriel sentiu o telemóvel a vibrar no bolso do peito do casaco. Era um *e-mail* da Avenida Rei Saul com uma palavra apenas.

BUM...

80

LIZARD PENINSULA, CORNUALHA

Tal como praticamente todos os outros aspetos da Operação Obra-Prima, decidir o que fazer exatamente com as centrifugadoras de Martin Landesmann deu azo a acalorada discussão interna. Resumidamente, havia três opções — nada mais apropriado, uma vez que o assunto envolvia as lideranças políticas e os serviços secretos de três nações. A primeira e a segunda opções implicavam interferências e colocação de escutas, ao passo que a terceira opção propunha um rumo de ação bastante mais decisivo. Também conhecida como o Martelo de Shamron, requeria que se escondessem aparelhos de monitorização nas centrifugadoras, bem como explosivos potentes em quantidade suficiente para enviar pelos ares toda a rede secreta iraniana de enriquecimento, se surgisse essa oportunidade. As vantagens, explicou Shamron, eram duplas. Um grande ato de sabotagem não só iria infligir um sério revés ao programa, como faria também com que os iranianos pensassem duas vezes antes de efetuarem as suas compras de armamento nuclear na Europa.

Com a Casa Branca ainda esperançosa de que se pudesse pôr fim à questão iraniana por intermédio de um acordo, os americanos entraram nas conversações apoiando a segunda opção e aí permaneceram até ao final. Os britânicos também gostavam da abordagem «esperar e observar», embora, no fundo dos seus corações maliciosos, desejassem também armar um bocadinho de «confusão». A terceira opção correspondia ao plano mais controverso — nada surpreendente, tendo em conta a sua origem — e, feitas as contas, foi apoiada apenas por um país. Mas como acontecia que esse país era aquele que iria ter de viver para sempre sob a ameaça direta de um Irão com armamento nuclear, o seu voto possuía mais peso. *Além disso,* argumentou Shamron enfaticamente, *o Martin é nosso. Descobrimo-lo. Lutámos por ele. E sangrámos por ele. Nós* controlamos *essas centrifugadoras. E podemos fazer o que nos apetecer com elas.*

Uma cascata de centrifugadoras é uma instalação complexa. E também é bastante frágil, como os próprios iranianos aprenderam da maneira mais dura. Uma centrifugadora a gás defeituosa, a girar a vários milhares de rotações por minuto, pode partir-se, produzir estilhaços mortíferos e varrer uma instalação como um tornado, destruindo as centrifugadoras adjacentes, bem como os canos e as ligações. Anos de trabalho árduo podem ser erradicados num instante por uma única dedada, mancha ou qualquer outra impureza.

Na verdade, foi precisamente disso que os iranianos começaram por suspeitar quando uma explosão calamitosa varreu uma instalação de enriquecimento não revelada, em Yazd, às 4h42. No entanto, as suspeitas centraram-se rapidamente em sabotagem quando uma explosão praticamente simultânea destroçou uma segunda instalação não revelada, em Gorgan, junto ao mar Cáspio. Quando surgiram notícias de explosões em mais duas outras fábricas secretas de enriquecimento, o presidente iraniano ordenou o encerramento de emergência de todas as instalações nucleares, bem como a evacuação de todo o pessoal não essencial. Chegada a madrugada, hora de Teerão, o Martelo de Shamron tinha alcançado o primeiro objetivo. Quatro fábricas previamente desconhecidas encontravam-se em ruínas. E os mulás estavam em pânico.

Mas como explicar as explosões publicamente sem revelar a grande mentira que era o programa nuclear iraniano? Durante as primeiras setenta e duas horas, parecia que os mulás e os seus aliados nos Guardas Revolucionários tinham optado pelo silêncio. Que veio, no entanto, a ser quebrado quando chegaram rumores das misteriosas explosões aos ouvidos de um determinado jornalista do *Washington Post*, conhecido pela infalibilidade das fontes que possuía no interior da Casa Branca. Confirmou as notícias com alguns telefonemas certeiros e publicou o que tinha descoberto na manhã seguinte, num exclusivo de primeira página. A história desencadeou uma tempestade violenta, precisamente aquilo que os homens por trás dela pretendiam.

Pressionados internacionalmente para explicarem os acontecimentos, os iranianos passaram então do silêncio para o logro. Sim, disseram, tinha havido uma sucessão de acidentes lamentáveis numa série de instalações civis e militares. O regime recusou-se a revelar precisamente quantas instalações tinham sofrido danos, limitando-se a declarar que nenhuma possuía natureza nuclear. *Mas isso não deverá constituir surpresa para ninguém,* afirmou o presidente iraniano numa entrevista dada a um jornalista chinês amigo. *A República Islâmica não deseja produzir armas nucleares. O nosso programa é inteiramente pacífico.*

Mas, mesmo assim, as fugas de informação continuaram a surgir. E, mesmo assim, as perguntas continuaram a ser feitas. Se era verdade que as quatro instalações em causa não eram nucleares, então por que razão estavam escondidas em túneis? E se os seus objetivos eram inteiramente pacíficos, então por que razão tinha o regime tentado manter as explosões em segredo? Uma vez que os mulás se recusavam a responder, fê-lo a Agência Internacional de Energia Atómica por eles. Num relatório especial cheio de dramatismo, a AIEA declarou conclusivamente que cada uma das quatro instalações acolhia uma cascata de centrifugadoras. Havia apenas uma conclusão possível a retirar das provas. Os iranianos estavam a proceder ao enriquecimento de urânio em segredo. E estavam a preparar-se para avançar em grande para o nuclear.

O relatório foi como um terramoto. Algumas horas depois, nas Nações Unidas, já se exigiam sanções duras, ao mesmo tempo que o presidente da França sugeria que talvez fosse altura de uma ação militar por parte dos aliados — com os americanos a comandar as operações, claro. Encostado à parede, retoricamente falando, por anos de logro, o regime iraniano não teve outra opção a não ser contra-atacar, alegando que tinha sido forçado a instaurar um programa de ampla ocultação devido às constantes ameaças ocidentais. Além disso, afirmou o regime, a sua própria investigação das explosões revelara que tinham sido provocadas por sabotagem. Bem no alto da lista de suspeitos, encontravam-se *o Grande Satã e o seu aliado sionista. Interferirem nas nossas fábricas foi um ato de guerra,* disse o presidente iraniano. *E a República Islâmica irá responder, num futuro muito próximo, da maneira que considerarmos adequada.*

Os níveis de linguagem bombástica aumentaram rapidamente, tal como aconteceu com a especificidade das acusações iranianas relativamente ao envolvimento americano e israelita. Pressentindo uma oportunidade para reforçar a sua posição internamente, o regime exortou o povo iraniano a manifestar-se contra aquela violação gratuita da sua soberania. Mas o que tiveram foi o maior comício da história do movimento oposicionista iraniano. Os mulás responderam lançando as forças paramilitares da temível milícia Basij. Ao final do dia, mais de cem manifestantes estavam mortos e mais outros tantos milhares presos.

Se os mulás achavam que uma demonstração de brutalidade pura terminaria com os protestos, estavam enganados, já que, nos dias seguintes, as ruas de Teerão se iriam transformar praticamente numa zona de guerra alimentada pela raiva e dissensão dos ativistas do Movimento Verde. No Ocidente, os comentadores especulavam que o regime poderia ter os dias contados, ao mesmo tempo que os peritos previam uma futura vaga de terrorismo apoiada pelos iranianos. No entanto, duas questões permaneciam sem resposta. Quem tinha de facto levado a cabo o ato de sabotagem? E como tinha conseguido fazê-lo?

Havia muitas teorias, todas de uma imprecisão extraordinária. Ninguém se referiu a um Rembrandt há muito desaparecido e que se encontrava atualmente exposto na National Gallery, em Washington, ou a uma ex-jornalista de imprensa britânica que agora era uma vedeta das estações noticiosas da televisão por cabo americana, ou a um financeiro suíço mundialmente conhecido como São Martin, mas que era tudo menos isso. Tal como não fizeram menção a um homem de estatura mediana, com têmporas grisalhas, frequentemente visto a caminhar pelos penhascos à beira-mar da Cornualha — por vezes sozinho, outras acompanhado por um jovem de ombros largos e uma beleza de ídolo de cinema.

Numa tarde quente de inícios de junho, quando esse homem se aproximava da ponta sul de Kynance Cove, avistou uma figura idosa, de óculos, parada na esplanada do Polpeor Café, em Lizard Point. Por um instante, pensou em dar meia-volta e seguir na direção oposta. Em vez disso, baixou a cabeça e continuou a andar. O velho tinha feito uma longa viagem para o ver. O mínimo que podia fazer era despedir-se dele como devia ser.

81

LIZARD POINT, CORNUALHA

A esplanada estava inundada de sol. Sentaram-se a um canto, sozinhos, sob a sombra de um chapéu de sol, com Shamron de costas para o mar e Gabriel diretamente à sua frente. Trazia calções desportivos e botas impermeáveis, com meias grossas descidas até ao tornozelo. Shamron agitou dois pacotes de açúcar e deitou-os no café, perguntando a Gabriel, em hebraico, se estava armado. Gabriel olhou de relance para a mochila de *nylon* que se encontrava pousada em cima da cadeira desocupada ao seu lado. Shamron fez uma careta.

— Andar com armas em compartimentos à parte é uma violação da doutrina do Departamento. Essa arma devia estar junto aos teus rins para lhe poderes pegar depressa.

— Incomoda-me as costas quando faço caminhadas longas.

Shamron, que sofria de dores crónicas, acenou com a cabeça em sinal de solidariedade.

— Fico simplesmente aliviado por os britânicos te terem concedido permissão formal para andar sempre com uma arma — afirmou ele, esboçando um leve sorriso. — Suponho que tenhamos de agradecer isso aos iranianos.

— Tens ouvido alguma coisa?

Shamron assentiu com a cabeça solenemente.

— Estão convencidos de que nós estivemos por trás daquilo e andam ansiosos por retribuir o favor. Sabemos que o principal organizador de atos terroristas do Hezbollah fez uma viagem até Teerão na semana passada. E também sabemos que, nos últimos dias, vários agentes se têm mostrado invulgarmente conversadores. É apenas uma questão de tempo até nos atacarem.

— E o meu nome já veio à baila?

— Ainda não.

Gabriel bebeu um gole da água mineral e perguntou o que estava Shamron a fazer no Reino Unido.

— A limpar um bocadinho a casa a seguir à Operação Obra-Prima.

— Que tipo de limpeza?

— A análise final ao funcionamento operacional entre os vários serviços — respondeu Shamron com desdém. — O meu pesadelo pessoal. Passei estes últimos dias fechado numa sala de Thames House, com duas dezenas de espiões britânicos e americanos, que acham que têm o direito divino de me fazer todas as perguntas que lhes apeteça.

— É um mundo novo, Ari.

— Prefiro os costumes antigos. Eram menos complicados. Além disso, nunca me dei bem a jogar com outras pessoas.

— E porque é que o Uzi não tratou da análise?

— O Uzi anda demasiado ocupado para poder lidar com uma coisa tão trivial — respondeu Shamron sardonicamente. — Pediu-me para tratar disso. Suponho que não tenha sido uma completa perda de tempo. Era preciso corrigir alguns pormenores. Na última noite da operação, as coisas tinham ficado um bocadinho tensas no centro de operações.

— E como é que eu consegui ficar fora da lista de convidados dessa reuniãozinha?

— O Graham Seymour achou que merecias um descanso.

— Mas que atencioso.

— Lamento informar-te, mas a verdade é que ele tem umas quantas perguntas para fazer antes de o dossiê relativo ao caso poder ser oficialmente encerrado.

— Que tipo de perguntas?

— Relativas ao aspeto *artístico* do caso.

— Tais como?

— Como é que Landesmann sabia que o Rembrandt tinha reaparecido?

— Por Gustaaf van Berkel, do Comité Rembrandt.

— E qual é a ligação?

— Quem é que achas que era a *principal* fonte de financiamento do comité?

— Martin Landesmann?

Gabriel assentiu com a cabeça.

— Que melhor maneira podia haver para encontrar um Rembrandt há muito desaparecido do que criar o órgão mais respeitável do mundo de especialistas em Rembrandt? Van Berkel e o *staff* dele sabiam a localização de todos os Rembrandts conhecidos. E, quando se descobriam novos quadros, eram automaticamente levados a Van Berkel e ao comité dele para atribuição.

— Isso é mesmo *à Martin* — soltou Shamron. — Então, quando o quadro foi transferido para Glastonbury para ser restaurado, o Martin contratou um profissional para o roubar?

— Exato — respondeu Gabriel. — Mas o ladrão do Martin revelou ter uma consciência, coisa que nunca o afligiu a ele.

— O francês?

— Presumo que sim — respondeu Gabriel. — Mas não deves dizer nada, em nenhuma circunstância, sobre Maurice Durand aos britânicos.

— Porque fizeste um acordo com ele?

— Por acaso, foi o Eli.

Shamron fez um gesto de desprezo com a mão e perguntou:

— Sendo tu uma pessoa que dedicou a vida à preservação de quadros, não tens nenhum problema em proteger a identidade de um homem que já roubou arte no valor de *milhares de milhões* de dólares?

— Se o Durand não tivesse dado aquela lista de nomes e números de contas à Hannah Weinberg, nunca teríamos sido capazes de quebrar o Martin. Foi a lista que o lixou.

— Então, o fim justifica os meios?

— Já fizeste acordos com gente bem pior do que um ladrão profissional de arte, Ari. Além disso, talvez o Maurice Durand venha a ser útil da próxima vez que o Departamento precisar de roubar alguma coisa. Se fosse o Uzi, enfiava-o no bolso de trás, com Martin Landesmann.

— Por falar nisso, ele envia-te cumprimentos.

— O Uzi?

— O Landesmann — respondeu Shamron, divertindo-se claramente com a expressão de surpresa na cara de Gabriel. — Gostava de saber se não seria possível vocês os dois encontrarem-se em território neutro e jantarem tranquilamente.

— Preferia ocupar o teu lugar a analisar o funcionamento operacional entre os vários serviços. Mas diz-lhe que agradeço a oferta.

— Tenho a certeza de que vai ficar desiludido. Diz que tem imenso respeito por ti. Ao que parece, o Martin ficou bastante filosófico em relação a todo o assunto.

— E quanto tempo é que vai demorar até que ele tente dissolver a nossa parceria?

— Na verdade, os esforços dele nesse sentido começaram pouco depois das explosões nas fábricas iranianas. O Martin é da opinião de que já cumpriu a parte dele no acordo e gostava de ser libertado de quaisquer obrigações futuras. Mas o que ele não compreende bem é que a nossa relação ainda está só a começar. Mais tarde ou mais cedo, os iranianos vão acabar por tentar reconstruir aquelas fábricas de enriquecimento. E nós pretendemos assegurar-nos de que o Martin lá estará para lhes dar uma mãozinha.

— E os iranianos vão confiar nele?

— Não lhes demos nenhum motivo para não o fazerem. No que diz respeito aos mulás, mexemos nas centrifugadoras quando estavam em trânsito. O que quer dizer que o Martin vai valer a pena durante anos e que o Uzi vai ser o principal beneficiário. Independentemente do que venha a acontecer no resto do mandato dele, o Uzi vai ficar na história do Departamento como um dos seus maiores diretores. E tudo graças a ti.

Shamron examinou Gabriel com atenção.

— Não te incomoda o facto de o Uzi estar a receber todos os louros pelo teu trabalho?

— O trabalho não foi meu, Ari. Foi um esforço de equipa. Além disso, depois de tudo o que fiz para estragar a vida ao Uzi, ele merece receber um bocadinho de glória.

— A glória é tua, Gabriel. É bem possível que tenhas interrompido o programa iraniano por vários anos. E, ao fazê-lo, também conseguiste restaurar três mulheres espantosas.

— Três?

— Lena, Zoe e Hendrickje. Bem vistas as coisas, nada mau para um mês de trabalho.

Shamron parou por uns instantes e, a seguir, acrescentou:

— Só nos resta falar de ti.

Gabriel não disse nada.

— Suponho que esta seja a parte em que me dizes que te vais reformar outra vez, certo? — lançou Shamron, abanando a cabeça devagar. — Se calhar, por uns tempos. Mas depois vai aparecer outro Martin. Ou um novo terrorista vai levar a cabo outro massacre de inocentes. E lá vais tu regressar ao campo de batalha.

— Tens a certeza disso, Ari?

— A tua mãe chamou-te Gabriel por uma razão. És eterno. Tal e qual como eu.

Gabriel contemplou a vegetação densa e púrpura que resplandecia no cimo dos penhascos, ao sol do final da tarde. Shamron pareceu pressentir que daquela vez era diferente. Olhou em redor da esplanada do café e sorriu meditativamente.

— Lembras-te daquela tarde em que viemos cá, há muito tempo? Foi depois de o Tariq ter matado o nosso embaixador e a mulher em Paris.

— Lembro-me, Ari.

— Havia uma rapariga — continuou Shamron, após uma longa pausa. — A que tinha aqueles brincos e pulseiras todos. Parecia um espanta-espíritos. Recordas-te dela, Gabriel? Lembrava-me a...

Shamron deteve-se. Gabriel parecia já não estar a ouvir. Olhava fixamente para os penhascos, perdido nas suas recordações.

— Desculpa, Gabriel. Não queria...

— Não peças desculpa, Ari. Vou ter a Leah e o Dani comigo para o resto da vida.

— Deste muito, Gabriel. Demasiado. Parece-me apropriado que acabe tudo aqui.

— Sim — disse Gabriel, num tom distante —, parece-me que sim.

— Posso ao menos dar-te boleia até ao chalé?

— Não — respondeu Gabriel. — Vou a pé.

Colocou a mochila aos ombros e levantou-se. Shamron continuou sentado, num último ato de desafio.

— Aprende com os meus erros, Gabriel. Cuida bem da tua mulher. E, se tiveres a sorte de ter filhos, cuida bem deles também.

— É o que vou fazer, Ari.

Gabriel debruçou-se e deu um beijo na testa de Shamron, começando depois a atravessar a esplanada.

— Só mais uma coisa! — gritou Shamron em hebraico.

Gabriel parou e virou-se.

— Põe essa arma junto aos rins, que é esse o sítio dela.

Gabriel sorriu.

— Já lá está.

— Não dei por nada.

— Nunca deste, *Abba*.

Gabriel foi-se embora sem dizer mais nada. Shamron viu-o uma última vez a avançar rapidamente pelos penhascos de Kynance Cove. A seguir, desapareceu no fogo do pôr do Sol e partiu.

NOTA DO AUTOR

O Caso Rembrandt é uma obra de ficção. Os nomes, personagens, lugares e incidentes descritos nesta história são produto da imaginação do autor ou foram ficcionados. Qualquer semelhança com pessoas, vivas ou mortas, negócios, empresas, acontecimentos ou locais verdadeiros é pura coincidência.

As estatísticas respeitantes ao roubo de arte e citadas no livro estão corretas, tal como os relatos do roubo da *Mona Lisa* de Leonardo, em 1911, e do *Caminho de Sèvres* de Corot, em 1998. O *Retrato de Uma Jovem* que surge nas páginas de *O Caso Rembrandt* nunca poderia ter sido roubado, uma vez que não existe. Se existisse tal quadro, seria notoriamente parecido com o *Retrato de Hendrickje Stoffels,* óleo sobre tela, 101,9 por 83,7 centímetros, que se encontra exposto na Sala 23 da National Gallery, em Londres.

Não existe nenhuma galeria, junto ao Herengracht, chamada De Vries Fine Arts, embora muitos negociantes de arte em Amesterdão e Haia tivessem feito, com todo o gosto, bastantes negócios com os seus ocupantes germânicos durante a Segunda Guerra Mundial. A história de Lena Herzfeld e da sua família é fictícia, mas, infelizmente, os pormenores do Holocausto na Holanda, enumerados durante o «testemunho» dela, não são. Dos 140 000 judeus que residiam na Holanda na altura em que começaram as rusgas, apenas 25 000 conseguiram encontrar um lugar onde se pudessem esconder. E, desses, um terço foi traído ou preso, muitas vezes pelos próprios compatriotas. O famoso teatro Hollandsche Schouwburg serviu de facto de centro de detenção e existiu realmente um infantário do outro lado da rua. Várias centenas de vidas jovens foram salvas graças à coragem das pessoas que lá trabalhavam e da Resistência holandesa, uma das poucas luzes de esperança no cenário negro do Holocausto na Holanda.

O auxílio prestado pela Igreja Católica Romana aos criminosos de guerra nazis também se encontra bem documentado. Tal como o vergonhoso comportamento dos bancos suíços durante a guerra. Bem menos conhecido, no entanto, é o papel desempenhado pelas empresas de alta tecnologia suíças ao fornecerem secretamente o equipamento sofisticado necessário para produzir urânio altamente enriquecido às nações aspirantes a potências nucleares. No seu livro de referência, *Peddling Peril,* David Albright, perito em proliferação de armas nucleares, descreve como, durante a década de 90, agentes da CIA «viram representantes do governo suíço ajudar fornecedores a enviar material de risco para o Paquistão, ridicularizando a política oficial suíça de defesa de leis rígidas no que diz respeito ao controlo das exportações.» Além disso, escreve Albright, «o governo suíço mostrou-se relutante em tomar medidas para fazer cessar essa atividade ou colaborar com a CIA.» Bem pelo contrário, no verão de 2006, delegados do Ministério Público suíço ameaçaram instaurar ações criminais contra vários agentes da CIA, envolvidos no desmantelamento da rede global de contrabando nuclear de A. Q.

Khan. Berna só foi convencida a reavaliar a sua posição devido à intervenção de altíssimos representantes do governo americano.

Mas, embora muitas empresas suíças se tenham revelado bastante ativas na proliferação de armas nucleares — continuando, sem dúvida, a sê-lo hoje em dia —, poucas dúvidas há, ao nível dos agentes dos serviços secretos, em relação ao país da Europa Ocidental com mais empresas envolvidas no lucrativo comércio clandestino de materiais nucleares. Essa dúbia distinção pertence à Alemanha. Com efeito, segundo um importantíssimo agente dos serviços secretos americanos com quem falei enquanto fazia a pesquisa para *O Caso Rembrandt,* muito do material necessário ao programa nuclear secreto iraniano foi fornecido, de bom grado, por empresas de alta tecnologia germânicas. Quando perguntei a esse agente por que razão estariam os industriais alemães dispostos a vender material tão perigoso a um regime tão instável, olhou-me com uma expressão de perplexidade e respondeu com uma única palavra: *Cobiça.*

Pensar-se-ia que os homens de negócios alemães, naturais do país que levou a cabo o Holocausto, teriam pelo menos alguns escrúpulos em fazer negócios com um regime que tem falado abertamente em erradicar o Estado de Israel do mapa. E também se pensaria que a Suíça, o país que mais lucrou com o Holocausto, sentisse reservas semelhantes. Mas aparentemente não. Se o Irão conseguir desenvolver armas nucleares, outros países dessa região vão querer com certeza possuir também capacidade nuclear. O que significa que existe potencial para que as empresas dispostas a vender material de risco e de exportação proibida a quem oferecer mais possam vir a obter, no futuro, lucros enormes.

Os serviços secretos de três países — Estados Unidos da América, Israel e Reino Unido — têm-se esforçado ao máximo para impedir que esse material tão perigoso chegue ao Irão. Um importante agente dos serviços secretos americanos com quem falei, no outono de 2009, disse-me que, sem sombra de dúvida, o Irão possuía outras fábricas de enriquecimento secretas além de Qom — locais que não podiam ter sido construídos sem pelo menos alguma tecnologia ocidental. E, em março de 2010, enquanto estava a finalizar este livro, o *New York Times* noticiou que tudo indica que o Irão esteja a construir pelo menos dois *sósias de Qom,* ao arrepio das Nações Unidas. A notícia teve por base entrevistas a agentes dos serviços secretos que insistiram em preservar o anonimato, visto que as informações que estavam a divulgar se fundavam, em parte, em «operações altamente confidenciais». Não houve qualquer referência a um quadro de Rembrandt há muito desaparecido, nem a um corrupto financeiro suíço mundialmente conhecido como um santo ou a um homem de estatura mediana, com têmporas grisalhas, frequentemente visto a caminhar sozinho pelos penhascos à beira-mar da Cornualha.

AGRADECIMENTOS

Este livro, tal como os anteriores da série protagonizada por Gabriel Allon, não poderia ter sido escrito sem a ajuda de David Bull, que é, sem dúvida, um dos melhores restauradores de arte do mundo. Normalmente, David explica-me como se restauram quadros. Desta vez, no entanto, ajudou-me a conceber um método plausível para esconder um segredo dentro de um. A técnica conhecida como tela dupla raramente é utilizada pelos restauradores modernos, apesar de se ter revelado perfeita para a tarefa em questão. E também ficarei para sempre em dívida para com o brilhante Patrick Matthiesen, que me explicou os hábitos por vezes perversos do mundo da arte e ajudou a inspirar uma das minhas personagens preferidas da série. Mas que fique bem claro que Patrick tem poucas coisas em comum com Julian Isherwood além da sua paixão pela arte, sentido de humor e generosidade ilimitada.

Vários agentes dos serviços secretos israelitas e americanos falaram comigo confidencialmente e agradeço-lhes agora mantendo o anonimato, que é como eles prefeririam. Roger e Laura Cressey prestaram-me valiosos ensinamentos sobre os esforços americanos antiproliferação de armas nucleares e ajudaram-me a compreender melhor o funcionamento da extensa estrutura de segurança nacional de Washington. Um agradecimento muito especial a M., que me ensinou a «controlar» um telemóvel ou computador portátil. Acho que nunca irei voltar a pensar no meu telefone da mesma maneira, nem me parece que alguém o devesse fazer.

Anna Rubin, diretora do Gabinete de Processamento de Reclamações Relativas ao Holocausto do Departamento Bancário do Estado de Nova Iorque, falou-me das questões relacionadas com a restituição e as investigações quanto à proveniência. Peter Buijs ensinou-me a utilizar as bases de dados do Museu Histórico Judaico, em Amesterdão, e Sarah Feirabend, do memorial ao Hollandsche Schouwburg respondeu a algumas questões finais sobre a terrível história do teatro. Sarah Bloomfield e Fred Zeidman, os meus colegas do Museu do Holocausto dos Estados Unidos, em Washington, D.C., foram uma fonte de constante inspiração e encorajamento. E, como sempre, reitero a minha admiração por todos os que dedicam a vida à preservação da memória dos seis milhões vitimados pelas chamas da Shoah.

Yoav Oren deu-me uma aula aterrorizadora sobre a Krav Maga, embora, sem eu saber bem como, tenha conseguido fazer com que se parecesse mais com balé do que com uma forma mortífera de arte marcial. Gerald Malone explicou-me como o governo britânico é uma autoridade em matéria de colocar pessoas sob escuta, o que originou gargalhadas bem necessárias. Aline e Hank Day tiveram a amabilidade de me deixar encenar mais uma conferência dos serviços secretos de alto nível na sua linda casa. Marguerita e Andrew Pate fizeram as doze horas de viagem de avião até à Argentina para que Gabriel não tivesse de o fazer.

Consultei centenas de livros, artigos de jornais e revistas e sítios da Internet durante a preparação deste livro, demasiados para indicar aqui. Mas seria negligente da minha parte não mencionar os estudos e as informações prestadas por Jacob Presser, Debórah Dwork, Diane L. Wolf, Jean Ziegler, Isabel Vincent, Tom Bower, Martin Dean, Lynn H. Nicholas, David Cesarani, Uki Goñi, Steve Coll e David Albright. David E. Sanger e William J. Broad, do *New York Times,* têm feito um trabalho exemplar na cobertura da marcha aparentemente imparável do Irão em direção a uma arma nuclear, e os seus artigos bem informados constituíram um recurso de inestimável valor. Tal como os relatórios de referência elaborados pelo Instituto da Ciência e Segurança Internacional e pelo Projeto Wisconsin de Controlo de Armas Nucleares.

Um agradecimento especial à National Gallery, em Londres. E também aos funcionários do Hotel de L'Europe, em Amesterdão, do Hôtel de Crillon, em Paris, e do Grand Hotel Kempinski, em Genebra, por terem cuidado tão bem da minha família e de mim enquanto efetuava a minha pesquisa. As minhas profundas desculpas por ter organizado uma operação dos serviços secretos a partir dos quartos do Kempinski sem a autorização da direção, mas, tendo em conta os constrangimentos de tempo, não foi possível combinar outra coisa. Quem visitar Genebra com regularidade sabe provavelmente que nem dos últimos andares do Hôtel Métropole seria possível ver a casa fictícia de Martin Landesmann. Foi uma das muitas liberdades que me permiti.

Louis Toscano, um querido amigo e o meu editor, melhorou em muito este livro, tal como a minha revisora, Kathy Crosby. Obviamente, quaisquer enganos ou erros tipográficos que possam surgir na versão final do livro são da minha exclusiva responsabilidade. Um agradecimento especial à extraordinária equipa da Putnam, em especial a Ivan

Held, Marilyn Ducksworth, Dick Heffernan, Leslie Gelbman, Kara Welsh, David Shanks, Mweredith Phebus Dros, Kate Stark, Stephanie Sorensen, Katie McKee, Stephany Perez, Samantha Wolf e Victoria Comella. E ainda a Sloan Harris, pela sua delicadeza e profissionalismo.

Somos abençoados com muitos amigos que nos enchem a vida de amor e boa disposição em momentos cruciais quando escrevemos um livro, especialmente Sally e Michael Oren, Angelique e Jim Bell, Joy e Jim Zorn, Nancy Dubuc e Michael Kizilbash, Elliott e Sloan Walker, Robyn e Charles Krauthammer, Elsa e Bob Woodward, Rachel e Elliott Abrams, Andrea e Tim Collins, Betsey e Andy Lack, Mirella e Dani Levinas, Derry Noyes e Greg Craig, Mariella e Michael Trager e Susan e Terry O'Connor.

Estou profundamente grato aos meus filhos, Lily e Nicholas, que passaram grande parte do último mês de agosto a acompanhar-me na viagem que efetuei para efeitos de pesquisa, dos glaciares de Les Diablerets aos penhascos da Cornualha. Ajudaram-me a roubar obras de arte de valor inestimável dos melhores museus da Europa, claro que ficticiamente, e ouviram-me pacientemente enquanto concebia e descartava várias versões do enredo, por norma durante mais uma viagem de comboio interminável. Por fim, a minha mulher, Jamie Gangel, ajudou-me a encontrar a essência da história quando esta me escapava e editou habilmente a pilha de papéis a que chamei eufemisticamente «primeiro rascunho». Se não fosse pela sua paciência, atenção aos pormenores e indulgência, *O Caso Rembrandt* não teria sido finalizado antes do prazo limite. A minha dívida para com ela é incomensurável, assim como o meu amor.

ÍNDICE

LIVROS NA COLEÇÃO

001 | 001 Daniel Silva
O Confessor

002 | 001 Guillaume Musso
E Depois...

003 | 001 Mary Higgins Clark
A Segunda Vez

004 | 001 Augusto Cury
A Saga de um Pensador

005 | 001 Marc Levy
E Se Fosse Verdade...

006 | 001 Eça de Queirós
Contos

007 | 001 Danielle Steel
Uma Paixão

008 | 001 Stephen King
Cell

009 | 001 Juliet Marillier
O Filho de Thor – Vol. I

009 | 002 Juliet Marillier
O Filho de Thor – Vol. II

010 | 001 Mitch Albom
*As Cinco Pessoas que
Encontramos no Céu*

011 | 001 Corinne Hofmann
Casei com Um Massai

012 | 001 Christian Jacq
A Rainha Sol

013 | 001 Nora Roberts
Um Sonho de Amor

014 | 002 Nora Roberts
Um Sonho de Vida

015 | 001 Boris Starling
Messias

016 | 001 Maria Helena Ventura
Afonso, o Conquistador

017 | 001 Maeve Binchy
Uma Casa na Irlanda

018 | 001 Simon Scarrow
A Águia do Império

019 | 001 Elizabeth Gilbert
Comer, Orar, Amar

020 | 001 Dan Brown
Fortaleza Digital

021 | 001 Bill Bryson
Crónicas de Uma Pequena Ilha

022 | 001 David Liss
A Conspiração de Papel

023 | 001 Jeanne Kalogridis
No Tempo das Fogueiras

024 | 001 Luís Miguel Rocha
O Último Papa

025 | 001 Clive Cussler
Desvio Polar

026 | 003 Nora Roberts
Sonho de Esperança

027 | 002 Guillaume Musso
Salva-me

028 | 003 Juliet Marillier
Máscara de Raposa – Vol. I

028 | 004 Juliet Marillier
Máscara de Raposa – Vol. II

029 | 001 Leslie Silbert
A Anatomia do Segredo

030 | 002 Danielle Steel
Tempo para Amar

031 | 002 Daniel Silva
Príncipe de Fogo

032 | 001 Edgar Allan Poe
Os Crimes da Rua Morgue

033 | 001 Tessa De Loo
As Gémeas

034 | 002 Mary Higgins Clark
A Rua Onde Vivem

035 | 002 Simon Scarrow
O Voo da Águia

036 | 002 Dan Brown
Anjos e Demónios

037 | 001 Juliette Benzoni
O Quarto da Rainha
(O Segredo de Estado – I)

038 | 002 Bill Bryson
Made in America

039 | 002 Eça de Queirós
Os Maias

040 | 001 Mario Puzo
O Padrinho

041 | 004 Nora Roberts
As Jóias do Sol

042 | 001 Douglas Preston
Relíquia

043 | 001 Camilo Castelo Branco
Novelas do Minho

044 | 001 Julie Garwood
Sem Perdão

045 | 005 Nora Roberts
Lágrimas da Lua

046 | 003 Dan Brown
O Código Da Vinci

047 | 001 Francisco José Viegas
Morte no Estádio

048 | 001 Michael Robotham
O Suspeito

049 | 001 Tess Gerritsen
O Aprendiz

050 | 001 Almeida Garrett
*Frei Luís de Sousa e Falar
Verdade a Mentir*

051 | 003 Simon Scarrow
As Garras da Águia

052 | 002 Juliette Benzoni
O Rei do Mercado (O Segredo
de Estado – II)

053 | 001 Sun Tzu
A Arte da Guerra

054 | 001 Tami Hoag
Antecedentes Perigosos

055 | 001 Patricia MacDonald
Imperdoável

056 | 001 Fernando Pessoa
A Mensagem

057 | 003 Danielle Steel
Estrela

058 | 006 Nora Roberts
Coração do Mar

059 | 001 Janet Wallach
Seraglio

060 | 007 Nora Roberts
A Chave da Luz

061 | 001 Osho
Meditação

062 | 001 Cesário Verde
O Livro de Cesário Verde

063 | 003 Daniel Silva
Morte em Viena

064 | 001 Paulo Coelho
O Alquimista

065 | 002 Paulo Coelho
Veronika Decide Morrer

066 | 001 Anne Bishop
A Filha do Sangue

067 | 001 Robert Harris
Pompeia

068 | 001 Lawrence C. Katz
e Manning Rubin
Mantenha o Seu Cérebro Activo

069 | 003 Juliette Benzoni
*O Prisioneiro da Máscara de
Veludo* (O Segredo de
Estado – III)

070 | 001 Louise L. Hay
Pode Curar a Sua Vida

071 | 008 Nora Roberts
A Chave do Saber

072 | 001 Arthur Conan Doyle
*As Aventuras de Sherlock
Holmes*

073 | 004 Danielle Steel
O Preço da Felicidade

074 | 004 Dan Brown
A Conspiração

075 | 001 Oscar Wilde
O Retrato de Dorian Gray

076 | 002 Maria Helena Ventura
Onde Vais Isabel?

077 | 002 Anne Bishop
Herdeira das Sombras

078 | 001 Ildefonso Falcones
A Catedral do Mar

079 | 002 Mario Puzo
O Último dos Padrinhos

080 | 001 Júlio Verne
A Volta ao Mundo em 80 Dias

081 | 001 Jed Rubenfeld
A Interpretação do Crime

082 | 001 Gerard de Villiers
A Revolução dos Cravos de Sangue

083 | 001 H. P. Lovecraft
Nas Montanhas da Loucura

084 | 001 Lewis Carroll
Alice no País das Maravilhas

085 | 001 Ken Follett
O Homem de Sampetersburgo

086 | 001 Eckhart Tole
O Poder do Agora

087 | 009 Nora Roberts
A Chave da Coragem

088 | 001 Julie Powell
Julie & Julia

089 | 001 Margaret George
A Paixão de Maria Madalena – Vol. I

090 | 003 Anne Bishop
Rainha das Trevas

091 | 004 Daniel Silva
O Criado Secreto

092 | 005 Danielle Steel
Uma Vez na Vida

093 | 003 Eça de Queirós
A Cidade e as Serras

094 | 005 Juliet Marillier
O Espelho Negro
(As Crónicas de Bridei – I)

095 | 003 Guillaume Musso
Estarás Aí?

096 | 002 Margaret George
A Paixão de Maria Madalena – Vol. II

097 | 001 Richard Doetsch
O Ladrão do Céu

098 | 001 Steven Saylor
Sangue Romano

099 | 002 Tami Hoag
Prazer de Matar

100 | 001 Mark Twain
As Aventuras de Tom Sawyer

101 | 002 Almeida Garrett
Viagens na Minha Terra

102 | 001 Elizabeth Berg
Quando Estiveres Triste, Sonha

103 | 001 James Runcie
O Segredo do Chocolate

104 | 001 Pauk J. Mcauley
A Invenção de Leonardo

105 | 003 Mary Higgins Clark
Duas Meninas Vestidas de Azul

106 | 003 Mario Puzo
O Siciliano

107 | 002 Júlio Verne
Viagem ao Centro da Terra

108 | 010 Nora Roberts
A Dália Azul

109 | 001 Amanda Smyth
Onde Crescem Limas não Nascem Laranjas

110 | 002 Osho
O Livro da Cura – Da Medicação à Meditação

111 | 006 Danielle Steel
Um Longo Caminho para Casa
112 | 005 Daniel Silva
O Assassino Inglês
113 | 001 Guillermo Cabrera Infante
A Ninfa Inconstante
114 | 006 Juliet Marillier
A Espada de Fortriu
115 | 001 Vários Autores
Histórias de Fantasmas
116 | 011 Nora Roberts
A Rosa Negra
117 | 002 Stephen King
Turno da Noite
118 | 003 Maria Helena Ventura
A Musa de Camões
119 | 001 William M. Valtos
A Mão de Rasputine
120 | 002 Gérard de Villiers
Angola a Ferro e Fogo
121 | 001 Jill Mansell
A Felicidade Mora ao Lado
122 | 003 Paulo Coelho
O Demónio e a Senhorita Prym
123 | 004 Paulo Coelho
O Diário de Um Mago
124 | 001 Brad Thor
O Último Patriota
125 | 002 Arthur Conan Doyle
O Cão dos Baskervilles
126 | 003 Bill Bryson
Breve História de Quase Tudo
127 | 001 Bill Napier
O Segredo da Cruz de Cristo
128 | 002 Clive Cussler
Cidade Perdida
129 | 001 Paolo Giordano
A Solidão dos Números Primos
130 | 012 Nora Roberts
O Lírio Vermelho
131 | 001 Thomas Swan
O Falsificador de Da Vinci

132 | 001 Margaret Doody
O Enigma de Aristóteles
133 | 007 Juliet Marillier
O Poço das Sombras
134 | 001 Mário de Sá-Carneiro
A Confissão de Lúcio
135 | 001 Colleen McCullough
A Casa dos Anjos
136 | 013 Nora Roberts
Herança de Fogo
137 | 003 Arthur Conan Doyle
Um Estudo em Vermelho
138 | 004 Guillaume Musso
Porque te Amo
139 | 002 Ken Follett
A Chave para Rebecca
140 | 002 Maeve Binchy
De Alma e Coração
141 | 002 J. R. Lankford
Cristo Clonado
142 | 002 Steven Saylor
A Casa das Vestais
143 | 002 Elizabeth Gilbert
Filha do Mar
144 | 001 Federico Moccia
Quero-te Muito
145 | 003 Júlio Verne
Vinte Mil Léguas Submarinas
146 | 014 Nora Roberts
Herança de Gelo
147 | 002 Marc Levy
Voltar a Encontrar-te
148 | 002 Tess Gerritsen
O Cirurgião
149 | 001 Alexandre Herculano
Eurico, o Presbítero
150 | 001 Raul Brandão
Húmus
151 | 001 Jenny Downham
Antes de Eu Morrer
152 | 002 Patricia MacDonald
Um Estranho em Casa

153 | 001 Eça de Queirós
e Ramalho Ortigão
O Mistério da Estrada de Sintra

154 | 003 Osho
Alegria – A Felicidade Interior

155 | 015 Nora Roberts
Herança da Vergonha

156 | 006 Daniel Silva
A Marca do Assassino

157 | 002 Camilo Castelo Branco
A Queda dum Anjo

158 | 007 Danielle Steel
Jogos de Sedução

159 | 001 Florbela Espanca
Sonetos

160 | 002 Margaret Doody
A Justiça de Aristóteles

161 | 003 Tess Gerritsen
A Pecadora

162 | 003 Ken Follett
O Vale dos Cinco Leões

163 | 004 Júlio Verne
Da Terra à Lua

164 | 001 F. Scott Fitzgerald
O Grande Gatsby

165 | 002 Federico Moccia
Três Metros Acima do Céu

166 | 001 Aquilino Ribeiro
O Malhadinhas

167 | 004 Osho
Liberdade – A Coragem de Ser
Você Mesmo

168 | 007 Daniel Silva
A Mensageira

169 | 005 Guillaume Musso
Volto para Te Levar

170 | 001 Niccolò Ammaniti
Como Deus Manda

171 | 005 Júlio Verne
À Volta da Lua

172 | 001 Alberto Caeiro
Poemas

173 | 004 Tess Gerritsen
Duplo Crime

174 | 005 Osho
Inteligência – A Resposta
Criativa

175 | 001 Rider Haggard
As Minas de Salomão

176 | 001 Inês Botelho
A Filha dos Mundos (O Cetro
de Aerzis – 1)

177 | 001 Dinis Machado
O Que Diz Molero

178 | 002 Colleen McCullough
A Independência de Uma Mulher

179 | 008 Danielle Steel
O Beijo

180 | 003 Tami Hoag
Águas Calmas

181 | 001 Lisa Gardner
A Filha Secreta

182 | 001 Francesco Alberoni
Enamoramento e Amor

183 | 003 Marc Levy
Os Filhos da Liberdade

184 | 004 Arthur Conan Doyle
O Signo dos Quatro

185 | 008 Daniel Silva
O Artista da Morte

186 | 002 Brad Thor
O Primeiro Mandamento

187 | 001 Joseph Conrad
O Agente Secreto

188 | 001 Deborah Smith
A Doçura da Chuva

189 | 001 Santa Montefiore
A Virgem Cigana

190 | 001 Philipp Meyer
Ferrugem Americana

191 | 005 Tess Gerritsen
Desaparecidas

192 | 006 Júlio Verne
Cinco Semanas em Balão

193 | 002 Inês Botelho
A Senhora da Noite e das
Brumas (O Cetro de Aerzis – 2)

194 | 004 Tami Hoag
Pecados na Noite

195 | 004 Ken Follett
Noite Sobre as Águas

196 | 005 Dan Brown
O Símbolo Perdido

197 | 001 Luís Miguel Rocha
Bala Santa

198 | 001 Isabel Valadão
Loanda — Escravas, Donas
e Senhoras

199 | 003 Patricia MacDonald
Raptada na Noite

200 | 001 Franz Kafka
O Processo

201 | 002 Aquilino Ribeiro
A Casa Grande de Romarigães

202 | 001 John Grisham
A Firma

203 | 009 Danielle Steel
Um Amor Imenso

204 | 001 Romana Petri
Os Pais dos Outros

205 | 001 Sveva Casata Modignani
Feminino Singular

206 | 005 Arthur Conan Doyle
O Vale do Terror

207 | 003 Inês Botelho
A Rainha das Terras da Luz
(O Cetro de Aerzis – 3)

208 | 007 Júlio Verne
As Atribulações de um Chinês
na China

209 | 001 Kristin Hannah
Segredos de Família

210 | 005 Paulo Coelho
O Diário de um Mago

211 | 004 Anne Bishop
A Voz

212 | 001 Kathryn Stockett
As Serviçais

213 | 002 Augusto Cury
Filhos Brilhantes, Alunos
Fascinantes

214 | 001 Kurt Vonnegut
Matadouro Cinco

215 | 001 P. C. Cast e Kristin Cast
Marcada

216 | 003 Clive Cussler
Gelo Ardente

217 | 009 Daniel Silva
As Regras de Moscovo

218 | 002 John Grisham
O Testamento

219 | 004 Simon Scarrow
A Águia e os Lobos

220 | 010 Danielle Steel
A Casa da Rua da Esperança

221 | 005 Ken Follett
O Terceiro Gémeo

222 | 001 Luís de Camões
Sonetos

223 | 004 Mary Higgins Clark
Do Fundo do Coração

224 | 003 Steven Saylor
Um Gladiador só Morre uma
Vez

225 | 002 P. C. Cast e Kristin Cast
Traída

226 | 001 Rubem Fonseca
A Grande Arte

227 | 002 Kristin Hannah
A Escolha

228 | 006 Arthur Conan Doyle
O Último Adeus de Sherlock
Holmes

229 | 001 Alexandre Honrado
Os Venturosos

230 | 002 Sveva Casati Modignani
Baunilha e Chocolate

231 | 001 Sherrilyn Kenion
Amante de Sonho

232 | 004 Marc Levy
O Ladrão de Sombras

233 | 003 Brad Thor
O Apóstolo

234 | 006 Guillaume Musso
Que Seria Eu Sem Ti?

235 | 006 Osho
Intuição

236 | 001 Paul Sussman
Oásis Escondido

237 | 001 Teolinda Gersão
A Cidade de Ulisses

238 | 010 Daniel Silva
A Marcha

239 | 003 Stephen King
Misery

240 | 003 John Grisham
O Sócio

241 | 002 Jill Mansell
A Pensar em Ti

242 | 006 Paulo Coelho
O Alquimista

243 | 004 Steven Saylor
O Abraço de Némesis

244 | 003 P.C. Cast e Kristin Cast
Escolhida

245 | 001 Linda Howard
Um Beijo na Escuridão

246 | 005 Simon Scarrow
A Águia de Sangue

247 | 001 Karen Marie Moning
Highlander, Para Além das Brumas

248 | 006 Ken Follett
O Preço do Dinheiro

249 | 002 Franz Kafka
A Transformação (A Metamorfose)

250 | 007 Osho
Intimidade

251 | 007 Ken Follett
O Estilete Assassino

252 | 011 Daniel Silva
O Desertor

253 | 007 Paulo Coelho
Onze Minutos

254 | 004 Eça de Queirós
A Ilustre Casa de Ramires

255 | 002 Eckhart Tolle
Um Novo Mundo

256 | 001 António Brito
Olhos de Caçador

257 | 001 Kate Morton
O Segredo da Casa de Riverton

258 | 001 Johann Wolfgang von Goethe
A Paixão do Jovem Werther

259 | 005 Mary Higgins Clark
Eu Sei que Voltarás

260 | 001 Penny Vincenzi
Uma Mulher Diferente

261 | 011 Danielle Steel
Segredos

262 | 006 Tess Gerritsen
Lembranças Macabras

263 | 003 Augusto Cury
A Ditadura da Beleza

264 | 002 Louise L. Hay
O Poder Está Dentro de Si

265 | 001 Rosa Lobato Faria
As Esquinas do Tempo

266 | 001 Miguel Miranda
Contos à Moda do Porto

267 | 002 Deborah Smith
Segredos do Passado

268 | 004 Brad Thor
O Projeto Atena

269 | 001 Brian Weiss
Muitas Vidas, Muitos Mestres

270 | 001 Catherine Bybee
Casado Até Quarta

271 | 005 Steven Saylor
O Enigma de Catilina

272 | 001 James Rollins
A Colónia do Diabo

273 | 004 John Grisham
Os Litigantes

274 | 002 Rosa Lobato Faria
Vento Suão

275 | 001 Sylvain Reynard
O Inferno de Gabriel

276 | 002 Kate Morton
O Jardim dos Segredos

277 | 001 Robin Sharma
*O Santo, o Surfista
e a Executiva*

278 | 012 Daniel Silva
O Espião Improvável

279 | 002 Florbela Espanca
Contos Completos

280 | 008 Paulo Coelho
Brida

281 | 001 Jojo Moyes
Um Violino na Noite

282 | 001 Deepak Chopra
A Alma do Líder

283 | 001 Susan Lewis
Depois da Luz

284 | 001 Maya Banks
Obsessão

285 | 008 Osho
Consciência

286 | 001 Louise L. Hay e Cheryl
Richardson
Confie na Vida

287 | 012 Danielle Steel
Ecos do Passado

288 | 004 Stephen King
Os Olhos do Dragão

289 | 007 Tess Gerritsen
Seita Maldita

290 | 001 Emma Donoghue
O Quarto de Jack

291 | 002 Jojo Moyes
Silver Bay – A Baía do Desejo

292 | 013 Daniel Silva
O Caso Rembrandt

293 | 013 Danielle Steel
Impossível